JULIA ROGASCH, geboren 1983, wohnt mit ihrem Ehemann und ihren Töchtern in Hannover. Daneben ist die Nordseeinsel Sylt die Heimat ihres Herzens und Inspiration für ihre Bücher. Schon als Kind schrieb sie erste Geschichten. Beruflich ging sie zunächst andere Wege, lernte nach dem Abitur Drogistin und verkaufte Autos für ein Autohaus, für das sie heute im Marketing arbeitet. Inspiriert vom Leben als Mama mit Job und ihrer großen Leidenschaft für Sylt und emotionale Romane griff sie ihren Kindheitstraum vom Schreiben auf, und das erste Buch entstand. Es folgten weitere Sylt-Romane über die Liebe, das Glück, Schicksal, Familie und Freundschaft.

Von Julia Rogasch sind in unserem Hause außerdem erschienen:

Winterzauber in der kleinen Teestube am Meer
Der kleine Wintermarkt am Meer
Winterträume in der kleinen Manufaktur am Meer
Herzklopfen im kleinen Bonbonladen am Meer
Wintertee im kleinen Büchercafé am Meer

JULIA ROGASCH

Frühlingsgefühle im *kleinen* *Bonbonladen* am Meer

EIN
SYLT-ROMAN

Ullstein

Besuchen Sie uns im Internet:

www.ullstein.de

Wir verpflichten uns zu Nachhaltigkeit
- Papiere aus nachhaltiger Waldwirtschaft und anderen kontrollierten Quellen
- Druckfarben auf pflanzlicher Basis
- ullstein.de/nachhaltigkeit

MIX
Papier
FSC FSC® C083411

Originalausgabe im Ullstein Taschenbuch

1. Auflage Mai 2025

© Ullstein Buchverlage GmbH, Friedrichstraße 126, 10117 Berlin

Wir behalten uns die Nutzung unserer Inhalte für Text- und
Data-Mining im Sinne von § 44b UrhG ausdrücklich vor.

Bei Fragen zur Produktsicherheit wenden Sie sich bitte an
produktsicherheit@ullstein.de

Umschlaggestaltung: zero-media.net, München

Titelabbildung: © FinePic®, München

Gesetzt aus der Quadraat powered by pepyrus

Druck und Bindearbeiten: CPI books GmbH, Leck

ISBN 978-3-548-07335-4

Meinen Herzensmenschen.
Meinen wundervollen Leserinnen und Lesern.
All denen, die an ihre Träume glauben.
Dir, denn mein Traum lebt durch dich.

Prolog

Wellenrauschen im Ohr, kühlen Sand zwischen den Zehen und Sonnenschein auf der vom Meersalz prickelnden Haut. Möwenkreischen, am hellblauen Himmel über mir weit und breit nichts, was den Blick begrenzte, bis zum Horizont – ich liebte und lebte dieses Sylt-Gefühl bei jedem meiner Strandspaziergänge ein klein wenig mehr. Mittlerweile fühlte Sylt sich mit all diesen außergewöhnlichen Eindrücken für mich nach Heimat an.

Seit meiner Ankunft auf der Insel im letzten Jahr war so viel passiert, und doch konnte ich nicht genug bekommen von diesem neuen Leben hier. Den Wechsel der Gezeiten des Meeres, das Malerische der friesischen Kapitänshäuser, die morgendliche Ruhe am Keitumer Watt, die tosende Brandung vor Kampen oder die Magie des nördlichsten Punktes Deutschlands. Nicht zuletzt war es die nordisch raue Herzlichkeit, mit der die Menschen mich hier empfangen hatten, die ich zu schätzen gelernt hatte. Der schroffe Charme dieser Insel, den Sylt hervorragend einzusetzen wusste, spiegelte sich auch in den Charakteren so mancher Insulaner wider. Ich war dankbar, dass sie mich so warmherzig in ihrer Mitte aufgenommen hatten, als sei ich eine von ihnen.

Ich drückte Levke einen Moment an mich und genoss die milde Brise, die mir der Fahrtwind der Kutsche um die Nase wehte. Die inzwischen fast siebenjährige Tochter meines Freundes Peer und ich hatten von Anfang an ein vertrautes Verhältnis zueinander gehabt, und wenn ich ehrlich war, hatten wir es wahrscheinlich zu einem nicht unerheblichen Teil ihr zu verdanken, dass wir inzwischen ein glückliches Paar waren.

Der alte Kutscher Boy und Levkes Uroma Alva saßen vorne auf dem Bock, während Levke und ich es uns hinten gemütlich gemacht hatten. Wir waren auf dem Weg zum *Zuckerhüs*, Alvas kleinem Bonbonladen, um Peer einzusammeln und dann eine größere Runde über die Insel zu drehen.

Als wir jedoch vor dem weißen, reetgedeckten Friesenhaus hielten, war mein Freund nirgends zu sehen.

»Ich spring mal kurz rein und schaue nach, wo er bleibt«, verkündete ich gut gelaunt und machte mich auf die Suche nach ihm. Im Haus fand ich ihn jedoch nicht, und auch der Garten war leer. Als ich ratlos wieder vor die Haustür trat, entdeckte ich Peer neben Boy, ein Lächeln im Gesicht, das ich so noch nie bei ihm gesehen hatte. Ein wenig schelmisch und gleichzeitig schüchterner, als ich es kannte. Beinahe vorsichtig abwartend. Neben ihm auf dem Kutschbock lag der getrocknete Blumenstrauß, den ich bei der Hochzeitsfeier meiner Mutter gefangen hatte.

Nervös suchte ich Alvas Blick, die es jedoch hervorragend verstand, meinem auszuweichen. Die Kutsche fuhr an, bis sie direkt vor mir erneut zum Stehen kam.

Peer hob die Handflächen und tat, als sei der Stopp ungeplant. »Nanu, ich glaube, die springt nicht mehr an. Aber lass uns diesen wundervollen Ausblick genießen«, spielte Peer verblüfft auf unser allererstes Kennenlernen an, bei dem sein Auto vor meinem auf dem Autozug liegen geblieben war und er mich mit dem Ausblick vertrösten wollte. Ich schüttelte lachend den Kopf.

»Diesmal ist die Aussicht wirklich schön«, erkannte ich. »Anders als damals am Niebüller Bahnhof.«

Es fühlte sich magisch an, als Peer von der Kutsche stieg, auf mich zu ging und mir den Strauß in die Hand drückte. Unsicher blickte ich wieder zu Alva, die über das ganze Gesicht lächelte. Auch Levkes Grinsen war unübersehbar.

Ich hatte das Gefühl, dass sie mehr wussten als ich. Als in diesem Moment auch Insa und Thore hinter dem *Zuckerhüs* hervortraten, war mir klar, dass ich als Einzige keinen Schimmer hatte, was hier vor sich ging.

Mit zögerlichen Schritten trat ich auf die Kutsche zu und klopfte nervös den Hals des Pferdes. Das seidige, warme Fell, das wie Bernstein in der Sonne leuchtete, beruhigte mich.

»Schon vor über einem Jahr hast du, Marla, hier auf der Insel und in meinem Leben so manches zum Positiven verändert. Während du deinen Traum verfolgt hast und dich mit Herzblut für die Menschen eingesetzt hast, die auf der Insel Großes bewirken. Ich habe es dir mit meinem Sturkopf am Anfang nicht gerade leicht gemacht, und trotzdem – oder gerade deswegen – warst du unser aller Wunder.«

Mein Herz schlug so heftig, als wollte es sich überschlagen. Die Blumen in der einen Hand fest umklammert, suchte meine andere Hand noch immer Halt am Pferdehals.

»Nicht nur Alva ist unendlich froh, dass du hierhergekommen bist. Auch Levke, Flora, Insa, Anita – wir alle sind es. Vor allem aber ich, Marla. Denn du hast mich ankommen lassen. Hier in meiner neuen Heimat, die auch dein Zuhause geworden ist.«

Sein Blick ging zur Seite, und Boy zog mit einem charmanten Lächeln ein kleines Gläschen aus dem schwarzen Jackett. Es war so eines der Bonbongläschen aus dem *Zuckerhüs*, wie das, was Levke mir damals bei unserem Kennenlernen geschenkt hatte. Doch diesmal war es gefüllt mit herzförmigen Bonbons, auf denen die Buchstaben »M« und »P« eingearbeitet waren. Ich meinte, jeden Moment ohnmächtig zu werden, so weich waren meine Knie jetzt. Fast fehlte mir vor lauter Zittrigkeit die Kraft in der Hand, den Blumenstrauß zu halten.

Peer schien das zu erkennen. Sanft nahm er den Strauß und legte ihn auf den Kutschbock und trat noch näher zu mir.

»Marla, diesen besonderen Rahmen, die Gelegenheit, die ehemalige Hochzeitskutsche unserer Eltern dafür zu verwenden, eine Frage zu stellen, die mir so viel bedeutet, möchte ich nutzen.« Peer machte eine Pause. Er stand dicht vor mir, griff nach meiner Hand und hielt sie. Sein Atem ging schneller, und seine Hand fühlte sich feucht vor Aufregung an. Oder war das meine eigene?

Unsere Finger lösten sich wieder, und er öffnete das kleine Gläschen, begleitet von einem leisen Klacken, das in dieser beseelten Stimmung aus erwartungsvoller Stille ungewöhnlich laut hallte. Mit einem Mal rutschte das Glas aus Peers Hand und fiel zu Boden. Beim Aufprall zersprang es in tausend Scherben. Hektisch bückte Peer sich und fischte einen goldglänzenden Ring heraus, der zum Glück noch einmal extra in Folie verpackt war.

»Scherben bringen Glück«, sagte er entschuldigend, genau wie meine Mutter damals.

Dann blickte mir Peer tief in die Augen, und auch ohne dass er die Worte aussprach, war mir, als wolle mein Herz ein Ja rufen, es der ganzen Welt bekannt machen und für immer dort wohnen bleiben, wo es längst Einzug gehalten hatte: an Peers Seite.

Dann sagte er diesen umwerfenden Satz tatsächlich, der von so viel Zukunft und Liebe zeugte, dass mein Herz übersprudelte vor Glück.

»Marla, willst du mich heiraten?«

»Ja«, hauchte ich ihm zu, und wir küssten uns zärtlich, während unsere Familie und Freunde jubelten. Mit zittrigen Fingern – es tat gut zu wissen, dass nicht nur ich nervös war – wickelte Peer den Ring aus seiner Verpackung und steckte ihn mir an den Finger. Er war wunderschön. Rechts und links von einem kleinen, dezent funkelnden Stein waren Zeichen eingraviert: ein klitzekleiner Anker mit den Buchstaben »TJ« darin, die Initialen meines Vaters und Peers Glücksbringer-Symbol, auf der einen, der Trinity-Knot als Zeichen für die unendliche Liebe auf der anderen Seite.

»Ich liebe dich«, flüsterten wir zeitgleich, während um uns herum ein tosender Applaus aufbrandete, bei dem sogar die tiefenentspannten Pferde kurz die Ohren spitzten.

Levke kletterte von der Kutsche, rannte zu uns und umarmte uns beide. Ich hatte auch dieses kleine Mädchen in so kurzer Zeit so wahnsinnig lieb gewonnen. Mit der Trennung ihrer Eltern hatte sie eine schwere Zeit hinter sich, und ich freute mich darauf, ihr zusammen mit Peer wieder etwas mehr Sicherheit und Vertrauen schenken zu dürfen.

»So, ihr Turteltäubchen! Ab in die Kutsche mit euch, und wenn ihr zurückkommt, wartet eine kleine Verlobungsfeier auf euch. Wir müssen nur noch eine Kleinigkeit vorbereiten, und dabei können wir euch wirklich gar nicht gebrauchen«, erklärte meine Freundin mit einem vorfreudigen Lächeln. »Genießt die Fahrt.« Damit verschwand sie im Garten der Bonbonmanufaktur, und Boy ließ die Pferde loslaufen.

Levke war bei uns geblieben und saß vorne bei Boy. Sie durfte ihm helfen, die Fahrleinen zu halten, während Peer und ich den Zauber der Zweisamkeit in diesem für uns so besonderen Moment voll auskosteten.

»Peer, es ist ein Traum. Ich kann nicht fassen, dass wir wirklich hier unser Glück finden. Meine Mama und ich.«

»Und mein Papa und ich auch. Und Levke und Alva, und ein Stück weit auch Anita, Till, Flora und dein Dad, vom Himmel aus.«

»Glücksort, Sehnsuchtsort, Herzensort. Letztes Jahr dachte

ich schon, dass das der Sommer meines Lebens ist. Nun wird er wohl abgelöst durch dieses Jahr.«

»Mit unserer Hochzeit verlängern wir dieses Glück. Wir schaffen uns unseren eigenen unendlichen Sommer miteinander. Ich bin mir sicher, auf uns warten noch etliche Highlights.«

Boy drehte sich um, und über sein faltiges, sonnengebräuntes Gesicht zog ein wissendes Lächeln. »Und dass ihr mir immer schön an Wunder glaubt. Nur so bekommen die überhaupt eine Chance.«

Wir nickten und betrachteten den alten Herrn, Alvas Freund aus Jugendtagen, mit dem schlohweißen Haar.

Als wir wieder in die Straße einbogen, in der das *Zuckerhüs* lag, sah ich Alva, Insa und Thore bereits von Weitem vor dem Gartentor stehen und uns in Empfang nehmen. Levke stürmte vorneweg in den Garten, während die anderen uns feierlich geleiteten.

Insa hatte mit besonderen Produkten aus Anitas Laden eine wunderschöne Dekoration für den Garten gebastelt. Wimpelketten und Girlanden, farbenfroh gemustert und angelehnt an den Stil der Siebzigerjahre, zierten, wie schon zur Hochzeit meiner Mama, das Haus an der Rückseite. Der Platz um Levkes Holzpferd Ferdinand herum hatte sich zum kunterbunten Spielplatz entwickelt, auf dem die Kleinsten sich vergnügen konnten. Auch eine Stute und ein Fohlen aus Holz waren in den letzten Monaten mit eingezogen.

Der große Tisch war nicht weniger kunterbunt gedeckt und wartete mit jeder Menge Torte und anderen Leckereien auf uns.

1

Marla

In den nächsten Monaten hatten wir im *Zuckerhüs* so viel zu tun, dass ich kaum Zeit für Gedanken an unsere Hochzeitsplanung aufwenden konnte. Und obwohl die viele Arbeit im *Zuckerhüs* der schönste Grund war, den ich mir für diesen Aufschub vorstellen konnte, juckte es mich in den Fingern, endlich all meine Ideen zusammenzutragen. Außerdem verflog die Zeit schneller, als mir lieb war.

Da auch Insa nur wenige Wochen vor mir ihren Antrag bekommen hatte, saßen wir nun beide auf heißen Kohlen. Im Sommer sollte unsere Hochzeit stattfinden. Aber allmählich lief uns dafür die Zeit weg. Wir blickten auf eine turbulente Herbst- und Wintersaison zurück, an die ein geschäftiger Frühling anknüpfte, der einen nicht minder arbeitsreichen Sommer versprach.

Insa ging es genauso. Sie träumte davon, neben ihrem selbstständigen Hausservice selbst eine Ferienwohnung zu vermieten, die sie liebevoll ausstatten wollte. Bisher war es ihre Aufgabe, sich um die zeitweise leer stehenden Häuser reicher Zweitwohnsitzbesitzer zu kümmern. Sie hielt sie sauber, kümmerte sich darum, dass die Gärten gepflegt wurden, und füllte vor Anreise der Eigentümer nach Wunsch die Kühlschränke.

Am liebsten würde sie für sich und Thore ein gemeinsames Häuschen suchen, welches ihr die Möglichkeit bot, Leben und Arbeiten zu kombinieren und darin eigene Gäste zu beherbergen. Und da so etwas auf Sylt sehr kostspielig war, Insa ihren Traum jedoch nicht aufgeben wollte, hatte sie viele weitere Objekte zur Betreuung hinzugenommen und dementsprechend gut zu tun.

Gerade weil Insa die perfekte Organisatorin war, hatte sie hohe Ansprüche an ihre eigene Hochzeit. Und mir ging es da ähnlich. Dieser Tag war einfach zu wichtig, nur unsere halbe Aufmerksamkeit zu bekommen. Wir hatten sogar bereits überlegt, ob wir die Hochzeiten auf einen noch späteren Zeitpunkt vertagen wollten. Gleichzeitig war uns aber klar, dass wir ohnehin nie den perfekten Tag finden würden.

»Es wird eine Lösung geben«, erklärte Insa mir bei einem unserer abendlichen Telefonate, als meine Zweifel wieder einmal überhandnahmen. »Weil es die immer gibt. Wir müssen der Sache nur ganz entspannt entgegenblicken und uns unsere Hochzeit in den allerschönsten Farben vorstellen und ausmalen. Dann führt uns das Leben genau zu dieser fantastischen Feier. Alles soll so kommen, wie es kommt«, ermutigte sie mich. »Lass uns das Fest so visualisieren, wie wir es uns vorstellen, dann wird es Wirklichkeit. Ganz bestimmt.«

»Liebes, ich wünsche mir nichts mehr, als dass das so ist.« Ich bewunderte Insas optimistische Zuversicht und hoffte, dass sie recht behalten würde, schaffte es aber nicht immer, es ihr gleichzutun.

»Wie das hier duftet«, schwärmte eine Kundin, die gerade das *Zuckerhüs* betreten hatte, und riss mich damit aus meinen Überlegungen. »Ich habe über Social Media von Ihnen erfahren und konnte es nicht erwarten, Ihrer zauberhaften Manufaktur einen Besuch abzustatten.« Die Blicke der zierlichen dunkelhaarigen Frau mit den hellblauen Augen gingen bewundernd durch den Raum. »Ich habe gelesen, dass Sie hier Bonbonworkshops anbieten.«

»Ja, das ist richtig. Noch sind ein paar Plätze frei für den nächsten Kurs.«

»Was für ein Glück. Ich habe im Netz nach Aktivitäten für meinen Jungen gesucht, der sich hier mit dem Ankommen auf Sylt ein wenig schwertut. Weil er zwar schüchtern ist, aber eine große Leidenschaft für Bonbons und Süßigkeiten hegt, wie wahrscheinlich die Mehrheit aller Kinder, habe ich mir überlegt, dass ein solcher Kurs etwas für ihn sein könnte.«

»Bestimmt. Wir geben alles, damit jedes Kind sich wohlfühlt. Ich behaupte, hier ist nach unseren Workshops noch nie jemand ohne ein Strahlen im Gesicht aus dem Laden gegangen.«

Sie lächelte. »Das glaube ich sofort.«

»Wohnen Sie erst neuerdings fest hier auf Sylt?« Was sie zum Ankommen auf der Insel gesagt hatte, ließ mich aufhorchen.

»Ja. Mein Sohn und ich sind gerade erst nach Sylt gezogen und wollen hier einen Neustart wagen«, stellte sie sich vor. Sofort dachte ich an meinen Start hier auf Sylt. »Ich stehe noch am Anfang meiner Selbstständigkeit. Als Angestellte in einer Eventagentur habe ich bereits viele Jahre vor allem Hochzeiten betreut. Nun wage ich das Abenteuer und habe mich darauf spezialisiert und eine eigene Hochzeitsplanungs-Agentur Nordlichterliebe eröffnet. Darüber hinaus habe ich eine Fortbildung zur freien Traurednerin absolviert.«

»Wow, das klingt traumhaft. Sylt ist so beliebt für Hochzeiten. Ich kann mir vorstellen, dass das hier gut nachgefragt wird.«

Sie lächelte. »Danke. Das würde mich sehr freuen. Mir ist bewusst, dass ich hier nicht das Rad neu erfinden kann. Aber jeder gibt seinem ›Baby‹ ja doch die ganz eigene persönliche Note vor dem Hintergrund der Erfahrungen und bestimmter Kontakte. Ich wollte meiner Idee einfach eine Chance geben. Hochzeiten auf Sylt und in der näheren Umgebung im Norden Schleswig-Holsteins sollen der Inhalt meiner Arbeit sein. Die Atmosphäre am Meer, barfuß heiraten im Sand. All das sind traumhafte Bedingungen für den schönsten Tag im Leben, wie ich finde.«

»Das finde ich auch. Wie spannend. Ich würde gerne mehr darüber erfahren. Bei uns steht nämlich auch bald eine Hochzeit ins Haus.«

Ihre Augen leuchteten. »Ach, wie schön. Das freut mich für Sie. Sehr gerne. Wir sollten uns unbedingt mal ausführlicher unterhalten. Sowohl über einen Auftrag als auch über eine Zusammenarbeit. Bei all den zauberhaften Produkten hier im Laden, kann ich mir auch gewisse Kooperationen gut vorstellen. Personalisierte Bonbons für die Hochzeitsgäste oder schön gestaltete Lollis als Einladungen. Heute habe ich leider nicht viel Zeit, weil ich meinen Sohn von der Schule abholen will. Es ist alles noch so neu für ihn, und ich will ihn damit nicht allein lassen. Aber wenn das geht, würde ich Linus gerne zu Ihrem Kurs anmelden. Dann komme ich ja sowieso bald schon wieder mit ihm vorbei, vielleicht ist dann etwas mehr Zeit zum Reden.«

»Wie schön, das freut mich sehr. Ich schreib ihn auf die Liste und dann quatschen wir noch mal über die Hochzeit und auch darüber, was sonst so möglich ist. Die Ideen hören sich auf jeden Fall schon toll an.« Sie nannte mir ihren Namen und eine Rufnummer. Was sie erzählte, gefiel mir und ließ mich überlegen, ob wir für unsere Hochzeit die Dienste einer Hochzeitsplanerin in Anspruch nehmen könnten. Das Angebot klang genau nach dem, was wir uns wünschten. Neben der standesamtlichen Trauung wollten wir unbedingt noch eine schöne Zeremonie mit freien Traurednern an einem besonderen Ort am Meer. Auch wir wollten regionale Dienstleister für das Drumherum engagieren, und wenn uns jemand diese Arbeiten abnehmen könnte, wäre das ein zusätzlicher Gewinn.

In einer ruhigen Minute schaute ich mir ihre Homepage an, um mir ein Bild von ihrer Arbeit zu machen. Die Seite, auf der sie ihre bisherigen Aufträge mit Fotos begleitet und dokumentiert hatte, sprach mich sofort an. Beim Betrachten ihrer Angebote kam ich noch auf eine ganz neue Idee. Cleo Seeberger bot an, Doppelhochzeiten zu organisieren. Dinge wie die Location, der Blumenschmuck, ein Pavillon für die Trauung oder gar die Buchung eines Standesbeamten fielen so nur einmal an, was sich natürlich positiv auf die Kalkulation auswirkte. Manches ließe sich in einem Abwasch organisieren und schlug nicht doppelt zu Buche. Sie hatte in ihrer bisherigen Arbeit offenbar häufig Geschwisterpaare oder Freunde parallel getraut und sich diese Idee als Marketing-Coup überlegt. Ich dachte darüber nach, Insa den Vorschlag zu machen, dass wir unsere Hochzeiten gemeinsam feiern könnten. Sie und Thore hatten eine ganz ähnliche Vorstellung von ihrer Traumhochzeit, und auch unsere Freundeskreise überschnitten sich inzwischen, sodass dies gut passen könnte. Unser Fokus lag nicht auf Prunk und Pomp, sondern im glücklichen Beisammensein mit den Menschen, die wir liebten, in einer Atmosphäre, die unseren Lebensstil, unsere Charaktere und Geschichten widerspiegelte und umrahmte. Jeder unserer lieben Gäste sollte genau so glücklich auf diesen Tag zurückschauen und eine gute Zeit unter Herzensmenschen verbringen wie wir.

Unsere Ideen und Gedanken zu kombinieren, sodass sie sich ergänzten und nicht im Weg standen, würde ein Profi wie Cleo Seeberger möglicherweise perfekt beherrschen. Damit wäre uns beiden die Last der Organisation genommen. Wir sahen uns manchmal ja sogar tagelang nicht, obwohl wir nur wenige Kilometer voneinander entfernt wohnten, so viel hatten wir um die Ohren.

Genau in diese Überlegungen hinein platzte Insa. Sie stand plötzlich kurz vor Feierabend in der Tür zum *Zuckerhüs* und verkündete ohne Begrüßung: »Liebes, es kann nicht so weitergehen, dass wir beide so viel arbeiten, dass wir nicht einmal unsere Hochzeiten planen können.« Sie stemmte empört die Hände in die Hüften. »Also, ich dachte, ich komme einfach mal vorbei. Du fehlst mir richtig. Deshalb schließt du jetzt den Laden und verbringst diesen sonnigen Frühlingsabend mit mir.«

»Wie lieb. Und du hast absolut recht«, stimmte ich ihr zu. Mein Blick ging über die Arbeitsfläche und durch den noch unaufgeräumten Raum. Ich zuckte bedauernd die Schultern. »Was du siehst, spricht leider für sich«, bemerkte ich, und Insa nickte.

»Leider ja.«

»Ich komme kaum zur Ruhe. Noch abends tobt hier das Chaos«, gestand ich mit einer Erschöpfung in der Stimme, von der ich nicht sicher war, ob nur ich sie spürte oder Insa sie ebenfalls hören konnte.

»Mir geht es ja genauso. Aber man selbst darf dabei nicht auf der Strecke bleiben. Weißt du was? Ich packe jetzt hier mit an, und wir beide räumen zwanzig Minuten konzentriert auf. Was danach nicht geschafft ist, bleibt bis morgen liegen, und wir beide gehen was essen. Nur wir zwei. Einfach mal in Ruhe quatschen«, schlug sie vor.

»Das ist eine ganz wunderbare Idee!«, stimmte ich zu.

»Dann sage ich gleich mal Thore Bescheid, dass er mich dann heute nicht zum Essen einplanen muss.«

»Levke und Peer planen einen Abend mit Pizza und Kinderkino. Vielleicht mag Thore dazustoßen.«

»Das klingt doch lustig. Bestimmt.« Insa griff zu ihrem Handy und rief Thore an. Er schien dem Vorschlag, Peer und Levke Gesellschaft zu leisten, zuzustimmen.

»Perfekt!« Insa hob die Handflächen. »Na dann, lass uns loslegen.«

Wir wirbelten durch das *Zuckerhüs*, füllten die leer gekauften Regale wieder auf, legten Tüten bereit und reinigten alle Flächen. Insa war so oft bei uns in der Bonbonmanufaktur, dass sie sich fast so gut auskannte, als würde sie hier arbeiten. Zum Schluss legte ich schon einmal die Bestellungen bereit, die am nächsten Tag abgeholt werden sollten, kontrollierte, ob alle Bonbonschütten geschlossen waren, und drehte die mit Kreide geschriebene kleine Tafel an der Eingangstür um, sodass von außen jetzt zu lesen war: »Wir sind morgen wieder für Sie da.«

Es war wirklich faszinierend, was man in so kurzer Zeit schaffen konnte, wenn man konzentriert an einer Sache dranblieb.

»Ich flitze kurz einmal in die Wohnung und ziehe mir was anderes an. Bin gleich wieder da«, erklärte ich. »Oder willst du mitkommen?«

»Ich warte hier«, sagte Insa und setzte sich auf die Bank vor der Manufaktur. »Es fühlt sich heute schon wie Sommer an. Da muss ich jede Minute der Sonnenstrahlen nutzen. Ist es nicht ganz wundervoll?«

»Ganz wundervoll, absolut«, stimmte ich ihr zu und schmunzelte beim Anblick meiner Freundin, die die Hände hinter dem Kopf verschränkte und die Augen schloss, das Gesicht von der Sonne leuchtend angestrahlt. Die bunten Steine ihrer langen Halskette reflektierten die Sonnenstrahlen und ließen farbenfrohe Muster über ihr Kleid tanzen.

Ein Lächeln auf den Lippen, wandte ich mich ab und stieg in die Wohnung hinauf, die über einen separaten Eingang erreichbar über dem *Zuckerhüs* lag. Sie war noch leer. Peer und Levke waren noch unterwegs. Ich zog mich um und schrieb Peer einen Zettel mit einem lieben Gruß und der Nachricht, dass Thore später vorbeikommen würde. Als ich ihn dort ablegte, wo wir immer derlei Botschaften hinterließen, fand ich einen Zettel von Levke.

Sie ging jetzt schon lange genug zur Schule, um einfache Sachen halbwegs sicher schreiben zu können. »Unser Zuhause« hatte sie in sorgfältigen Lettern notiert. Darunter ein Herz mit den Buchstaben »L + P + M + A«. Lächelnd ergänzte ich den Zettel um ein weiteres Herz und schrieb »Hab euch lieb. Kuss« dazu. Schnell rief ich bei unserem Bekannten Erik an, dessen Restaurant sich zu unserem zweiten Wohnzimmer entwickelt hatte und der mir unseren Lieblingstisch zusagte.

Dann lief ich die Treppen hinunter und kam wieder bei Insa an, die gerade telefonierte. Sie hatte ihr Handy zwischen Ohr und Schulter geklemmt und machte sich mit einem Stift umständlich Notizen in ihrem Kalender. Aus den Antworten hörte ich heraus, dass es ein geschäftliches Telefonat war.

Es dauerte einige Minuten, bis Insa aufgelegt hatte. Eilig notierte sie noch etwas, als sie das Büchlein wegsteckte und aufsprang.

»Dann jetzt aber endlich los«, sagte sie und rollte die Augen. »Es will derzeit einfach kein Ende nehmen mit den Aufträgen. Ist ja gut, aber ein wenig ruhiger dürfte es schon sein. Ob ich allerdings so jemals auch über eine eigene Vermietung nachdenken kann, ist fraglich. Das würde meine Zeit gerade kaum hergeben.«

»Wachstum ist immer eine zweigleisige Geschichte«, gab ich zu. »Genau wie Erfolg. Ich freue mich einerseits, dass die Leute uns die Manufaktur einrennen, andererseits kommen mir meine Beine abends vor wie Blei, so schwer sind sie vom vielen Hin- und Herlaufen und kaum Ausruhen. Und durch die vielen Läden und Hotelshops, in denen wir eine kleine Auswahl unserer Bonbons anbieten, wurde natürlich was Großes zusätzlich geschaffen, aber es bedeutet auch viel mehr Arbeit. Wir müssen deutlich mehr produzieren, und auch das braucht Zeit. Ich verstehe, was du meinst. Der Tag hat ja nur eine begrenzte Anzahl an Stunden. Aber heute Abend nehmen wir uns mal wieder Zeit nur für uns«, freute ich mich und hakte Insa unter. »Wir gehen zu Erik.« Im Gehen lehnte ich den Kopf an Insas Schulter. »Ich hab ihn eben angerufen und unseren Tisch reserviert.«

»Ich freue mich«, sagte meine Freundin.

»Ich mich auch. Außerdem wollte ich sowieso was mit dir besprechen«, erklärte ich und erntete einen erwartungsvollen Blick von der Seite. »Ich habe jemanden kennengelernt und mir was überlegt. Dazu würde ich gerne deine Meinung erfahren«, setzte ich dann an, und Insa hob verblüfft die Augenbrauen.

»Und das wäre?«

»Sei nicht so ungeduldig, das erkläre ich dir gleich in Ruhe.« Ich kicherte leise. Unsicher lachte Insa auf.

Vor dem weißen Reetdachhaus, neben dessen Eingang große Windlichter mit flackernden Kerzen standen, blieben wir kurz stehen. Erik nahm uns in Empfang.

»Herzlich willkommen, die Damen«, begrüßte er uns.

»Hallo, Erik.« Ich wandte mich an Insa. »Das Wetter ist heute Abend noch so mild und angenehm. Ich habe direkt nach unserem Lieblingstisch im Garten gefragt, oder was meinst du? Willst du lieber drinnen sitzen?«

»Draußen ist toll«, stimmte Insa zu. »Schön, dass es geklappt hat, Erik, danke.«

»Für euch doch immer«, erklärte Erik und führte uns zu einem Tisch, der windgeschützt an der Hauswand stand und einen wunderschönen Blick über den Garten bot. Tische mit Kerzen darauf und indirekte Strahler entlang des Friesenwalls boten ein behagliches Licht. Die meisten Tische waren bereits besetzt. Das Team hatte gut zu tun.

Wir wählten beide einen Salat mit gebratenem Ziegenkäse und geröstetem Brot. Zum Abschluss wollten wir uns als Dessert jeweils eine Kugel des hausgemachten Eises gönnen. Während wir auf unser Essen warteten, rückte ich endlich mit der Sprache heraus.

»Insa, ich habe mir etwas überlegt. Noch ist es nur ein erster Gedanke, und um das konkret anzugehen, müssen wir natürlich noch mit Thore und Peer sprechen. Aber zuallererst wollte ich es dir vorschlagen.«

»Soso?« Irritiert drehte Insa das Glas in den Händen und schaute mich erwartungsvoll an.

»Wir haben ja beschlossen, dass wir einander Trauzeugen sind und wir beide für unsere Feier vor allem Wert auf eine harmonische Zeit mit lieben Menschen legen. Dabei ist der Kreis derer, die wir dabeihaben wollen, ja sehr ähnlich bei uns«, setzte ich an, und Insa nickte.

Insa verstand nicht, worauf ich hinauswollte, und legte die Stirn in Falten. »Nun mach es nicht so spannend, Liebes.«

»Was hältst du davon, wenn wir unsere Feiern nicht nur gemeinsam planen, sondern wenn wir zusammen eine Feier planen. Als Doppelhochzeit. Könntest du dir das vorstellen?«

»Oh, wow!« Verblüfft nickte Insa. Sie ließ das kurz auf sich wirken, bevor sie sagte: »Das ist eine tolle Idee. Ja, und ich kann mir das sehr gut vorstellen.«

Ich legte die Hand auf meine Brust und atmete tief. »Wie schön! Das habe ich gehofft. Wir haben so viele ähnliche Vorstellungen. Die wunderschöne Hochzeit von Ole und meiner Mutter mit der anschließenden Feier im *Zuckerhüs* hat uns beiden so gut gefallen – wir wollen es bunt und leicht und ursprünglich. Genau das ist dieser Ort. Wo könnte es für eine Hochzeit im familiären Kreis besser passen?«

»Ganz genau.« Insa nickte. »Es war so zauberhaft. Wenn ich an unsere Hochzeit denke, sehe ich die Bilder aus Alvas Garten vor mir.«

»Wir beide haben die Vorstellung, dass wir die Zeremonie gemeinsam mit allen Gästen am Strand stattfinden lassen, vorher im Standesamt in Keitum, oder?«

»Auch richtig. Aber, ohne das abwerten zu wollen. Meinst du, dass wir weniger Arbeit haben, wenn wir *gemeinsam* feiern?«

»Wenn wir alles gemeinsam planen, hätten wir zwar ein paar Gäste mehr, weil sich natürlich nicht alle unserer Freunde und Verwandten überschneiden, aber alles andere müssen wir nur einmal rechnen. So könnten wir es uns leisten, eine Hochzeitsplanerin zu engagieren, die all die Dinge für uns in die Hand nimmt, zu denen wir nicht kommen. Sie könnte unsere Vorstellungen umsetzen und uns die Traumhochzeit planen, ohne dass wir selbst schon während der Planung vor lauter Stress zusammenbrechen. Und wir könnten vieles in einer Planung zusammenfassen, was sonst doppelt aufwendig wäre. Monetär und zeitlich«, fuhr ich fort. »Ich habe eine junge Frau kennengelernt, die genau so was anbietet. Sie plant Hochzeiten und ist darüber hinaus auch freie Traurednerin. Sie hat ihren Sohn bei mir für einen Workshop angemeldet. Der erste Eindruck war supersympathisch. Ich habe auch kurz mit der Bekannten aus dem Standesamt schon gesprochen. Sie würde es ermöglichen, unsere beiden Termine auf unseren Wunschtag zusammenzulegen.«

»Okay«, kam es gedehnt. »Ob das Universum meine Bitte doch erhört und dir diese Frau geschickt hat?«

»Möglich.« Ich lächelte verschwörerisch.

»Das klingt sehr gut, absolut.« Insa hob die Augenbrauen. »Nur, was kostet das? Wäre das in Eigenregie nicht günstiger? Eigentlich ist das Organisieren ja mein Job. Ich müsste mich da natürlich in all die Themen erst mal reinlesen und so weiter. So eine Hochzeit ist doch was anderes als die Vorbereitung eines angenehmen Sylt-Aufenthalts.«

»Ich weiß nicht, was genau das kosten würde«, gestand ich. »Aber genau das, was du eben gesagt hast, und die Frequenz unserer Treffen in den letzten Wochen haben doch gezeigt, dass wir es allein nicht so hinbekommen, wie wir es uns wünschen. Uns fehlt einfach die Zeit, es perfekt werden zu lassen. Ich fand sie auf Anhieb so nett, und wir waren auf einer Wellenlänge. Schon, was sie im Laden erzählt hat, klang toll. Dann habe ich noch ein wenig auf ihrer Seite gestöbert. Was da stand, war überzeugend, und auch ihre Seite mit den Referenzen sprach mich sofort an. Ich könnte mir gut vorstellen, dass sie das für uns macht, und ich finde, wir sollten sie richtig kennenlernen und uns ein Angebot von ihr machen lassen.«

»Du hast recht!«, entschied Insa. »Wir sind einfach zu wichtig und beschäftigt, um unsere eigene Hochzeit zu planen.«

Ich lachte und reichte ihr dann mein Handy. »Hier, schau doch ihre Seite schon mal an.« Ihr gefiel ebenso, wie Cleo Seeberger sich auf ihrer Website präsentierte.

»Ich bin ganz euphorisch, aber jetzt lass uns erst einmal den Abend genießen.«

Die Luft im Garten des Restaurants war lau, dezent untermalt von einem säuselnden Wind, der um das reetgedeckte weiße Haus zog. Den flackernden Kerzen in den Windlichtern konnte er nichts anhaben. Auch unserem Wohlfühlgefühl nicht, denn er war nicht kühl, sondern angenehm schmeichelhaft. Es war ein so milder Frühling, wie die Insel ihn lange nicht erlebt hatte, der nun sanft in den Sommer überging.

Die köstlichen Düfte feiner Speisen in der Nase, das Klappern von Besteck und leise Unterhaltungen im Hintergrund, genossen wir die Atmosphäre, die schon vom Sommer erzählte. Sie gab einen zarten Vorgeschmack auf die kommenden Monate.

»Wenn ich hier so sitze, kann ich mich schon direkt auf unsere Feier träumen. Ich sehe den Pavillon in Alvas Garten, wo wir das Büfett mit den Speisen aufbauen, die bunten Lampions und Kerzen überall, pastellfarbene Decken und Kissen auf den weißen Sitzbänken, die am großen Tisch stehen. Hussen über den Stühlen, die in der anderen Ecke des Gartens eine eigene kleine Ecke bilden. Die Candy-Bar wird wahrscheinlich im Innern des Hauses oder an einem schattigen Platz aufgebaut sein, damit die Bonbons nicht in der Sonne schmelzen. Ach, Liebes, das wird toll!« Ich geriet förmlich ins Schwärmen.

»Ich sehe es auch schon vor mir. Ich werde mal mit Thores Bruder Hannes reden, ob er das Catering machen will. Ich kann mir gut vorstellen, dass er uns ein Menü nach unseren Wünschen zusammenstellen kann und uns was Feines zaubert.« Insa leckte sich um den Mund, und ich lachte.

»Sehr gerne! Cleo Seeberger ist übrigens nicht nur zu Besuch hier. Sie ist auch gerade erst nach Sylt gezogen und baut hier ihre Selbstständigkeit auf. Diese Parallele zu meiner Geschichte und auch der von dir und Thore könnte doch als Rahmenbedingung sogar ganz stimmig sein, was meinst du?«

Insa nickte. »Wen fragst du das? Es gibt ja für mich keine Zufälle, und sie ist ganz bestimmt nicht aus Versehen gerade jetzt in deinen Laden gestolpert.« Sie grinste. »Das könnte alles ganz nach meinem Geschmack laufen.« Insa, die seit jeher an das Schicksal glaubte und jeder Begegnung im Leben einen Sinn zusprach, ob positiv oder negativ, gefiel diese Verbindung sofort.

»Ich rufe sie morgen mal an und frage sie nach einem gemeinsamen Treffen. Beim Kurs werde ich sie ja auf jeden Fall noch ein wenig besser kennenlernen. In zwei Tagen kommen sie vorbei, und dann mache ich mir schon einmal ein Bild.«

»Dann darf es vielleicht bald wunderbar romantisch weitergehen mit unserem zuckersüßen Sylter Sommermärchen mit dem Kapitel einer Doppelhochzeit.« Insa rieb sich die Hände.

»Aber lass uns doch jetzt direkt mal mit unseren Männern reden, ob sie grundsätzlich was dagegen haben. Sonst müssen wir uns gar keinen Kopf machen.«

Also brachen wir nach dem Essen auf und überfielen die beiden mit unserer Idee. Levke war bereits im Bett, und so hatten wir genug Zeit, um alles zu besprechen.

Von der Doppelhochzeit waren beide sofort begeistert.

»Marla hat eine Hochzeitsplanerin kennengelernt«, sagte Insa. »Normalerweise ist Organisation ja genau mein Steckenpferd. Aber wir alle haben durch die Selbstständigkeit so wenig Zeit. Wir denken, es kann nur sinnvoll sein, uns Unterstützung zu holen. Gerade unsere Hochzeiten sind so wichtig. Das sollte nicht stiefmütterlich nebenher geplant werden, und nur das wäre uns derzeit möglich. Was meint ihr dazu?«

»Klar. Das klingt nach einem Plan. Und wenn ihr wen Nettes kennt, warum nicht? Es sei denn, wir müssen dafür einen Kredit aufnehmen. Ich habe keinen Plan, was so was kostet.« Es war Thore, der diese berechtigten Gedanken äußerte.

»Darüber müssen wir in der Tat noch sprechen, das ist klar. Wenn das nicht passt, dann war es einen Versuch wert«, erklärte ich. »Insa und ich wollen uns einmal ganz in Ruhe mit Cleo treffen und die wichtigsten Grundlagen besprechen. Aber dafür müsst ihr natürlich mit der Idee einverstanden sein, das ist klar.«

»Oh, da hab ich keinerlei Bedenken. Wenn ihr drei euch versteht, dann wird's mit uns Männern ja wohl auch klappen. Ich vertrau euch da voll und ganz. Wie siehst du das, mein Freund?«, sagte er, an Peer gewandt.

Dieser stimmte ebenso zu. »Ich kann mir gut vorstellen, die Planung unserer Hochzeit in die Hände einer Planerin zu legen. Und dass wir zusammen feiern, ist mega! Eine tolle Idee. Warum sind wir da nicht viel eher draufgekommen?«

»Ach, ich freu mich so«, seufzte ich strahlend. »Ich schicke mal den Link zu ihrer Seite in unsere Nachrichtengruppe, dann können wir alle mal stöbern und uns ein Bild machen.« Insa und ich wechselten einen aufgeregten Blick. Es freute uns, dass sie von unseren Plänen auf Anhieb so überzeugt waren. Ihnen war ebenso wichtig, dass wir uns auf den Tag einlassen und ihn in vollen Zügen genießen konnten und uns nicht von dem Stress der Planungen überwältigen ließen. Was wir uns überlegt hatten, könnte da eine gute Basis darstellen.

Meine Aufregung stieg, je näher der Kurs rückte, und ich konnte es nicht erwarten, Cleo Seeberger wiederzusehen.

Levke sprang schon den ganzen Vormittag um mich herum. Sie wollte ebenso an dem Workshop teilnehmen – als meine persönliche Assistentin, wie sie immer wieder betonte –, während Peer am Nachmittag noch einen Termin hatte und Alva mich unterstützen wollte. Meine kleine Assistentin half mir bei den Vorbereitungen, bis die Teilnehmer eintrafen. Jedes Kind bekam eine Kochmütze, dazu eine Schürze und Handschuhe. Diese stapelte sie sorgfältig aufeinander und verteilte sie an den einzelnen Arbeitsplätzen. Auf den Gläsern, in denen sich die kleinen Zuckerbäcker am Ende des Kurses ihre eigene Lieblingskreation zusammenstellen konnten, notierten wir die Namen.

Levke übernahm diese Aufgabe, während ich die Etiketten aufklebte. Beim Namen »Linus« stockte sie.

»Ich kenne auch einen Linus«, erklärte sie verblüfft. »Der ist neu bei uns in der Klasse.«

»Ach? Das könnte dieser Junge sein. Seeberger ist sein Nachname. Seine Mama hat erzählt, dass sie erst seit kurzer Zeit auf Sylt wohnen.«

»Ja! Seeberger? Kann sein, keine Ahnung. Ich glaube, er ist nett. Er ist nur so still«, erklärte Levke und zuckte die Schultern.

»Meinst du, dass er vielleicht noch schüchtern ist, weil er neu hier ist und niemanden kennt?«

»Bestimmt. Er sagt irgendwie nie was und hat noch keine Freunde. Aber wenn wir alle gemeinsam in der Pause spielen, dann lächelt er manchmal ganz lieb.«

»Dann fehlen ihm sicher hier noch die Kontakte«, vermutete ich, und Levke nickte. »Hast du ihn denn schon mal angesprochen?«

»Nur kurz. Ich dachte, er will das irgendwie gar nicht.« Levke überlegte. »Wenn er hierherkommt zum Kurs, kann ich ihn ja fragen, ob wir Freunde sein wollen. Ich weiß, wie doof das ist, wenn man neu wohin kommt. Die Leni und die Fine kannten sich ja auch schon, als wir eingeschult wurden. Und ich kannte niemanden. Das war manchmal echt blöd.« Levke nickte mit wichtigem Gesicht, und ich strich ihr über den Rücken. »Aber wenn ich gesagt habe, dass Alva meine Uroma ist und wir einen Bonbonladen haben, dann waren sofort alle begeistert.« Sie sagte das mit weit aufgerissenen Augen und schüttelte dabei den Kopf. Ich musste lachen.

»Verstehe! Na, wie gut, dass du so tolle Freundinnen gefunden hast. Und ich bin mir sicher, die würden dich genauso gerne mögen, wenn deine Uroma keine Bonbons zaubern könnte.« Sanft lächelte ich und strich dem Mädchen über den Kopf.

»Leni und Fine ganz bestimmt«, sagte sie, grinste breit und

nickte. Weiter ging es mit den nächsten Namensschildern auf den Gläsern. Levke gab sich viel Mühe und schrieb jeden Buchstaben mit einer anderen Farbe. Die Gläser passten damit wundervoll zur kunterbunten Bonbonwelt des *Zuckerhüs*. Mir machte es Freude, zu sehen, wie engagiert sich Levke mit in unsere Manufaktur einbrachte. Sie war ein wahrer Schatz und in ihrer Art oft ein Abbild ihrer herzensguten Urgroßmutter. Ein ebenso positiver Mensch, der alles, was er tat, mit viel Liebe zum Detail anging.

Die Zeit bei ihrer »Ama«, wie sie sie nannte, war wertvoll für das Mädchen. Auch für Alva war es ein Gewinn, ihre Urenkelin nun immerzu bei sich zu haben. Hatte sie, bevor ihre Familie nach Sylt gezogen war, noch vermehrt mit den Wehwehchen des Alters zu kämpfen, so wirkte das Kind wie ein Jungbrunnen für sie. Plötzlich tobten die beiden wieder durch den Garten und machten ausgedehnte Radtouren über die Insel. Manchmal drehten sie auch mit Alvas Freund Boy eine Runde auf seiner Kutsche durch den Ort, woran die kleine Pferdefreundin Levke besonderen Spaß hatte. Ihr Highlight war, wenn sie den Weg hin und zurück zur Weide, sicher am Strick in Boys starker Hand, auf dem Rücken der mächtigen Kaltblüter erleben durfte. Und während Levke ihnen im Geschäft mittlerweile sooft sie wollte hilfreich zur Hand gehen konnte, hatte Alva sich ein klein wenig zurückgenommen, um sich zu schonen. Aber sie war dennoch präsent und immer zur Stelle, wenn ihr besonnener Rat oder ihr fantastischer Wissensschatz gefragt waren. Gemeinsam waren wir ein gutes Team geworden und ergänzten uns in so vielen Punkten hervorragend.

Als wir nach Ende der Mittagspause die Ladentür aufschlossen, wartete davor bereits der erste Teilnehmer mit seiner Mutter – Cleo Seeberger.

»Moin, schön, dass ihr da seid«, sagte ich. »Du musst Linus sein? Ich bin Marla.«

Der Junge nickte mit einem zaghaften Lächeln um die Lippen. Wie so üblich in unserem *Zuckerhüs*, ging ich direkt zum Du über.

»Moin«, murmelte er.

»Cleo, moin.«

»Moin, Marla«, erwiderte die zierliche Frau und lächelte. »Das *Zuckerhüs* ist so ein Traum. Ich komme seit meinem Besuch aus dem Schwärmen nicht mehr heraus. Diese Farben, die einen schon von draußen magisch anziehen, und dann dieser Duft, wenn die Tür sich öffnet – einfach wunderbar. Oder, mein Schatz?« Sie hatte den Arm um die Schultern des Kindes gelegt und blickte ihn lächelnd an.

»Ja«, kam es leise von dem Jungen, der ebenso dichtes, dunkles Haar und eisblaue Augen hatte wie seine Mutter.

»Das freut mich. Ich habe gehört, du kennst bereits eine Teilnehmerin«, sagte ich und deutete hinter mich, wo gerade Levke auftauchte. Über das Gesicht des Jungen zog ein liebenswertes Lächeln, aus dem aufrichtige Freude sprach.

»Levke! Hi.«

»Hi, Linus. Cool, dass du heute hier bist. Wusstest du schon, dass meiner Uroma das *Zuckerhüs* gehört?«

»Echt?« Linus' Augen strahlten noch ein wenig mehr, als Levke stolz nickte.

»Cool«, kam es gedehnt.

»Komm doch mit rein. Ich zeig dir alles«, bot Levke ihm an, und ich freute mich, dass sie dem Jungen die Hand reichte, wodurch er sofort auftaute und sich wohlzufühlen schien.

»Das ist ja toll, dass Linus so lieb in Empfang genommen wird«, erkannte auch seine Mutter. »Er tut sich mit neuen Situationen und unbekannten Gruppen leider ein wenig schwer. Nur die Bonbons konnten ihn heute locken.« Bedauernd hob sie die Schultern und schaute ihrem Sohn nach. »Er ist sehr schüchtern.

Levke hat mit ihrer herzlichen Begrüßung auf jeden Fall schon das erste Eis getaut. So erlebe ich ihn selten.«

»Sie ist ein Schatz. Vorhin, beim Schreiben der Namensschilder, hat sie mir von dem neuen Linus in der Klasse erzählt und beschlossen, dass sie ab heute Freunde sein könnten.« Ich guckte zu den Kindern. Levke zeigte Linus gerade die einzelnen Regale mit den Bonbonsorten darin. »Sie will ihn nachher fragen, ob er das auch möchte. Levke ist die Tochter meines Verlobten. Ich bin auch erst letztes Jahr nach Sylt gekommen, ungefähr zeitgleich mit Levke. Es ist also noch präsent, wie das für sie war, hierherzuziehen. Ich glaube, Levke kann sich ganz gut in jemanden hineinversetzen, der dabei ist, Anschluss zu finden. Sie weiß, wie es ist, wenn man neu irgendwo ist und meint, alle anderen kennen sich schon ewig.«

»Sehr empathisch, ja. Das ist in der Tat gerade noch Linus' Thema.«

»Ein Umzug ist auch mit vielen Herausforderungen verbunden«, stimmte ich zu und schaute den Kindern hinterher. Levke stand mit Linus nun vor der gläsernen Manufaktur.

»Willst du denn erst mal dabeibleiben, wenn das Linus Sicherheit gibt?«

»Oh, das ist lieb. Levke scheint ihm eine große Hilfe zu sein, aber wenn das geht, würde ich vielleicht die erste Viertelstunde hierbleiben.«

»Klar, gerne. Du wolltest dich zum Thema Kooperation ja auch noch einmal genauer umschauen. Vielleicht magst du hier einen Blick drauf werfen?« Ich deutete zu einer Ecke, in der wir individualisierbare Bonbons ausgestellt hatten. »Hier sind einige Beispiele dafür, wie es aussehen kann, wenn man die Initialen in Bonbons oder Lollis einarbeitet. Gerade zu Hochzeiten ist das ein gerne genutztes kleines Geschenk an die Gäste. Auf Wunsch stellen wir auch ganze Candy-Bars zusammen, die wir an der Hochzeitslocation aufbauen und die den Gästen dann, prall gefüllt mit jeglichen Süßigkeiten, den ganzen Tag zur Verfügung stehen.«

»Ein Traum! Ich merke schon, dass ich das *Zuckerhüs* ganz dringend mit in die Liste der regionalen Partner aufnehmen sollte, mit denen ich hier in der Planung von Hochzeiten zusammenarbeiten will.«

»Das würde uns freuen. Wir verlinken dich auch gerne als Referenz auf unserer Homepage und nehmen deine Dienstleistungen und dazu Bilder der Hochzeitssüßigkeiten mit auf in den Katalog, den wir hier auslegen und in dem auch künftige Brautpaare stöbern können. So finden sie vielleicht auch den Weg zu dir und deiner Agentur.«

»Klasse. Das klingt sehr gut.« Cleo freute sich und schritt die Regale ab, während ich mich der Tür zuwandte und die restlichen Kinder in Empfang nahm.

Eine quasselnde Gruppe aus zufrieden grinsenden Jungen und Mädchen reihte sich irgendwann erwartungsvoll vor mir auf, und nach wenigen Instruktionen konnte es endlich losgehen. Mit leuchtenden Augen richteten sich die kleinen Zuckerbäcker an den vorbereiteten Plätzen entlang der Arbeitsfläche ein.

Auch Alva war jetzt dazugekommen und stellte sich dem Team vor. Sofort waren alle sichtbar angetan von Levkes liebenswerter Uroma, die mit viel Charme und gelassenem Witz die kribbelig aufgeregte Gruppe zur Ruhe brachte.

»Zuallererst gönnt sich jeder von euch mal eine kleine Vorspeise.« Sie öffnete ein Bonbonglas und entnahm mit einer Zange je ein Bonbon für jedes Kind. Die genossen die Süßigkeiten und strahlten um die Wette. Dann ging es los zum Waschbecken und zur Vorbereitung. Während ich die Zuckermasse zum Kochen brachte und sie zur Verarbeitung fertigstellte, erzählte Alva den Kindern ein wenig über die Entstehung unserer Bonbons.

Mit gewaschenen Händen und Hauben auf dem Kopf versammelten sich die Kinder schließlich rund um den Tisch und begannen nach Alvas Anweisung, den auf Verarbeitungstemperatur abgekühlten Teig zu kneten.

Ich demonstrierte am Haken, der an der Wand angebracht war, wie wir zusätzlich Luft in das Zuckergemisch brachten, damit es diesen wunderbar glänzenden Schimmer erhielt. Jeder durfte selbst einmal ausprobieren, wie es sich anfühlte, diese Bewegung auszuführen, die so leicht wirkte, dabei aber ganz schön Muskelkraft erforderte. Mit hochroten Wangen gaben die Kleinen jedoch alles und zauberten schillernde, pastellfarbene Zuckerkunstwerke.

Auch Linus, der nicht von Levkes Seite wich, war mit Feuereifer dabei, und seine Schüchternheit kehrte erst zurück, als ich die Kinder aufforderte, sich ihre eigene kleine Auswahl zuckriger Lieblingssüßigkeiten aus unserem Sortiment zusammenzustellen. Unsicher hielt er sich im Hintergrund und traute sich nicht, den anderen zu folgen, die direkt auf die Schütten mit den Bonbons zuliefen.

»Linus, komm! Soll ich dir mal zeigen, was ich am liebsten mag?«, bot Levke an, die sein Dilemma offenbar erkannt hatte, und zog ihren neuen Freund am Arm. Augenblicklich erschien ein Lächeln auf seinem Gesicht, und er wirkte erleichtert.

»Klar!« Er lief Levke hinterher und wählte die gleichen Dinge aus, die Levke ihm vorschlug. Wenig später kehrten alle mit ihren Errungenschaften an ihre Plätze zurück.

»Das, was ihr eben gezaubert habt, habt ihr für euch gemacht. Jetzt wollen wir noch was anfertigen, was ihr euren Eltern oder Großeltern schenken könnt. Die freuen sich bestimmt«, schlug ich vor, und die Kinder machten sich begeistert wieder ans Werk.

2

Insa

Heute stand viel auf meiner To-do-Liste. Meine Freundin und langjährige Stammkundin Sylta, die jeden Sommer in ihrem direkt am Watt gelegenen Haus in Braderup verbrachte, hatte angekündigt, spontan einen Monat eher als sonst anzureisen, weshalb ich noch einiges zu erledigen hatte.

Ich hatte den Tag mit einer kleinen Meditation begonnen – diese Rituale erdeten mich, einten mich mit mir selbst und gaben mir das Gefühl zurück, dem Alltagsstress gewachsen zu sein. Sie taten mir gut, besonders wenn ich wusste, dass ein arbeitsreicher Tag vor mir lag, an dem ich mit vielen Menschen umgehen und mich auf sie einlassen musste. Anschließend nahm ich mir die Zeit, zusammen mit Thore ein gemütliches Frühstück auf der Terrasse meiner kleinen Wohnung in Archsum zu genießen.

Es war ein sonniger, milder Morgen und versprach, ein freundlicher Tag zu werden. Das Glas-Mobile, welches Marla mir geschenkt hatte, als sie zu Peer ins *Zuckerhüs* gezogen war, und das mich an bunte Bonbons erinnerte, drehte sich im Wind und klimperte leise.

Funkelnde Lichtspiele malten farbenfrohe Kunstwerke auf den Friesenwall, und ich blickte den tanzenden Bildern hinterher.

Emma, Thores junger Labradoodle, genoss die wärmende Sonne und hatte es sich am Rande der Terrasse im Gras gemütlich gemacht. Hin und wieder, wenn ein Sonnenstrahl sich im Glas der bunten Mobile-Perlen brach und auf die Steine fiel, jagte Emma das Licht auf dem Boden. Mal stand sie dafür auf, mal folgte sie ihm nur mit den Augen.

»Ich glaube, heute wird es schon ein richtig sommerlicher Tag«, erkannte ich. »Schade, dass ich so viel zu tun habe, sonst könnten wir nachmittags eine Runde im Meer baden gehen«, überlegte ich, und Thore lehnte den Kopf an meine Schulter.

»Oder wir tauchen erst gegen Abend in die Fluten«, erklärte er. »Wenn dir das nicht noch zu frisch ist.«

»Ich bin dabei! Gegen 18 Uhr kommt Sylta an. Ich will sie dann begrüßen und mir eine halbe Stunde Zeit nehmen.«

»Das passt doch gut. Mein letzter Kurs endet so gegen 18:30 Uhr. Klar Schiff machen kann ich vorher, dann muss ich nur noch ein paar Kleinigkeiten wegräumen und kann mich direkt auf den Weg Richtung Kampen ans Meer machen.«

»Das passt perfekt«, freute ich mich. Weil Thores Surfschule an der Wattseite lag, die sich zum Baden eher weniger eignete und wo uns auch die Wellen und das Gefühl der rauen See fehlten, würden wir nach Kampen an unseren Lieblingsstrand unterhalb des Roten Kliffs fahren.

Ein Blick auf die Uhr zeigte mir, dass ich nun wirklich aufbrechen musste, also stand ich auf, gab Thore einen liebevollen Kuss, tätschelte Emma den Rücken – sie hob nur kurz den Kopf, blieb aber liegen – und stieg gut gelaunt in mein Auto. Thore würde sich ums Abräumen und die Küche kümmern. Sein erster Kurs startete erst später.

Zwischen den sattgrünen Salzwiesen hindurch, an Keitum vorbei über Munkmarsch und Braderup, kam ich auf Kampen zu, wo ich nur etwas überprüfen musste. Auch wenn dieser Ort wie ein zweites Zuhause war, weil so viele Häuser hier lagen, die ich täglich besuchte, hatte dieses außergewöhnliche Fleckchen Erde auf mich eine immer wieder unwirkliche und magische Wirkung. Die malerischen Reetdachhäuser, die gleichzeitig gemütlich und dabei so elegant und luxuriös wirkten, waren einzigartig. Vom Ortseingang mit Blick nach rechts gingen die Grundstücke bis an das Watt heran und boten eine Lage, die ihresgleichen suchte. Sie waren für den Normalbürger unbezahlbar. Aber Kampen war für mich so viel mehr als ein Ort der Reichen und Schönen. Die Natur rundherum war wunderschön, und ich liebte es, darin spazieren zu gehen.

Glitzernd lag das seichte Wasser der Nordsee vor den grünen, mit Schilfgras bewachsenen Wiesen. Schmale Sandstrände schlängelten sich entlang der Landfläche. Bäume, die durch die stetige Windbewegung wirkten, als duckten sie sich Schutz suchend zwischen die Heidepflanzen, und dabei doch jedem Sturm trotzten, rundeten das Bild auf einmalige Weise ab.

Links von mir lag der Leuchtturm und strahlte in seinem eleganten Schwarz-Weiß stoische Sicherheit aus und schien über die ebenfalls schwarz-weißen Kühe zu wachen, die unter ihm auf den Weiden grasten. Zwischen Kampen und Braderup wanderte ich gerne am Watt entlang, um in Kampen einen Kaffee und Kuchen zu genießen. Hier kam man, inmitten der Heide, umgeben von Dünengras, Sylter Rosen, Strandnelken und Sanddorn, an einem Schiffswrack aus Holz vorbei. Herrschte Ebbe, war das Wrack »Mariann« gut zu erkennen.

Auch wenn die Überbleibsel des Bootes an ein Piratenschiff erinnerten, war die Geschichte dahinter weitaus harmloser. In den 6oer-Jahren hatte man geplant, auf dem Schiff ein Café zu eröffnen, jedoch keine Genehmigung erhalten, auch nicht für das später angedachte Kabarett, woraufhin es inoffiziell als Partyschiff genutzt wurde. Seit zu Beginn der 8oer-Jahre ein Feuer das Schiff komplett zerstört hatte, lag der ehemalige Dreimastschoner nun als Gerippe und kleine Sehenswürdigkeit vor der Insel.

Ich mochte diese geheimnisvollen Geschichten, die von Menschen, Ideen und Visionen erzählten. Mir gefiel der Gedanke, im Bauch des Schiffes zu sitzen und sich von Kabarett unterhalten zu lassen. Eine Idee, zwei Menschen voller Fantasie und Tatendrang, die gegen die Bürokratie verloren hatten. Und gleichzeitig das Schiff, dem das Meer und die Zeit deutlich zugesetzt hatten und das dennoch seine Faszination nicht verloren hatte.

Ich bog ein in die schmale Straße, die rechts und links begrenzt wurde von Friesenwällen, bepflanzt mit kugeligen Kriechkiefern. Einige der Bäume waren so kunstvoll geschnitten, dass sie an überdimensionale Eiskugel-Kreationen erinnerten. Die Bepflanzung, die in diesen Tagen laufend von Gärtnerteams bearbeitet wurde, sorgte für Privatsphäre rund um die imposanten Häuser.

Hier wünschte man keine neugierigen Touristenblicke, hier residierte man gerne unter sich und abgeschottet vom Sylter Trubel. Wohlhabende Reederfamilien aus Hamburg, alter Adel, Fernsehmoderatoren und Schauspieler durften hier ein Haus ihr Eigen nennen. Nicht selten wurden diese Objekte genannt, wenn es in den Medien um die teuersten zum Verkauf stehenden Immobilien Deutschlands ging.

Mich faszinierten und inspirierten diese Anwesen. Sie ließen mich träumen. Seit ich dank meines Jobs als Housekeeperin einen Einblick in so manches Traumobjekt erhalten hatte, war mein Staunen ins Unermessliche gestiegen. Ich hatte mir nicht vorstellen können, welch Luxus ein Haus überhaupt bieten konnte, bevor ich es mit eigenen Augen gesehen hatte. Von Duschen, die so groß waren, dass meine gesamte Küche darin Platz finden würde, über Saunaräume, die jedem Spa-Bereich eines Hotels Konkurrenz machen konnten, frei stehende Badewannen mit Blick über das Watt, Koch-inseln mit Gasherden in knalligen Farben, die wahrscheinlich kaum je benutzt wurden, bis hin zu Pools in den Gärten, die anderorts lo-cker als Freibad durchgehen könnten, war alles dabei.

Das Haus, in dem ich kurz nach dem Rechten sehen wollte, war eins der prachtvollsten Objekte, die ich betreute. Für mich war es von allem ein wenig zu viel. Zu viele Räume, zu große Zimmer, zu viel teure Kunst und ein viel zu großer Garten. Nur von persönli-chen, individuellen Details hatte es für meinen Geschmack zu we-nig. Alles war teuer, edel und pompös, nichts aber verriet etwas über den Eigentümer, außer dass er vermögend sein musste. Es fehlten die Wärme und Liebe, die für mich ein Zuhause ausmachten.

Dennoch war das Objekt natürlich, schon aufgrund seiner Lage, ein wahrer Traum. Wenn ich die Dimensionen dieses Hau-ses sah, verspürte ich Wehmut. Die Eigentümer waren nur zu zweit. Das Haus war jedoch so groß, dass eine Großfamilie samt Freunden hier Platz finden würde. Ich fand es schade, dass so ein wunderschöner Ort nur so wenigen Menschen zugänglich war, ei-nen Großteil des Jahres leer stand und die Freude darüber nicht geteilt werden konnte.

Ich glaubte an die Kraft der Manifestation, visualisierte meine Ziele und stellte mir vor, wie ich irgendwann mit Thore und lieben Freunden in einem urigen Haus, gerne auch in einem der weniger für ihren Luxus bekannten Orte, leben würde. Einen Teil des Hau-ses würden wir bewohnen, weitere Räume als Ferienwohnungen anbieten. So könnten wir die Schönheit dieser Insel und der Um-gebung mit möglichst vielen Menschen teilen. Das war mein Traum. Hier kam die Spiritualität ins Spiel.

Wenn man etwas für sich selbst für möglich hielt, entwickel-ten sich Energien, und das Unterbewusstsein verankerte Wünsche tief. Das Universum kümmerte sich dann darum, dass Wünsche in Erfüllung gingen. In meinen Augen war vieles möglich, wenn man fest daran glaubte, dem Schicksal vertraute und durch diese Fokussierung auf die Ziele seine Handlungen danach ausrichtete. Natürlich ging ein Wunsch nicht einfach eins zu eins in Erfüllung, wenn man nur lang genug daran dachte. Aber das Leben hielt das für einen bereit, was am Ende genau passen und einen glücklich machen würde. Davon war ich überzeugt.

Das hatte nicht allein etwas mit Spiritualität zu tun. Es ging um die innere Einstellung. In meinen Augen war es möglich, durch seine Gedanken die eigenen Gefühle zu lenken. Positives Denken wirkte sich auch positiv auf den Verlauf der Geschehnisse aus. Man erreichte einfach mehr, wenn man von vornherein erst einmal das Beste erwartete.

Mein Wunsch nach einer Ferienimmobilie keimte schon länger zart in mir, doch seit Thores Heiratsantrag war er immer mehr gewachsen. Dass ich Marlas Reise miterleben durfte, hatte mich wachgerüttelt. Sie hatte hier auf Sylt genau das gefunden, was sie liebte, ohne dass sie vorher gewusst hatte, was das war. Die vielen Veränderungen, die sie durchgemacht hatte, hatten auch mich dazu gebracht, zu hinterfragen, ob ich bereits zu hundert Prozent glücklich war oder es noch Luft nach oben gab.

Mit meiner selbstständigen Tätigkeit im Housekeeping ging ich bereits einer Herzensarbeit nach. Das hatte ich mir selbst aufgebaut. Über Mundpropaganda und zuverlässige Arbeit hatte ich immer mehr Kontakte geknüpft und konnte inzwischen einen großartigen Kundenstamm mein Eigen nennen. Darauf war ich stolz, und ich liebte diese Arbeit. Trotzdem wurde mein Wunsch, selbst Feriendomizile auf Sylt anzubieten, immer stärker. Entstanden war er daraus, dass ich so viele Objekte in monatelanger Leere vorfand, und mir vorstellte, wie viele Leute ein solcher Ort im Urlaub glücklich machen könnte. So aber lagen die Residenzen brach und wurden nur hin und wieder besucht, was ich sehr bedauerlich fand. So viel dieser Schönheit, die man auf Sylt erleben konnte, verebbte im Nichts der ungenutzten Anwesen, abgeschottet hinter hohen blickdichten Zäunen, nur den reichen Besitzern vorbehalten, die es wenige Wochen im Jahr in ihre Zweit- oder Drittanwesen zog.

Ich hingegen wollte den Urlaubern die Magie der Insel hautnah zeigen und sie spüren lassen, was dieser Ort mir bedeutete. In meiner Ferienimmobilie würde Gemütlichkeit vorherrschen. Man sollte sich rundherum wohl- und zu Hause fühlen.

Natürlich war mir klar, dass mir ein solches Haus nicht morgen vor die Füße fallen würde, aber man brauchte schließlich Ziele im Leben.

Meinen ersten Auftrag hatte ich schnell erledigt. Weiter ging es wieder zurück in die Richtung, aus der ich gekommen war, zu Syltas Haus, die mittlerweile für mich so viel mehr war als eine Kundin, in meinem Lieblingsort Braderup. Ihr reetgedecktes Friesenhaus war märchenhaft ursprünglich, und auch die Lage war unvergleichlich. Ihr Haus hatte von Anfang an mein Herz für sich gewonnen. Nicht zuletzt, weil Sylta und ich die Liebe zu außergewöhnlichen Skulpturen und spirituellen Details teilten, mit denen sie vor allem den Garten geschmückt hatte.

Sylta und ich hatten eine besondere Verbindung. Manifestation und Visualisierung waren unsere gemeinsamen Themen, und obwohl sie viel älter war als ich, waren wir uns sehr ähnlich. Ich freute mich, sie bald wiederzusehen. Der Austausch mit ihr tat mir gut. Ich hatte viel von ihr lernen können, und sie hatte mir so manche Weisheit mit auf den Weg gegeben, die ich verinnerliche, wann immer es mir möglich war. Begegnungen mit solchen Menschen machten für mich das Leben wertvoll. Wenn das im beruflichen Umfeld geschah und derlei Verbindungen dann weit darüber hinausgingen, empfand ich das als besonderes Glück.

Mit diesen Gedanken ging ich auf das Haus zu, welches ein wenig kleiner war als die umliegenden, für zwei Personen jedoch noch immer sehr groß. Sylta war verwitwet, seit ihr Mann mit 90 Jahren vor Kurzem verstorben war. Sie selbst war 89 Jahre alt und bisher topfit. Wenn sie für ihren Sommeraufenthalt anreiste, dann brachte ihre rund zwanzig Jahre jüngere Nachbarin Eri sie mit dem Auto auf die Insel. Häufig gingen sie zum Dank am ersten Abend gemeinsam essen, bevor auch Eri mindestens eine Nacht auf Sylt blieb und einmal kräftig die Großstadtluft wegpusten ließ. Heute wollten sie sich mit alten Freunden der beiden treffen. Ich hatte für die Gruppe einen Tisch in einem Kampener Restaurant reserviert, sodass sie sich darum nicht kümmern mussten. Auch solche Kleinigkeiten gehörten zu meinem Service für meine Kunden.

Ich schloss die Tür auf und trat in den Flur. Bei der Einrichtung, die einen hier im Haus empfing, konnte man anerkennend von »alter Pracht« sprechen. Ich mochte den hanseatischen Stil mit eleganten, klassischen Möbeln aus dunkelbraunem Holz, glänzend lackiert, doch mit durchscheinender Maserung, die mich immer an alte Segelboote erinnerten. Dazu Stoffe in Beigetönen und viele maritime Bilder an den Wänden. Die Dekoration war mit silbernen Vasen, in denen Trockenblumen arrangiert waren, edel dezent. Syltas verstorbener Mann war waschechter Hanseat mit einem Hang zur schlichten Eleganz gewesen. Aus Liebe zu ihm hatte sie nach seinem Tod etliches so belassen, wie es ihm gefallen hatte. An einigen Stellen sah man jedoch auch hier Syltas Affinität für verspielte Details durchschimmern. So zierten Gläser mit bunten Steinen oder gefärbten Muscheln die Fensterbänke oder Vitrinen. Neben den Dingen des täglichen Bedarfs an Kosmetika und einigen Kleidungsstücken war das Haus jedoch sonst recht leer. Trotzdem spürte ich hier, anders als in dem großen Objekt, wo ich eben noch gewesen war, den Geist der beiden alten Menschen. Das hier war nie einfach nur ein Haus für sie gewesen. Es war ein zweites Zuhause, ein Rückzugsort, an dem sie ganz sie selbst sein und alle großen Geschäfte auf dem Festland lassen konnten. Hier waren sie das Paar gewesen, nicht die reichen Unternehmer.

Ich schritt durch den Flur in das Wohnzimmer, um dort die Türen zum Garten zu öffnen und den Raum mit frischer Salzmeer-Luft und Sonne zu fluten.

Beim Anblick der Sitzgruppe, die trotz der vielen Jahre, in denen sie hier stand, noch wie neu aussah, mit dem Sessel daneben, in dem der Hausherr so gerne gesessen hatte, wurde ich wehmütig. Er liebte das Lesen und hatte, wann immer ich zwischendurch mal bei dem Ehepaar vorbeischaute, hier in einem seiner Bücher geschmökert, eine unvermeidliche Tasse Tee neben sich. Im letzten Winter hatte in Kampen ein Büchercafé eröffnet. Es wäre genau sein Ding gewesen, hatte ich seitdem oft gedacht und es Sylta bei ihrem letzten Besuch hier empfohlen. Wir hatten dann gemeinsam einen Tee und ein Stück Torte dort genossen, und sie war ganz meiner Meinung gewesen. Er war in Gedanken bei uns. Ich stellte mir vor, dass seine Witwe sich, vor allem hier im Haus, oft einsam fühlen musste und ihn bestimmt sehr vermisste, weil alles hier sie an ihn erinnerte. Der Gedanke schmerzte, und ich lenkte mich schnell damit ab, im Schlaf- und Badezimmer nach dem Rechten zu schauen. Außerdem schaute ich ins Atelier, wo Sylta bis heute wundervolle Gemälde mit Acrylfarben zauberte und ihre Liebe zu knalligen Farben voll auslebte. Hier standen einige Leinwände, teilweise mit Bildern bunter Blumen, teilweise aber auch Gemälde von Reetdachhäusern oder Strandmomenten. Sylta war eine echte Künstlerin.

Das Putzteam war bereits am vorherigen Tag fertig geworden.

Jeder Winkel des Hauses blitzte. Ich hatte gerade das Badezimmer mit den benötigten Kosmetika ausgestattet und im Esszimmer frisches Wasser auf den Tisch gestellt, wo später auch noch eine Obstschale stehen würde, da klingelte die Blumenhändlerin Carina. Sie lieferte mir die frischen Blumen, die ich bestellt hatte, heute ausnahmsweise, weil sie sich sowieso bei den Nachbarn um die Blumendeko für eine Familienfeier kümmern musste. So sparte ich mir einen Weg.

Ein großer prachtvoller Strauß kunterbunter Rosen verbarg ihr Gesicht, als ich die Tür öffnete. Carina lachte.

»Moin, Insa! Wenn ich mich da nicht selbst übertroffen habe, oder was meinst du?« Keck wiegte sie den Kopf.

»Und ob! Sie sind wunderschön! Genau so habe ich sie mir vorgestellt, liebe Carina. Meine Kundin wird sich freuen.«

»So soll das sein. Liebe Grüße. Ich muss auch schon wieder weiterflitzen, bis bald mal, Insa.«

»Danke, mach's gut!«

Ich arrangierte die süß duftenden Blumen als sommerlichen Farbklecks ebenfalls auf dem Esstisch, warf noch einmal einen Blick durch den Wohnraum und war zufrieden. Nun wollte ich die Dinge, die aus dem Supermarkt benötigt wurden, einkaufen gehen und den Kühlschrank füllen. Später hatte sich noch ein Handwerker angekündigt, der nach der Terrassentür schauen wollte, die nicht richtig schloss.

Auf der Fahrt zum Supermarkt rief ich bei Marla an. Ihr Bonbonworkshop sollte nun beendet sein, und ich war gespannt, was sie zu der Frau mit der Hochzeitsagentur erzählen konnte.

»Liebes, wie war's? Hat alles gut geklappt?«

»Es hat alles ganz wunderbar geklappt. Die Kinder waren wieder einmal fantastisch und haben supersüße Kreationen gezaubert«, schwärmte Marla. »Und Levke hat den kleinen Linus, der ja noch neu hier ist auf Sylt, ganz herzlich an die Hand genommen. Wir sind so stolz auf unsere kleine, große Maus.«

»Ach, toll! Das freut mich sehr. Ist Linus der Sohn von dieser Hochzeitsplanerin?«, fragte ich.

»Genau. Cleo ist auch eine ganze Weile dageblieben, weil Linus sehr schüchtern ist. Das kam mir ja ganz gelegen. So konnte ich mich ein wenig mit ihr unterhalten. Nach einer guten Viertelstunde konnten wir die Mama aber auf einen Spaziergang durch Keitum schicken. Linus war so mittendrin. Es war eine große Freude, das mit anzusehen.«

»Das klingt nach einer super Basis. Und, hat sich der sympathische Eindruck bestätigt?«

»Absolut! Sie ist ganz freundlich, interessiert und herzlich. Ich kann mir wirklich gut vorstellen, dass du sie auch gerne magst.«

»Das glaube ich sofort, so wie du sie beschreibst.«

»Linus ist sogar jetzt noch bei Levke geblieben«, erklärte Marla. »Sie sind so ins Spiel vertieft gewesen. Ich habe Cleo gesagt, dass sie ihn gerne erst später abholen kann. Hast du Zeit, zwischendurch auch vorbeizuschauen? Vielleicht triffst du sie dann ja und kannst dir ein Bild von ihr machen«, schlug Marla mir vor.

»Leider habe ich heute echt so viel um die Ohren«, bedauerte ich. »Sylta, meine älteste Kundin, die immer ihre Sommerzeit hier verbringt, reist einen Monat eher an als geplant. Ich bin gerade unterwegs und kaufe für sie ein, bereite dann noch etwas vor und muss Handwerker beaufsichtigen. Wenn sie ankommt, schnacken wir ja immer noch ein wenig, und den Abend habe ich Thore versprochen. Wir wollen in Kampen abends noch eine Runde ins Meer gehen.«

»Auch schön.«

»Wollt ihr nicht auch noch am Strand vorbeischauen? Ich denke, wir werden ab 19 Uhr da sein.«

»Eine gute Idee. Das milde Wetter lädt ja dazu ein. Ich spreche mal mit Peer, ob er auch noch Lust hat. Levke ist bestimmt dabei.«

Ich hielt auf dem Supermarktparkplatz und verabschiedete mich von Marla. Schnell hatte ich alles gefunden. Zunächst kaufte ich nur für ein, zwei Tage ein. Das handhaben wir immer so. Was Sylta darüber hinaus benötigte, brachte ich dann später vorbei. So war immer alles frisch, und ich kaufte wirklich das, was sie gerade brauchte. Ich nahm noch eine Packung der Bonbons aus dem *Zuckerhüs* für Sylta mit.

Marla hatte angeleiert, dass ihre Manufaktur im örtlichen Einzelhandel auf Sylt kleine Pop-up-Stores hatte, wo eine Auswahl ihrer zuckrigen Kunstwerke angeboten wurde. Für die volle Produktpalette würden die Kunden dann den Laden in Keitum besuchen müssen. Marla hatte erzählt, dass sie über diesen Weg bereits gute Erfolge erzielten. Messbar war das, weil jedem Supermarktgläschen ein kleiner Gutschein beilag, der auf den ersten Einkauf im *Zuckerhüs* angerechnet wurde. Kam ein Gutschein zurück, war es wieder einmal gelungen, und man hatte einen Kunden für die Manufaktur gewonnen.

Obwohl natürlich auch in Syltas Begrüßungspäckchen, das jeder meiner Kunden bei der Anreise erhielt, bereits ein Glas Bonbons von Marla und Alva lag, wollte ich ihr mit diesem Extraglas mit ihrer Lieblingssorte Himbeer-Sahne eine besondere Freude machen.

Schmunzeln musste ich über die beiden Piccolo-Flaschen Champagner, die ich einkaufte. Seit ich Syltas Haus betreute, was von Beginn meiner Selbstständigkeit an der Fall war, stand zu jeder Begrüßung dieses Getränk im Kühlschrank. Wichtig war, dass es ein Rosé war, mit dem Sylta dann eisgekühlt direkt nach ihrer Ankunft mit mir und ihrer Begleitung anstieß.

»Für mehr Farbe im Leben«, sagte sie immer. Darauf legte sie großen Wert. Sie wusste, wie man das Leben genoss. Dass ich sie so zufrieden erlebte, bestätigte mir, dass sie ihren eigenen Weg gefunden hatte, genau das zu tun. Sie zeigte mir immer wieder, dass mein Kurs, auf die Intuition zu vertrauen, gut war und gelingen konnte. Oft hatten wir schon gemeinsam darüber sinniert, dass das Schicksal einen bestimmten Weg für jeden Menschen vorgesehen hatte, und sie war der Meinung, man dürfe sich ruhig darauf verlassen. Das bedeutete nicht, dass dieser Weg nur leicht war und wir nicht handeln oder kämpfen mussten. Wir waren uns einig, dass es nicht immer einfach war, darauf zu vertrauen, dass irgendwann alles gut werden würde, und dass Hadern und Verzweifeln auch zum Leben gehörten. Wie der Schatten zum Licht, die Wolken zur Sonne.

Auch in ihrer eigenen Geschichte waren die Felsbrocken erkennbar, die das Schicksal ihr in den Weg gelegt hatte: eine schwere Erkrankung und die Tatsache, dass sie nie Kinder bekommen hatte, obwohl sie es sich so sehr gewünscht hatte. Der Schatten, mit dem *sie* umgehen musste.

Es hatte mich besonders bewegt, von ihrer Erkrankung zu erfahren, und die Verbundenheit zwischen uns noch verstärkt. Denn auch ich hatte vor einigen Jahren unter Endometriose gelitten, einer Verwachsung an der Gebärmutter. Bei mir hatte es dazu geführt, dass ich mit unermesslich starken Schmerzen zu kämpfen hatte und als einzige Möglichkeit der Heilung schließlich meine Gebärmutter entfernen lassen musste.

Bei Sylta war es ganz ähnlich gewesen, und sie hatte mir mit der Positivität, mit der sie dennoch durchs Leben ging, so viel Kraft gegeben, zu akzeptieren, was mir zugestoßen war.

»Die Krankheit hatte ihren Sinn. Bevor ich so elendig vor mich hin krepelte, wusste ich die Gesundheit nie wirklich zu schätzen. Im Gegenteil. Ich forderte sie regelrecht heraus. Das war leichtsinnig und dumm. Mein Leben hat sich danach sehr verändert. Wurde bewusster und gesünder. Bis auf den Champagner. Aber auch der ist auf seine Weise, jedenfalls für mich, gesund. Wenn ich den nicht mehr genießen kann, dann geht es mit mir zu Ende«, hatte Sylta mir mal erklärt und mir daraufhin ein Büchlein mit verschiedenen Rezepten geschenkt, garniert mit Lebensweisheiten und Yogaübungen, die mich oft durch den Alltag trugen.

Sylta war mir ein großer mütterlicher Halt gewesen und hatte mich immer bestärkt, nicht den Mut zu verlieren. Wir telefonierten viel, auch wenn sie einmal gerade nicht auf Sylt war. Sie gehörte für mich zu Sylt, war wie Familie für mich geworden, wenn mir meine eigene oft fehlte, und war so viel mehr als eine Kundin.

Ich hatte sie im letzten Jahr zur Beerdigung ihrer besten Freundin aus Kindertagen begleitet, und wir sprachen viel über alte Zeiten und darüber, dass Menschen wie unsere Freundinnen Herzensmenschen im Leben waren, die man, bis zum letzten Tage, nie wieder gehen lassen sollte. Sie hatte damals mit Tränen in den Augen gelacht. »Und glaub mir, Insalein, Hella und ich, wir laufen nun gemeinsam in meinem Herzen über die Insel. Bis wir uns wiedersehen. Halt deine Freundin fest im Arm und genieß jeden Tag mit ihr. Ich freue mich sehr für dich, dass sie nun auch hier lebt.« Dann hatte sie mit dem Finger, an dem sie noch immer den Ehering trug, gen Himmel gezeigt. »Nur, dass meine zwei Lieben da oben keinen Unsinn treiben miteinander. Das rate ich ihnen! Früher oder später tauche ich nämlich auch da oben auf und mache Rabatz!« Wir hatten beide gelacht.

Ich würde diese Frau und ihre in sich ruhende, erfrischende Art für immer mit im Herzen tragen, auch wenn sie ihre Drohung wahr machen und ihren Lieben folgen würde.

Dabei konnte ich mir beim besten Willen nicht vorstellen, wie es sein würde, wenn Sylta einmal nicht mehr hier anreisen würde.

So in meine Gedanken versunken, war ich wieder an Syltas Haus angekommen und lud meine Einkäufe aus.

Vor der Tür hielt ich einen Moment inne. Es täte mir leid um dieses Haus, wenn Sylta hier nicht mehr wohnen würde.

Sie hatte mir angeboten, dass ich, wann immer mir danach zumute war, jederzeit hierherfahren konnte, wenn mir mal die Decke auf den Kopf fiel. Tatsächlich hatte ich ihr Angebot hin und wieder genutzt, vor allem in der Zeit, bevor Thore zurück nach Sylt gekommen und ich in meiner Wohnung oft traurig gewesen war. Ihr Haus und vor allem ihr Garten waren ein Zufluchtsort für mich und jeder Aufenthalt hier ein Kurzurlaub für meine Seele.

Ohne Erben würde es sicher verkauft werden, wenn Sylta irgendwann starb. Dabei war das Anwesen schon seit Generationen in der Familie. Syltas Eltern hatten ihrer Liebe zur Insel sogar im Namen ihrer Tochter Ausdruck gegeben, die am 19. August geboren war, dem Namenstag der »Sylta«.

Die Vorstellung schmerzte mich, dass irgendwann gierige Immobilienmakler das Haus reichen Investoren anbieten oder an wohlhabende Privatleute verkaufen würden, die maximal ein- bis zweimal im Jahr hier sein und dem Haus seinen Charme und seine Persönlichkeit nehmen würden.

Ich schüttelte den Kopf. Was machte ich mir darüber Gedanken? Noch war es ja nicht so weit, und bis dahin musste ich erst einmal dafür sorgen, dass für Sylta alles vorbereitet war. Der Handwerker war sicher bald da, und während er arbeitete, konnte ich mich noch um die restlichen Dinge kümmern, die im Haus zu erledigen waren.

3

Marla

»Ich bin gleich wieder da«, rief ich unserer Mitarbeiterin Flora zu, die die Stellung im Laden hielt, während ich im Garten nach Levke und Linus schaute. Ich lugte zunächst vorsichtig aus dem Fenster in der Tür zum Garten, als sich mir ein rührendes Bild bot. Auf dem Rücken von Ferdinand, Levkes Holzpferd, thronten die beiden Kinder, in der Hand jeweils ein Eis. Alva entdeckte ich auf der Bank unter einem Baum im Schatten. Auch sie genoss ein Eis und hatte ein zufriedenes Lächeln auf den Lippen.

Es war ein friedliches Bild, bei dem ich nicht stören wollte. Also ging ich wieder zurück zu Flora.

»Oh, Cleo, hallo«, freute ich mich, als ich Linus' Mutter vor einem der Regale entdeckte. »Die Kinder sitzen mit einem Eis im Garten auf Levkes Holzpferd, habe ich gerade gesehen. Alva ist bei ihnen. Es sah eben so harmonisch aus, dass ich mich lieber gar nicht bemerkbar gemacht habe«, sagte ich, und wir lachten.

»Diese Momente kenne ich gut und nutze sie gerne für mich«, erklärte Cleo. »Aber bei Linus habe ich sie so lange nicht erlebt. Schön, dass er hier so auftauen kann! Danke.« Wehmütig ging ihr Blick ins Leere, und ich sah darin echte Erleichterung.

»Willst du, solange die beiden noch ihr Eis essen, vielleicht eine Eisschokolade trinken? Mit Marshmallows garniert, ist das hier eine unserer Spezialitäten.«

»Da sage ich nicht Nein«, erklärte Cleo. »Sehr gerne! Ich stöbere gerade noch mal ein wenig in eurem paradiesischen Angebot.« Mit staunenden Blicken ging Cleo durch den Raum. »Kindheitstraum pur«, schwärmte sie. »Ein kleines Schlaraffenland. Einfach zauberhaft schön.«

»Marla, es schmeckt wundervoll. Und wenn ich die entspannte Zufriedenheit meines Sohnes richtig deute, waren der Workshop und der Tag mit Levke ein voller Erfolg. Ich kann nicht sagen, wie sehr ich mich darüber freue. So viel habe ich hier in der kurzen Zeit schon ausprobiert. Schwimmkurs, Fußball oder gemeinsame Radtouren. Bei keiner dieser Aktionen habe ich ihn so glücklich erlebt, wie er mir hier vorkommt.«

Während wir die Kinder noch ein wenig spielen ließen, hatten Cleo und ich es uns auf der Bank vor dem Laden gemütlich gemacht.

»Es hat auch mir viel Freude gemacht, und Levke geht es nicht anders. Sie war so stolz, Linus alles zu zeigen, und freut sich, dass sie nicht allein auf Ferdinands Rücken spielen muss.«

Cleo schaute mich verdutzt an und ich lachte. »Ferdinand ist ihr geliebtes Holzpferd. Alva haben wir gebeten, da lieber nicht mehr aufzusteigen. Die Unfallgefahr ist einfach zu groß. Das klappt mit Linus deutlich besser.«

»Win-win«, erklärte Cleo, und sofort musste ich an mein Anliegen denken, das ich mit Cleo besprechen wollte. Auch wenn Insa und sie sich noch nicht kennengelernt hatten, wollte ich schon einmal grundlegend die Optionen besprechen.

»Cleo, apropos Win-win«, setzte ich an und rang nervös die Hände.

»Ja?«

»Dass du dich ausgerechnet jetzt und hier als Hochzeitsplanerin selbstständig machst, ist fast ein etwas unheimlicher Zufall. Ich möchte nämlich im Sommer heiraten.« Ich lächelte, und Cleo erwiderte mein Lächeln freundlich mit einem Nicken.

»Oder vielmehr meine beste Freundin Insa und ich – also wir beide jeweils den Mann unserer Träume. Wir haben sehr ähnliche Vorstellungen von unseren Hochzeiten – eine standesamtliche Trauung in Keitum im Museum mit anschließender freier Strandtrauung.« Ein Strahlen zog über Cleos Gesicht.

»Ach toll. Wie schön!«

Ich spürte zarte Röte, die über mein Gesicht zog.

»Und nachdem ich mir deine Seite angesehen habe, hatten wir die Idee, dass wir diesen Tag gemeinsam als Doppelhochzeit feiern könnten.«

»Wie romantisch. Eine tolle Idee.«

»Na ja, es ist außerdem so, dass wir beide und auch unsere Partner selbstständig sind und wir alle so viel um die Ohren haben, dass wir – auch ohne Hochzeitsplanung – kaum wissen, wo uns der Kopf steht. Wir kommen zu nichts. Wenn das so weitergeht, heiraten wir frühstens in ein, zwei Jahren, habe ich den Verdacht. Wenn überhaupt.« Ich lachte leise. »Also jedenfalls dachte ich, ich spreche dich mal an, ob du dir vorstellen kannst, uns bei der Planung zu unterstützen. Natürlich muss es auch zwischen dir und Insa passen, aber ehrlich gesagt, mache ich mir da keine großen Sorgen. Ihr werdet euch bestimmt gut verstehen.«

Freude zog über Cleos Gesicht. »Und wie ich mir das vorstellen kann, selbstverständlich. Es wäre mir eine große Ehre und ein toller erster Schritt hier auf Sylt für mich. Und dann auch noch eine Doppelhochzeit – eine fantastische Chance, Marla. Danke, dass du mich fragst.« Cleos Augen leuchteten. »Aber bevor wir etwas festzurren, will ich unbedingt erst auch deine Freundin und eure zukünftigen Männer kennenlernen. Die Sympathie zwischen allen Beteiligten einer Hochzeit muss stimmen, das ist für mich das Allerwichtigste.«

»Dann sollten wir unbedingt einen gemeinsamen Termin finden.«

»Prima, Marla. Also ich freue mich riesig. Lass mich gerne wissen, wann wir uns sehen wollen. Dabei können wir dann auch gleich erste Details zu euren Wünschen besprechen, auf deren Grundlage ich ein Angebot erstelle. Und ihr schaut dann, ob das eine Möglichkeit für euch ist. Ich stehe jederzeit zur Verfügung.«

»Danke dir, so machen wir es. Es wird für uns eine große Erleichterung sein, wenn jemand das Organisatorische übernimmt. Ich kann das jetzt ja leider nicht mehr meiner besten Freundin aufhalsen, weil die selbst Braut sein wird. Wir wollen alle den Tag in vollen Zügen und möglichst ohne Stress genießen.«

»Ich freue mich sehr. Gerade jetzt in der Anfangszeit habe ich alle Möglichkeiten, mich exklusiv auf eure Feier einzustellen. Hier auf Sylt muss ich noch ein wenig die Werbetrommel rühren und Sichtbarkeit schaffen. In meiner Heimat hatte ich mir schon einen Namen gemacht, aber hier ist es doch wie ein kompletter Neustart. Ich habe mir deshalb auch für den Anfang neben meiner Selbstständigkeit noch einen Job als Angestellte in der Kinderbetreuung eines Hotels gesucht. Man bot mir dort auch eine Wohnung zum Job an, die bezahlbar ist, was mir sehr hilft. Es ist zwar hin und wieder ein wenig viel, was das Zeitliche angeht. Aber diese kleine finanzielle Sicherheit für Miete und Co. brauche ich einfach, schon allein aus Verantwortung Linus gegenüber. Da will ich nicht sofort an die Ersparnisse gehen, sollte mein Traum hier scheitern.«

»Das verstehe ich.« Mir gefiel, wie offen sie war und wie bedacht sie offenbar handelte. Ich konnte mich sehr gut in sie hineinversetzen. Meine eigenen Erfahrungen waren noch so frisch. »Hast du denn schon erste Aufträge auf der Insel für deine kommende Zeit?«

Cleo wiegte den Kopf. »Ich habe ein paar Termine mit Lieferanten für die Dinge, die ich dann zu den Hochzeiten benötige. Der Blumenladen, eine Firma für den Aufbau von Partylocations, ein Sommelier, der auch am Strand eine kleine Champagner-Bar errichtet, wenn gewünscht. So was. Ich habe vorher in Hamburg gelebt und das Glück, dass zum Beispiel die Musiker und Fotografen, mit denen ich dort meine Hochzeiten geplant und ausgerichtet habe, auch hierher auf die Insel kommen können. Die Freude darüber, dass sie ihre Arbeit bis ans Meer ausweiten und hier vielleicht neue Paare glücklich machen und Kontakte knüpfen können, war allerseits groß. Viele Hamburger sind ja sowieso begeisterte Sylt-Fans und feiern hier ihren großen Tag. Einer meiner Partner hat direkt Ideen entwickelt, seinen Traupavillon, den wir für die freien Trauungen in der Region rund um Hamburg nutzen, auch wind- und strandfest zu machen. Er scharrt quasi schon mit den Hufen, ihn auszutesten. Und morgen treffe ich mich mit einer Künstlerin hier auf Sylt, die Namensschilder für die Gäste und deren Plätze am Tisch in Muscheln zaubert und kleine, individuelle Besonderheiten für die Feier entwirft. In hübschen Stoffbeuteln, auf denen dann ebenso der Name erscheint, kann jeder Gast dieses Erinnerungsstück nach der Feier mitnehmen. Auch als Ringschalen fertigt sie sie in liebevoller Handarbeit an. Sie hat in Keitum einen Laden für Wohnartikel und Dekoration und so weiter und hat gerade ihr Angebot um derlei Dinge erweitert. Genau solche außergewöhnlichen, feinen Details wünsche ich mir für die Hochzeiten, die ich für meine Brautpaare plane, denn sie machen ein Erlebnis besonders. Genau wie eure handgemachten und individualisierbaren Bonbons. Darüber freuen sich Groß und Klein. Das ist so wunderbar. So was lässt Hochzeiten nicht nur für das Brautpaar unvergesslich werden.«

»Ein großes Glück, dass wir uns hier über die Bonbons kennengelernt haben«, erkannte ich und freute mich.

Als der Ansturm auf den Laden etwas größer wurde, zeigte ich Cleo den Weg in den Garten und unterstützte Flora beim Verkauf. Als die Familie, die ich gerade bedient hatte, sich verabschiedete, kamen Cleo, Levke und Linus in den Verkaufsraum.

»Wir wollen uns für den tollen Tag bedanken und uns verabschieden«, erklärte Cleo. Ich trat hinter den Tresen und griff nach der Tüte mit Linus' selbst gemachten Lollis und Bonbons.

»Ich bin mir sicher, dein Sohn hat auch für dich was Wunderschönes gezaubert. Viel Spaß beim Auspacken und Kosten«, sagte ich und zwinkerte Linus zu, der sich mit einem Grinsen die Tüte schnappte. »Danke.«

»Bis bald, Cleo.«

Als Cleo und Linus gegangen waren, kam Levke zu mir und lehnte sich an mich.

»Hattest du einen schönen Tag, kleine Maus?«, fragte ich sie, und Levke nickte strahlend. »Ja. Linus ist voll nett. Und er war auch gar nicht so still wie immer in der Schule.« Sie zuckte die Achseln.

»Ich bin mir sehr sicher, dass es ihm geholfen hat, dass du dich so lieb um ihn gekümmert hast«, erklärte ich. »Er ist neu hier, und all das Drumherum, Leute kennenzulernen und sich auf das Leben hier auf Sylt einzulassen, das wird ihm auch nicht ganz leichtfallen. Da ist es ganz, ganz wertvoll, dass er dich hat und du ihn an die Hand nimmst.«

»Ich glaub's auch. Ich fand es ja selbst manchmal doof, dass meine Freunde nicht hier auf Sylt waren, wenn mir mal langweilig war. Dann hatte ich ganz schön dolles Heimweh. Aber ich hab Alva und euch. Linus hat ja nur seine Mama.« Levke machte ein trauriges Gesicht. »Und da ist es fast wie bei Papa und dir. Die muss auch oft arbeiten. Nur hat Linus dann keine Alva. Ich schon.« Sie presste die Lippen aufeinander und wirkte ernsthaft bedrückt von dieser Tatsache.

»Aber er hat nun eine neue Freundin und deren Alva. Er darf uns jederzeit besuchen, wenn er möchte.« Ich beugte mich zu der Kleinen runter und nahm sie in den Arm. Dabei spürte ich die Arme des Mädchens, die sich liebevoll um mich schmiegten. »Du freust dich, und Alva freut sich auch, wenn er hier ist, oder?« Ich spürte ihr Nicken.

»Hast du Lust, nachher noch mit Insa an den Strand zu fahren? Wenn wir noch ein paar Sonnenstrahlen erhaschen, können wir es vielleicht sogar wagen, ins Wasser zu gehen. Und sei es nur mit den Füßen.«

»Au ja! Ich gehe ganz rein! Ich packe gleich meine Tasche.« Sie flitzte los, und ich ging zu Flora, die jetzt Gesellschaft von Alva bekommen hatte.

»Die Kinder haben sich ja gesucht und gefunden«, erklärte die mit liebevollem Blick. »Es war eine Freude, das mit anzusehen.«

»Mich freut das auch wirklich. Ich bin richtig stolz auf Levke, dass sie Linus so toll aufgenommen hat.«

Alva nickte. »Dass Levke die Situation kennt, macht es einfacher. Allerdings war es ihr großer Wunsch hierzubleiben, bei ihrem Papa und bei uns im *Zuckerhüs*. Ich bin mir nicht sicher, ob das bei Linus auch der Fall ist. Wenn du mich fragst, wirkt er eher traurig darüber, dass er jetzt hier ist.«

»Meinst du?« Nachdenklich legte ich die Stirn in Falten. »Ich weiß zwar nicht, ob Cleo allein hierhergekommen ist, es klang für mich aber so. Möglicherweise haben sich die Eltern getrennt, und der Junge vermisst seinen Papa.«

»Mag sein, ja.« Alva überlegte. »Er hat vorhin mehrfach einen Felix erwähnt. Vielleicht ist das sein Vater.«

Ich zuckte die Schultern. »Es freut mich jedenfalls, dass er sich bei Levke und dir so wohlgefühlt hat.«

»Wir haben ihm angeboten, dass er jederzeit wiederkommen kann. So gut sie sich auch mit ihren Klassenkameradinnen versteht, wird sie dort wahrscheinlich immer ein wenig das fünfte Rad am Wagen bleiben, auch wenn es nur unbewusst ist. Und ich bin wirklich kein Ersatz dafür. Aber mit Linus hat sie so großartig gespielt. Und ich freue mich, wenn ich mich im Hintergrund auf meiner schattigen Bank aufhalten kann, während die beiden mit Ferdinand durch den Garten reiten.« Alva lachte leise.

»Das ist ja dann perfekt«, freute ich mich. Ich erzählte Alva davon, was ich in den Grundzügen mit Cleo besprochen hatte, und sie freute sich darüber.

»Da wird sicher in Zukunft häufiger was zu besprechen sein«, fasste sie zusammen. »Dann kann Cleo ihren Sohn doch mitbringen, und er spielt solange mit Levke.«

4

Insa

Die Terrassentür schloss wieder einwandfrei, und alle Dinge, die ich sonst hatte vorbereiten wollen, waren erledigt. Nun wartete ich auf Syltas Ankunft.

Kurz vor 17:30 Uhr klingelte bereits mein Handy.

»Moin, Insa«, hörte ich Syltas raue, freundliche Stimme. »Wir sind in einer guten halben Stunde da.«

»Moin, Sylta, ich freue mich sehr und erwarte euch hier.«

»Bis gleich, ich hoffe, du hast noch Zeit für ein Schlückchen Sekt zum Anstoßen?« Sylta lachte auf, und beim Wort »Sekt« stutzte ich. Vielleicht hatte sie sich nur versprochen.

»Sylta! Selbstverständlich habe ich die Zeit. Gläser stehen bereit, der Champagner ist gekühlt.«

»Champagner?« Kurz entstand eine Pause, die mich irritierte. Sie hatte doch wohl nicht unser Ritual und ihre Liebe zum prickelnden rosafarbenen Getränk vergessen? In mir breitete sich ein unangenehmes Drücken aus.

»Aber selbstverständlich Champagner. Wir fliegen«, kam es da, und ihr sympathisches Lachen erklang. Dann legte sie auf.

Ich öffnete die Türen zum Garten und legte Polster auf die schweren Korbmöbel. Da die Sonne schien und so, trotz des leichten Windes, eine spürbare Wärme verströmte, kurbelte ich den Sonnenschirm auf, der uns Schatten bieten sollte, falls wir Lust hatten, draußen Platz zu nehmen. Den Strandkorb hatte ich ebenfalls bereits von seiner Schutzhülle befreit. Sylta liebte diesen Platz und las darin gerne ein Buch, schlief oder blickte zur Entspannung über den Garten, der um diese Jahreszeit besonders schön aussah.

Kurz setzte auch ich mich in den Korb, genoss den Blick über das satte Grün des Rasens und schaute weiter zu dem bunten Blumenbeet, welches Syltas Mann so liebevoll angelegt und gepflegt hatte.

»Für meine bunte Sylta«, hatte er immer gesagt. Nach seinem Tod war es mir eine Herzensangelegenheit, dafür zu sorgen, dass dieses Beet weiterhin so zauberhaft blühte. Inmitten des Beetes stand eine steinerne Vogeltränke mit Mini-Tetrapoden darin, die wundervoll hierher passte.

Sylta, die selbst keinen grünen Daumen hatte und sich auch körperlich nicht mehr um den Garten kümmern konnte, freute sich bei ihren Besuchen über dessen Anblick. Ihre Augen wurden jedes Mal ein wenig feucht, und die Umarmung voller Dankbarkeit, die sie mir schenkte, fühlte sich auch für mich immer gut an.

»Mein Schatz hätte seine wahre Freude daran«, sagte sie dann, und ihr Blick verlor sich in den bunten Blumen. Ihr Mann fehlte ihr sehr, aber sie war unfassbar stark. Begegnungen mit Menschen wie Sylta bestätigten mir immer wieder, dass das Schicksal einen zueinander führte, weil es sein sollte und man einander guttat. Ich war mir sicher, dass auch Sylta das unterschreiben würde und für unsere Freundschaft so empfand. Uns einte eine tiefe Verbindung.

Kennengelernt hatte ich Sylta in einem Achtsamkeitskurs. Dieser fand am Strand vor Wenningstedt statt, und während die

Sonne sich langsam gen Horizont senkte, blickten wir diesem Moment in einem Zustand aus Meditation und tiefer innerer Ruhe entgegen. Wir absolvierten dort im Sand Yogaübungen, die uns bereit machten für das magische Schauspiel der untergehenden Sonne an der Westseite der Insel. Während andere Teilnehmer unruhig wirkten, sich nicht einlassen konnten auf die Stille und das Bei-sich-selbst-Sein in diesem Moment, kam es mir vor, als bewegten Sylta und ich uns auf derselben, entspannt aufmerksamen Wellenlänge. Wir kamen im Anschluss ins Gespräch und stellten fest, dass uns beide das Interesse an Spiritualität und Achtsamkeit verband. Sie erzählte mir von ihrem Leben und davon, dass ihr Mann so viel gearbeitet hatte, dass sie oft viel Zeit mit sich selbst verbrachte und allein war. Sie habe sich in dieser Zeit, in der die Freundinnen um sie herum Familien gründeten, oft gefragt, was ihr Sinn des Lebens war. Über diesen Gedanken war sie zum Thema Achtsamkeit gelangt und hatte sich irgendwann selbstständig gemacht mit einer Yogaschule. Bei unserem Kennenlernen war Sylta bereits 80 Jahre alt gewesen. Trotzdem war sie mir noch so unglaublich fit vorgekommen, und sie hatte tolle Tipps für mich gehabt, die ich in meine eigenen Übungen rund um die Achtsamkeit wunderbar einbauen konnte und bis heute gerne nutzte.

Ein Auto, das vor dem Haus vorfuhr, holte mich in die Gegenwart zurück. Sylta und ihre Nachbarin Eri waren angekommen. Schnell lief ich ins Haus und öffnete die Tür, um die beiden zu begrüßen.

Mir fiel schon nach wenigen Schritten auf, dass ihr Gang schwerer war, als ich es von ihr kannte. Ich nahm sie in den Arm. Sie fühlte sich bei unserer Umarmung auch schmaler an als sonst. Ich versuchte, meine Irritation darüber zu überspielen.

»Schön, dass ihr da seid. Willkommen zu Hause.«

»Ich freue mich so sehr, hier zu sein, Insalein.« Sylta legte die Handflächen aneinander und schloss einen Moment die Augen, um einen tiefen Atemzug zu nehmen.

»Hallo, Insa«, begrüßte mich Eri.

»Herzlich willkommen, Eri. Geht doch rein, ich trage die Taschen«, bot ich an und öffnete bereits den Kofferraum, schnappte mir die Taschen und trug sie hinter Sylta und Eri ins Haus.

»Hattet ihr eine gute Anreise?«, erkundigte ich mich, als die beiden Damen direkt im Strandkorb Platz genommen und die Beine hochgelegt hatten.

»Eine wunderbare. Eri fährt so sicher. Ich konnte sogar schlafen.« Sylta lachte.

»Das ist schön.«

»Ihr beide seid meine Schätze.« Ein liebevoller Blick von Sylta ging zu Eri und mir. Sylta machte eine ausschweifende Handbewegung. »Hier ist alles so wunderbar vorbereitet, und ich muss mir auf der Fahrt hierher keine Sorgen machen. Das ist so wertvoll für mich. Früher hat mein Mann Tamme auf mich achtgegeben. Es war immer sein Wunsch, dass es liebe Menschen wie euch für mich gibt, wenn er einmal nicht mehr ist.«

Ich war gerührt, und auch Eri lächelte sanft. »Das freut uns, Sylta«, sagte sie, und ihre Stimme klang weich. »Von Herzen gerne. Dafür sind Freunde da.«

»Liebe Freunde sind was Fantastisches«, erkannte Sylta, legte eine Hand auf Eris und streckte die andere nach meiner aus.

»Genießt jede gemeinsame Stunde miteinander und pflegt eure Freundschaft. Es ist das, was am Ende bleiben wird«, riet Sylta mir.

»Du hast so recht. Ich will später mit Thore, meinen Freunden und deren Kind noch eine Runde ans Meer gehen.« Ich lächelte. »Es ist so schön, dass Marla nun immer hier ist.«

»Absolut. Das ist ein Geschenk. Grüß mir deinen Thore mal ganz lieb. Die anderen gerne auch. Wenn auch unbekannterweise.«

»Das mache ich. Irgendwann lernst du die auch mal alle kennen. Spätestens diesen Sommer.« Interessiert hob Sylta die Augenbrauen.

»So?«

»Ja. Ich muss euch nämlich noch was erzählen: Thore und ich werden heiraten, und ich möchte, dass ihr dabei seid«, sagte ich, und noch immer machte mein Herz einen kleinen Hüpfer, wenn ich diesen Satz aussprach. Sylta hatte ich persönlich von meinem Heiratsantrag erzählen wollen, was sich als absolut richtig herausstellte. Sie hatte Tränen in den Augen vor Rührung, als sie kurz aufstand und mich fest umarmte.

»Ach, wie wundervoll! Darüber freue ich mich von Herzen, liebes Insalein. Deinen Thore, den hatte ich bei unserem Kennenlernen sofort ins Herz geschlossen. Da habe ich gespürt, dass er jemand ist, der nur das Beste für dich will. Dass ihr heiraten werdet, ist eine zauberhafte Nachricht. Ein Grund mehr, fit zu bleiben.« Ich knuffte sie leicht in die Seite. Sie setzte sich wieder hin.

»Hör auf! Fit bleiben sollst du so oder so.«

»Ich gebe mir ja Mühe. Aber deine Hochzeit ist ein toller Ansporn. Da wäre ich gerne dabei. Aber verrat mir doch noch einmal schnell seinen Namen, Liebes.«

»Den Namen meines Verlobten?« Wieder war da ein ungutes Gefühl, hatte sie den Namen doch gerade noch selbst ausgesprochen. »Thore, Sylta. Er heißt Thore«, sagte ich sanft und spürte, wie mein Bauchgefühl mich zwickte. Sylta machte auf mich einen deutlich verwirrteren Eindruck als sonst. Sicher war das mit 89 Jahren ihr gutes Recht, aber dennoch beunruhigte mich diese Erkenntnis. Vielleicht waren es nur die Strapazen der Fahrt, die sie müde machten, auch wenn sie das niemals zugeben würde. Sie winkte ab.

»Aber natürlich. Entschuldige, mein Kind.« Sie griff nach einem der Bonbons, die ich in einem Schälchen bereitgestellt hatte. »Oh, meine Lieblingssorte Himbeer-Sahne. Du bist so aufmerksam, Insalein.« Ich lächelte. Das hatte sie nicht vergessen.

Während wir noch eine Weile plauderten, dachte ich an den Champagner im Kühlschrank. Merkwürdig, dass Sylta mich nicht direkt aufgefordert hatte, die Korken knallen zu lassen. Als ich sie daran erinnerte – zum ersten Mal, seit ich sie kannte –, lehnte sie zu meiner Verwunderung ab. Ich musste schlucken. Diese Szene war meinem Bauchgefühl nicht unbedingt zuträglich.

Als Sylta kurz im Bad verschwand, nutzte Eri die Minute, um mich anzusprechen.

»Insa, Sylta macht in der letzten Zeit keinen guten Eindruck«, vertraute sie mir an. »Möglicherweise ist das nur eine Momentaufnahme, aber ich habe das Gefühl, sie wird vergesslich.« Besorgt hob sie die Augenbrauen, doch noch ehe ich etwas erwidern konnte, kam Sylta zurück.

»Was guckt ihr denn so bedröppelt?«, fragte sie und stemmte empört die Hände in die Hüfte.

»Geht es dir gut?«, fragte ich sie.

»Mir geht es blendend. Jedenfalls für eine alte Frau«, erklärte Sylta und hob die Handflächen. »Aber du machst mir einen angestrengten Eindruck, Liebes. Hast du Kummer?«

»Oh nein. Danke. Alles gut. Ich habe einfach viel um die Ohren. Hab mir nur um dich ein wenig Sorgen gemacht.«

Sylta winkte ab. »Das musst du nicht. Genieß die Zeit mit deinen Lieben, Insa, und zerbrich dir bitte nicht den Kopf.«

»Na gut! Ich wünsche euch einen wundervollen Abend, ihr beiden. Wir hören die Tage wieder voneinander. Dann können wir ja noch die restlichen Themen mit den Handwerkern besprechen, in Ordnung?«

Wir verabschiedeten uns, und ich stieg ins Auto. Eris Worte beunruhigten mich. Aber andererseits dachte ich mir, dass man sich nur freuen konnte, wenn man mit fast 90 Jahren noch so gut drauf war wie Sylta. Ich versuchte, mich nicht hineinzusteigern in die Sorge, sie sei anders als sonst. Eris Beobachtungen bestärkten mich jedoch leider in meinem Gefühl.

Die Straßen in Kampen waren belebt. Menschen saßen dank der milden Temperaturen vor den Restaurants oder flanierten an den Schaufenstern vorbei. Auch ich genoss die Sonnenstrahlen und das frühsommerliche Licht. Es verwandelte die Landschaft in eine gold-grüne Ebene, in die sich die reetgedeckten Häuser wunderbar schmiegten. Malerisch lag das Quermarkenfeuer am Rande der Dünenlandschaft. Das Bild erinnerte mich an Gemälde von Sylta, und ein Lächeln legte sich auf meine Lippen, verbunden mit einem Gefühl bleierner Schwere in meinem Bauch. Ich atmete tief, den Blick über die Landschaft gerichtet. Atemtechniken halfen mir häufig, meine Sorgen zu bewältigen und Gedanken so zu steuern, dass sie mich nicht lähmten oder herunterzogen.

Einige der Häuser am Rande des Ortes betreute ich ebenfalls. Unweit des Strandes fuhr ich noch an einem Haus vorbei, dessen Besitzer am nächsten Tag ankommen würden. Ich machte auch dort kurz halt und schaute ein letztes Mal, ob sie alles so vorfinden würden wie gewohnt.

Ein Sturm vor ein paar Tagen hatte im Garten die Möbel umgestoßen, die jedoch schnell aufgerichtet waren. Auch die Klimaanlage stellte ich bereits so ein, dass bei der Ankunft der Eigentümer die optimale Temperatur herrschen würde. Mehr war in diesem Fall nicht zu tun.

Alles im Haus war so, wie ich es mir vorgestellt hatte, und das Reinigungsteam hatte ganze Arbeit geleistet. Weil die Eigentümer des Hauses große Freunde der friesischen Küche waren, hatte ich einen Korb mit erlesenen Köstlichkeiten eines regionalen Anbieters für Feinkost zusammengestellt und gemeinsam mit einer Flasche Wein und einem Begrüßungskärtchen auf dem Esszimmertisch drapiert. Das Paar war am nächsten Abend bei einer Feier eingeladen, zu der sie mich gebeten hatten, mich um ein Geschenk zu kümmern. Weil die Feier im Lieblingsrestaurant der Gastgeberin stattfand, das ein umfangreiches Merch-Sortiment anbot, hatte ich hier ein Präsent besorgt und ebenso im Esszimmer platziert. In einem kleinen Kästchen an der Außenwand hinterlegte ich die Schlüssel. Per Zahlencode, den ich ihnen direkt sendete, weil dieser sich laufend erneuerte, hatten sie am nächsten Tag Zugriff darauf.

Jetzt konnte ich mich ganz auf den Abend mit Thore und unseren Freunden konzentrieren. Bis zum Parkplatz am Kampener Strandübergang waren es nur noch wenige Hundert Meter. Dort angekommen, holte ich die Tasche mit meinem Badeanzug und den Handtüchern aus dem Kofferraum und machte mich auf den Weg zum Wasser. Kurz hinter dem Häuschen, an dem man tagsüber die Kurkarten vorzeigte, weckte eine kleine Holzkiste mit Glasdeckel mein Interesse. Handgefertigte Armbänder waren darin, und ich sah Thore und mich, wie wir als Kinder staunend davorgestanden hatten, dachte an den Surfer, der uns die Bänder geschenkt hatte, Marlas Vater, und daran, was diese am Ende für eine Bedeutung für uns alle bekommen hatten. Mir kam die Idee, dass jeder Gast unserer Hochzeit ein solches Band als Erinnerung bekommen sollte, und ich machte ein Foto des Namens, der als Hersteller dieser zauberhaften kleinen Kunstwerke an der Seite der Kiste notiert war. Ich speicherte mir direkt den Account auf Social Media ab und wollte eine Anfrage stellen, wenn ich mit Marla darüber gesprochen hatte. Vielleicht könnte Cleo sich da für uns auch schlaumachen. Diese Bänder hatten sowohl für Thore und mich als auch für Marla und Peer eine tiefe Bedeutung, und wer uns kannte, der wusste um die Geschichte, die dahinterstand. Aus dem Grund konnte ich mir gut vorstellen, dass dieses Detail bei unserer Hochzeit seinen Platz finden sollte.

Ich lief weiter auf den Steg, der zum Holzplateau führte, von wo aus man einen Überblick über den Strand hatte. Sofort entdeckte ich Thore, der sich gerade vor einem der letzten Strandkörbe zum Meer hin umzog. Emma lag neben ihm im Sand.

Wie als habe er bemerkt, dass ich ihn anschaute, drehte er sich in dem Moment zu mir um und entdeckte mich. Er winkte, und ich erwiderte seinen Gruß und machte mich auf den Weg zu ihm. Kaum hatte Emma mich erkannt, lief sie los und begrüßte mich überschwänglich.

»Schön, dass du da bist«, sagte Thore und küsste mich. Prickelnd spürte ich durch mein Kleid seine Hände auf meiner Hüfte und schmiegte mich an ihn. Er hatte sein Shirt bereits ausgezogen und trug nur die Badeshorts. Angenehm seichter Wind umwehte uns und spielte mit dem zarten Stoff meines Kleides.

Langsam fuhr ich mit den Fingern seine Brust hinunter, fühlte seine glatte, weiche Haut, und wir küssten uns erneut. Die leichte Brise ging durch meine Haare, und die Sonne wärmte noch immer angenehm.

»Wollen wir noch auf Marla und Co. warten oder schon ins Wasser gehen?«, fragte ich Thore, doch die Frage erübrigte sich, als ich in dem Moment Levkes Stimme hörte. »Insaaaaaaaa«, klang es vom Übergang zum Strand her. Ich drehte mich um und winkte mit beiden Armen. »Hey, Mausi! Schön, dass du auch dabei bist.«

Levke kam mit hochrotem Kopf auf uns zu. Sie schlang ihre Ärmchen um mich, und ich drückte sie fest. Dann war Emma dran, die sich ebenso über das Kind freute.

Noch bevor Peer und Marla uns erreicht hatten, hatte Levke mit einer Bewegung ihr Kleid ausgezogen. Darunter trug sie einen Neoprenanzug.

»Mir ist so heiß, ich will ins Meer«, rief sie und rannte los. Emma sprang ihr begeistert hinterher.

»Warte du auf Marla und Peer«, sagte Thore. »Ich bin bei Levke.«

»Alles klar.« Mein Blick ging wieder zum Übergang, wo nun auch die beiden Erwachsenen auftauchten und auf mich zukamen.

»Hallo, Insa«, begrüßten sie mich, und wir umarmten uns. »Schön, dass wir uns heute mal alle Zeit nehmen konnten.«

»Stimmt. Levke ist schon mit Thore in die Fluten gestürmt«, erklärte ich und deutete in Richtung der beiden. Gerade trug Thore das Mädchen auf seinen Schultern und beugte sich immer gerade so tief, dass nur ihre Beine ins Wasser tauchten, was Levke jedes Mal zu fröhlichem Juchzen animierte. Emma schwamm bereits hin und her und kam immer mal wieder rausgerannt, schüttelte sich, um dann direkt wieder ins Wasser zu springen. Es war ein schönes Bild voller unbeschwerter Leichtigkeit und Sommergefühl.

»Da ist sie in den besten Händen«, stellte Peer fest und ließ die Tasche mit den Badesachen in den Sand fallen. Er zog sich nur sein Shirt über den Kopf und rannte ebenso Richtung Wasser, noch ehe Marla und ich so weit waren.

Marla lachte. »Was haben wir beide für gut aussehende Männer«, sagte sie und blickte Peer anerkennend nach, der gerade bei Thore ankam. Die beiden braun gebrannten Männer mit auffallend sportlichen Figuren, vollem Haar und coolen Sonnenbrillen gaben ein wirklich bemerkenswertes Bild ab.

»Du hast recht, aber auch die Männer können sehr zufrieden sein«, erklärte ich und stemmte die Hände in die Hüften.

»Selbstverständlich!« Marla zog ebenso ihr Kleid über den Kopf, und ich tat es ihr gleich, um schnell in meinen Badeanzug zu schlüpfen und zusammen mit Marla auf das Wasser zu zu rennen. Wir wurden zunächst von einer kühlen Welle begrüßt, die uns beide schaudernd juchzen ließ.

»Augen zu und durch«, schlug ich vor. »Wenn man zu langsam ins Wasser geht, kommt es einem umso kälter vor und wird schwieriger, finde ich.«

»Stimmt«, rief Marla und rannte im selben Moment los, dass das Wasser nur so spritzte. Ich folgte ihr und bekam auch eine Ladung ab, womit der erste Schritt gemacht war. Wenige Sekunden später war ich bis zum Kopf im Meer.

Das kühle Wasser war zwar im ersten Moment ein kleiner Schock, fühlte sich aber mit jeder Sekunde angenehmer an und war genau das Richtige nach einem vollen Arbeitstag. Auch wenn mein Tag schön gewesen war, so war ich doch nonstop unterwegs und unter Dampf gewesen. Sich nun hier über die anrollenden Wellen treiben zu lassen, ließ meinen Kopf abschalten und mich jeden Stress abstreifen. Ich war so froh, dass ich heute das Schwimmen im Meer wieder so sehr genießen konnte, was mir viele Jahre nach dem schrecklichen Badeunfall von Marlas Vater nicht möglich gewesen war.

Levke war kurz aus dem Wasser gerannt, um sich einen Schwimmring zu schnappen, während Marla und ich innehielten und auf die Wellen hinausblickten. Auch bei den Männern kehrte einen kurzen Moment Ruhe ein, und wir genossen die Atmosphäre.

Wir standen dicht beieinander, hinter uns brachen sich die Wellen, und ich hörte gerade, wie Levke wieder ins Wasser stürmte, da tauchte etwas vor uns auf.

»Marla! Da«, flüsterte ich und streckte schon wortlos meine Hand nach Levke aus. Sie verstand sofort und trat ehrfürchtig zwischen Marla und mich. Ich spürte, wie sie nach meiner Hand griff und sie fest drückte.

»Wow«, flüsterte sie, und ich erwiderte ihren Griff. Auch Thore und Peer hatten unsere Entdeckung gesehen und staunten.

»Unfassbar«, hörte ich Peers leise Stimme. Den Blick starr geradeaus Richtung der anrollenden Wellen gerichtet, um rechtzeitig hochzuhüpfen, wenn diese uns erreichten, schauten wir einem neugierigen Meeresbewohner entgegen, der vor uns aus dem Wasser guckte. Die kugelrunden, dunklen Augen am gesprenkelten Köpfchen glänzten neugierig.

Ein Seehund schwamm nur wenige Meter von uns entfernt, holte kurz Luft und blickte uns an, als wolle er überlegen, ob wir uns als Spielkameraden eigneten oder ob wir ihm eher suspekt waren. Offenbar entschied er sich für Zweiteres, denn schon im nächsten Augenblick war er wieder verschwunden, um etwas weiter weg erneut aufzutauchen und davonzuschwimmen. Wir hielten den Atem an und spürten in diesem Moment, wie besonders dieses Erlebnis gewesen war.

Irgendwann fanden wir die Sprache wieder. Fasziniert, das gemeinsam erlebt zu haben, juchzten wir vor Freude und Dankbarkeit für dieses Erlebnis und fielen uns in die Arme.

Levke hatte sichtlich Freude an der abendlichen Baderunde, und ihr machte das recht kühle Meerwasser kaum etwas aus. Immerhin wärmten die Sonnenstrahlen noch immer ein klein wenig, auch wenn die Sonne schon tiefer stand und die Schatten der Strandkörbe länger werden ließ.

»Das tut gut, oder?«, freute sich Marla, und ich stimmte ihr zu.

»Absolut. Auch wenn wir alle viel um die Ohren haben – diese Zeit sollte man sich echt immer nehmen. Das ist so wertvoll. Der Gegenpol zum stressigen Alltag.«

»Du hast recht. Apropos Zeit: Wann wollen wir uns denn mal mit Cleo treffen? Peer habe ich mittlerweile schon einiges von ihr erzählt, und er sagt, wenn sie mir sympathisch ist, verlässt er sich ganz auf meine Meinung und vertraut mir da voll. Dass du sie kennenlernst, wäre mir jedoch superwichtig. Und Thore natürlich auch, wenn er mag.«

»Habe ich da meinen Namen gehört?«, fragte Thore und umarmte mich von hinten. Seine warme Haut an meinem Rücken fühlte sich hier im kalten Meer angenehm schützend an. Ich schmiegte mich dicht an ihn.

»Wir überlegen gerade, wann wir uns mit der Hochzeitsplanerin treffen«, erklärte Marla.

»Von mir aus könnt ihr zwei mit ihr einen Termin abstimmen. Wenn ihr sie mögt, mag ich sie auch«, erklärte Thore und gab mir einen Kuss auf die Schulter, der einen wohligen Gänsehautschauer über meinen Rücken jagte.

»Mir geht's genauso«, erklärte Peer. Er zog gerade Levke in ihrem Ring an uns vorbei durch das Wasser. Obwohl das kleine Mädchen juchzte vor Freude, war erkennbar, dass es langsam zu kühl wurde. Ihre Lippen färbten sich leicht bläulich, und sie zitterte.

»Lasst uns mal rausgehen«, erkannte auch Marla in dem Moment. »Es wird zu kühl. Da merkt man dann doch, dass noch kein Hochsommer ist.«

Wir liefen aus dem Wasser, und Levke sprintete voran, um sich direkt in ihren flauschigen Badeponcho einzuhüllen. Emma flitzte hinterher und wälzte sich im Sand vor den Strandkörben.

Marla schälte Levke aus ihrem Neoprenanzug, rubbelte sie trocken, zog ihr einen flauschigen Overall sowie eine Mütze an und wickelte eine warme Decke um das Kind, das sich zufrieden in den Korb kuschelte.

»Ich habe ein paar Snacks eingepackt«, erklärte Marla und öffnete eine Box. Darin waren Brötchen und verschiedene Käse- und Wurstsorten. Nachdem wir uns alle trocken angezogen hatten, griffen wir gerne zu.

»Das sind Kindheitserinnerungen für mich«, sagte Marla und legte den Arm um Levke. »Ich habe es immer so genossen, wenn ich mit meiner Mama nach dem Baden im Meer eingemummelt in warme Sachen irgendwas essen konnte. Liebe Menschen um mich herum, das weite, rauschende Meer vor Augen, Wind in den Haaren und Salzwasser auf der Haut, was jeden Sonnenstrahl prickeln lässt. Dazu was Feines zu essen – so fühlt sich Glück an. Daran hat sich eigentlich bis heute nichts geändert.« Wir lachten.

»Ich könnte mir vorstellen, dass es vielen Menschen so geht und dass das ein Gefühl von ganz viel Geborgenheit und Liebe sein kann«, sagte ich. Ich dachte ebenso gerne an diese Zeit zurück, hatte diese kuscheligen Strandmomente aber in der Tat eher mit Thores Eltern erlebt, weil meine viel gearbeitet hatten und weniger mit uns an den Strand gegangen waren. Weil Thore sich freute, wenn ich dabei war, nahmen mich auch seine Eltern gerne mit.

»Wenn ich an diese Momente denke, habe ich vor allem deine Eltern vor Augen«, sagte ich, an Thore gewandt. »Unglaublich, dass ich sie bald meine Schwiegereltern nennen darf. Nach Familie hat es sich irgendwie immer schon angefühlt, und bald ist es sogar offiziell so.«

Thore legte den Arm um mich und drückte mich sanft an sich.

»Das hast du schön gesagt. Es klingt übrigens sehr ähnlich, wenn sie von dir reden«, sagte er.

Wie sehr ich mich auf unsere Hochzeit freute. Es würde keine riesengroße Feier werden, trotz der Doppelhochzeit. Auch darin waren Marla und ich uns einig. Eher eine intime Runde nur mit Herzensmenschen. Das war für uns so viel wertvoller als eine große Anzahl von Leuten, denen man gerecht werden wollte, es aber eigentlich kaum konnte an so einem Tag, an dem sich die Ereignisse mit den Umarmungen, Freudentränen und Glückwünschen überschlugen.

Ich gab Thore einen Kuss und setzte mich dann in einen benachbarten Strandkorb, schloss die Augen und legte eine kleine Minimeditation ein. Ich nahm das Rauschen der Wellen als fließende Bewegung in meinen Körper auf und spürte, wie sie alle Anstrengungen und Anspannungen des Tages mit sich nahmen und fluteten, sodass sie leichter wurden, sich beinahe auflösten. Warm prickelte die Sonne auf meiner Haut. Wenn ich mit der Zunge über meine Lippen fuhr, schmeckte ich Salz. Die Kälte des Wassers sorgte noch Minuten nach dem Verlassen des Meeres dafür, dass jede Zelle sich gut durchblutet anfühlte.

5

Marla

In diesem Moment, in dem ich mit Blick auf das Meer und die orangefarbene Sonne darüber im Strandkorb saß, Levke als kleines, warmes Bündel in meinem Arm, war ich sehr glücklich. Peer unterhielt sich mit Thore, Insa saß im Nachbarstrandkorb und hatte die Augen geschlossen. Aus einem etwas weiter entfernten Korb klang leise Loungemusik zu uns herüber. Hier hatte sich eine Gruppe junger Leute zusammengetan, die so viele Getränke und Essen dabeihatten, dass sie locker die Zeit bis zum Sonnenuntergang füllen konnten.

Levke lehnte ihren kleinen, warmen Kopf an mich, und diese vertrauensvolle Geste berührte mich. Ich hätte mir vor einiger Zeit kaum vorstellen können, wie viel Liebe man für ein Kind entwickeln konnte, welches nicht das eigene war. Levke machte es mir mit ihrer offenen, herzlichen Art leicht, für sie da zu sein, wenn ihre Mama nicht in der Nähe war. Außerdem hatte sie vom ersten Tag an ihren Papa so selbstlos und bedingungslos mit mir geteilt, dass ich vor dieser kleinen Person nur den Hut ziehen konnte. Sie war ein toller Mensch, der viel von seinen ebenso starken und vorbildlichen Eltern mit auf den Weg bekommen hatte.

Ich strich ihr über das Haar, welches sich beim Trocknen in noch mehr kleine Locken verwandelte.

»Geht es dir gut, Liebes?«, fragte ich sie und neigte meinen Kopf nach unten.

Es kam keine Antwort, stattdessen merkte ich, wie ihre kleine Hand in meiner schlaff wurde und ihr Atem gleichmäßig.

»Peer?«, sagte ich, gerade so laut, dass ich Levke nicht störte. Mit den Augen deutete ich auf Levke, die offensichtlich eingeschlafen war.

Mit einem einfühlsamen Blick schaute Peer seine Tochter an. »Oh. Die kleine Maus war offenbar todmüde. Vielleicht schaffe ich es, sie ins Auto zu tragen, ohne dass sie aufwacht.« Levke war so klein und zart, dass Peer sie häufiger noch ins Bett trug, wenn sie beim Fernsehen auf dem Sofa einschlief.

Peer griff sanft um Levke herum und hob sie samt Decke hoch. Thore und ich packten unsere Sachen zusammen, bis auch Insa auf uns aufmerksam wurde, ihre Meditation beendete und sich uns für den Weg zum Auto anschloss. Ich beneidete Peer nicht um den Anstieg zum Strandübergang, denn auch wenn Levke relativ leicht war, so war sie eben doch kein Kleinkind mehr und der Weg durch den Sand anstrengender als der aus dem Wohnzimmer in ihr Kinderzimmer. Schon die volle Tasche merkte ich in den Beinen.

Es klappte gut, und Levke schlief noch, als wir schon kurz vor Keitum waren.

Peer und ich hatten uns kaum unterhalten, sondern nur die Ruhe und die Hand des jeweils anderen in der eigenen genossen.

Derzeit fand Levke häufig sehr spät in den Schlaf, und Peer und ich hatten selten in den Abendstunden mal Zeit für uns, auch wenn Alva sich immer wieder anbot. Levke wuselte oftmals noch spätabends durchs Haus oder hatte nicht enden wollende Aufträge für uns, von der Extra-Kuscheleinheit über ein Glas Wasser bis hin zur zweiten Gutenachtgeschichte, bevor überhaupt eine Chance bestand, dass sie einschlief. Zwar war das nicht immer ganz leicht, aber weil Levke so vieles an der Situation des Umzuges so toll und erwachsen gemeistert hatte, war es völlig in Ordnung, dass es auch Themen gab, die nicht so rundliefen und in denen sie mehr Aufmerksamkeit brauchte.

Trotzdem freute ich mich, dass wir heute mal einen Abend nur für uns genießen konnten.

»Das war ein schöner Abschluss des Tages«, sagte ich leise, als wir es uns mit einem Glas Weißwein auf dem Sofa gemütlich machten, die Beine hochlegten und den Fernseher anschalteten.

»Das stimmt, aber meinetwegen kann der Abend ruhig noch ein bisschen andauern«, erwiderte Peer und fuhr mir mit der Hand zärtlich den Rücken entlang bis unter den Haaransatz, wo er seine Fingerspitzen sanft kreisen ließ und über meinen Hals den Weg fortsetzte. Ich seufzte leise und drehte mich zu ihm und küsste ihn. Ließ mich in diesen Kuss fallen, der immer inniger wurde und kaum enden wollte. Wir bekamen nicht mit, was im Film vor sich ging, doch das war egal. In diesem Moment zählte nur, dass Peer und ich zusammen waren und sich unsere Verliebtheit so kribbelnd schön anfühlte wie am ersten Tag. In unserem stressigen Alltag ging dieses Gefühl manchmal ein wenig verloren. Doch jetzt wurde es durch die Vorstellung, dass ich diesem Mann in wenigen Monaten das Jawort geben durfte, gesteigert. Ich war so voller Glück und Liebe für diesen Mann und unser gemeinsames Leben. Manchmal konnte ich all das kaum glauben.

Wir zogen irgendwann vom Wohnzimmer in unser Schlafzimmer um, und jede Minute dieser Nacht, die mir heute fast unendlich vorkam, fühlte sich wie ein Traum an.

»Das hatte ich in meiner Aufzählung vom puren Glück vorhin

noch vergessen. Erwachsenenglück sozusagen«, raunte ich Peer zu, und meine Hand wanderte über seinen Oberkörper, während wir im Bett saßen, angelehnt an die Rückwand, mit Blick aus dem Fenster in den dunklen Himmel, an dem selbst von hier die unzähligen Sterne zu sehen waren.

»Das wäre ja auch nicht jugendfrei gewesen«, flüsterte mir Peer ins Ohr, und seine Worte in Verbindung mit zarten Berührungen seiner Lippen jagten erneute Gänsehautschauer über meinen Körper.

»Wohl wahr«, raunte ich, und wir küssten uns. Langsam spürte ich jedoch, wie Müdigkeit sich auf meine Augenlider legte und sie immer schwerer werden ließ.

»Das war jetzt aber wirklich der Abschluss des Tages. Ich bin so müde. Ich schlafe gleich im Sitzen ein. Dann werde ich mich morgen allerdings kaum bewegen können, und das kann ich mir im Zuckerhüs nicht leisten.« Ich legte mich hin, und Peer schmiegte sich an mich. Seine Hände fuhren über meinen Körper und fluteten ihn sofort wieder mit Sehnsucht und Glückshormonen.

»Mhm«, seufzte ich und flüsterte: »So wird das aber nichts mit dem Einschlafen.«

»Eine kleine Massage, um besser zur Ruhe zu kommen, kann doch nicht schaden, oder? Dann schläfst du vielleicht besonders schnell und tief?«

Ich lachte leise. »Ich fürchte, der Plan geht nicht auf, und ich werde eher wieder hellwach.« Wir küssten uns noch einmal leidenschaftlich, und ich drehte mich auf die Seite. Peers Körper lag warm und schützend an mir, und es hätte keinen Ort auf der Welt geben können, an dem ich lieber gewesen wäre und an dem ich besser hätte schlafen können.

Mit Levkes Lieblingsmusik im Radio rauschten wir am nächsten

Tag in Richtung Tinnum, wo Levkes Grundschule lag. Wir fuhren irgendwann direkt hinter dem Schulbus und sahen, dass durch das Fenster jemand winkte.

»Linus«, freute sich Levke und zeigte auf das Kind, welches ich nun auch hinter der mit Werbung bedruckten Scheibe entdeckte. Ich winkte ihm ebenso. Mir fiel auf, dass er, weitab von den anderen, ganz allein im Bus saß. Er tat mir leid, und sein Lächeln, seit er Levke gesehen hatte, beruhigte mich.

»Linus scheint ganz allein Bus zu fahren«, erkannte ich, und Levke nickte.

»Ja, er mag das nicht, hat er mir erzählt. Er hat auch noch ein bisschen Angst davor. Wie ich. Aber seine Mama muss so früh mit der Arbeit anfangen. Da geht es nicht anders.« Sie hob mit ernsthafter Miene die Schultern. »Vielleicht fahre ich bald mal mit ihm mit. Dann traue ich mich das auch, und er ist nicht so allein. Ich denke, zusammen könnten wir das besser hinbekommen.«

Bis vor die Schule fuhren wir hinter dem Bus her, und Levke und Linus scherzten durch die Scheibe. Sie zogen Grimassen und lachten.

Als ich einparkte, schnappte sich Levke nur schnell ihren Ranzen, umarmte mich hastig und rannte dann zur Bushaltestelle, wo Linus auf sie wartete. Gemeinsam gingen sie auf die Schultür zu.

Das Bild freute mich, und mit fröhlicher Stimmung machte ich mich wieder auf den Weg in Richtung *Zuckerhüs*. Peer rief von unterwegs an.

»Danke, Marla, dass du heute den Schulshuttle übernommen hast. Das war etwas hektisch heute früh mit meinem ersten Termin.«

»Alles gut. Du hättest es sehen sollen, wie süß Levke mit Linus abgedampft ist. Ich habe sie nie glücklicher in die Schule gehen sehen.«

»Das freut mich zu hören. Ich wünsche dir einen guten Start.«

Ich machte noch halt bei meinem Lieblingsbäcker in Keitum und gönnte mir mit einem Quarkbrötchen und einem Kaffee eine kleine Frühstückspause auf einer Bank direkt am Watt. Die Sonne schien, und es war ein milder, fast sommerlicher Morgen.

Ich ließ die Geräusche hier am Watt auf mich wirken. Das Schilfgras rauschte im Wind, Vögel zwitscherten in den Bäumen hinter mir, und Möwen kreischten über dem Wasser. Weil gerade Flut herrschte, plätscherten leichte Wellen gegen die Steine, die als Küstenschutz den Weg am Meer entlang begrenzten. Sanft brachen sich die seichten Wellen an ihnen und verteilten ihre Kraft so, dass sie weniger Sand von der Insel abtrugen. Würde man sie ungebremst auf das Land auflaufen lassen, würde die Insel immer schmaler werden. Wenn Hochwasser herrschte, stand dieser Weg sogar komplett unter Wasser, und die Nordsee reichte bis in das Schilfgras hinein und an die schmalen Sandstrände hier vor Keitum.

Ich kam mir klein und unbedeutend vor beim Blick auf die Weite und die Kraft des Meeres vor mir. So oft hatten Menschen versucht, es zu lenken und zu bändigen, aber immer wieder fand das Wasser seinen Weg und war allen Bemühungen von uns Menschen überlegen. So war es schon immer. So sah ich es jetzt, und so würde es auch in fünfhundert Jahren noch sein, sofern das Meer sich die Insel bis dahin nicht schon zu eigen gemacht hatte. Dieser Gedanke, dass unsere Nachfahren hier nicht mehr sitzen könnten, um über das Watt oder auf die teilweise jahrhundertealten Häuser in meinem Rücken zu blicken, war bedrückend.

Nein, mit dieser Stimmung wollte ich nicht in den Tag starten. Also entschied ich, mit dem zuckrigen Geschmack des Brötchens im Mund noch ein paar Schritte am Watt entlangzugehen, bevor ich zum *Zuckerhüs* zurückkehrte.

In einiger Entfernung sah ich eine Gruppe auf mich zukommen. Es waren Kinder, alle trugen gelbe Warnwesten. Mit fröhlichem Geplauder und teilweise hüpfend kamen sie auf mich zu. Zwei Erwachsene waren bei ihnen und lenkten die wuselige Truppe am Wassersaum entlang. Ich schmunzelte, denn bei all dem, was es hier zu entdecken gab, war das sicher keine leichte Aufgabe. Hier ein Krebs, da eine kleine Schnecke. Hin und wieder Quallen, die sich in den großen Pfützen neben dem Weg wiederfanden, wo die Flut sie zurückgelassen hatte.

Während ich mich immer ein wenig gruselte vor den eigentlich so faszinierenden Tieren, hatte Levke da keine Scheu. Sie rettete jede einzelne Qualle vorm sicheren Tod durch Vertrocknen, wenn sie sah, dass sie sich in diese Pfützen verirrt hatten, die erst wieder mit Meerwasser geflutet wurden, wenn das Wasser zurückkehrte. Levke hatte damit kein Problem, die Tiere anzufassen. Oder sie hatte direkt ihren Kescher dabei, mit dem sie den glibberigen Meeresbewohnern wieder ins Meer half.

Ich lächelte bei dem Gedanken daran, und mein Blick ging zu der Betreuerin. Dabei erkannte ich, dass es Cleo war, und mir fiel ein, dass sie von dem Job im Hotel gesprochen hatte.

»Moin«, sagte ich, und Cleo erwiderte den Gruß knapp, bevor sie mich erkannte. Dann zog sogleich ein Lächeln über ihr Gesicht.

»Ach, Marla, hi! Wie schön, dich zu treffen. Wir sind schon früh zu einer kleinen Erforschungswanderung am Watt aufgebrochen«, erklärte sie und machte eine ausschweifende Handbewegung über die kleine Entdeckergruppe. Ich blickte in aufgeregt fröhliche Gesichter. Mit roten Wangen und einem Lachen auf den Lippen liefen die Kinder weiter.

»Wir sehen uns ja dann bald im *Zuckerhüs*«, sagte Cleo.

»Ist das eine Frau aus dem Bonbonladen?«, hörte ich ein Kind fragen, das sich direkt noch mal nach mir umdrehte. Cleo lachte. »Genau.«

»Können wir da nicht mal einen Ausflug hin machen?«, fragte der Junge, und Cleo schaute mich fragend an.

»Klar«, antwortete ich. »Ihr seid immer herzlich willkommen. Wir können ja mal einen Termin für einen kleinen Bonbonkurs für euch alle machen«, schlug ich vor.

»Da kommen wir bestimmt drauf zurück«, rief Cleo und reckte einen Daumen in die Höhe. Dann rief schon wieder ein Kind nach ihr, was ganz vorne in der Gruppe war.

Entschuldigend hob sie die Handflächen. »Sorry, es muss offenbar weitergehen. Bis ganz bald«, verabschiedete sich Cleo mit einem Schulterzucken.

»Bis bald, Cleo.« Ich warf noch einen Blick zu der Gruppe, bevor ich den Weg emporstieg, der zu meinem Auto führte. Von Weitem sah ich, wie Cleo nun in einiger Entfernung von der Gruppe telefonierte. Sie fuhr sich durch die Haare, schien aufgeregt und angespannt. Ich stellte mir vor, dass sie ganz schön viel um die Ohren hatte, wenn sie neben ihrer Selbstständigkeit als Hochzeitsplanerin auch Kindergruppen im Hotel betreute, um dann nachmittags für den eigenen Sohn da zu sein, und war sehr froh, dass ich nicht allein für Levke verantwortlich war.

»Wissen Sie, ich habe damals gejobbt. Ich war auf einem Fest mit einem Bauchladen unterwegs, aus dem heraus ich Süßigkeiten verkauft habe. So hab ich mir für mein Studium etwas dazuverdient. Ein Typ war mir sofort aufgefallen. Nicht nur, weil er sehr gut aussah, sondern weil er immer wieder Lollis und unzählige bunte Tüten kaufte.« Lächelnd hörte ich zu, wie die Kundin mir ihre Kennenlerngeschichte erzählte. Sie wollte ebenfalls bald heiraten und war ins *Zuckerhüs* gekommen, um personalisierte Bonbons zu bestellen. Auch sie selbst lächelte bei der Erinnerung an dieses erste Treffen. »Wir kamen darüber ins Gespräch, und es stellte sich heraus, dass er die kleinen Köstlichkeiten nicht für sich kaufte, sondern sie allesamt an andere Leute verschenkte. Es ging ihm gar nicht um die Süßigkeiten, sondern nur darum, immer wieder mit mir in Kontakt zu kommen und so meine Aufmerksamkeit zu wecken. Seine offene Ehrlichkeit begeisterte mich.«

»Was für eine wundervolle Geschichte«, staunte ich. »Da ist sein Plan wohl aufgegangen.«

»Voll und ganz! Leider heiraten wir nicht hier auf der wunderschönen Insel. Das wäre mit all den Gästen einfach zu teuer. Wir leben auf dem Festland nahe Flensburg und heiraten dort standesamtlich. Vielleicht holen wir irgendwann mal eine freie Trauung am Strand nach. Nur wir zwei und die Insel.«

»Das klingt toll. Wenn Sie mögen, habe ich da einen Kontakt für Sie«, bot ich an. Ich erzählte ihr von Cleos Angebot, notierte ihr Cleos Kontaktdaten, und sie war ganz begeistert.

»Wäre es möglich, dass Sie uns die Dinge zum Tag der Hochzeit zusenden?«

»Aber selbstverständlich«, erklärte ich. »Notieren Sie mir hier alles, was ich wissen muss, und ich hole Ihnen solange ein paar Beispielbilder von bisherigen Anfertigungen für Hochzeiten. Vielleicht ist ja schon was dabei, und wir können direkt das Design festlegen.«

»Das klingt toll«, freute sich die Dame und griff zum Stift.

Als ich mit dem Ordner zurückkehrte, in dem wir unsere Kreationen fotografisch und nach Themen sortiert festhielten, bat ich sie zu einem kleinen Tisch, den wir extra für solche Beratungsgespräche im Nebenzimmer eingerichtet hatten. »Hier wären die Beispiele für Hochzeiten, wo kleine Bonbonkreationen in handbeschrifteten Gläschen zum Beispiel Namenskärtchen ersetzen oder einfach als schöne Erinnerung mitgegeben werden können.« Ich schlug eine Seite auf, auf der pastellfarbene, rosafarbene und kunterbunte Lollis mit passenden Bonbons zu sehen waren.

Die Augen der Dame leuchteten. »Ich habe sofort meinen Favoriten gefunden«, stellte sie direkt fest und zeigte auf einen Lolli in Regenbogenfarben und eine kleine Mischung verschiedener Bonbons und Fruchtgummis. Sie erinnerte an die klassische bunte Tüte.

»Eine schöne Auswahl. Und das passt so gut zu dem, was Sie mir erzählt haben«, sagte ich und notierte zu ihrem Namen, welches Muster sie ausgewählt hatte.

Wir klärten noch Schriftart und Größe der Prägungen, den Zeitpunkt, Versandbedingungen und die Bezahlung, dann legte ich die Bestellung in einem Ordner dafür ab.

»Ich freue mich schon jetzt auf die strahlenden Gesichter. Und ich werde Ihnen dann davon berichten, wenn wir nach unserer Hochzeit nach Sylt kommen, um unsere Flitterwochen hier zu verbringen.«

»Oh, da freue ich mich und bin gespannt. Wie schön, dass Sie sich als Ziel für Ihre Hochzeitsreise für Sylt entschieden haben.«

»Ja. Wir werden erstmalig hier in einem Hotel wohnen – bisher haben wir unsere Urlaube hier immer auf dem Campingplatz verbracht – und es uns so richtig, richtig gut gehen lassen.« Sie kicherte, und ich lächelte beim Anblick der offensichtlich sehr verliebten Frau. »Dann stöbere ich noch ein wenig umher«, erklärte sie und rieb sich freudig die Hände. »Wir wollen ja schon einmal kosten, was wir unseren Gästen dann bald kredenzen.«

»Sehr gerne. Wenn ich noch was für Sie tun kann, sagen Sie Bescheid.«

Ich schrieb Cleo direkt eine Mail, dass sie mir bei unserem

nächsten Treffen Visitenkarten hierlassen sollte, damit ich in Zukunft direkt eine Empfehlung mitgeben konnte.

Gegen Mittag lösten Flora und Alva mich im Verkaufsraum ab, sodass ich mich für eine Weile in die Bonbonküche verabschieden konnte. Während wir bisher vor allem Bonbons und Lollis in unserem *Zuckerhüs* anboten, hatte ich mir eine spezielle Fruchtgummi-Mischung überlegt. Hier im Laden würde ich sie zuerst ausprobieren. Wenn sie gut angenommen wurde, wollte ich mich an die örtlichen Supermärkte wenden und abklopfen, ob sie auch daran Interesse hatten, sie in ihr Standardsortiment aufzunehmen. Ich würde unsere Bonbons mit den Fruchtgummis zu einem passenden Set zusammenstellen, welches sicher auch in einigen Märkten bei Urlaubern und Einheimischen guten Absatz finden würde.

Eine weitere Idee, wen wir diesbezüglich ansprechen wollten, waren Souvenir- und Geschenkartikelläden, die unsere Produkte mit in ihr Sortiment aufnehmen konnten. Weil ich mir jedoch vorstellen konnte, dass gerade auch Fruchtgummis für dieses Geschäft gefragt waren, wollte ich zunächst testen, ob wir unser Angebot dahin gehend erweitern konnten.

Für den ersten Versuch hatte ich mich für Kirsch-, Erdbeer- und Waldmeisteraroma entschieden. Die Grundmasse aus Zucker, Wasser und Gelatine war schnell hergestellt und wurde nur kurz erhitzt, bis die Masse zäh wurde.

Noch war diese farblos und ohne Geschmack. Der nächste Schritt machte mir besonders Spaß, denn es galt nun, die Aromen und die natürlichen Farbstoffe hinzuzugeben und so abzustimmen, dass sie süß, kräftig und gleichzeitig nicht zu künstlich schmeckten und aussahen. Ich trennte die zähe Masse in drei Portionen, die ich einzeln mit dem Aroma und der jeweiligen Farbe versah. Ich hatte extra neue Gussformen aus Silikon anfertigen lassen, von denen einige die Inselsilhouette zeigten, andere die Fassade eines Reetdachhauses, welches das *Zuckerhüs* darstellen sollte. Ich platzierte sie jeweils auf ein Brettchen, damit ich sie nach dem Gießen gut transportieren konnte, ohne sie zu verbiegen und die Formen der Süßigkeiten zu zerstören. Dann füllte ich Reihe für Reihe die unterschiedlich gefärbte und aromatisierte Masse ein und platzierte sie anschließend für rund eine Stunde in der Kühlung. Anschließend überbrückte ich die Wartezeit damit, Flora und Alva im Verkaufsraum zu unterstützen.

Es wanderten viele bunte Bonbongläser in die Tüten, und Menschen mit zufriedenem Lächeln auf den Lippen schlenderten durch die Tür des weißen Reetdachhauses. Für die Mittagszeit hatte ich mir heute überlegt, selbst gemachte Limonade anzubieten. Es war so sonnig, dass ich mir vorstellen konnte, dass die Besucher oder auch Spaziergänger sich über einen Erfrischungsdrink freuen würden.

Unter einem rosa-weiß gestreiften Sonnenschirm platzierte ich einen kleinen Holztisch mit dem Getränkespender darauf, genauso wie einen Schwung recycelbarer Becher.

Alva war von meiner Idee sofort begeistert und bereitete nach ihrem hauseigenen Rezept aus ein wenig Zucker, Minze, Zitronensaft und Mineralwasser eine köstliche Mischung zu und gab für die Optik und den besonders fruchtig spritzigen Geschmack frische Limetten hinzu. Serviert wurde das Ganze mit Eiswürfeln und einem Zweig Minze als Garnitur.

Es dauerte nicht lange, bis die ersten Besucher sich zu mir unter den Sonnenschirm gesellten, um sich ein kühles Getränk einschenken zu lassen.

Einige blieben stehen, genossen die spritzig-frische Limo und drehten noch eine Runde durch das *Zuckerhüs*.

Alva trat aus der Tür. »Marla, es war eine fantastische Idee, den Leuten unsere Limonade anzubieten. Sie schwärmen davon und sind ganz besonders in Kauflaune, wenn sie danach den Laden betreten«, freute sie sich.

»Wie schön. Aber ohne deine köstliche Mischung, liebe Alva, hätten wir mit der Idee auch nicht viel anfangen können. Ich freue mich sehr, dass die Aktion so gut angenommen wird.«

Alva legte den Arm um mich. »Du bist ein Schatz, Marla. Du tust meiner Manufaktur so gut«, stellte sie bewundernd fest. »Gerade mit deinen neuen, tollen Ideen.«

Ich schlug mir vor die Stirn. »Apropos neue Ideen! Fast hätte ich die Fruchtgummis vergessen. Die dürften jetzt fertig sein. Hältst du kurz die Stellung? Ich hole die erste Charge zum Probieren. So können wir auch gleich schauen, wie sie bei den Kunden ankommen.«

»Unbedingt, mein Kind. Ich bin hier!«

6

Insa

Die Entspannung und Glücksgefühle des Vorabends noch in den Gliedern, genoss ich meine alltägliche morgendliche Achtsamkeitsübung und Meditation, bevor ich unter die Dusche sprang und es mir mit einem Müsli und meinem Tee im Strandkorb auf der Terrasse gemütlich machte. Man spürte bereits, wie die ersten Sonnenstrahlen von Tag zu Tag an Kraft gewannen. Die Glaskugeln im Garten leuchteten im Sonnenschein in den farbenprächtigsten Tönen, und es sah sommerlich leicht und bunt aus. Wenn ein Tag so startete, konnte eigentlich kaum noch etwas schiefgehen.

Weil Thore und Emma schon früh zur Surfschule gefahren waren, war es ganz still um mich herum. Hier in der zart wärmenden Sonne zu sitzen und den Wind und die klare Luft zu atmen, verlängerte den entspannten Zustand meiner Meditation und füllte all meine Kraftreserven mit Glück.

Gut aufgeladen machte ich mich schließlich auf den Weg zu meinen ersten Objekten. Ich kontrollierte den Zustand von bereits fertig gereinigten und vorbereiteten Objekten, machte einen Abstecher zum Blumenladen, erledigte eine weitere Reinigung selbst und half einem Handwerker bei der Reparatur einer vom Wind aus den Angeln gehobenen Scheunentür.

Um die Mittagszeit entschied ich, Marla einen Besuch im Zuckerhüs abzustatten. Als Mittagessen reichte mir heute ein belegtes Brötchen, welches ich unterwegs aß. Ich parkte mein Auto etwas entfernt von der Bonbonmanufaktur, weil heute viel los war im beschaulichen Keitum. Es zeichnete sich ab, dass ich in nächster Nähe zum Haus keinen Platz für mein Auto finden würde. Der Spaziergang durch die malerischen Gassen des Ortes war sowieso einen Weg wert, so viel gab es zu entdecken. Die Stimmung war hier immer außergewöhnlich schön.

Schon von Weitem sah ich den rosa-weißen Sonnenschirm vorm Haus. Ich erinnerte mich daran, dass Marla mir von ihrer Idee erzählt hatte, in den Hochsommermonaten hin und wieder kostenlos Getränke auszuschenken. Das hatte sie aufgrund des tollen Wetters offenbar auf den heutigen Tag vorgezogen.

Marla winkte, als sie mich sah. Sie kam gerade mit einem Tablett voller kleiner Schälchen aus der Tür.

»Moin«, klang es von Alva, die unter dem Sonnenschirm stand und gerade einem Kunden einen Becher mit Limonade reichte.

»Möchtest du auch was trinken, Insa?«, bot Alva an.

»Oh, da sage ich nicht Nein. Sehr gerne! Es kommt mir heute schon wie ein echter Sommertag vor.«

»Eben! Da hatte Marla genau den richtigen Riecher«, erkannte Alva und deutete auf den Behälter mit der Limonade. »Ich kann gleich Nachschub holen.« Sie lachte.

»Wenn du mir verrätst, wo die Limo steht, hole ich sie natürlich. Ist sie im Vorratsraum im Kühlschrank?«, fragte Marla in dem Moment.

»Genau, wenn sie gleich leer ist. Solange würde ich noch warten, dann bleibt sie schön kühl.« Alva nickte. »Wie schön, dass du vorbeikommst, Insa.«

»Na, es lohnt sich ja offensichtlich gerade doppelt«, erkannte ich und deutete auf den Becher, den Alva mir reichte. Dann ging mein Blick zu dem Tablett, das Marla mit sich trug. »Oder sogar dreifach? Was sehe ich da? Eine neue Fruchtgummi-Kreation? Du suchst doch ganz sicher kundiges Testpersonal, hab ich recht?«

Marla lachte. »Bedien dich, klar. Unsere kleine Verköstigung als Vorgeschmack auf den Sommer wurde echt gut angenommen«, erklärte Marla mit einem zufriedenen Gesichtsausdruck.

»Das freut mich sehr. Ihr habt das aber auch super liebevoll arrangiert, und es schmeckt köstlich.« Ich steckte mir eine Süßigkeit in den Mund und ließ mir den fruchtigen Geschmack nach Kirsche auf meiner Zunge zergehen. »Mhm! Die auch. Die sind ja fantastisch! Geschmack pur. Da werde ich wohl leider nie wieder x-beliebige Fruchtgummis im Supermarkt kaufen können.« Bedauernd hob ich die Schultern.

»Nun ja, wenn mein Plan aufgeht, wirst du das trotzdem können. Zumindest hier auf der Insel. Ich hoffe nämlich, dass die Supermärkte meine Fruchtgummis in ihr Sortiment aufnehmen. Aber für dich werde ich ohnehin immer eine Ration dahaben, da sei dir sicher«, erklärte Marla. »Schön, dass sie dir schmecken.«

Die Wimpelkette, die in bunten Pastellfarben das *Zuckerhüs* zierte, flatterte im leichten Wind, und die Bäume warfen angenehm kühlen Schatten. Es war eine wundervoll sommerliche Stimmung, die heute von vielen gut gelaunten Spaziergängern untermalt wurde.

Um kurz nach eins hielt Peer vor dem Haus an, um Levke abzusetzen, die er von der Schule abgeholt hatte.

»Hallo, allerseits.« Die hintere Tür öffnete sich, und das Mädchen kletterte heraus. Marla trat an das Auto und gab Peer einen

Kuss durch das Fenster. Außerdem reichte sie ihm einen Becher mit Limonade. Er leerte ihn in einem Zug.

»Hmm. Wie köstlich! Vielen Dank. Da würde ich am liebsten bleiben. Aber ich muss leider gleich weiter. Hab noch einen Termin. Bis später, mein Schatz.«

»Tschüss, Papa. Hallo, ihr alle«, rief Levke und rannte direkt zur Limonaden-Zapfanlage. »Ist noch was da für mich?«

»Aber selbstverständlich. Es ist genügend da.« Alva lächelte milde und strich dem Kind über das Haar. »Wie war die Schule?«

»Ganz okay«, murmelte Levke und trank einen großen Schluck. »Hmm! Darf ich mehr?«

Alva lachte und schenkte ihr nach. »Nur doof war heute, dass Linus in der ersten Pause abgeholt werden musste.« Levke zuckte die Schultern.

»Oh, ging es ihm nicht gut?« Marla schaute besorgt.

»Er hat erst geweint, als wir über das Schulfest sprachen, was bald ist und wo wir den Eltern ein Theaterstück vorspielen, für das wir heute die Eintrittskarten für die Eltern gebastelt haben. Und dann hatte er Bauchweh.«

»Das klingt nicht so gut.«

»Seine Mama hat ihn dann abgeholt. Ich hoffe, er ist morgen wieder da.«

»Ich habe Cleo morgens noch am Watt gesehen mit einer Kindergruppe des Hotels«, erzählte Marla. »Ob sie jemanden hat, der sich um Linus kümmern kann, wenn er länger krank ist und sie arbeiten muss?«

»Glaub nicht«, gestand Levke. »Sein Papa wohnt, denk ich, nicht mit auf der Insel, und er hat vorhin, als es ihm nicht gut ging, gesagt, nur seine Mama kann ihn abholen.«

Marla nickte, und als Levke reingerannt war ins Haus, sprach sie weiter.

»Ich glaube, Cleo lebt mit Linus' Vater nicht mehr zusammen. Bestimmt vermisst der Junge ihn.« Marlas Blick war traurig. »Oder wer weiß, welche Geschichte sich sonst hinter den beiden verbirgt. Nicht jeder wächst schließlich mit beiden Elternteilen auf.« Aus Marlas Mund klangen diese Worte abgeklärt, weil sie die Situation selbst so gut kannte. »Aber dass er dann keine Eintrittskarten für die Familie malen will, verstehe ich. Vielleicht ist er gar nicht krank, sondern hatte seelische Bauchschmerzen.«

»Aber hat er nicht von irgendeinem Felix erzählt, als er hier war?«, schaltete sich Alva ein.

»Stimmt. Vielleicht ist das der Papa.« Marla zuckte die Schultern. Da kam Levke wieder raus.

»Marla, ich hab Hausaufgaben für Linus. Ich hab gesagt, wir bringen ihm die.«

»Ach, okay.« Marlas Blick war irritiert. »Klar. Das schaffen wir schon irgendwie. Wenn hier weniger los ist, starten wir.«

»Ich habe gerade eine Lücke. Kann ich helfen?«, bot ich an.

»Das ginge? Das wäre natürlich super. Gerne. Dann schreibe ich Cleo mal und frage, wo wir sie finden.« Marla zückte ihr Handy und tippte eine Nachricht. Kurz darauf klingelte es.

»Hallo, Cleo«, begrüßte Marla die Anruferin und hörte zu, was sie erzählte. »Es freut mich, dass es Linus schon wieder besser geht. Dann machen wir das so. Perfekt. Meine Freundin Insa wird kurz mit den Unterlagen vorbeikommen. Ich bin heute so eingespannt hier, und bei ihr passt es gerade. So lernt ihr euch direkt auch einmal kennen«, hörte ich Marla sagen. »Ja, genau. Insa ist die zweite Braut.« Marla lachte und legte auf.

»Sie wohnen aktuell ganz in der Nähe von Thores Surfschule, in Munkmarsch. Cleo arbeitet da im Hotel, und man hat ihr eine kleine Wohnung in den Nachbarhäusern für sie und Linus zur Verfügung gestellt. Ich schicke dir die Adresse, wenn ich sie von ihr bekommen habe.« Marlas Handy vibrierte, und sie leitete mir die Nachricht direkt weiter. Levke hatte eine Mappe mit Blättern aus ihrem Schulranzen geholt und reichte sie mir.

»Muss ich noch was wissen?«, fragte ich mit Blick auf die Zettel.

Levke schüttelte den Kopf. »Unsere Lehrerin hat da alles hingeschrieben. Das versteht Linus so. Sonst kann Cleo ja Marla anrufen.«

»Perfekt. Dann düse ich mal los.« Ich machte kehrt und winkte über die Schulter. »Danke für die vorzügliche Limo!«

»Danke dir für deine Hilfe, Liebes«, kam es von Marla.

Ich freute mich richtig darauf, Cleo kennenzulernen, und drehte mich noch mal um. »Soll ich nicht direkt mit Cleo einen Termin für ein Treffen zu dritt vereinbaren? Wann passt es dir?«

»Klar. Gute Idee.« Marla schaute kurz in ihren Kalender, fand einige Lücken, und ich startete mit ein paar Terminvorschlägen Richtung Cleo.

Durch Munkmarsch hindurch ging es bis kurz vor das Hotel. In einer Kurve davor lag ein Haus, welches mir als Ferienwohnungsdomizil ein Begriff war. Die Tür stand offen, davor sah ich eine kleine, dunkelhaarige Frau mit Sonnenbrille im Haar, die mir unsicher zulächelte. Ich war mir sicher, dass das Cleo sein musste, parkte das Auto vor der Tür, griff nach der Mappe und stieg aus.

»Cleo?«

»Die bin ich. Hallo. Dann sind Sie Insa?«

»Ganz genau. Hallo. Schön, dass wir uns kennenlernen. Ich würde vorschlagen, wir gehen gleich zum ›Du‹ über, oder?« Ich lächelte und blickte in das freundliche, mir direkt sympathische Gesicht der Frau, die ungefähr in meinem Alter war.

»Das hat mir Levke mitgegeben für Linus«, erklärte ich und reichte ihr die Mappe mit den Schulaufgaben.

»Vielen Dank!« Verblüfft schaute sie auf die Unterlagen in der Mappe. »War das früher schon so, dass man so viel verpasst hat, wenn man gerade mal drei Schulstunden nicht mitbekommt?« Sie legte besorgt die Stirn in Falten und blätterte durch die Seiten.

»Ehrlich gesagt wundere ich mich auch ein wenig, wenn ich das sehe«, gab ich ihr recht. »Da darf man ja gar nicht ernsthaft krank werden und mehrere Tage ausfallen, wenn man hinterher noch mitkommen will. Geht es ihm denn wieder besser?«

Nervös nickte Cleo. »Ja, ja. Ich denke schon. Nichts Schlimmes. Morgen ist er wohl schon wieder an Bord.« Ein unsicheres Lächeln huschte über ihre Lippen. »Ich würde dich ja gerne auf ein Getränk hereinbitten, wenn du magst. Linus ist auch nicht ansteckend.«

Ich hob die Hände. »Oh, danke, nein. Das ist ganz lieb, und ich würde sehr gerne, aber ich muss direkt wieder arbeiten. Marla hatte mir aber gesagt, dass wir doch schon einen Termin vereinbaren könnten, an dem wir uns treffen.« Es dauerte nicht lang, da hatten wir einen Termin gefunden, der uns allen passte. »Perfekt. Ich freue mich trotzdem, dass wir uns auf diesem Wege einmal kurz kennengelernt haben. Marla hat so von dir geschwärmt.«

»Da werde ich ja gleich verlegen.« Cleo lächelte liebenswert schüchtern.

»Ach Quatsch, das musst du nicht. Wenn Marla das sagt, dann meint sie es auch so. Bis bald, Cleo«, verabschiedete ich mich. »Ich freue mich auf das nächste Treffen«, schob ich hinterher.

»Oh, ich mich auch!« Sie hielt die Mappe hoch. »Und vielen lieben Dank dafür noch mal.«

»Gerne.«

Ich stieg wieder ins Auto und fuhr zu meinem nächsten Termin, der in Braderup stattfinden sollte. Eine langjährige Kundin hatte eine Empfehlung für mich ausgesprochen, und heute war das Erstgespräch mit den Besitzern, einer Düsseldorfer Familie, zu dem Objekt, um das ich mich in Zukunft kümmern sollte.

Ich freute mich auf den Termin. Die Familie war nur selten auf Sylt. Sie nutzten das Haus im Wechsel mit den Großeltern, die aber auch nur sporadisch auf die Insel reisten. Heute traf ich mich mit der Hausherrin, die für ein Geschäftsessen nach Sylt gekommen war und diesen Termin damit verbinden wollte, unsere Zusammenarbeit festzuzurren.

Was sie bereits bezüglich der monetären Eckdaten für diesen Job in Aussicht gestellt hatte, war großartig und finanziell äußerst attraktiv für mich. Das Geld würde mich einen Schritt näher an meinen Traum einer eigenen Immobilie heranführen.

Auch das Objekt selbst war traumhaft. Direkte Wattlage mit unverbaubarem Blick bis zum Horizont, die Auffahrt so weitläufig gestaltet, dass weder neugierige Fußgängerblicke noch jeglicher Autolärm bis zu der Immobilie durchdrangen.

Bevor ich klingelte, blieb ich einen Moment lang vor dem Eingang stehen und ließ das imposante Anwesen auf mich wirken. Immer wenn ich dachte, ich hätte schon das Ultimum an Pracht und Luxus gesehen, wurde ich eines Besseren belehrt, und das nächste Traumobjekt empfing mich. Ich dachte für einen Moment, dass man für meinen Job auch eine gewisse Stärke besitzen musste, um nicht in Neid und Unzufriedenheit unterzugehen.

Als ich gerade meine Hand nach der Klingel ausstreckte, öffnete sich die Tür.

»Moin, Frau Zacharias?«, fragte ich leicht überrumpelt. »Ich bin Insa Jonas.«

»Guten Tag«, kam es zurück. »Wollen Sie reinkommen? Ich habe nicht viel Zeit«, begrüßte mich die elegant gekleidete Frau eher kühl und reserviert.

»Gerne.« Ich folgte der Dame in den Hausflur, von dem aus sie direkt in einen Essbereich ging, in dem ein großer Tisch vor einem Panoramafenster zum Garten hin stand. Darauf lagen etliche Unterlagen.

»Das sind die Punkte unseres Vertrages, die mir am Herzen liegen. Bevor Sie sie unterzeichnen, lesen Sie sie bitte in Ruhe durch«, stieg sie ohne Small Talk direkt ins Thema ein. »Es ist mir wichtig, dass unsere Vorstellungen miteinander vereinbar sind. Sonst halte ich das für keine geeignete Basis für eine Zusammenarbeit.«

Erstaunt darüber, dass sie mich offenbar gar nicht groß persönlich kennenlernen wollte, sondern nur auf den Vertrag Wert legte, nickte ich.

»Selbstverständlich gerne«, sagte ich, um einen festen Klang in der Stimme bemüht.

»Unsere Freundin hat Sie ja empfohlen, ansonsten wäre ich gar nicht auf Sie gekommen, muss ich gestehen. Ist es richtig, dass Sie eine One-Woman-Unternehmung sind?«

»Ja«, sagte ich. »Ich führe mein Unternehmen allein, habe allerdings bestimmte Firmen, mit denen ich fest zusammenarbeite. Eine Reinigungsfirma kümmert sich vertrauensvoll und diskret um meine Objekte. Handwerker zu nahezu allen Bereichen sind lange Jahre schon meine Partner, und dadurch, dass ich auf Sylt aufgewachsen bin und viele Menschen hier vor Ort kenne, findet sich auch für so manches spontane Thema, das sich ergibt, eine schnelle und unkomplizierte Lösung.«

Die Dame blickte mit schmalen Lippen auf die Unterlagen vor sich. »Wissen Sie, mein Mann ist Rechtsanwalt. Er hat die Unterlagen zusammengestellt. Wir werden dieses Jahr den gesamten Sommer hier sein, was eine verstärkte Präsenz auch Ihrerseits erfordern würde.«

Interessiert hob ich die Augenbrauen. »Wie stellen Sie sich die Zusammenarbeit genau vor?«

»Nun, wir möchten, dass eine grundsätzliche Verfügbarkeit gewährleistet ist. Weil wir viele Familienmitglieder sind, ergeben sich natürlich auch ganz unterschiedliche Bedürfnisse, und spontane Erreichbarkeit spielt eine große Rolle. Wir veranstalten häufig Essen mit unseren Freunden, zu denen wir einen Koch engagieren, der in unserer Küche kocht. Auch feiern unsere Kinder gerne hier im Hause mit ein paar Leuten. So eine Party braucht Organisation. Das kann ich unmöglich meinen Söhnen überlassen. Sie werden zu sehr in ihr Studium eingespannt sein. Wenn sie im Laufe der Woche entscheiden, am Samstagabend feiern zu wollen, müsste sichergestellt sein, dass das klappt.«

In meinem Kopf rotierten Bilder von diesem Sommer. Auch wenn wir die Organisation unserer Hochzeit nun in die Hände einer Hochzeitsplanerin geben würden, könnte ich in der Zeit, in der wir heiraten wollten, keine hundertprozentige Verfügbarkeit zusagen, wenn der Nachwuchs dieser Dame seinen spontanen Feiergelüsten nachgehen wollte. Auch sonst erschien mir die Aussicht, in steter Abrufbereitschaft zu stehen, eher weniger verlockend. Vielleicht wäre es anders gewesen, wäre die Frau mir sympathisch gewesen.

Doch so spürte ich, wie sich nach der wenig herzlichen Begrüßung und der direkt sehr fordernden Art der Frau Widerstand in mir regte. Unweigerlich hatte ich ein Bild der wohlhabenden Sprösslinge vor Augen, welches mir erst recht nicht behagte.

»Weil ich diesen Sommer heiraten werde, kann ich nicht jeden einzelnen Tag eine uneingeschränkte Verfügbarkeit gewährleisten. Selbstverständlich sichere ich Ihnen zu, dass ich zu jeder Zeit mein Bestmögliches geben werde, um Ihren Wünschen gerecht zu werden. Sie können sich sicher sein, dass ich gerne alles in die

Wege leite, was für eine gelungene Feier, ein gemütliches Essen mit Gästen oder andere persönliche Wünsche wichtig ist. Aber Erreichbarkeit rund um die Uhr werde ich Ihnen nicht zusagen können.«

Der Blick der Frau war skeptisch, und ich spürte, wie mein Hals trocken wurde. Dabei fiel mir auf, dass mir nicht einmal, wie sonst üblich, etwas zu trinken angeboten worden war.

»Das klingt für mich aber sehr danach, als wollten Sie sich eine Hintertür offen halten, bei spontanen Themen abzusagen«, sagte sie. Ihr Ton klang prüfend.

»Nun, so will ich das nicht sagen«, setzte ich an, wurde dann aber unterbrochen von ihr.

»Lesen Sie sich bitte erst einmal die Unterlagen durch. Sicherlich wird der Punkt, in dem es um das Honorar geht, Sie noch einmal anders denken lassen«, sagte sie mit gönnerhaftem Blick.

In dem Moment war mir klar, dass ich, egal was sie mir finanziell versprechen würde, diesen Job nicht annehmen würde. Ja, ich verkaufte meine Leistungen, aber ich war nicht bereit, mich selbst aufzugeben, wenn nur der Preis hoch genug war. Es ging mir gut genug, um meine Aufträge mit dem Herzen und einem Bauchgefühl folgend auszuwählen. Das war schon immer mein Leitsatz gewesen, und ich würde auch jetzt nicht davon abweichen. Ich war es gewohnt, zu jeder Zeit auf meine Intuition und mein Empfinden zu vertrauen. Das Gefühl in diesem Gespräch hatte mir gleich eine Richtung angezeigt, in der ich gar nicht weiter hätte reden sollen.

Ohne mir die Zeit zu lassen, mich durch die einzelnen Paragrafen zu lesen – ja, es waren tatsächlich Paragrafen vor die einzelnen Punkte geschrieben worden –, griff sie nach den Papieren und schlug gezielt die Seite mit der Summe auf, die sie mir als monatlichen Festbetrag zahlen wollten. Und obwohl diese

Summe atemberaubend hoch war, konnte sie mich nicht mehr von meiner Entscheidung abbringen. Ich rang innerlich nur nach Worten, weshalb eine Pause entstand.

Frau Zacharias erkannte offenbar mein Zögern.

»Wenn Sie meinen, dass das eine Nummer zu groß für Sie ist, lassen Sie es mich gerne wissen«, zischte sie und stand auf. Sie gab mir deutlich zu verstehen, dass sie sich nicht länger Zeit für mich nehmen wollte. Die Unterlagen streckte sie mir entgegen. »Melden Sie sich doch bitte bis morgen Abend, damit wir die ersten Termine festzurren und besprechen können.« Offenbar war sie sich sehr sicher, dass ich ihr Angebot sowieso nicht ausschlagen konnte.

Bestimmt legte ich die Mappe mit den Unterlagen wieder auf den Tisch.

»Vielen Dank, Frau Zacharias, aber ich halte eine Zusammenarbeit für nicht darstellbar. Mir scheint, als stimme die Chemie zwischen uns nicht, und ich glaube, dass wir nicht optimal harmonieren würden«, sprach ich mein Bauchgefühl aus. »Ich wünsche Ihnen alles Gute und dass Sie einen gelungenen Sommer hier verbringen werden, aber ich kann Sie dabei nicht unterstützen.«

Frau Zacharias verlor für einen Moment den souveränen Gesichtsausdruck.

»Heißt das, Sie sagen mir ab?« Der Klang ihrer Frage verriet, dass sie es nicht gewohnt war, ein Nein zu bekommen.

»Ja. Ich wünsche Ihnen noch einen schönen Tag.« Mit diesen Worten verließ ich das Haus und ging mit energischen Schritten zu meinem Auto, dankbar, davonfahren zu können.

Es war mir eine Genugtuung, mich nicht mehr umzudrehen. Die Frau war mir gegenüber so unverschämt aufgetreten. Sie hatte es nicht anders verdient, als eine Absage zu erhalten. Es widerte mich an, dass es immer wieder Menschen gab, die meinten, dass man mit Geld alles bekommen könnte, was man sich wünschte. Zwar hoffte ich, dass meine Absage nicht das Verhältnis zu meiner Kundin belasten würde, die mich ihr empfohlen hatte, allerdings konnte ich darauf keine Rücksicht nehmen. Wenn ich mich weiterhin mit gutem Gewissen im Spiegel betrachten wollte, war diese Entscheidung alternativlos gewesen und fühlte sich genau richtig an.

Weil der Termin nun schneller erledigt war, als ich erwartet hatte, entschied ich, die Zeit bis zu meinem nächsten Termin zu nutzen, um kurz bei Sylta vorbeizuschauen. Irgendwas sagte mir, dass das eine gute Idee war. Verschiedene Termine mit Handwerkern standen noch für die nächsten Monate an, und ich hatte ihr zugesagt, diese zu koordinieren. So konnte ich sie fragen, ob seit ihrer Ankunft noch weitere Probleme aufgetreten waren, derer ich mich annehmen musste. Außerdem würde ich mir auch ein Bild machen können, ob es ihr gut ging. An ihrem Haus angekommen, klingelte ich und wartete eine Weile. Niemand öffnete. Das Auto von Eri stand nicht vor der Tür. Ein Fenster war jedoch gekippt, also vermutete ich, dass jemand da sein musste. Unsicher läutete ich noch einmal, bevor ich einmal um das Haus herumging und einen Blick in den Garten warf.

Kaum trat ich um die Hausecke, sah ich Sylta, noch ehe sie mich bemerkte. Sie stand auf der Terrasse, den Blick in Richtung auf das Watt gerichtet.

»Sylta?«, sagte ich, in der Hoffnung, sie nicht zu erschrecken. Doch als sie sich zu mir umdrehte, war ich es, die erschrak. Eine tiefe Traurigkeit lag auf ihren Zügen, und Tränen glänzten auf ihren eingefallen wirkenden Wangen. Sylta war in wenigen Stunden um Jahre gealtert.

»Insalein.« Mit langsamen, fast unsicheren Schritten kam sie auf mich zu. »Was machst du denn hier?« Fahrig tupfte sie sich die Tränen aus den Augenwinkeln.

»Ich hatte so ein Gefühl, dass ich mal nach dir schauen sollte, liebe Sylta.«

Ich hatte Sorge, was es zu bedeuten hatte, diese sonst so starke, strahlende Frau, die auf mich immer wie ein Fels in der Brandung wirkte, so zu sehen.

»Liebe Insa. Du hast ein feines Gespür«, setzte sie an, aber ihre Stimme versagte und wurde von Schluchzen abgelöst. Kurzerhand nahm ich sie in den Arm und spürte, dass das genau das Richtige war, weil ihre Schultern sich ein wenig entspannten. Ich merkte, dass dieser doofe Termin mit Frau Zacharias genau so stattfinden und schieflaufen sollte, damit ich jetzt hier bei Sylta landete.

»Gestern war es so schön, hier anzukommen. So, wie es immer war. Da wollte ich nicht diesen besonderen Moment zerstören. Ich hatte gehofft, ich kann hier ein paar unbeschwerte Stunden genießen, ganz ohne Traurigkeit. Aber es gelingt mir leider nicht.« Sie senkte den Blick, dann ging er in die Ferne bis hin zum Meer, was man von hier aus im Sonnenschein funkeln sehen konnte. »Mir geht es leider nicht gut, Insalein, und ich werde mich damit abfinden müssen, dass meine Tage hier auf Sylt gezählt sind.« Sie stockte. »Oft fühlte ich mich schlecht in den letzten Wochen. Aber dass es so schnell geht, das habe ich nicht geahnt. Da ist man nicht drauf vorbereitet. Selbst dann nicht, wenn man so eine alte Schachtel ist wie ich. Ich lebe halt so gerne.« Sie zuckte matt die Schultern. »Das Haus, der Garten. Es ist traumhaft, und am liebsten würde ich bis zum Schluss hier sein, aber das geht nicht. Ich brauche das Geld, um meine neue Wohnstätte zu bezahlen. In meiner Wohnung fühle ich mich nicht mehr wohl, zu unsicher bin ich geworden. Deshalb wird in den nächsten Tagen ein Makler kommen, der sich hier alles anschaut und sich um das Haus kümmert. In Hannover habe ich ein Heim ausfindig gemacht, in das ich ziehen möchte. Das ist allerdings so teuer, dass ich mich dafür von dem Haus hier trennen muss.« Eine Träne kullerte über ihre faltige Wange. »Es kann noch eine Weile gut gehen, aber es kann ebenso schnell vorbei sein mit meinen klaren Gedanken. Die Demenz hat mich immer fester im Griff. Ich will rechtzeitig reagieren und muss vernünftig sein. Herz aus-, Kopf anschalten. Es soll alles geregelt sein, solange ich noch dazu in der Lage bin.«

Ich schluckte, doch der massive Kloß in meinem Hals wollte nicht weichen. »Es tut mir so leid, Sylta. Ich weiß, dass dir das das Herz bricht. Und mir geht es nicht anders.« Nun musste auch ich weinen, und nur, dass wir uns gegenseitig Halt gaben, war wohltuend. »Sylt wird ohne dich nicht mehr dasselbe sein.«

»Ich wollte es dir persönlich sagen, deshalb bin ich gekommen«, erklärte sie. »Ich will gar nicht mehr den Sommer hier verbringen. Vielmehr will ich mich verabschieden von diesem wundervollen Fleckchen Erde, das immer meine Heimat war. Ob dieser Abschied einen Tag dauert oder eine Woche. Ich weiß es nicht. Mit meinen Freunden habe ich gestern gesprochen. Mit Eri auch, wobei sie es längst ahnte. Es hat sie auch mitgenommen. Sie ist nun noch einmal an die Westseite gefahren, Kopf frei pusten.«

Ich konnte nicht reden, zu sehr bewegten mich Syltas Worte.

»Ja, die Handwerker müssen trotzdem kommen, und es wäre mir lieb, wenn du dich darum kümmerst. Bevor ich doch alles wieder vergesse.« Ihr Blick ging hinunter zu ihren Füßen, an denen Hausschuhe waren. Ich kannte Sylta, und der Anblick passte nicht zu ihr. »Hausschuhe gehören ins Haus!«, hatte sie immer gesagt. »Für den Garten zieht man richtige Schuhe an.« Sie hatte es vergessen. Traurig zuckte sie die Schultern.

»Aber das ist alles nicht so wichtig.« Ihr Blick ging an der Fassade empor. »Der neue Eigentümer wird sowieso manches verändern. Alles womöglich«, fügte sie hinzu, und neues Schluchzen packte sie.

»Du wirst also schon bald verkaufen?«, fragte ich noch einmal nach.

»Ja, Insa. Das Kapitel hier ist für mich beendet. Nie wieder wird es so sein, wie es mal war. Ich muss vernünftig sein und sollte nicht länger allein leben. Das habe ich meinem lieben Mann Tamme versprochen, und nichts anderes kann ich mir vorstellen. So bleibt das Haus meine Alterssicherung. So wollte er es auch.«

»Ich verstehe deine Gedanken, auch wenn mein Herz krampft bei der Vorstellung, dass wir uns hier nicht mehr sehen. Wie kann ich dir helfen?«

»Du würdest mir tatsächlich sehr helfen, wenn du hier hin und wieder nach dem Rechten schaust und vielleicht auch, wenn du dabei wärst, wenn der Makler Interessenten findet. Ein Makler kommt heute noch vorbei und macht sich ein Bild. Er wird sicherlich auch sagen können, welche Handwerksarbeiten wir noch durchführen lassen sollten und welche nicht nötig sind, um das Haus möglichst gut zu verkaufen. Dann wird er alles in die Wege leiten, und wenn er einen Käufer findet, werden wir das in den nächsten Wochen festzurren.«

Ich nickte. Wir standen nebeneinander, den Blick aufs Watt gerichtet.

»Tamme hat es hier so geliebt«, sagte sie. »Verständlich. Das tue ich ja auch.«

»Ihr habt hier wundervolle Jahre verbracht, hab ich recht?«

»Die besten meines Lebens, Insalein. Er war meine große Liebe, und wir durften hier an unserem Herzensort gemeinsam sein, ganz für uns, wann immer uns danach zumute war. Wir haben gelebt. Wir haben uns sehr geliebt. Jeder hat den anderen so leben lassen, wie es seinem Naturell entsprach, und das, obwohl wir so unterschiedlich tickten. Er hatte seinen Job, ich meine Kunst und die Yogaschule, die mich meine Spiritualität ausleben ließ. Gibt es ein größeres Glück?«

»Nein, sicherlich ist das etwas sehr Wertvolles, was nicht viele Menschen haben.«

»Wir waren sehr glücklich. Bis zum Schluss. Tamme war eine bemerkenswerte Person. Jemand, der trotz mancher Sorgen immer in sich ruhte und nicht haderte. Denn wie du ja weißt, war nicht alles nur gut bei uns. Aber da tickten wir ähnlich.« Sie senkte den Blick. »Wäre uns das Glück eigener Kinder nicht verwehrt geblieben, dann wäre ich nun nicht allein, sondern hätte eine Tochter oder einen Sohn bei mir. Mit gemeinsamen Erinnerungen an mein Leben, das Leben mit meinem Tamme. Der Aussicht darauf, dass es weitergeht, auch wenn ich nicht mehr da bin.« Mutlos hob sie die Schultern. »Nun bin ich allein. Und trotz meiner doch immer positiven Lebenseinstellung habe ich manchmal Sorge, dass nun die schwerste Zeit meines Lebens kommt. Ich verliere meine Mobilität, werde tüdelig. All das macht mir Sorge. Lieber würde ich jetzt einfach tot umfallen und meinem Mann folgen. Das wäre ein Geschenk. Und noch hoffe ich, dass es das Leben hier auch gut mit mir meint und ich gehen darf, bevor ich den Verstand verliere.« Sie straffte die Schultern, und ich atmete tief ein und hielt die Luft an. »Aber dann sehe ich meinen lieben Tamme wieder vor mir, wie er mahnend den Finger hebt, denn du weißt, dass er Jammern absolut nicht leiden konnte. Und ich ja auch nicht.« Sie lachte müde, und ich nickte. »Er würde sagen, reiß dich zusammen, Sylta! Sei lieber dankbar für dein schönes Leben. Und, Liebes, das bin ich. Sehr sogar.«

»Ich weiß, Sylta. Und ich habe so viele Erinnerungen an dich und deinen Mann. *Ich* denke jederzeit gerne mit dir gemeinsam an eure Zeiten.«

»Das weiß ich, und es bedeutet mir so viel.« Sylta lächelte wissend. »Du warst oft wie ein Kind für mich.« Sie lachte. »Na ja, wohl eher wie ein Enkelkind.«

Sanft legte ich die Hand auf Syltas Rücken und strich darüber. Ich dachte daran, wie oft ich mich mit Sylta und ihrem Mann darüber unterhalten hatte, dass man im Leben auch dann sein Glück finden konnte, wenn man keine Familie gründen durfte. In ihrer so starken, zufriedenen und ruhigen Art hatte sie mir gezeigt und vorgelebt, wie glücklich man sein konnte, auch wenn das Leben nach einem anderen Plan verlief, als man gehofft hat. Dass sie nun so traurige Dinge sagte, traf mich sehr, und ich konnte mir kaum vorstellen, wie es ohne sie hier sein würde.

Traurig seufzte Sylta. »Eigentlich ist mir hier alles egal, wenn einmal alles entschieden ist. Ich würde meinem Tamme wirklich gerne folgen.«

Ich zuckte innerlich zusammen. »Hey, Sylta. Ich mache mir Sorgen, wenn jemand wie du so was ausspricht, wo du das Wünschen doch so gut beherrschst.« Ich knuffte sie leicht in die Seite. »Mach keinen Unsinn. Ich brauche dich noch!«

»Das weiß ich, Insa. Das ist auch der Grund, warum ich an diesem Leben hänge und weitermache. Für Menschen wie dich. Aber das tue ich sowieso und nicht nur auf die unmittelbare Weise.« Jetzt flüsterte sie verschwörerisch und hob den Zeigefinger. »Denn wenn am Ende meiner Tage noch was übrig sein sollte, gehört das alles dir, mein Schatz«, sagte sie dann, und mein Herz setzte einen Schlag aus. »Ich werde also nie ganz weg sein, hoffe ich.«

»Hör auf, Sylta«, flüsterte ich liebevoll, aber schwach, weil sich mein Brustkorb wie zusammengepresst und schwer anfühlte, und kämpfte wieder mit den Tränen.

»Nee, nee. So ist es ja. Du bist meine Liebste. Versprich mir nur, dass du nicht böse bist, falls ich nicht zu deiner Hochzeit komme. Möglicherweise habe ich bis dahin den Weg vergessen.« Ein müdes Lächeln folgte. »Im Herzen bin ich auf jeden Fall dabei. Nur mein Kopf und mein Körper, die halten sich nicht mehr an derlei Absprachen, sondern gehen zeitweise verschiedene Wege. Du kennst mich und mein Bauchgefühl – es ist ähnlich laut wie dein eigenes. Es spricht recht deutlich zu mir, dass es so, wie es war, nicht weitergehen wird.« Mich schauderte, wie abgeklärt Sylta ihre gesundheitliche Lage einschätzte. Sie wirkte wie immer sehr klug und weise dabei, was es nicht beruhigender für mich machte. »Und auch, wenn's in ein Heim geht – wenn noch ein paar Taler übrig sind, dann bekommst du sie irgendwann. Bisschen was wert wird die Hütte ja sein. So steinalt kann ich ja kaum werden, dass das alles aufgebraucht wird.« Ein raues Lachen erklang. »Nur der lieben Eri, der habe ich auch ein kleines Dankeschön für ihre jahrzehntelange Treue versprochen. Sie wünscht sich Möbel aus meiner Wohnung. Das ist genau ihr Stil. Und mitnehmen kann ich ja eh kaum was ins Heim.« Wir umarmten uns, und ich war froh, dass ich meine Tränen hinter ihrem Rücken verbergen konnte.

Wir besprachen noch einige Dinge, die ich dem Makler sagen oder mit ihm besprechen wollte. Dann nahm ich Sylta noch einmal fest in den Arm.

Irgendwas an unserer Umarmung gab mir ein beunruhigendes Gefühl. Eins, was ich kaum deuten konnte.

»Was machst du denn jetzt noch hier mit deiner Zeit?«, fragte ich sie. »Ist es gut, wenn du so viel allein bist?«

Verwundert schaute sie mich an. »Nanu? Mach dir mal keine Sorgen. Ich passe auf mich auf und tu mir auch nichts an. Versprochen. Und Eri ist ja da. Ich bin nicht allein. Erst mal will ich noch hier sein und die Zeit genießen. Mal sehen, wie lange. Ich bin mir noch nicht sicher, ob es mir guttut oder eher nicht. Wobei ich gerade schon merke, dass ich bald wieder nach Hannover fahren will. Die Wehmut, die sich meiner hier ermächtigt, ist nicht das, was ich mit diesem Ort verbinden will. Ich möchte ihn nur positiv in Erinnerung behalten. Eri wird mich fahren, wann immer ich will. Sie bleibt diesmal so lange hier, bis ich genug habe. Vielleicht ist es verrückt gewesen, überhaupt hochzukommen. Es war mir nur eine Herzensangelegenheit, dir persönlich zu sagen, wie es um mich steht.«

Gerührt strich ich über ihren Arm. »Und noch eins«, sagte sie dann. »Wenn du Zeit hast, schau dir doch mal meine Bilder im Malzimmer an. Einige habe ich ja in Hannover und werde sie mit in mein Zimmer im Heim nehmen. Aber viel passt da ja nicht hinein. Du hast doch immer Freude an meinen Werken gehabt und liebst die Motive. Vielleicht gefällt dir eins, dann nimm es dir mit.«

»Oh, das ist ganz fantastisch. Ich liebe deine Kunst. Wirklich?«

»Klar. Wenn du willst, kannst du sie alle haben. Ich werde sie nicht mitnehmen und verkaufen sowieso nicht. Mir fällt es schon schwer, hier die persönlichen Sachen rauszuholen. Da gibt es auch noch etliche Skulpturen und Glasornamente, die dir auch gefallen könnten. Sie stehen alle im Malzimmer und im Garten. Zum Glück hat Tamme damals schon jedes Mal was von seinen Dingen mitgenommen und heimlich entsorgt. Oder verkauft.« Sie lachte sanft. »Er kannte mich so gut und wusste, dass ich damit überfordert sein würde.« Ein hilfloser Blick folgte. »Zwei, drei Koffer bekomme ich mit, Möbel bleiben drin. Und der Rest wird dann entsorgt.«

»Also, wenn ich mir ein paar Erinnerungsstücke aussuchen

darf aus den übrig gebliebenen Dingen, bevor sie wegkommen, freue ich mich sehr. Deine Figuren im Garten, die Buddhas, die Glasskulpturen. Das wäre so schade um jedes Teil.«

»Nimm bitte alles mit, was du gebrauchen kannst. Das besprechen wir am besten auch direkt mit dem Makler. Wenn ich hier mit meinen Koffern abgerauscht bin, hast du die freie Auswahl, und dann soll der Rest entsorgt werden.« Sie lächelte liebevoll.

»Danke, Sylta. Und wenn dir in Hannover mal die Decke auf den Kopf fällt, kannst du immer anrufen. Es ist mir wichtig, dass du das weißt. Ich komme jederzeit zu dir. Für dich lasse ich hier alles stehen und liegen.«

»Das weiß ich.« In diesen letzten Minuten wirkte Sylta so klar auf mich. Keine Spur mehr von Verwirrung und Vergesslichkeit. Sie so zu erleben freute und schmerzte gleichermaßen. Es zerriss mich innerlich. Sie würde mich eh nicht anrufen, weil sie niemandem zur Last fallen und so, wie sie immer gewesen war, in Erinnerung bleiben wollte. Da war ich mir sehr sicher. Aber ich würde sie trotzdem besuchen fahren.

»Kann ich denn gerade noch irgendwas für dich tun?«

»Nein, Liebes«, sagte Sylta, den Blick über den Rasen gerichtet. Dann drehte sie sich Richtung Haus. Ein leicht entrücktes Lächeln zuckte um ihre Mundwinkel. Überrascht sah ich, wie Sylta jemandem winkte. Ich schaute mich um, doch konnte keinen Menschen sehen. »Schau, wie prachtvoll der Hut meiner Freundin Eri ist«, staunte Sylta und deutete zum Esszimmertisch, wo die Vase mit dem bunten Strauß Blumen stand. Ich schluckte, denn offenbar verabschiedete sich meine kluge, wunderbare Freundin Sylta von Tag zu Tag mehr in die Welt der Fantasie. Zwischen Klarheit und totaler Illusion schienen nur Minuten zu liegen. Aber sie wirkte ruhig und glücklich in diesem Moment, in dem sie den Hut ihrer Freundin bestaunte. Über das vorhin noch so traurige Gesicht zog ein Schmunzeln.

»Wie schick sie sich gemacht hat. Ob ich eine Verabredung vergessen habe?« Sie massierte sich nachdenklich die Schläfen. »Und ich hier in meinen ollen Puschen!« Ich konnte nicht anders, als zu lachen.

»Du siehst wundervoll aus. Aber Eri ist noch nicht zurück. Ihr Parkplatz ist leer.«

Sylta stockte, und ich streichelte sie sanft. »Danke, Insalein. Lass mich noch ein wenig allein sein und mich verabschieden. Von dem Haus, dem Garten, diesem Ort. Ich sauge noch die restlichen Energien auf, die mir hier immer so gutgetan und mir jahrzehntelang Kraft geschenkt haben. Ich wünsche dir nichts mehr als so einen Energie-Ort, wie ich ihn hier habe.« Sie drehte sich wieder in Richtung Garten, und ich wusste, dass das nicht unhöflich gemeint war, sondern allein die neuen Tränen verstecken sollte, die der sonst immer so starken Frau unangenehm waren.

Ich schaffte es gerade noch um die nächste Kurve, dann übermannten mich meine Emotionen, und ich lenkte mein Auto sicherheitshalber rechts ran. Bilder zogen an meinem inneren Auge vorbei: Sylta in ihrem Garten, bei der Meditation oder wenn wir uns unterhielten; Szenen mit ihrem Mann Tamme. Das glückliche Paar, wie es in der Tür stand und mich begrüßte. Ich sah Sylta in ihrer Malerkluft, voll bekleckst mit Farbe, wie abgetaucht in ihrem Element, der Kunst. Leicht entrückt, aber anders, als sie es eben in manchen Minuten gewesen war. Den leicht amüsierten Blick ihres Mannes, den er bei ihrem Anblick in diesen Momenten hatte. Während sie malte, bemerkte sie kaum, was um sie herum geschah. Sie steckte so viel Liebe in ihre Bilder. Ich freute mich darüber, dass sie mir ihre Schätze anvertraute und es mir überließ, was davon für mich genug Bedeutung hatte, um sie zu bewahren. Ich würde die Dinge in Ehren halten und den liebevoll flehenden Blick in ihren Augen, als sie mir die Sachen anbot, nie vergessen.

Den Termin, den ich noch gehabt hätte, verschob ich kurzfristig auf morgen. Dieser Tag hatte mich aufgewühlt, und ich wollte heute nicht länger arbeiten, weshalb ich nach Hause fuhr und es mir in meinem Strandkorb auf der Terrasse gemütlich machte. Hier zündete ich mir Kerzen an, ließ etwas Duftöl in die Lampe und kuschelte mich unter eine Decke, die mich beruhigend einhüllte. Konzentriert auf meine Atmung, kam ich ein wenig zur Ruhe, auch wenn die Grübeleien nicht enden wollten.

Ich dachte an meine Eltern, zu denen das Verhältnis zwar nie sehr eng gewesen war, die ich aber dennoch vermisste. Sie hatten Sylt vor vielen Jahren verlassen und waren in den Süden von Deutschland gezogen. Seitdem sahen wir uns nur noch sehr selten. Ihrem Wunsch nach Enkelkindern war ich nie gerecht geworden. Auch wenn sie wussten, was bei mir los war, und sie deshalb auch ihre Wünsche unausgesprochen ließen, wusste ich, dass ein Enkelkind das war, was ihnen fehlte. Zu meiner Hochzeit würden sie hoffentlich kommen. Über die Verlobung hatten sie sich jedenfalls gefreut, als ich ihnen am Telefon davon erzählt hatte. Mir fehlte mit ihnen aber oft ein Gefühl von Familie, wie ich es hier mit Thore und meinen Freunden hatte – und mit Sylta. Sie war wirklich wie eine Großmutter für mich.

Ich schloss die Augen und konzentrierte mich auf meine Atemzüge. Ließ die Luft tief in meine Lungen fließen, spürte sie dort und entspannte mich beim Ausatmen.

Eine warme Ruhe entstand, die mich die Aufregung und Anspannung des Tages vergessen ließ. Es tat gut, und ich wusste, dass dieser Ruhezustand eine Weile anhalten würde. Also entschied ich irgendwann, für Thore und mich ein Essen zu kochen, und freute mich darauf, ihn damit zu überraschen.

Parallel rief ich bei Marla an, um ihr zu erzählen, dass mir Cleo ebenso sympathisch war und dass es Linus besser ging. Sie freute sich, dass unserer Hochzeitsplanung durch Cleo nun nichts mehr im Wege stand. Auch von dem Gespräch mit Sylta berichtete ich ihr und dass es mir schon jetzt schwerfiel, sie ziehen zu lassen. Ich hatte Marla oft von Sylta erzählt, und sie verstand, was es für mich bedeutete, sie hier nicht länger als meinen Gast zu begrüßen.

Irgendwann schrieb Thore, dass er sich auf den Heimweg machen wollte und bald zu Hause sei. Also deckte ich den Tisch und rieb frischen Parmesan.

Als er 25 Minuten nach seinem Anruf noch immer nicht da war, spürte ich eine Unruhe. Normalerweise brauchte er nicht länger als eine Viertelstunde. Dass deshalb jedoch gleich mein Puls anstieg und mich eine undefinierte Übelkeit ergriff, irritierte mich trotzdem. Reagierte mein Körper so stark, nur weil Thore schon länger als gedacht unterwegs war, oder fiel jetzt endgültig die Anspannung des Tages von mir ab? Ich wartete noch weitere zehn Minuten, dann rief ich noch mal bei ihm an. Zu meiner Erleichterung nahm er direkt ab.

»Sorry, ich wollte dich gerade anrufen. Mein Netz hat gesponnen. Hannes war noch bei mir und hatte Redebedarf. Männergespräch. Er ist derzeit ein bisschen down. Nicht ganz leicht für ihn, dass alle die große Liebe feiern und er dabei leer ausgeht. Er hatte wohl gerade erst jemanden kennengelernt, und es gab erste Dates, dann hat sie ihn plötzlich geghostet. Er tut mir leid, und ich wollte ihn nicht abwimmeln«, sagte Thore. »Ich komme jetzt endlich Richtung Archsum. Bin gleich da.«

»Alles klar. Dann bin ich ja beruhigt, dass bei dir alles in Ordnung ist. Ich hatte mir schon Sorgen gemacht. Bis gleich.«

Wir legten auf, und noch immer war da dieses Gefühl. Offenbar konnte mein Körper nicht so schnell umschalten. Ich versuchte, mich mit Musik abzulenken. So würden wir es gleich auch besonders gemütlich haben. Das Essen köchelte auf dem Herd, und der Abend war so mild, dass man gut noch draußen sitzen konnte. Ich freute mich auf den Abend mit Thore, wenn ich auch weiterhin angespannt war.

Wieder dachte ich an meine Eltern. Ob bei ihnen alles in Ordnung war? War etwas vorgefallen, von dem ich noch nichts wusste, und war ich ihretwegen so unruhig? Kurzerhand schrieb ich meiner Mutter eine Nachricht. Die Antwort kam prompt.

> Hallo, Insa, was für eine schöne Überraschung. Uns geht es gut. Wir hoffen, dir auch? Was macht die Hochzeitsplanung?

Erleichtert lächelte ich und tippte eine Antwort.

> Läuft alles soweit an, vielen Dank. Ich freue mich, dass es euch gut geht und darauf, dass wir uns bald wiedersehen. Kuss, Insa.

Was meine Eltern und Thore anging, konnte ich beruhigt sein. Erst recht, als nun die Tür aufging und mein Freund reinkam. Emma war als Erste bei mir, und ich knuddelte sie zur Begrüßung.

»Schön, dass du da bist«, begrüßte ich Thore, legte meine Arme um seine Hüfte und küsste ihn.

»Hmm, das duftet köstlich hier«, sagte Thore und reckte den Hals in Richtung Küche.

»Setz dich doch schon draußen hin. Was willst du trinken?«

»Danke, nach dem langen Tag habe ich mich auf ein kühles

Bier gefreut«, gab Thore zu. »Hole ich mir schnell selbst. Was möchtest du trinken?«

»Ich trinke eine Weinschorle. Dann nehme ich die Teller mit raus.«

Und obwohl ich mich eben noch so auf das gemeinsame Essen im Strandkorb gefreut hatte, machte sich wieder das ungute Bauchgefühl in mir breit, kaum dass wir es uns nebeneinander gemütlich gemacht hatten. Mein Appetit war weg.

»Geht es dir gut?«, fragte Thore mit besorgtem Blick, als ich nur lustlos in meinem Essen herumstocherte.

»Eigentlich schon. Irgendwie bin ich nur so unruhig. Als wäre ich aufgeregt und irgendwas stünde mir bevor. Ich kann das gar nicht so recht einordnen.« Ratlos zuckte ich die Schultern. »Vielleicht war der Tag heute auch einfach zu viel für mich.«

»War denn heute was?«

Ich erzählte ihm von meinem Termin, bei dem ich die Zusammenarbeit abgelehnt hatte, und von meinem Besuch bei Sylta. Von ihrer Krankheit und ihren Plänen und wie sehr mich das aufwühlte und traurig machte.

»Ist doch kein Wunder, dass du ein wenig neben der Spur bist nach so einem Tag«, behauptete Thore und legte schützend den Arm um mich. »Willst du lieber schlafen gehen? Mir raucht auch der Kopf. Hätte ich nicht so einen knurrenden Magen, würde ich direkt ins Bett gehen. Geh doch einfach schon mal vor. Ich esse eben auf und mach hier klar Schiff und komme dann gleich nach.«

»Vielleicht hast du recht. Es tut mir leid, dass ich uns jetzt den Abend verderbe. Ich hatte mich so darauf gefreut.« Ich schob den Teller von mir.

»Alles gut. Und wenn ich ehrlich bin, habe ich solchen Hunger, dass ich deine Portion wahrscheinlich auch noch mitessen kann«, sagte Thore und machte ein gespielt schuldbewusstes Gesicht.

»Schön. Das freut mich«, erklärte ich, stand auf und gab meinem Freund einen Kuss auf die Stirn. Emma hob den Kopf, blieb aber auf ihrem Platz, als sie sah, dass Thore sitzen blieb.

»Bis später, und lass es dir schmecken.«

»Es ist vorzüglich. Nach dem Essen komme ich auch direkt hoch«, erklärte Thore, und ich nickte.

Nachdem ich im Bad gewesen war, machte ich mir ein Hörbuch an, um mich von meinen kreisenden Gedanken abzulenken, und legte mich ins Bett. Trotz großer Müdigkeit war ich noch immer nervös. Das Gefühl, meinen Herzschlag so überdeutlich zu spüren, war nicht schön.

Mein Herz schlug noch schneller, als ich überlegte, ob mit Sylta irgendwas sein könnte. Der Gedanke steigerte meine Unruhe noch mehr. Dann durchfuhr mich der nächste Schreck. Denn obwohl ich Eri nun schon lange kannte, hatte ich nie ihre Nummer bekommen. Wenn wir etwas besprachen, lief das immer über Sylta. Ich konnte nicht einmal bei ihr nachfragen, wie es Sylta ging. Jetzt allerdings noch einmal bei ihr anrufen, wollte ich auch nicht, nahm mir aber vor, das gleich morgen zu erledigen. Dann würde ich sie auch nach Eris Nummer fragen.

Ich drehte mich hin und her, schnappte mir anstelle des Hörbuches ein Buch, welches ich in der Hand hielt, doch wirklich zur Ruhe kam ich auch so nicht. Erst als Thore sich irgendwann zu mir kuschelte und den Arm um mich legte, schlief ich endlich ein.

7

Marla

Die nächsten Tage hatten wir im *Zuckerhüs* alle Hände voll zu tun. Die ersten Hochzeiten im Frühling standen an, und ich führte viele Gespräche mit jungen Brautpaaren, stimmte mich mit dem Blumenlieferanten für die Hochzeiten ab und stellte neue, individuelle Ideen für die Festlichkeiten zusammen. Die Fruchtgummis hatten darin ihren festen Platz eingenommen und waren aus dem Sortiment schon nach wenigen Tagen nicht mehr wegzudenken.

Alva und ich hatten weiter herumexperimentiert und zu den klassisch süßen Fruchtgummis nun auch eine Ingwer-Zitronen-Mischung kreiert, die ebenso gut ankam. Im Zuge der Bilder, die mir Brautpaare von ihrer Dekoration, den Blumenvorstellungen und anderen Details der Hochzeit zeigten, sammelte ich auch immer weitere Impressionen, wie unsere eigene Hochzeit aussehen könnte. Insa und ich tauschten regelmäßig Ideen aus.

Unser Treffen mit Cleo hatte ebenfalls inzwischen stattgefunden. Es war ein gemütlicher Nachmittag im Garten des *Zuckerhüs* gewesen, an dem Levke und Linus gemeinsam gespielt und wir alle wichtigen Details besprochen und uns hinsichtlich der Konditionen geeinigt hatten. Sie hatte schon einen Termin mit dem

Blumenhändler aus dem Ort gemacht, der ihr seine Ideen vorstellen und mit ihr gemeinsam ein Angebot zusammenstellen würde.

Cleo würde sich um den weißen Pavillon kümmern, den man auch im Sand aufbauen konnte, sowie einen etwas größeren, den wir als Sicherheit gegen schlechtes Wetter für die Feier im Garten des *Zuckerhüs* aufstellen wollten. Insgesamt sollte alles in Weiß gehalten werden, bis auf farbenfrohe Blumenarrangements, die das Symbol des Yin und Yang abbilden sollten.

Die Philosophie hinter diesem Zeichen besagte, dass alles im Leben einen Gegenpol brauchte, um zu existieren und zu funktionieren. Das passte für uns alle so gut. Egal, ob man an unsere Freundschaften oder an die Beziehungen dachte, das Bild der zwei ineinander verflochtenen Symbole, die wechselseitige Kräfte darstellten, gefiel uns gut. Auch in den Bonbons, die wir eigens für unsere Hochzeit kreieren wollten, fand es sich wieder. Außerdem zeigten in unserer Vorstellung sowohl die Blumen als auch die Bonbons immer wieder auch das Unendlichkeitssymbol, den »Trinity knot«, welcher für die niemals endende Liebe stehen sollte. Insa hatte mir viel über diese Symbolik erzählt, und ich hatte sie gerne mit einfließen lassen in unsere Hochzeitsdeko.

Die Männer hatten Insa und mir komplett die Planung überlassen. Selbstverständlich stimmten wir uns mit ihnen ab, freuten uns aber, dass wir uns ganz nach unseren Wünschen austoben konnten.

Immer wieder kam Linus nach der Schule mit zu uns, bis Cleo ihn nach der Arbeit abholen konnte. Dann verfeinerten wir oft noch unsere Pläne und klärten offene Fragen.

Dank Cleo hatten unsere Gäste inzwischen außerdem ihre Einladungen zur Doppelhochzeit bekommen, und es hatten direkt alle zugesagt.

Cleo machte einen fantastischen Job, und sie war uns dankbar, dass Linus immer mal bei uns sein konnte und Alva auf die Kinder aufpasste. Alva wiederum freute sich, weil Linus' Anwesenheit für sie eher eine Erleichterung als eine zusätzliche Aufgabe war. Gemeinsam vertieften sich die beiden oft vollkommen in ihr Spiel und brauchten Alva überhaupt nicht. So hielt sie sich stets unauffällig im Hintergrund und genoss Momente der Ruhe und Entspannung.

Während wir jedoch einen zufriedenen, fröhlichen Jungen erlebten, wenn Linus bei uns war, erzählte mir Levke häufiger, dass Linus wegen Bauchschmerzen immer wieder früher aus der Schule abgeholt werden musste. Genaueres wusste sie nicht. Er war jedes Mal am nächsten Tag wieder in der Schule. Als ich daraufhin ab und zu genauer hinsah, kam es mir manchmal so vor, als wirke der Junge im Spiel nachdenklich. Immer wieder erwähnte er diesen Felix und schwärmte in höchsten Tönen von ihm. Trotzdem konnten wir nicht aus ihm herausbekommen, um wen es sich dabei handelte. Ich war mir sicher, dass er großes Heimweh hatte.

Mir fiel auch auf, dass Cleo an manchen Tagen betrübt und angespannt wirkte, als habe sie Kummer. Aber auch wenn unsere Kinder inzwischen so etwas wie beste Freunde waren, war ich mir noch unsicher, ob es mir zustand, eine so persönliche Frage zu stellen.

Als wir nach einer unserer Besprechungen zur Hochzeit noch kurz einen gemeinsamen Kakao mit Marshmallows in Alvas Garten genossen, während die Kinder es sich auf Ferdinands Rücken gemütlich gemacht hatten, fasste ich mir ein Herz.

»Cleo, Levke erzählt, dass es Linus häufig nicht gut geht, dass er immer wieder aus der Schule abgeholt werden muss. Das geht mich gar nichts an und du musst nichts erzählen, aber wenn wir dir irgendwie helfen können, lass es uns gerne wissen. Peer schwärmt von Levkes Kinderarzt, der superengagiert ist. Offiziell nehmen sie gerade keine neuen Patienten auf, aber ich bin mir sicher, für euch macht er da eine Ausnahme, wenn Peer ein gutes Wort für euch einlegt, sollte das nötig sein.«

Für einen Moment schaute Cleo mich an. »Danke, Marla. Das ist sehr aufmerksam.« Sie senkte den Blick. »Tatsächlich helft ihr uns schon so sehr, indem er so oft hier sein kann. Der Umzug fällt ihm doch schwerer als gedacht. Oft hat er Heimweh, bekommt Bauchschmerzen und ist traurig. Das bricht mir das Herz, und auch ich frage mich dann, ob das alles so richtig ist, was ich hier tue.«

Ich erschrak. »Meinst du, es war ein Fehler, nach Sylt zu ziehen?«, fragte ich Cleo, hinter deren Stirn es zu arbeiten schien.

»Was mich angeht, nein. Im Gegenteil. Aber Linus kämpft leider. Dabei glaube ich weniger, dass es Sylt ist, was sich falsch für ihn anfühlt. Vielmehr ist es Felix, der ihm so sehr fehlt.«

Ich stockte. Würde ich jetzt endlich das Rätsel lösen?

»Ist Felix sein Papa?«, fragte ich und erntete einen verwunderten Blick.

»Oh nein.« Cleo lachte leise. »Nein, Felix war sein bester Freund, seine Levke zu Hause. Sein Ein und Alles. Allerdings war er ein Hund.«

»Wie schön. Aber ihr habt ihn nicht mehr? Ist er verstorben?«

»Felix war nicht unser Hund. Er gehörte den Nachbarn, die seit dem viel zu frühen Tod meiner Mutter, die immer auf Linus aufgepasst hat, seine Ersatzgroßeltern wurden. Die Nachbarn waren herzensgut, aber Linus hat meistens ziemlich dichtgemacht. Er hat seine Oma schrecklich vermisst und ließ die wirklich liebevollen älteren Herrschaften kaum an sich heran. Aber Felix, ihr Golden Retriever, der war Linus' Ein und Alles. Sein Partner in crime. Ja, er war sein bester Freund.«

»Das ist dann natürlich schwer, wegzuziehen und so einen Hund zurückzulassen.«

»Ja, auch wenn nicht allein der Umzug schuld an dieser Trennung ist. Wir konnten Felix schon eine Zeit lang nicht mehr besuchen, während wir noch in der Stadt gewohnt haben. Bei Linus hatte sich eine Allergie entwickelt. Er reagierte mit Atemnot und Hautausschlägen auf das Tier, was uns erst nach und nach in seiner ganzen Tragweite bewusst wurde.« Cleo presste die Lippen aufeinander. »Erst versuchten wir, wie es ist, wenn sie sich nur draußen sehen, ich immer alles wasche und so weiter. Ich hätte alles getan, damit er bei seinem geliebten Felix sein kann. Aber ich konnte seine Gesundheit nicht riskieren. Es klappte auch draußen nicht. Gerade die Atemnot war schlimm.«

»Oh nein, das tut mir wirklich leid. Das muss schwer für ihn sein.«

»Er war supervernünftig. Oft schon so abgeklärt, dass ich nur den Hut ziehen konnte.« Cleos Blick ging zu den Kindern. Levkes Holzpferd stand einige Meter von uns entfernt, sodass wir uns in Ruhe unterhalten konnten, ohne dass die Kinder uns hörten. »Manchmal glaube ich, er ist so rücksichtsvoll mit mir, weil er denkt, dass ich es, so ganz allein als Mama, vor allem seit dem Tod meiner eigenen Mutter, nicht leicht habe. Wo er ja recht hat. Aber er darf diese Last natürlich nicht spüren, und schon gar nicht soll er sie tragen.«

»Ganz lässt sich das manchmal vielleicht nicht vermeiden, wenn ein Kind so sensibel und einfühlsam ist wie Linus«, sagte ich und dachte an mich selbst als Kind. Auch ich hatte mich oft für meine Mutter verantwortlich gefühlt, hatte ihr meine Probleme kaum erzählen wollen, um sie nicht zusätzlich zu belasten. Sogar als ich längst erwachsen war, hatte ich lieber versucht, den schlimmsten Liebeskummer meines Lebens allein zu meistern, anstatt mich von meiner Mutter trösten zu lassen.

Ich konnte nachvollziehen, was Cleo sagte. In wenigen Worten erzählte ich ihr von meiner Geschichte, der sie ergriffen und empathisch lauschte.

»Leider ist mit der Allergie eingetreten, was ich befürchtet habe. Auch ich leide darunter. Für mich war das nie schlimm. Ich mag Hunde, aber ich hatte nie diese Sehnsucht nach einem eigenen und auch zu wenig Zeit dafür. Für Linus hätte ich aber alles möglich gemacht. Ich habe mich in den letzten Jahren informiert, ob es Hunderassen gibt, die antiallergen sind und die Linus' Probleme verringern könnten. Aber dann habe ich auch wieder gedacht, dass ich einem Tier überhaupt nicht gerecht werden könnte, wenn ich ehrlich bin.« Sie wirkte ernsthaft betrübt und ratlos. »Ich kann ihm diesen Wunsch nicht erfüllen und hatte gehofft, dass Sylt ihn davon ablenkt. Dass er hier neue Freunde findet, ein Hobby, und dass der Gedanke an Felix und überhaupt an einen Hund in den Hintergrund tritt. Aber so recht klappt das offenbar nicht.«

Während ich in Cleos nachdenkliches Gesicht schaute, die Stirn hatte sie angestrengt in Falten gelegt, kam mir eine Idee. Gerade erst hatte ich mit Insa und Thore darüber gesprochen, warum Thore sich mit Emma für diese Mischung aus Pudel und Labrador entschieden hatte.

Möglicherweise war Emma ein Weg, wie auch Linus wieder mit einem Hund in Berührung kommen konnte.

»Ich denke, solche Allergien sind immer ein wenig unterschiedlich, und jeder reagiert anders auf ein Tier, oder?«

Cleo nickte. »Kein Hund ist wirklich komplett hypoallergen, ja. Es gibt wohl einige Rassen oder Kreuzungen, auf die weniger reagiert wird. Aber das steht eh nicht zur Debatte für uns. Ich habe aktuell zwei Jobs, und selbst wenn das irgendwann nur noch einer sein wird, wird er weiterhin sehr zeitintensiv sein. Und Linus ist noch zu klein, um eine solche Verantwortung zu übernehmen.«

»Das verstehe ich gut. Das muss passen, ganz klar. Aber ich habe eine Idee, wie Linus vielleicht trotzdem wieder ab und zu Kontakt zu einem Hund haben könnte. Insas Verlobter hat mir erst vor Kurzem von ähnlichen Problemen erzählt. Er hat sich einen Labradoodle zugelegt.«

»Ja, über diese Kreuzung habe ich auch schon viel gelesen. Hat er diese Allergie auch?«

»Ja, und sie hat ihn zeit seines Lebens Hunde meiden lassen. Er war ganz erstaunt gewesen, dass seine Probleme nie aufgetreten waren, wenn er einen Freund besuchte, der einen Labradoodle besaß. Als er von dem antiallergenen Ruf der Hunde hörte, hat er sich mit einer Bekannten hier auf Sylt kurzgeschlossen, die diese Hunde züchtete. Er war mehrfach bei ihr, hat sich mit den Hunden beschäftigt und so herausgefunden, dass er im Umgang mit ihnen tatsächlich keine Symptome zeigt. Diese Erkenntnis hat es ihm möglich gemacht, sich den Traum vom eigenen Hund nun doch noch zu erfüllen. Jetzt begleitet Emma ihn jeden Tag an den Strand zu seiner Arbeit in seiner Surfschule.«

»Wie cool. Das klingt nach dem perfekten Sylt-Leben. Stark«, freute sich Cleo.

»Absolut. Weil er bald meine beste Freundin heiraten wird, hat er sowieso das allerbeste Leben überhaupt.« Wir lachten. »Jedenfalls könnte es doch sein, dass auch Linus mit dem Hund zurechtkommt und es keine allergische Reaktion gibt, meinst du nicht?«

Unsicher zuckte Cleo die Achseln. »Das mag sein. Aber da gibt es große Unterschiede. Das wäre wirklich Zufall.«

»Willst du nicht einfach mal bei ihm vorbeischauen? So ganz

entspannt und ungezwungen, wenn ihr ohnehin am Strand seid. Seine Surfschule liegt sogar in unmittelbarer Nähe zu deiner Wohnung. Da könntet ihr auch spontan vorbeispazieren.«

»Meinst du, das wäre in Ordnung für ihn?«

»Klar. Thore ist so ein superlieber Mensch. Er kann fantastisch mit Kindern umgehen, und ich bin mir sehr sicher, dass auch Linus sich bei ihm wohlfühlt.«

Cleo wirkte nachdenklich. »Thore?«

»Entschuldige, ich wollte dir da nichts aufschwatzen. Das war nur so eine Idee. Ist ja gar kein Zwang. Thore musst du aber sowieso bald einmal kennenlernen, er ist schließlich einer der beiden Bräutigame.«

»Danke. Das ist ganz lieb, ja. Ich stockte gerade nur beim Namen Thore. Ich hatte damals überlegt, Linus so zu nennen.«

»Ach! Aber dann hast du dich doch anders entschieden«, stellte ich fest.

»Nee, meine Mutter fand Linus so toll, und mir gefiel er dann einfach auch so gut. Und als ich den kleinen Mann dann in den Armen hielt, war mir klar, dass er ein Linus ist.« Cleo lächelte verlegen. »Aber das nur am Rande. Es stimmt, eure Männer möchte ich sehr gerne kennenlernen. Mir macht es nur ein wenig Bauchweh, dass Linus sich derzeit mit fremden Leuten so schwertut. Die Schule ist ja nur ein Beispiel. Wir haben versucht, hier in den Fußballverein zu gehen. Das hat er komplett boykottiert. Auch die Gruppe, die sich nachmittags zum Skaten trifft, klang toll.« Cleo schüttelte den Kopf. »No way! Er lässt es nicht zu.«

»Aber ein Hund wird ihn begeistern, meinst du nicht? Vielleicht wäre ja auch wirklich ein Surfkurs bei Thore was für ihn?«

»Das könnte in der Tat sein. Der Hund sowieso, aber auch das Surfen wäre eine coole Idee. Wobei es auch echt gefährlich ist.«

»Einen Versuch ist es wert. Du hast ja auch viel um die Ohren.

Guck doch, wie es mal passt, und du musst ja gar kein großes Ding draus machen. Bei einem Strandspaziergang geht ihr einfach mal ganz zufällig an der Surfschule vorbei. Ich sende dir nachher mal seine Daten, dann hast du die auf jeden Fall und kannst es dir überlegen. Ich sage ihm auch Bescheid, dann musst du dir keine Sorgen machen, ihn zu überrumpeln.«

»Danke, Marla. Das ist ganz lieb von dir. Das mache ich mal. Vielleicht.«

Wir plauderten noch eine Weile, bis Cleo Linus zu sich rief und sich mit ihm auf den Heimweg machte. Levke kam zu mir.

»Das war so schön heute mit Linus«, sagte sie.

»Das freut mich sehr. Und Linus machte mir auch einen sehr zufriedenen Eindruck«, stimmte ich ihr zu. Levke nickte. Sie war ganz glücklich und schmiegte sich an meine Seite, als wir nebeneinander auf der Küchenbank von Alva Platz nahmen, die uns gerade ein Abendbrot zauberte. Peer war auch dazugekommen und legte den Arm um mich.

»Wollen wir nach dem Abendessen noch eine Runde an den Strand gehen und uns den Sonnenuntergang anschauen? Morgen ist Wochenende, und wir müssen nicht so früh aufstehen«, schlug ich vor.

»Gerne. Eine gute Idee. Ich saß heute viel zu viel am Schreibtisch vorm Laptop.« Peer nickte.

»Oh ja«, freute sich auch Levke. »Meinst du, Linus kann auch vorbeikommen?«

»Ach, Levke.« Ich lachte und strich ihr über das Haar. »Ihr habt euch doch den ganzen Tag gesehen.«

»Ja, und? Bitte! Er kann doch auch mit uns kommen. Dann holen wir ihn ab, falls seine Mama keine Lust hat. Wenn wir nach Kampen fahren, kommen wir doch an seiner Wohnung vorbei. Linus freut sich bestimmt. Er hat mir erzählt, er hat noch nie den Sonnenuntergang hier gesehen.«

»Echt? Na dann fragen wir Cleo mal, ob sie beide wollen«, überlegte ich. Vielleicht würde es Cleo guttun, auch mitzukommen und ein wenig abzuschalten.

Ich griff zum Handy und rief sie an.

»Marla?« Ihre Stimme klang überrascht.

»Hallo, Cleo, keinen Schreck bekommen, dass ich mich schon wieder melde. Mein Anruf ist rein privater Natur. Wir wollen heute Abend noch den Sonnenuntergang am Strand genießen, und Levke hatte die Idee, dass wir euch fragen, ob ihr mitkommen wollt. Sie sagte, Linus habe das noch nie gesehen und heute wäre ein perfekter Tag dafür. Habt ihr Lust?«

Eine Pause entstand. »Oh, wie lieb, Marla«, stammelte Cleo, wirkte aber vollkommen überrumpelt. »Leider geht es heute nicht. Ein andermal gerne.« Ihr Lächeln klang nervös, als habe ich sie bei irgendwas gestört. Die Idee war mir mit einem Mal ganz unangenehm, und ich bemühte mich, das Gespräch schnellstmöglich zu beenden. »Alles gut! War wirklich nur eine schnelle Idee von Levke. Fühl dich nicht gezwungen. Wir freuen uns wann anders ganz genauso. Euch noch einen schönen Abend.«

»Danke, euch auch. Eine gute Zeit am Meer.«

8

Insa

Ich hatte an dem Tag, nachdem ich bei Sylta gewesen war, noch mal mit ihr telefoniert. Sie hatte mir erzählt, dass es ihr abends schlechter gegangen war und sie den Entschluss gefasst hatten, direkt am Morgen nach Hause zu fahren. Ich erwischte sie mit meinem Anruf gerade auf dem Autozug. Und obwohl ich bedauerte, dass wir uns nicht noch einmal gesehen hatten, wusste ich, dass eine weitere traurige Verabschiedung uns nicht gutgetan hätte.

Jetzt verstand ich auch, warum ich an dem Abend so unruhig gewesen war. Es gab einfach eine tiefe Verbindung zwischen uns. Mein Angebot, Sylta in Hannover zu besuchen, hatte sie abgelehnt. Offiziell, weil ich genug um die Ohren hatte. Ich hatte jedoch das Gefühl, sie wolle mir nicht zur Last fallen und mir vor allem nicht zeigen, wie sie immer mehr abbaute. Nun hatten wir abgemacht zu telefonieren, wann immer Sylta inmitten der Umzugsvorbereitungen danach zumute war. Ich hatte mir sicherheitshalber aber auch wie geplant Eris Nummer geben lassen.

»Insalein, mach dir mal keine Gedanken. Wenn was ist, hörst du von uns.« Und ich hatte versprochen, mich zu melden, sobald ich neue Informationen vom Makler oder den Handwerkern hatte.

Heute Abend gingen Thore und ich mit Emma noch einmal ans Meer. Wir hatten in Wenningstedt etwas zu Abend gegessen und liefen nun über den Steg hinunter ans Wasser, wo wir uns in einen freien Strandkorb nahe der Wasserkante setzten.

Ich lehnte mich an Thore, der mir seine Jacke gab. Obwohl es ein warmer Frühsommertag war, kroch so langsam die Kälte der Sylter Nacht an mir empor. Mich schauderte es trotz der Jacke leicht, und Thore rieb mir sanft den Arm und zog mich näher an sich. Ich schloss die Augen und lehnte meinen Kopf an seine Schulter. Er roch nach Salz und Sonne und seinem ganz eigenen Duft. Nach einem Tag am Meer war er meist nur noch sehr schwach, weggepustet vom Wind und dem Meer. Doch ich liebte ihn so sehr, und er erinnerte mich immer auch an vergangene Zeiten, die mich von dem träumen ließen, was vor uns lag. Kein Platz könnte sich für mich richtiger anfühlen als der an Thores Seite. Mit jedem Atemzug fühlte ich mich ihm näher.

»Was macht die Planung für unseren großen Tag?«, fragte Thore und strich mir über den Handrücken. Emma hatte sich neben den Strandkorb in den Sand gelegt und beobachtete aufmerksam die Umgebung.

»Die geht stetig voran«, freute ich mich. »Verrückt, dass ich es so genieße, dass mir so viel Organisation abgenommen wird, während ich für meine Kunden ja eigentlich kaum was anderes mache und größten Spaß daran habe.«

»Ja, aber egal, mit wie viel Herzblut und Engagement du das machst, es ist nun einmal dein Job, und ich kann gut verstehen, dass du die Verantwortung für diesen besonderen Tag an jemand anderen abgibst, um dir seinen Zauber zu bewahren, und ihn nicht nur zu einem weiteren Punkt auf deiner To-do-Liste werden lässt. Wie passend, dass euch ausgerechnet jetzt Cleo über den

Weg gelaufen ist. Da hat das Schicksal es doch gut mit uns gemeint.«

»Du hast so recht.«

»Dass ich dir das sagen muss.« Thore hob verblüfft die Hände. »Du bist doch immer die, die mich daran erinnert, dass nichts im Leben ohne Grund geschieht. Dafür sind wir beide ja wohl das beste Beispiel.« Ich nickte und dachte an unsere Geschichte.

Unsere Wege hatten sich mehrfach gekreuzt – mal kürzer und mal länger – und dann doch immer wieder getrennt, nur um am Ende komplett gemeinsam zu verlaufen. Wie ein großer Fluss, der Hindernisse umschiffte, Zuflüsse aufnahm und schließlich größer und ruhiger seinem Ziel entgegenlief.

Ich schaute auf den goldenen Sonnenball, der sich immer weiter gen Horizont senkte. Er verwandelte seine Bühne, einen nahezu wolkenleeren Himmel, in eine farbenprächtige Palette, die die verschiedenen Nuancen aller Pastellfarben so unwirklich schön abbildete, dass ich ehrfürchtig schwieg, weil mir die Worte fehlten.

»Wusstest du, dass die Reflexionen der Sonne auf der Wasseroberfläche die Kraft der Sonne verstärken und der Körper dadurch Glückshormone ausschüttet?«, fragte ich Thore, der mich mit liebevollem Blick ansah und sanft den Kopf schüttelte.

»Nein, aber der Gedanke gefällt mir.«

»Es gibt noch mehr dieser Gedanken«, erklärte ich. »So wirken die Farben des Meeres beruhigend auf den Menschen. Und wenn man bestimmte Kindheitserfahrungen mit dem Meer verbindet, sind diese so tief verankert und mit so viel Positivität verbunden, dass das ein Leben lang anhalten kann. Außerdem erinnert das regelmäßige Anrollen der Wellen uns ein klein wenig an unseren Herzschlag. Das hat etwas Magisches, was unmittelbar eine Wirkung auf Körper und Seele hat.«

Wir genossen diese Momente am Ende des Tages und kamen beide innerlich und körperlich zur Ruhe, bevor die Nacht uns mit neuer Kraft betanken konnte.

»Schön, dass es dich und deine wundervolle Sicht auf die Welt gibt, Liebes«, sagte Thore leise, und mein Herz fühlte sich warm und geborgen an.

»Dito, mein Schatz. Ich freue mich so auf unsere Zukunft. Ich kann kaum beschreiben, wie sehr. Für mich wird es ganz ungewohnt, dass sogar meine Eltern wieder einmal nach Sylt kommen werden. Sie haben sich ja ziemlich rargemacht in den letzten Jahren. Gerade die Sache mit Sylta hat so vieles in mir wieder aufgewühlt. Sie ist wirklich wie ein Familienmitglied für mich. Wie ein Ersatz für all das, was mir in meiner eigenen Familie fehlt. So wie es deine Eltern früher für mich auch oft waren.«

Thore nickte. »Freust du dich denn auf deine Eltern?« Thores Frage traf einen wunden Punkt. Ich freute mich natürlich, dass meine Eltern bei meiner Hochzeit dabei sein würden, aber dennoch stand viel zwischen uns, was diese Freude für mich trübte.

Ich stellte mir ihre Blicke bei Levkes Anblick vor. Traurig und wehmütig würden sie sein, sehnsüchtig. Sie wären so gerne Großeltern geworden, und auch wenn sie diesen Gedanken nie aussprachen, spürte ich es dennoch. Und ich konnte es ihnen kaum übel nehmen. Ich selbst hatte lange damit gehadert, dass mir dieses Glück verwehrt blieb. Während ich die Wege des Schicksals aber annahm und damit meinen Frieden fand, nicht zuletzt dank Syltas Hilfe, Yoga, Achtsamkeit und Spiritualität, haderten sie. Das war in vielen Situationen so. Auch schon in meiner Kindheit. Oft hatten sie sich früher in ihre Arbeit gestürzt, anstelle offen über ihre Gefühle zu sprechen und Halt in der Familie zu suchen.

Ich hoffte, dass diese ganze Thematik um unsere Familiensituation an unserem besonderen Tag keine prominente Rolle spielen würde. Thore und seine Familie kannten sie auch schon ewig. Ich war mir sicher, dass sie sich freuen würden, wenn sie auch seine Eltern wiedersahen, denen sie viel zu verdanken hatten. Schließlich waren sie es gewesen, die mir Halt und Geborgenheit gegeben hatten, während meine Eltern selbst viel gearbeitet hatten.

Nachdem Thores Familie dann von der Insel weggezogen war, war ich oft allein gewesen, hatte einen Schlüssel bekommen und mir die Zeit vertrieben, bis meine Eltern von der Arbeit wieder da waren. Mir hatte Thores Familie damals sehr gefehlt, und ich war oft einsam gewesen.

»Auf deine Eltern freue ich mich unwahrscheinlich«, sagte ich, und Thore gab mir einen Kuss. »Sie freuen sich auch, dass ihre Freizeittochter nun tatsächlich ihre Schwiegertochter wird. Wie oft haben sie damals gesagt, dass sie sich nach den Jungs noch ein Mädchen gewünscht haben.« Er lachte leise. »Es war immer klasse für sie, wenn du damals bei uns warst, und vor allem meine Mama hat es geliebt, mit dir auch mal ein paar ›Mädelsthemen‹ zu haben. Sie lieben dich. Du warst für sie immer das kleine Mädchen mit den großen Träumen und schon damals einem Urvertrauen in das Schicksal. Das hat ihnen imponiert. Sie sagten immer, du würdest so was Märchenhaftes versprühen.« Thore lächelte anerkennend. »Davon haben sie auch oft gesprochen in der Zeit, als wir beiden gar keinen Kontakt mehr hatten.«

Ich lächelte. Mich berührte, was Thore sagte, und ich verspürte ein großes Glück darüber, dass diese warmherzige Familie schon so lange Zeit zu meinem Leben gehörte. Undenkbar, dass Thores und mein Lebensweg zwischenzeitlich mal so weit voneinander entfernt verlaufen waren, dass wir uns beinahe verloren hätten, wäre er nicht wieder zurück nach Sylt gekommen. Gleichzeitig wusste ich, dass diese Phase, in der er mir fremder denn je gewesen war, hatte stattfinden müssen, damit wir heute zusammen sein konnten.

Thore hatte sich in dieser Zeit im besten Sinne des Wortes die Hörner abgestoßen. Als junger, gut aussehender Surfertyp hatte er keine Party ausgelassen und sich mit jeder Frau getroffen, die Interesse gehabt hatte – was nicht wenige gewesen waren. Er hatte mir das peinlich berührt gebeichtet, weil er wollte, dass ich alles von ihm wusste. Diese Zeit war nichts, worauf er stolz war. Er hatte sicherlich so einigen Frauen das Herz gebrochen in seinem Bemühen, bloß nichts Festes zuzulassen, dennoch war sie ein Teil von ihm und hatte dazu beigetragen, ihn zu dem Menschen zu machen, der er heute war. Denn diese Phase der Unverbindlichkeiten hatte ihm auch gezeigt, wie sehr er sich nach einem verlässlichen Leben mit der einen Frau sehnte, die er liebte.

»Alles okay?«, fragte er mit fürsorglichem Blick.

Ich nickte. »Ich denke gerade über uns nach. Manchmal kommt mir unsere Geschichte vor wie ein Film. Findest du nicht auch?«

»Ein wunderbar romantischer Film, ja. Happy End garantiert.«

Wir blieben noch so lange sitzen, bis auch der letzte fein goldfarbene Schimmer verschwunden war, den die Sonne wie mit einem Lineal am Horizont zog. Dann machten wir uns auf den Heimweg.

Ich sendete Marla ein Foto vom Sonnenuntergang, und zurück kam ein fast identisches Bild. »Marla und Peer sind mit Levke auch am Meer«, sagte ich und zeigte Thore das Bild. »Sie könnten in der Nähe sein.«

Erschöpft von einer unruhigen Nacht, in der ich viel an meine Eltern und Sylta gedacht hatte, kam ich am nächsten Morgen kaum aus dem Bett. Nur der Gedanke daran, mit Marla noch vor Ladenöffnung zu frühstücken und ein wenig Zerstreuung zu finden, lockte mich aus den Federn. Cleo wollte auch hinzukommen, sodass wir die nächsten Punkte für die Hochzeitsvorbereitungen besprechen konnten. Wir hatten uns beim Bäcker verabredet, in dessen Nähe ich meinen ersten Termin hatte.

Als ich auf den Parkplatz fuhr, sah ich, dass auch Marla gerade angekommen war. Sie blieb stehen, als sie mich erkannte, und wartete auf mich.

»Guten Morgen, Insa«, grüßte sie, trat auf mich zu und umarmte mich, bevor wir zusammen hineingingen und uns einen Tisch mit Blick über das Grüne Kliff suchten. Für einen Sitzplatz auf der Außenterrasse war es noch ein wenig zu kühl. Die ersten Sonnenstrahlen hinter der Scheibe zu erhaschen war aber ganz wunderbar.

»Moin, Marla, wie schön, dass wir uns sehen. Wir sind ja noch ein wenig früh. Cleo wird sicher auch bald da sein. Geht's dir gut?«

»Wunderbar, ja. Ich hoffe, dir auch?«

»Ganz okay. Außer dass ich kaum geschlafen habe, weil ich mir ein wenig Sorgen um Sylta mache«, erklärte ich.

»Wieso? Hast du noch mal was gehört?«

»Nein. Sie sind gut in Hannover angekommen, und wir hören uns wieder, wenn es etwas zu besprechen gibt. Aber Syltas Entscheidung zurückzukehren fühlte sich so endgültig an. Es macht mich traurig. Sie wird mir fehlen. Sie ist wie eine Oma für mich. Ich schätze sie so sehr.«

»Und kannst du sie denn in ihrer Heimat nicht mal besuchen?«, schlug Marla vor.

Ich nickte zaghaft. »Ja, das wäre schön, und ich wünsche es mir. Die Zeit muss ich mir nehmen. Aber es wird anders sein, als wenn wir uns hier sehen. Sylt ist ihr Ort. Und unser gemeinsamer. Und ich bin mir nicht sicher, ob sie mich in Hannover haben will. Ich hatte das Gefühl, dass unser letztes Treffen bereits ihr Abschied war.«

»Das tut mir leid. Aber meinst du nicht, dass ihr genau dieser Gedanke gutgetan hat? Dass ihr euch auf diese Weise voneinander verabschiedet habt? Wie es sich angehört hat, hattet ihr doch ein wirklich tiefes Gespräch bei eurem letzten Treffen, oder?« Marla schaute mich mitfühlend an.

»Das stimmt. Und das beruhigt mich tatsächlich ein Stück weit. Danke dir.« Wir umarmten uns.

»Du, bevor Cleo da ist, habe ich noch eine Sache«, erklärte Marla. Sie erzählte mir von Linus und seiner Allergie. Ich dachte auch sofort daran, dass Emma ein Hund war, mit dem es klappen könnte.

»Ich habe ihr mal die Daten von Thore und seiner Surfschule gegeben. Surfen könnte doch was sein für den Jungen. Da geht es um ihn selbst. Um Selbstvertrauen, Kraft und Konzentration – es ist kein Mannschaftssport, bei dem man sich allzu viel mit anderen auseinandersetzen muss. Und vielleicht kann Emma ihm ein bisschen Sicherheit geben, wenn das mit der Allergie klappt. Die Wohnung, in der Cleo wohnt, ist ja direkt nebenan.«

»Klar, warum nicht. Emma ist immer der Hit bei den Kindern, und wenn das Linus wieder lächeln ließe, wäre das doch fantastisch. Was hat sie denn dazu gesagt?«

Marla überlegte. »Sie machte schon den Eindruck, als würde sie sich freuen, wirkte aber auch ein wenig unsicher. Ich glaube, sie will niemandem zur Last fallen.«

Ich machte eine abwinkende Handbewegung. »Aber doch Thore nicht. Er liebt den Umgang mit Kindern und findet dabei meistens die richtige Wellenlänge. Da würde ich mir keine Sorgen machen.«

»Eben. Ich wirklich auch nicht. Deshalb hab ich ihr auch Mut gemacht und versprochen, dass ich sie ankündige. Dann ist der erste Schritt nicht so schwer.«

In diesem Moment ging die Tür auf, und Cleo kam herein.

»Hey«, begrüßte sie uns und lächelte.

»Schön, dass du da bist.«

Cleo nahm Platz, und als hätte sie nur darauf gewartet, trat gleich darauf die Bedienung an den Tisch und erkundigte sich nach unseren Wünschen. Wir bestellten alle einen Kaffee mit einem Croissant.

Ohne Umschweife zückte Cleo anschließend ihr Tablet und öffnete eine Datei.

»Ich habe mir von der Dame aus dem *Friesenstübchen* mal eine Auswahl der Kuchen geben lassen, die sie für eine Hochzeit backen könnte. Vielleicht mögt ihr schon einmal einen Blick darauf werfen und schauen, was euer Favorit sein könnte. Und wenn ihr eine Vorauswahl getroffen habt, machen wir ein kleines Probeessen.«

Marla fuhr sich mit der Zunge über die Lippen, während sie die Seiten durchscrollte.

»Eine Torte sieht köstlicher aus als die andere«, stellte ich fest, als ich meiner Freundin über die Schulter schaute.

»Ich kann mich leider nicht entscheiden bei dieser fantastischen Auswahl. Ich fürchte, ich muss *alle* einmal probeessen«, lachte ich, und Marla nickte. »Du sprichst aus, was ich gedacht habe.«

»Ich wage zu behaupten, dass ihr es nicht schafft, euch durch 30 verschiedene Torten zu futtern. Wir sollten es ein wenig reduzieren«, schlug Cleo lachend vor. »Kennt ihr denn die Vorlieben eurer Männer diesbezüglich?«

Sie hatte recht. Wir mussten es strategischer angehen. Also besprachen wir, was jeder von uns am liebsten oder gar nicht mochte, und so grenzten wir die Auswahl an Torten schon deutlich ein.

Ich hob mahnend den Finger. »Ohne den Druck erhöhen zu wollen, möchte ich darauf hinweisen, dass wir es bei meiner Schwiegermama in spe mit der weltbesten Kuchenbäckerin zu tun haben. Die ganze Familie meines Zukünftigen ist also exzellente Backkunst gewohnt. Das müssen wir im Hinterkopf behalten.«

Marla winkte ab. »Da mache ich mir bei Linnea vom *Friesenstübchen* gar keine Sorgen. Sie ist die Meisterin der süßen Backwaren. Eher mache ich mir Gedanken, wie wir uns dabei überhaupt auf eine beschränken sollen.« Gespielt bedauernd hob Marla die Handflächen.

»Aber dass deine Schwiegermama die Torten zur Hochzeit backt, ist keine Option?«, fragte Cleo sofort.

»Kein schlechter Gedanke. Sie hat mir schon, als Thore und ich das erste Mal zusammen waren, versprochen, dass sie uns ihre legendäre Himbeer-Sahne-Torte zu unserer Hochzeit backen würde – die ist, seit ich denken kann, mein Favorit.« Ich zuckte die Schultern. »Als wir uns dann getrennt hatten, war mir dauerhaft der Appetit auf diese Torte vergangen, aber wo wir gerade darüber sprechen, wäre es tatsächlich an der Zeit, dass sie ihr Versprechen einlöst. Wie ich sie kenne, hätte sie große Freude daran. Aber ich denke, es sollte dabei bei einer speziellen Familientorte bleiben. Ich möchte ihr ungern die ganze Verantwortung für die Kuchenversorgung aufbürden. Sie ist die liebste Schwiegermutter, die man sich denken kann, und würde wahrscheinlich nicht Nein sagen, und das möchte ich ihr nicht zumuten. Sie ist Mama mit ganzem Herzen und hat mich schon als Kind so fantastisch aufgenommen, als sei ich ihre Tochter. Wir mögen uns sehr. Dorit und Tjark waren lange wie meine zweiten Eltern. Sie nun bald meine

Schwiegereltern nennen zu dürfen, ist wie das i-Tüpfelchen auf unserer jahrzehntelangen Verbindung.«

Cleo lächelte und blickte wie durch mich hindurch. Es war, als ließe sie wirken, was ich gerade erzählt hatte. Ich warf Marla einen bedeutungsvollen Blick zu.

»Na ja, seine eigene Mutter quasi auch als Schwiegermutter zu bekommen, toppt das Ganze natürlich noch.« Wir lachten, und Cleo blickte leicht irritiert zwischen uns hin und her.

Also erzählten wir ihr abwechselnd unsere Kennenlerngeschichten, und wären da nicht die Ladenöffnung und mein erster Termin gewesen, hätten wir uns wohl noch weit über den zweiten Kaffee hinaus darüber unterhalten.

»Danke, ihr Lieben. Das sind alles so wichtige Infos für mich für die Reden zur Hochzeit. Ich habe fleißig mitgeschrieben und verspreche euch, dass ich da was Schönes draus zaubere.« Cleos Blick war liebevoll, hatte jedoch etwas Nachdenkliches, wie ich fand. Sie wirkte beinahe wehmütig, als sie sagte: »Was du über Thores Eltern sagst, klingt wundervoll.« Ich war mir sicher, dass sie an jemanden dachte, der für sie ebenso ein Herzensmensch war wie Thores Eltern für mich. Oder daran, dass sie sich eine solche Schwiegerfamilie gewünscht hätte.

»Und dass du, Marla, dich ausgerechnet in den Mann verliebt hast, in dessen Vater deine Mutter ihren Partner fürs Leben gefunden hat, ist echt eine total verrückte Story«, gab sie zu und schien damit ihren kurzen Stimmungsumschwung überspielen zu wollen.

Wir hatten zwar offiziell eine Geschäftsbeziehung, und es waren maximal *unsere* Liebesgeschichten, die hier eine Rolle spielten, trotzdem fühlte es sich in diesem Moment richtig an, auch sie nach ihrer Geschichte zu fragen.

»Bist du eigentlich selbst verheiratet?« Cleo senkte den Blick, und eine Pause entstand. »Entschuldige, das geht mich nichts an. Du musst natürlich nicht antworten«, ruderte ich gleich zurück.

»Ach, also ... Schon okay. Das ist ja eine naheliegende Frage, wenn man ein Kind hat. Es ist nur leider ein wenig kompliziert mit Linus' Papa. Wir waren nie verheiratet, nein«, sagte sie ausweichend, und eine Pause entstand, die sich beklemmend anfühlte. »Nein, leider gibt es keinen Mann in meinem Leben. Linus und ich sind ein Zweierteam. Vielleicht soll das gerade so sein, und es ist gut so.« Wahrscheinlich war sie einfach noch nicht so weit, genauer darüber zu sprechen. Ich verstand sie und lächelte sie aufmunternd an. Sie erwiderte das Lächeln, doch es wirkte unsicher. »Wir sind zu zweit hierhergekommen. Mein Fokus liegt erst mal auf ihm und meinem Job. Alles andere wird sich ergeben – oder eben nicht.«

In dem Moment sah ich, dass Thores Bruder am Bäcker vorbeiging, und nutzte die Gelegenheit, um sie aus dem Gefühl zu befreien, uns eine Antwort schuldig zu sein.

»Oh, da ist Hannes«, sagte ich und winkte, doch er hatte das Handy am Ohr und entdeckte uns nicht. »Thores Bruder«, erklärte ich, als Cleo fragend schaute. »Ihr werdet euch sicher im Zuge der Essensplanung noch kennenlernen. Er wird das Catering übernehmen. Eigentlich kann ich dir gleich mal seine Nummer geben. Dass er uns ein Büfett zur Hochzeit zaubert, ist unser großer Wunsch.« Ich öffnete den Kontakt auf meinem Handy.

»Ihr Lieben, darf ich euch damit allein lassen? Leider muss ich los«, sagte Marla mit bedauerndem Gesichtsausdruck und tippte auf ihre Uhr. »Alva wird sich schon wundern, wo ich bleibe. Klärst du den Termin zum Kuchen-Tasting ab, Cleo, und sagst uns Bescheid?«

»Wie bitte? Ach so, ja! Klar, das mache ich«, stammelte Cleo, und ich bereute, sie mit meiner neugierigen Frage so durcheinandergebracht zu haben. »Trage ich mir gleich ein«, erklärte sie und zog ihr Handy aus der Tasche. »Und die Nummer von Hannes speichere ich mir auch ab.«

Ich nannte sie ihr, wir bezahlten und verabschiedeten uns von Marla. Ich nutzte den Moment, in dem ich mit Cleo allein war, um mich bei ihr zu entschuldigen.

»Es tut mir leid, ich wollte dich mit meiner Frage nicht in Verlegenheit bringen. Das war nicht meine Absicht. Wir reden so vertraut, es kommt mir vor, als seien wir schon ewig befreundet. Da hab ich nicht wirklich nachgedacht.«

»Schon in Ordnung, Insa. Ich freue mich, dass wir uns so gut verstehen. Das Thema rund um Linus' Vater ist einfach so aufreibend für mich. Ich weiß selbst gerade nicht, wie das alles weitergeht und wo wir stehen. Ich will nicht jammern und muss mich selbst noch ein wenig sortieren. Ich möchte euch inmitten eurer romantischen Planungen nicht alles verderben, nur weil es bei mir leider nicht so rosarot aussieht.« Zerknirscht presste sie die Lippen aufeinander.

»Blödsinn. So darfst du das nicht sehen. Wir sind jederzeit für dich da, wenn wir dir helfen können. Okay? Fühl dich nicht gezwungen, uns etwas zu erzählen, bei dem du noch nicht bereit bist, es zu teilen, aber bitte scheu dich auch nicht, mit uns zu sprechen, wenn du etwas loswerden musst. Ganz egal, was es ist. Wir sind jederzeit da, um kiloweise Eisschachteln mit dir zu leeren oder uns mit dir auf die Suche nach dem Mann für dein Leben zu begeben – was auch immer du brauchst.« Ich zögerte kurz, bevor ich verschwörerisch hinzufügte: »Hannes, den du da eben kurz gesehen hast, ist übrigens ein Supertyp und Single.« Ich grinste breit. »Ich habe *beste* Connections zu seiner Familie und kann den Schlag Mensch nur empfehlen. Scherz – wir sind jedenfalls da, wenn du uns brauchst.«

Cleo lachte matt. »Danke, Insa. Das ist lieb. Es ist etwas Besonderes mit euch. Ihr wirkt wie eine große, tolle Familie, die einen herzlich aufnimmt.« Cleo lächelte dankbar. »Es hilft mir im Moment, euch dabei zuzuhören, wie ihr von euren Geschichten erzählt. Und ich mag deine Gedanken zu Spiritualität und Achtsamkeit und wie dir das schon geholfen hat. Ich weiß, dass mir das auch guttut, mich dafür zu sensibilisieren. Ich arbeite da noch an mir, aber ich denke, ich bin auf einem guten Weg.« Sie schaute sich auf dem von traumhaften Reetdachhäusern umgebenen Parkplatz um, als suche sie jemanden.

»Ich habe das Gefühl, dass ich aus einem bestimmten Grund ausgerechnet hier auf Sylt gelandet bin. Auf dieser Insel und genau jetzt hier bei euch. Hier wartet so viel Glück auf mich. Beruflich und auf persönlicher Ebene fühlt es sich schon so gut an. Als hätte diese Insel Zuhause-Potenzial für meinen Sohn und mich. Und die Liebe zu einem Mann, die spielt in meinem Leben derzeit wohl eher eine untergeordnete Rolle. Ich merke, dass ich da auch irgendwie keinen Kopf für habe, mit all dem Stress und Linus' Eingewöhnung hier auf Sylt. Ich glaube, ich muss erst mich selbst und meinen Weg wiederfinden. Deshalb konzentriere ich mich erst mal auf meine berufliche Zukunft hier und beschäftige mich mit der Liebe meiner Paare, bevor ich mich nach meiner eigenen umsehe. Sich all die glücklichen Beziehungen vor Augen zu führen, unterstützt mich dabei, zu visualisieren, wie ich mir das Glück vorstelle. So komme ich ihm doch wahrscheinlich näher, wenn ich deiner Lebensart folge, oder? Vielleicht führt das Schicksal mich dann automatisch zum Glück.« Sie lächelte, doch es wirkte nachdenklich.

»Absolut, Cleo. Das ist einer der ersten Schritte, und der geht genau in die richtige Richtung. So, aber so leid es mir tut, auch ich muss jetzt aufbrechen, damit ich nicht zu spät zu meinem ersten Termin komme.«

Wir zahlten und traten gemeinsam vor die Tür. Dort umarmten wir uns kurz, und Cleo ging mit schnellen Schritten zu ihrem Auto. Einen Moment lang blickte ich ihr nach. Dieser sympathischen Frau, die Marla und ich schon jetzt in unser Herz geschlossen hatten, wünschte ich, dass sie bald eine Antwort und die Bestätigung dafür bekommen würde, warum sie eigentlich hier war, und dass sie wieder uneingeschränkt glücklich lächeln konnte.

9

Marla

Wir hatten das Kuchen-Tasting auf eine unserer Mittagspausen gelegt. Insa hatte ihre Termine extra so geplant, dass sie keine großen Umwege fahren musste und so nicht in unnötigen Stress geriet. Unsere Männer hatten sich auch diesmal entschuldigt. Thore aß ohnehin alles, was genug Zucker enthielt, auch wenn man ihm das kein bisschen ansah, und ich kannte Peers Vorlieben inzwischen mindestens so gut wie er selbst.

Cleo hatte die Kuchenauswahl bei Linnea abgeholt und kam nun mit einem gut gefüllten Karton ins *Zuckerhüs* geschneit. Wir konnten die feinen Köstlichkeiten kaum erwarten und hatten heute extra wenig gefrühstückt, um uns ganz auf den Genuss der Törtchen einzulassen.

»Moin, ihr Lieben«, begrüßte uns Cleo mit einem warmherzigen Lächeln. »Von mir aus kann es gleich losgehen.« Sie stellte den Karton auf die Theke und öffnete ihn. Mit kleinen Schildern verzierte Törtchen kamen zum Vorschein und verströmten einen köstlichen Duft. Wie herrlich, dass wir uns ganz auf den positiven Teil des Probierens beschränken und Cleo die Planung der Mengen, Bestellung und Lieferzeiten überlassen konnten.

Cleo packte jetzt einen ersten Kuchen aus, von dem Linnea

uns jeweils ein Ministück angerichtet hatte. Schon beim ersten Bissen war mir klar, dass dieser zart schmelzende Traum aus Cheesecake und einem Hauch von Erdbeere mein Favorit sein würde. Auch Insa geriet sofort ins Schwärmen.

»Würden mir dann nicht weitere Hochgenüsse entgehen, könnte ich direkt sagen: Die wird es«, gab sie zu, und ich nickte bestätigend.

»Mir geht es genauso.« Cleo lachte. »Okay, super. Das halten wir schon mal fest. Trotzdem, auf zum Nächsten.«

»Oh ja, ich bin mir sehr sicher, dass das hier nicht der Einzige bleibt«, sagte ich und schob den leeren Teller von mir.

»Als Nächstes kommt etwas Schokoladiges. Fluffiger Teig mit Sahne-Pudding-Füllung unter einer zarten Haube aus weißer Schokolade.«

»Cleo, das ist nicht fair, was du mit uns machst«, erklärte Insa mit gespielt verzweifeltem Gesichtsausdruck. »Ich muss mich offenbar für jede dieser Torten entscheiden. Wo soll das hinführen?«

Cleo lachte. »Also erstens habt ihr diese Kuchen selbst auf die Liste gesetzt – ich bin hier nur der Bote! Und zweitens denke ich, dass es gut wäre, wenn wir verschiedene Geschmacksrichtungen anbieten. Wir müssen uns also absolut nicht auf eine Sorte beschränken, oder? Jeder kann sich für verschiedenste Kuchen oder Törtchen entscheiden, und ich behaupte, am Ende ist für alle Gäste was dabei.«

»Eine gute Idee, das denke ich auch«, stimmte ich zu.

Die Probierportionen waren klein, aber dennoch hatte ich bald das Gefühl, nie wieder etwas essen zu können. Sogar der köstlich duftende Kaffee, den Cleo von Linnea mitgebracht hatte und der herb und intensiv im Geschmack einen wunderbaren

Kontrast zu den süßen Backwaren bildete, konnte mich kaum noch begeistern, so satt war ich.

Aber wir hatten am Ende dieser Mittagspause eine weitere Entscheidung getroffen. Die Kuchenauswahl stand fest!

Wir bedankten uns bei Cleo, die noch einen Folgetermin hatte, und verabschiedeten uns.

»Ein kleiner Weg durch den Ort würde mir jetzt ganz guttun. Geht es dir auch so?«, fragte ich Insa, die nickte.

»Gerne. Ich habe das Gefühl, du könntest mich durch Keitum kugeln, so viel habe ich gegessen. Ein paar Minuten haben wir noch, bis ich weitermuss.«

Wir lachten. »Geht mir nicht anders. Lass uns loskugeln.«

Wir kamen vorbei an reetgedeckten, weißen Häusern in frühlingshaft grünen Gärten. Es lag bereits ein Gefühl von Sommer über dem Ort, und ich liebte es. Ein leichter Wind ging durch die Blätter des alten Baumbestandes, und diese angenehme Wetterlage lockte etliche Spaziergänger in das Kapitänsdorf. Sie schlenderten durch die malerischen Gassen, deren Anblick allein schon eine Sehenswürdigkeit war. Hier und da kehrte man ein in eins der liebevoll inhabergeführten Cafés oder Teestuben, die teilweise auch schon draußen Tische aufgestellt hatten. Etliche nutzten einen Spaziergang durch Keitum auch, um die individuellen Geschäfte zu besuchen, in denen von handgemachtem Schmuck über Dekorationsartikel, Kleidung und künstlerische Produkte wie Malereien oder Glas- und Keramikwerke alles angeboten wurde.

Keitum als ehemaliger Hauptort der Insel war vielfältig. Die unvergleichliche Natur bot erholsame Spaziergänge und fantastische Möglichkeiten, die Akkus wieder aufzuladen.

Doch der Ort wartete mit seinen Museen und dem Hünengrab »Harhoog« auch mit echter Sylter Geschichte auf.

»Sylta hat mir angeboten, mir Bilder auszusuchen, die sie gemalt hat. Sie hat mit dem Makler besprochen, dass er entrümpelt, wenn er einen Käufer gefunden hat. Ich soll mir vorher alles aussuchen, was mir wichtig ist oder gefällt. Ich habe nicht vor, auch nur eines ihrer Bilder verschrotten zu lassen, also wenn du möchtest, kannst du sie dir auch gern einmal ansehen. Vielleicht findest du ja eins, in dem du das *Zuckerhüs* wiederfindest und das du in die Manufaktur hängen möchtest.«

»Wie schön, dass du sie behalten willst, und danke. Das ist eine tolle Idee. Da komme ich gerne drauf zurück.«

Nach wenigen Minuten waren wir am Übergang zum Watt angekommen. Vorbei an im Wind rauschenden Bäumen, die das Grüne Kliff säumten und angenehmen Schatten auf den Weg warfen, gingen wir bis an die Uferkante. Das Wasser war weit entfernt, weil gerade Ebbe herrschte. An einigen Stellen blubberte und arbeitete es plätschernd unter der graubraun schlammigen Oberfläche aus Schlick, der Welt der Wattwürmer, die ihre kleinen spaghettiähnlichen Sandhäufchen an der Oberfläche hinterließen.

»Cleo hat erzählt, dass sie heute mit einer Gruppe von Kindern aus dem Hotel eine Wattwanderung macht. Bald geht es für Levkes und Linus' Klasse auch ins Watt. Ich finde das so wertvoll, dass sie den Kindern diese außergewöhnliche Natur näherbringen und erklären. Hier gibt es so viel zu entdecken. Ich könnte mir kaum einen besseren Lehrmeister in Sachen Biologie, Natur- und Umweltschutz vorstellen als diesen Ort«, erklärte ich.

»Du hast recht. Thore baut das auch immer wieder mit in seine Surfkurse ein, damit die Kinder einen umfassenden Blick auf das Meer bekommen. Viele kennen es ja rein als Bademöglichkeit und wissen manchmal gar nicht, was für wundervolle kleine Besonderheiten sich darin verbergen. Die Begeisterung, wenn sie einen

Seestern finden oder andere Meeresgeschenke. So stark! Da sind sie regelmäßig vollkommen aus dem Häuschen. Das ist noch so viel mehr als nur das Surfen, was sie da bei ihm lernen. So wertvoll als Freizeitbeschäftigung. Aber auch, um die Nordsee besser kennenzulernen. Das gilt für das Watt und die Seite zur offenen See. Das Watt ist ja auch nicht so ungefährlich, wie es scheint. Bei einem unbedachten Umgang mit den Gezeiten kann es ganz schön brenzlig werden dort. Und bevor es irgendwann an die Westseite geht, werden die Bedingungen, die dort herrschen, sowieso besprochen und mögliche Gefahren einmal genannt. Und außerdem ist Zeit für Fragen der Kinder. Sie müssen die Wellen ja einschätzen können, mit Strömung etwas anfangen können und so weiter.«

Ich nickte. »Das ist so wichtig«, stimmte ich Insa zu.

»Thore sagte übrigens, dass Cleo noch nicht bei ihm vorbeigekommen ist«, erklärte Insa.

»Ja, ich hatte auch mal vorsichtig abgeklopft, ob sie Emma schon kennengelernt haben. Da sagte sie, sie habe so viel um die Ohren, dass es einfach noch nicht gepasst hat.« Ich zuckte die Schultern.

Der Weg am Watt entlang war eine Wohltat für die Seele. Ein Gespräch mit Insa war immer wertvoll für mich. Dabei den Blick über die weite, ruhende Landschaft schweifen zu lassen, die hier wunderbar grün war, sich die Haare schmeichelnd vom Wind verwehen zu lassen und die Sonnenstrahlen, die noch angenehm leicht waren, zu genießen, rundete die Atmosphäre ab. Solche Spaziergänge waren in den letzten Wochen viel zu kurz gekommen.

»Ich könnte hier noch stundenlang weiterlaufen«, erklärte ich. »Aber auch, wenn mir heute für unseren Schlemmer-Termin ein wenig mehr Zeit bei der Pause eingeräumt wurde, muss ich echt los.«

Insa checkte die Uhrzeit. »Geht mir ja genauso. Lass uns mal umkehren, und dann starten wir durch. Ich melde mich später noch mal bei dir.«

Im Zuckerhüs angekommen, wartete schon eine Menge Arbeit auf mich, und während Flora und Alva die Kunden bedienten, ging ich direkt in die Bonbonküche. Ich legte mir eine Schürze um und begann, erste Zutaten für unsere Sylter Röschen, kleine rosafarbene Bonbons mit dem Geschmack feiner Erdbeere und ein wenig Vanille, zusammenzustellen. Blubbernd köchelte die Masse aus Zucker, Wasser und ein wenig Glukose. Ich wartete noch ein paar Minuten, um dann einige Tropfen Lebensmittelfarbe hinzuzugeben und auch das Vanillearoma. Für die rosafarbene Färbung der Bonbons, die verschiedene Nuancen haben sollte, verwendete ich Rote Bete.

Genau im richtigen Moment, bevor die zuckrige Masse anzubrennen drohte, nahm ich sie vom Herd und rührte sie fortlaufend weiter. Dann goss ich die leicht zähe Textur auf die gerade Fläche, wo ich sie, wenn sie ein wenig abgekühlt war, gleich kneten würde.

Als Alva mir damals den Tipp gegeben hatte, mich ganz nach dem Zucker zu richten, der individuell aushärtete, war mir das noch wie eine schier unlösbare Aufgabe vorgekommen, weil ich keine Idee gehabt hatte, wie der Zucker einem etwas sagen sollte. Dass die Umgebungstemperatur zum Beispiel einen Einfluss hatte, konnte ich mir vorstellen. Aber ein sicheres Gespür dafür zu entwickeln, wann genau der perfekte Zeitpunkt für die Verarbeitung gekommen war, das konnte ich da noch kaum glauben.

Aber wie so oft hatte Alva recht behalten, und dieses feine

Gefühl für den Zeitpunkt für jeden noch so kleinen Handgriff war mit der Zeit gekommen und jetzt wie selbstverständlich ein Teil von mir. Heute würde ich einen Teil der Bonbonmasse in kleine Kugeln formen, in die ich die Rosenblätter ritzte. Eine weitere Möglichkeit für perfekte Rosen-Förmchen war, diese zu gießen, wofür ich einen Teil der Masse im Kupfertopf zurückbehalten hatte.

Ich wollte schauen, was mir heute besser gelang, und beide Varianten anbieten.

Wie ein Plätzchenteig lag die rosafarbene Zuckermasse vor mir auf der Fläche. Ich hatte Handschuhe angezogen und teilte die Masse in zwei Teile. In die eine Hälfte gab ich weitere rote Lebensmittelfarbe, die sie pink färbte. Die andere blieb zartrosa. So würden schöne Röschen entstehen. Ich knetete den Teig zu Röllchen, die mit jedem Rollen dünner wurden. Dann schnitt ich kleine Abschnitte aus den Rollen, legte zwei unterschiedliche Farbtöne jeweils zusammen und formte daraus die Kugeln, in denen die Rosa-Varianten wunderbar changierten. Leicht platt gedrückt, ritzte ich die Rosenblätter hinein, und wunderschöne Bonbons waren entstanden, die ich nun aushärten ließ.

Den Rest der noch immer blubbernd köchelnden Masse füllte ich nun in die Gussform. Zufrieden stellte ich sie anschließend zum Aushärten und schwenkte die zuerst angefertigten Bonbons in etwas Puderzucker, damit diese im Glas nicht aneinanderklebten. Von den Bonbons nahm ich eine erste Auswahl mit in den Verkaufsraum, um Alva und Flora davon kosten zu lassen.

»Marla, sie sind wunderbar«, freute sich Alva und rollte genießerisch die Augen.

»Dem schließe ich mich an«, erklärte auch Flora und griff direkt nach einem weiteren Bonbon.

»Ich fülle gleich mal ein paar Gläschen damit, sodass wir sie heute schon mit anbieten können«, schlug ich vor, schnappte mir einige Gläser und verschwand wieder in der Küche. Die Bonbons waren schnell abgefüllt und die Gläser luftdicht verschlossen. Ich platzierte die »Sylter Röschen« zusammen mit einem kleinen mit Bonbons gefüllten Schälchen und einer Zange zum Probieren direkt neben der Kasse und war gespannt, ob sie angenommen wurden.

Der erste begeisterte Tester in Form einer Großmutter, deren Enkelin gerade durch die Regale stöberte und vor den neuen Fruchtgummis haltmachte, ließ nicht lange auf sich warten.

»Der Name ist schon so zauberhaft. Darf ich mir ein *Sylter Röschen* nehmen?«, fragte sie höflich.

»Selbstverständlich. Dafür sind sie da. Sie sind die allererste Testerin«, ermunterte ich die Dame, und sie kicherte.

»Na dann trage ich ja die dringende Verantwortung, unbedingt von Ihren Köstlichkeiten zu naschen.« Wir lachten, und auch das Mädchen kam in dem Moment zu uns. »Darf ich ihr eine Tüte Fruchtgummis schenken?«, fragte ich.

Die Oma lächelte. »Aber selbstverständlich, danke.«

Ich reichte dem Mädchen eine unserer Probiertütchen mit dem Fruchtgummi und erntete ein Strahlen. »Danke!« Sofort wurde die Tüte geöffnet, und das erste Fruchtgummi wanderte in den Mund, der sich im gleichen Moment in einen breiten Grinsemund verwandelte.

»Davon können Sie mir für meine Schwiegertochter direkt ein Gläschen einpacken«, erklärte die Frau und deutete auf die Rosen-Bonbons. »Die werden Mama gefallen«, sagte sie, an das Kind gewandt. »Und hast du dir auch schon was Feines ausgesucht?«

»Ich möchte am liebsten alles mitnehmen«, gab das Mädchen zu. »Wie kann man so tolle Süßigkeiten machen?« Das Leuchten in den Augen des etwa zehnjährigen Mädchens nahm kein Ende.

»Wir bieten auch Kurse an, in denen Kinder selbst ihre Bonbons und Lollis anfertigen können. Sind Sie hier im Urlaub auf der Insel? Dann könntest du selbst lernen, solche tollen Süßigkeiten herzustellen.«

»Ja, wir sind noch für zwei Wochen hier.«

»Der nächste Kurs findet in ein paar Tagen statt, und es gibt noch einen freien Platz für ein Kind.«

»Echt? Oh, Oma, darf ich das machen?« Das Mädchen klammerte sich an den Arm seiner Oma und hüpfte aufgeregt.

»Was soll ich da sagen? Auf jeden Fall! Dann kannst du mir in Zukunft ja selbst Bonbons zaubern, wie toll!« Sie lachte. »Darf ich auch mitmachen?«

Überrascht schaute ich sie an. »Also, in der Tat sind die Kurse auf Kinder ausgelegt. Aber wenn Sie gerne dabei sein wollen, ist das auch kein Problem«, antwortete ich.

Sie winkte ab. »Das war doch ein Scherz! Ich spaziere in der Zeit durch dieses zauberhafte Örtchen und gönne mir einen Kuchen im *Friesenstübchen*. Und wenn Sie mal Senioren-Kurse anbieten, sagen Sie mir unbedingt Bescheid. Dann komme ich mit meinen Mädels vorbei. Da haben wir dann endlich mal einen richtig offiziellen Grund für einen Trip nach Sylt.« Wieder erklang ihr Lachen, und ich stimmte ein.

»Dann verrat mir doch mal deinen Namen, und ich trage dich ein.«

»Alina«, sagte das Mädchen, und ich notierte den Namen sowie eine Telefonnummer der Oma.

»Wir freuen uns auf dich.«

»Also, such dir was Schönes aus, und wir bezahlen«, forderte die Oma ihre Enkelin auf. »Jetzt kommst du ja noch mal wieder, dann wirst du sicher weitere Naschis kosten können.«

Es machte mir immer wieder Freude zu sehen, welche glücklichen Gesichter der Besuch unseres *Zuckerhüs* hinterließ, und einmal mehr bestätigte mir der Tag in der Bonbonmanufaktur, welch großes Glück ich hatte, hier arbeiten zu dürfen.

10

Insa

»Hallo, Cleo. Was kann ich für dich tun?«, begrüßte ich unsere Hochzeitsplanerin am Telefon, bevor ich mich auf den Weg zu meinem ersten Termin machte.

»Hey, Insa. Ich wollte nur kurz was erzählen. Ich war heute in einem Büchercafé in Kampen, in dem ganz besondere Kekse angeboten werden«, berichtete Cleo. »Man kann sie individualisieren lassen, und sie zaubern sogar Gebäck am Stiel, sodass es aussieht wie ein Lolli, aber ein Keks ist. Das wollte ich mir mal anschauen und vielleicht mit aufnehmen in das Portfolio meines Angebots. Das Café hat parallel einen Onlineshop für derlei Gebäck. Superindividuell und eine so niedliche Präsentidee.«

»Das klingt toll. Das Büchercafé kenne ich. Es wäre, läge Linneas schönes *Friesenstübchen* nicht direkt um die Ecke, meine nächste Wahl für Hochzeitstorte und Co. gewesen. Die Kekse von dort habe ich aber in der Tat noch nicht probiert.«

»Das Team ist sehr freundlich, und die Kekse schmecken köstlich. Das mit den Lollis ist so eine süße Idee. Das würde doch auch wunderbar zur *Zuckerhüs*-Familie passen. Deshalb rufe ich an. Wollen wir das nicht gleich mal als kleine Überraschung für Marla einplanen?«

»Sehr gerne! Die Inhaberin Anni ist eine Freundin von Marla. Sie wird auch zu unserer Hochzeit kommen.«

»Ach toll, dann habe ich ja schon einen offiziellen Grund, um mal wieder dort vorbeizuschauen. Es ist wirklich ein großartiges Konzept und so gemütlich«, schwärmte Cleo. »Ganz sicher war ich nicht zum letzten Mal dort. Ich denke, ich habe in Annilen, der Betreiberin, eine neue Kooperationspartnerin für die Agentur gefunden.«

»Hey super! Weltklasse, wie du hier so eifrig dein Netzwerk für deine Selbstständigkeit spinnst. Ich weiß, wie herausfordernd das ist, gerade am Anfang. Aber wenn man sich einen Namen gemacht hat, läuft hier vieles über Mund-zu-Mund-Propaganda. Das ist dann ein echter Lohn für all die Mühen.«

»Darauf hoffe ich. Danke, dass ihr mich so unterstützt. Was anderes: Mein Chef aus dem Hotel erzählte, dass er mit einer Kindergruppe der Gäste einen Surfkurs veranstaltet. Dieser findet wohl nachmittags in der Surfschule deines Verlobten statt. Er sagt, seitens des Hotels wird immer eine Betreuung mitgeschickt.« Eine Pause entstand. »Mein Chef hat mich gefragt, ob ich das übernehmen könnte. Allerdings habe ich da Bedenken, weil Linus dann ja wieder zu Hause ist. Ich will ihn nicht allein lassen, habe aber auch ein schlechtes Gewissen, wenn ich ihn ständig Marla und Alva aufs Auge drücke.«

»Das verstehe ich.«

»Du kennst Thore doch gut. Meinst du, es wäre möglich, die Betreuung von Linus mit dem Job insofern zu vereinen, als dass ich ihn einfach mitbringe?«

»Ach so. Klar! Was für eine gute Idee.«

»Weil das ja bisher noch nicht so klappte mit dem Treffen von Linus und Emma und dem Hineinschnuppern in eine Surfstunde, könnte das vielleicht doppelt gut passen. Ich wollte längst bei

Thore vorbeischauen, hatte aber einfach zu viel um die Ohren mit den zwei Jobs.«

»Das klingt super. Wenn du über deinen Job die Gruppe übernimmst, könnte Linus sich einfach parallel mit Emma beschäftigen. So wäre es ein ganz entspanntes Kennenlernen, und du hättest keine Betreuungsprobleme.«

Eine Pause entstand, und ich hatte den Eindruck, Cleo war noch unsicher. Vielleicht war so eine trubelige Runde nichts für den schüchternen Jungen.

»Linus tut sich leider nur so schwer mit fremden Leuten. Kindergruppen bereiten ihm oft zunächst Stress, dann der Gedanke an einen Surfkurs, was etwas vollkommen Neues für ihn wäre. Außerdem könnte es ja sein, dass das mit Emma auch nicht klappt und er allergisch reagiert. Die Enttäuschung wäre unendlich, und ich könnte mich nicht auf ihn konzentrieren, weil ich mich um die Hotelkinder kümmern muss. Das ist so ein bisschen der Haken daran.« Cleos Stimme klang nachdenklich. »Aber vielleicht müssen wir es einfach ausprobieren.«

»Das würde ich auch sagen. Mit Thore kannst du immer reden. Und wenn das wirklich nicht klappt mit Emma und Linus, bin ich mir ganz sicher, dass Alva und Levke jederzeit für Linus da sind. Da brauchst du kein schlechtes Gewissen zu haben, und dann musst du vor allem deinen Chef nicht enttäuschen.«

»Danke, Insa. Ich werde auch noch mal mit Marla sprechen, ob ich Levke und Alva als Back-up einplanen darf, falls es schiefgeht. Bis bald.«

Wir legten auf, und ich konzentrierte mich auf meinen Termin. Ich hatte ein Haus in Keitum übernommen, welches sich gerade im Ausbau befand. Die Eigentümer hatten jemanden engagiert, der die Bauaufsicht hatte, wofür ich sehr dankbar war. Ich kümmerte mich derweil aber schon darum, dass die Gärtner all die Wünsche umsetzten, die die Eigentümer hatten.

Das Anwesen lag in der Straße, die auf die Kirche St. Severin zuführte. Wenn nach meinem Termin mit dem Gärtner noch Zeit blieb, würde ich kurz an der Kirche halt- und einen Spaziergang über den Friedhof machen. Auch wenn ich nicht gläubig im eigentlichen Sinne war, so glaubte ich dennoch an eine höhere Macht, die alles lenkte. Und eine Kirche, speziell St. Severin, als Ort der absoluten Ruhe und Stille, erdete mich oftmals auf eine einmalige Weise. Der Moment, durch die schwere Holztür einzutreten, wo man im Vorraum zur Kirche von brennenden Kerzen empfangen wurde, die an Menschen erinnerten, die nicht mehr am Leben waren, bewegte mich jedes Mal. Hierhin hatte ich Sylta hin und wieder begleitet, weil ihr Mann hier anonym bestattet worden war. Deshalb und weil ich die Stille und Besinnlichkeit auf dem Friedhof genoss, mochte ich diesen Ort.

Ich kam zeitgleich mit dem Garten- und Landschaftsbauer vor dem Haus an.

»Moin«, begrüßte mich der tiefbraun gebrannte Typ, der ganz offensichtlich viel Nordseesonne getankt hatte.

»Moin. Wir kennen uns, glaube ich, noch von keinem anderen Objekt, oder?«, fragte ich, und der Typ schüttelte lächelnd den Kopf. »Nein, daran könnte ich mich erinnern.« Der Blick aus seinen hellblauen Augen, die einen besonders starken Kontrast zu seinem sonnenverwöhnten Teint bildeten, war ein wenig zu eindringlich. Um diese Situation zu beenden, wich ich seinem Blick aus und ging an ihm vorbei zur weißen Gartenpforte.

»Ich bin neu hier auf Sylt, daher können wir uns nicht kennen«, klärte er mich auf. Der Typ war stehen geblieben und schaute mit verschränkten Armen das Haus an. »Schon nicht schlecht der Schuppen, oder?«

»Das Haus ist ein Traum«, sagte ich und blickte ebenso über das Anwesen.

»Hält man das aus, sich hier tagein, tagaus in diesem Luxus zu bewegen, ohne wirklich ein Teil davon zu sein?«

»Also ich halte es aus«, erklärte ich.

»Cool, haben Sie da einen Tipp für mich?«

»Mir gelingt das, indem ich visualisiere.«

»Aha.« Verblüfft schaute er mich an.

»Nun, ich sehe hier keine ›Schuppen‹, sondern sehr viel Schönheit und Inspiration für mein eigenes Leben. Es hilft mir, diese Bilder fest in meinem Innern zu verankern und zu manifestieren.« Ich spürte, wie der Mann, der bis eben eher nicht den Eindruck gemacht hatte, tiefsinnige Gespräche führen zu wollen, verunsichert wirkte.

»Und, hat davon schon was geklappt?«

»Ja. Und an anderem arbeite ich noch.« Ich lief weiter und trat um das Haus in den Garten.

Wieder dauerte es, bis der Typ hinterherkam, und als ich mich umdrehte, schaffte er es doch tatsächlich, mich zum Lachen zu bringen.

Er saß auf dem Rasen, die Beine im Schneidersitz, die Hände auf den Knien, wie zur Meditation geformt, die Augen geschlossen.

»Alles in Ordnung?« Ich konnte mir ein Lachen nicht verkneifen.

»Pscht!« Er hatte die Augen weiterhin geschlossen, grinste aber breit.

Amüsiert betrachtete ich ihn, bis er plötzlich die Augen aufriss und aufsprang. Ich erschrak beinahe zu Tode und hielt mir die Brust. »Meine Güte! Was machen Sie denn? Mir ist beinahe das Herz stehen geblieben.«

»Ja?« Er trat vor mich, einen Schritt zu dicht, und ich wich zurück. »Können Sie mir das nicht beibringen?«

»Was, wie einem das Herz stehen bleibt?«, konterte ich.

»Das Visualisieren natürlich«, konkretisierte er seine Frage.

»Ich würde sagen, Sie schauen sich jetzt erst einmal um. Dann gebe ich Ihnen die Pläne, und Sie überlegen, was sich umsetzen lässt und in welchem finanziellen Rahmen wir uns dabei bewegen. Das sollten wir heute hinbekommen und dann erst einmal alles besprochen haben, was für den Anfang wichtig ist«, ging ich über seine Frage hinweg.

»Meinen Sie?« Ich wurde das Gefühl nicht los, dass er es bewusst darauf anlegte, in einer gewissen Zweideutigkeit zu sprechen. »Wenn Sie jetzt nicht ausreichend Zeit haben, könnte ich auch anbieten, für heute Abend einen Tisch in einem Restaurant zu reservieren. Ich würde gerne mehr darüber erfahren, was ich mit Visualisierung erreichen kann.«

Kurz war ich irritiert von dieser so offensiven Einladung, fand aber schnell wieder zu meiner Souveränität zurück. »Es macht mir nicht den Eindruck, als besäßen Sie das nötige Feingefühl für Themen dieser Art. Ich höre da einen spöttischen Unterton heraus, der Erfolge durch Achtsamkeit grundsätzlich leider ausschließt.« Ich deutete über die weitläufige Rasenfläche. »Wenn es Ihnen lieber ist, kann ich Ihnen die Pläne auch mailen. Sie können sich hier gern umschauen, solange Sie wollen, Ihr Bereich liegt ja hier im Freien. Damit verabschiede ich mich zu meinem nächsten Termin, und wir sehen uns dann bei der Nachbesprechung.« Ich hatte wirklich kein Interesse, mit ihm zu flirten. Also machte ich kehrt und ging mit energischen Schritten wieder zu meinem Auto.

»Sorry. Es war nicht meine Absicht, Sie zu verärgern«, rief er mir hinterher.

»Wie gesagt, Feingefühl«, antwortete ich kurz. Solche Männer konnte man nur rigoros in ihre Schranken weisen, damit sie verstanden. Ich war froh, als ich in meinem Auto saß und Gas geben konnte. Hoffentlich war er professionell genug, mir ein anständiges Angebot für die Kunden zu unterbreiten, ansonsten würde ich mich gezwungen sehen, meine Auftraggeber zu informieren, dass eine Zusammenarbeit zwischen mir und dieser Gartenbaufirma undenkbar war.

So unangenehm die Situation auch gewesen war, sie hatte mich dazu gebracht, wieder über das Thema Visualisierung nachzudenken und darüber, dass ich das schon tat, seit ich mich hier auf der Insel mit dem Beruf des Housekeepings selbstständig gemacht hatte. Menschen wie er taten das ab als eine Art »Hokuspokus«, dabei war die Visualisierung ein in der Psychologie nachgewiesenes Medium, um die Motivation gezielt zu lenken und Erfolge realisierbar zu machen.

Häuser zu visualisieren, die meinen Träumen entsprachen, war ein Leichtes, weil ich sie nahezu jeden Tag besuchte. Sich abzugrenzen von dem Wunsch, auch in einem solchen Prachtanwesen zu leben, und dennoch keinen Neid zu empfinden, war eine Herausforderung, die mir gut glückte. Es war nicht der Luxus, den ich mir wünschte, sondern die vielen persönlichen Kleinigkeiten, die diese Anwesen für mich zu etwas Besonderem und Erstrebenswertem machten.

Dennoch hielt ich daran fest, dass es mich irgendwann zu meiner Traum-Wohnumgebung führen würde, wenn ich ein klares Bild davon hatte und wusste, was genau ich mir vorstellte.

Außerdem hatte mich das Aufeinandertreffen mit dem Gärtner an eine Idee erinnert, die ich schon länger mit mir herumtrug. Auch wenn *sein* Interesse nur das Mittel für eine plumpe Anmache gewesen war, Cleo hatte ihres ernst gemeint, und sie würde nicht die Einzige sein. Deshalb hatte ich mir überlegt, wie es wäre, Ferienwohnungen anzubieten, die ganz im Sinne der Achtsamkeit eingerichtet und ausgestattet waren.

Ich könnte mir auch vorstellen, ergänzend kleine Übungseinheiten anzubieten oder Kooperationen mit Achtsamkeitscoaches für umfangreichere Kurse. Das würde meinen Ferienunterkünften ein zusätzliches Alleinstellungsmerkmal beschaffen und sie attraktiver machen.

Nicht zuletzt das Wirken von Sylta hatte mich darin bestärkt, über so etwas nachzudenken. Sicher fand man das in den großen Hotels bereits. Ich dachte mir jedoch, dass gerade das individuelle, kleine Feriendomizil mit familiärer Atmosphäre diesen Spirit noch so viel besser verkörpern und transportieren konnte. Ich könnte Menschen auf ihrem Weg zu mehr Achtsamkeit und bewusstem Einlassen auf die eigenen Gedanken und Wahrnehmungen an die Hand nehmen, eingebettet in eine entsprechend passende Wohnumgebung. So konnte ich ein Rundum-sorglos-Paket in Sachen Achtsamkeit schaffen. Aber noch waren das Illusionen und Träume, zu denen mir leider das ein oder andere Milliönchen fehlte. Es blieb mir also nichts übrig, als weiterhin intensiv und aktiv zu visualisieren.

Dank meines vorzeitigen Aufbruchs vom Termin mit dem Gärtner hatte ich jetzt einen Zeitpuffer und entschied kurzerhand, doch nicht auf den Friedhof zu gehen, sondern Thore einen Besuch abzustatten.

Ich parkte mein Auto am Hafen und lief weiter zur Surfschule. Sie war so versteckt gelegen in einer kleinen Bucht mit Sandstrand und viel Grün davor, dass man kaum zufällig hier vorbeikam, was immer für eine angenehme Ruhe an diesem Ort sorgte. Umso erstaunter war ich, als ich Cleo und Linus ebenfalls am Strand entdeckte. Ich freute mich darüber, sie hier zu sehen. Dann hatte sie heute wohl doch schon einen freien Augenblick gefunden, um mit

Thore zu reden und es Linus zu ermöglichen, sich mit Emma zu beschnuppern.

Als sie jedoch die Richtung änderten und nicht länger auf die Surfschule zusteuerten, war ich irritiert. Bis ich erkannte, dass Thore telefonierte.

Wahrscheinlich hatte auch Cleo das erkannt. Es würde zu ihr passen, dass sie nicht stören oder gar aufdringlich wirken wollte. Wenige Sekunden später hörte ich jedoch, wie Linus aufgebracht etwas rief. Die Beschimpfungen galten seiner Mutter, von der er eben gerade weglief, direkt in meine Richtung. Vor lauter Wut sah er mich gar nicht und lief mich beinahe über den Haufen. Kurz strauchelte er vor Schreck.

»Hey, alles gut?«, fragte ich mit sanfter Stimme, und der Junge schaute zu mir auf. Seine Miene war finster. Er trat wütend mit der Fußspitze ein wenig Sand in die Luft und warf einen vernichtenden Blick über seine Schulter zu seiner Mutter, die uns jetzt auch erreichte.

»Oh, hallo, Insa«, sagte sie. »Entschuldige, für gewöhnlich ist mein Sohn höflicher.« Ich hatte den Eindruck, dass sie ernsthaft aufgebracht war. Ich deutete auf Linus, der wutschnaubend weitergestapft war. »Er lief mir beinahe in die Arme.« Hilflos schaute ich ihm hinterher. »Ich wollte ihn auch nicht plump anquatschen, sorry.«

»Alles gut. Er ist sauer auf mich.« Cleo rollte die Augen.

»Oh nein! Dann ist jetzt wohl eher nicht der richtige Zeitpunkt für einen kurzen Besuch bei Thore und Emma? Ich bin spontan hier, und die Surfschule liegt gleich da vorne. Vielleicht hebt das die Laune wieder?«

Cleo starrte auf den Boden. »Danke, nein. Ich glaube, das ist gerade keine gute Idee. Durch unseren Streit sind wir schon ein bisschen spät dran. Wir müssen nach Hause, weil ich gleich noch einen wichtigen Videocall hab. Linus hätte sich sicher gefreut. Aber wenn er sich ständig eher abholen lässt aus der Schule und es dann auch noch mit so viel Wut verbunden ist, wenn ich Vorschläge mache, muss er halt dann auch hin und wieder nach meinen Terminen leben.« Cleo presste die Lippen aufeinander. Ihre Aussage ging eher in Linus' Richtung als in meine. »Bis bald, Insa.«

»Alles klar. Bis bald, Cleo.« Sie lief weiter, und ich schaute ihr noch hinterher. Cleo wirkte auf mich, als sei sie echt neben der Spur. Sie hatte Linus bald eingeholt, obwohl der Junge sich weiterhin um Abstand zu seiner Mutter bemühte. Er war richtig sauer, das war deutlich zu erkennen.

Ich bedauerte, dass er Emma nicht hatte treffen können. Weil gerade offenbar kein Kurs stattfand, wäre das für Linus möglicherweise genau der richtige Zeitpunkt gewesen. Aber Cleos finstere Miene hatte mir jeden Vorschlag untersagt, und wenn sie gerade keine Zeit hatte, durfte ich mich da auch nicht einmischen.

Ich lief zur Surfschule, als Emma mich entdeckte und sich vor Freude kaum noch halten ließ. Sie war an einer langen Leine angebunden, deren Radius sie in diesem Moment voll ausnutzte, um mir entgegenzukommen. Zum Schutze der hier brütenden Vögel lief sie um diese Jahreszeit nicht frei herum.

»Hey, Insa«, sagte Thore, der gerade ein Segel ablegte und der aufgeregt umherhüpfenden Emma den Rücken tätschelte.

»Hallo, mein Schatz. Es hat sich bei mir gerade eine Lücke ergeben, und da dachte ich, ich schaue mal vorbei.«

»Ich freue mich.« Thore trat auf mich zu. In seinen orangefarbenen Shorts mit dem weißen Poloshirt über braun gebrannter Haut sah er wirklich sommerlich gut aus. Mein Herz machte einen kleinen Hüpfer, wie so oft, wenn ich ihn sah. Es war ein tolles

Gefühl, dass das noch so war, so lange, wie wir uns mittlerweile kannten.

Wir küssten uns zur Begrüßung. »Ich bin gerade noch Cleo mit ihrem Sohn begegnet. Leider hatte sie keine Zeit, mit hierherzukommen.« Ich zuckte die Schultern. Thore schaute in die Richtung, aus der ich gekommen war.

»Die Frau da eben?«, fragte er. »Ich habe sie nur von Weitem gesehen. Sah aus, als ob sie und ihr Kind streiten.«

»Ja, hab ich auch mitbekommen. Sie erkundigte sich vorhin übrigens bei mir, ob ich denke, dass sie Linus mit hierhernehmen kann, sollte sie die Betreuung für den Kindersurfkurs übernehmen. Ihr Chef hat sie gefragt, ob sie dazu bereit wäre, obwohl es außerhalb ihrer üblichen Arbeitszeiten liegt. Sie hat jedoch niemanden, der sich um ihren Sohn kümmern kann. Ich hab ihr gesagt, dass sie Linus gerne mitbringen könnte, wenn sie den Kurs betreut. Aber ich weiß nicht, ob sie zusagen wird.«

»Hm. Schade. Das würde ja super passen, und klar kann sie ihn mitbringen. Hat sie denn gesagt, warum sie noch zweifelt?«

»Sie ist sich unsicher mit Linus. Er ist so schüchtern, und in einer Gruppe fällt es ihm noch schwerer, sich zu öffnen. Und sie will sich wirklich nur für Linus Zeit nehmen, wenn er Emma kennenlernt. Sie befürchtet, dass sie das nicht leisten kann, wenn sie gleichzeitig auf die Hotelkinder aufpassen muss. Und sie will einfach keine Umstände machen.«

»Okay.« Fragend schaute Thore über den Strand. »Aber sie macht doch keine Umstände. Selbst wenn der Kleine erst mal Angst hat oder unsicher ist. Erstens bin ich mir sehr sicher, dass Linus' Schüchternheit sofort von Emma relativiert wird und er sich bei uns bestimmt wohlfühlt. Zweitens hab ich, glaube ich, einen ganz guten Draht zu Kindern. Aber sie kennt ihren Sohn besser. Sie wird vorbeikommen, wenn die beiden so weit sind. Heute passte es offenbar gar nicht.«

»Ja, ich weiß. Ich hatte nur gedacht, es wäre eben der perfekte Zeitpunkt gewesen, wo es hier gerade so ruhig ist.« Ich hob die Schultern und ließ sie langsam wieder sinken. »Aber es muss ja auch Cleo passen, und wenn dank des Streits sowieso gerade schlechte Stimmung war …«, fuhr ich fort.

11

Marla

»Bis später, mein Schatz«, verabschiedete sich Peer von mir, der Levke heute zur Schule brachte.

»Wollen wir uns mittags auf eine Kleinigkeit am Hafen treffen? Aktuell steht da wohl auch der Eiswagen von Greta und Konrad, dann können wir nach einem Snack noch ein Eis essen.«

»Super Idee. Levke isst ja auf dem Ausflug was und kommt erst später.«

Der Vormittag verging wie im Flug, und ich freute mich, als Peer vorfuhr, um mich abzuholen und weiter gen Munkmarsch zu fahren.

Weil wir am Hafen zum Mittag keinen Platz mehr bekommen hatten, hatten wir beim Bäcker haltgemacht und uns schnell ein belegtes Brötchen geholt. Umso mehr freuten wir uns jetzt auf das Eis am Eiswagen.

Zu meinem Erstaunen trafen wir dort Insa.

»Hey, Insa! Du hier?«, fragte ich verwundert, weil meine Freundin eigentlich kein Eis mochte. »Oh, hallo, ihr Lieben. Stimmt. Obwohl ich ja eigentlich nie Eis esse, stand mir heute plötzlich der Sinn danach, Thore will auch vorbeischauen, sobald er Zeit hat.«

»Dann passt das doch ganz wunderbar.«

»Sollte so sein, ja. Habt ihr Cleo noch getroffen?«

Ich schüttelte den Kopf. »Nein.«

»Sie war eben auch noch hier«, erklärte Insa. »Kurz war ich bei Thore, wo sich gerade Hannes mit einem Eis in der Hand verabschiedete und auf den Heimweg machte. Er erzählte mir, dass der Eiswagen neue Sorten anbietet. Ich wollte mir mal ein Bild machen, was es so gibt, da sah ich, dass Cleo auch gerade auf den Eiswagen zulief. Diesmal ohne Linus. Ich hatte sie gestern schon gemeinsam hier getroffen.«

»Ja, der ist noch in der Schule. Sie machen heute einen Ausflug.«

»Ach so. Verstehe. Darüber haben wir gar nicht gesprochen. Sie sagte nur, sie habe im Hotel gearbeitet und etwas früher Schluss. Na ja, jedenfalls hab ich ihr erzählt, dass Thore und ich uns hier gleich treffen, und sie gefragt, ob sie nicht dazustoßen will, auch wenn Linus fehlt. Aber so hätte sie auch euch Männer mal kennenlernen können.«

»Aber offenbar wollte sie nicht?«

»Nee, sie hat direkt abgelehnt.«

»Okay. Vielleicht passte es ihr einfach zeitlich nicht und sie musste los?«

»Möglich. Sie hat das Eis dann im Weggehen gegessen. Ich will das ja auch nicht überbewerten. Fand es nur schade. Aber was positiv ist: Sie will die Kinderbetreuung doch machen. Levke hat offenbar Linus heute Morgen vor dem Schultor schon berichtet, dass sie auch da sein wird, und sie hat ihm so sehr von Emma vorgeschwärmt, dass es nun auch für ihn kein Halten mehr gibt. Mit ihrem Chef hat Cleo das wohl auch schon besprochen.«

»Ach, schau an. Prima«, sagte ich. »Das freut mich. Cleo rief mich nämlich an, um zu fragen, ob Linus, falls das mit Emma und ihm nicht klappt, während Cleo den Kurs betreut, auch bei Levke und Alva bleiben könnte. Levke hat sofort angeboten, dass sie einfach mitkommt zum Kurs, und wenn's nicht funktioniert wegen der Allergie, bleiben sie zusammen bei Alva.«

»Ja, immerhin ist das doch erfreulich«, stellte Insa fest, wirkte aber nachdenklich. »Ich hoffe, er hat Spaß Spaß mit Emma und sie sorgt für keinerlei allergische Reaktionen. Vielleicht schmälert das sein Heimweh. Dann kann Cleo sich auch ein wenig entspannen.«

»Klar, das wird toll. Levke, die kleine Supermaus, hat alles im Griff. Das weiß ich jetzt schon«, sagte ich, warf einen stolzen Seitenblick auf Peer und strich über seinen Rücken. »Bei dem Papa kein Wunder. Der hat mich auch immer getröstet, wenn ich mal Heimweh hatte.«

Er lächelte, zog meine Hand zu sich und gab mir einen Kuss darauf.

»Was darf es denn sein für euch?«, fragte Peer. »Oder wollt ihr noch auf Thore warten?«

»Ach, ich würde mir schon eine Kugel *Vanilletraum* gönnen. Du auch, Marla?«

»Ich bin heute Team *Syltrosenzauber*. Der Name klingt so schön. Das muss ich testen.«

Peer bestellte uns bei Greta das Eis und dazu jeweils einen Cappuccino. Wir setzten uns in die Sonnenliegen, die unweit des Wagens aufgebaut waren.

Die Sonne schien angenehm warm vom Himmel, und es ging nur ein leichter Wind. Es war das perfekte Wetter, um es sich draußen gut gehen zu lassen.

Thore kam in diesem Moment auch um die Ecke. »Hey, ihr seid schon alle da. Sorry, hatte mich noch verquatscht. Eine Interessentin für einen Surfkurs war noch bei mir, da musste ich kurz alles erklären.« Er zuckte die Schultern.

Kurz darauf kam ein Bekannter vorbei und verwickelte die Männer in ein Gespräch über Boote, woraufhin sie sich auf den Weg zu seinem Schmuckstück machten, um alles ganz genau in Augenschein zu nehmen.

Insa wirkte auf mich ungewohnt angespannt. Also nutzte ich die Zeit, wo wir allein waren.

»Ist alles in Ordnung, Insa?«

»Ja, schon. Ich grüble einfach darüber nach, warum Cleo so komisch ist. Thore hat ja recht. Es ist ihre Sache, wie sie für Linus entscheidet, und es geht uns nichts an. Aber ihr Verhalten, vor allem vorhin, war echt merkwürdig. Du hättest das sehen sollen. Ich bin mir sicher, dir wäre genauso aufgefallen, dass ihr Blick regelrecht erschrocken war, als sie mich sah. Wie ertappt.«

»Meinst du? Das kann ich mir kaum vorstellen.«

»Ich glaube ja, ich sollte gerade zu der Sekunde genau vor dem Eiswagen sein. Vielleicht, damit ich sie treffe.«

»Aha. Dein Feingefühl und der Glaube daran, dass es keine Zufälle gibt, in Ehren. Aber warum? Um sie zu ertappen? Wobei?« Ich konnte mir ein Grinsen nicht verkneifen. »Also, nicht böse gemeint, aber warum sollte sie dir über den Weg laufen? Ihr seht euch doch zur Planung der Hochzeit sowieso immerzu? Oder meinst du wegen der Kinderbetreuungssache? Das Gespräch dazu verlief ja ganz positiv.«

»Stimmt. Ja, deshalb vielleicht auch. Vielleicht sollte ich aber auch die Augen geöffnet bekommen.«

»Sorry, aber ich verstehe nichts mehr«, gestand ich.

»Warum ist sie so häufig hier in der Nähe der Surfschule? Wäre es wegen Linus, der sich aus der Ferne mal Emma anschauen sollte, okay. Aber das kann es ja heute nicht gewesen sein.«

»Nun, sie arbeitet ja hier.«

»Schon, aber das ist es nicht.«

Irritiert schaute ich Insa an. »Sondern?«

»Als wir sie gefragt haben, ob sie Thore in der Surfschule besuchen will, war sie zum ersten Mal so komisch. Erst kam ständig was dazwischen, weshalb es nicht passte. Dann sehe ich sie hier, in der Nähe von Thore, mit Linus und heute noch mal. Und sobald ich vorschlage, ihr Thore vorzustellen, nimmt sie Reißaus. Als ob ich sie störe.«

Entsetzt starrte ich Insa an. »Du meinst, dass Cleo sich so abweisend verhält, hat gar nicht unbedingt mit Linus' Schüchternheit zu tun, sondern mit dir in Kombination mit Thore? Aber warum? Mit Thore kann das doch kaum zu tun haben. Sie haben sich doch noch nie gesehen. Oder meinst du, die beiden kennen sich?«

Insa schaute mich mit leerem Blick an. »Wenn ich das wüsste.«

»Hast du Thore denn mal darauf angesprochen?«

Insa schüttelte den Kopf. »Nein, noch nicht. Die Idee kam mir gerade erst, als Thore meinte, er hätte noch etwas mit einer Kundin besprochen. Bisher hat er auch auf den Namen Cleo noch nicht reagiert. Vielleicht hat sie sich auch aus der Ferne spontan in Thore verliebt, ohne ihm je richtig begegnet zu sein«, überlegte Insa weiter.

»Hm. Passieren kann das natürlich. Wobei ich das echt abwegig finde. So oberflächlich erscheint mir Cleo nun wirklich nicht, dass sie sich rein vom Sehen in einen Mann verliebt. Außerdem weiß sie doch, dass sie seine Hochzeit organisiert.«

»Ich weiß es doch auch nicht, aber ich kann das Gefühl nicht abstellen, dass es zwischen den beiden eine Verbindung gibt.« Insa wirkte ganz verzweifelt.

»Dann musst du unbedingt mit Thore darüber sprechen. Und

wenn er sie nicht kennt, müssten wir versuchen, abzuklopfen, warum sie womöglich auf ihn so reagiert.« Nachdenklich blickte ich zu den Männern hinüber. »Ich muss zugeben, dass ich diesen Bogen nie hergestellt hätte. Aber meine Erfahrung hat mir gezeigt, dass dein Gefühl dich meist nicht trügt. Vor diesem Wissen macht mich deine Vermutung nun auch ein wenig nervös.«

»Sollte sie sich in meinen zukünftigen Mann verliebt haben, wäre das natürlich ein eher ungünstiges Vorzeichen für eine Hochzeit, die sie plant und betreut.« Insa sog tief Luft ein und seufzte. »Aber auch wenn mein Ehemann in spe mir verschweigt, dass er sie kennt, würde mich das nicht unbedingt glücklich stimmen. Ich versuche, das mal herauszubekommen«, erklärte Insa, als auch unsere Männer wieder an den Tisch kamen.

»Wir müssen uns mal wieder auf den Weg nach Keitum machen«, sagte ich mit Blick auf meine Uhr. »Das *Zuckerhüs* öffnet gleich. Da will ich nicht zu spät kommen.«

»Bis bald, meine Liebe«, sagte Insa und umarmte mich. »Danke fürs Quatschen.« Ich nickte und strich ihr über die Wange.

»Auf bald, Insa. Mach's gut, Thore«, verabschiedete sich auch Peer von den beiden, und wir stiegen ins Auto.

Während der Fahrt ließ ich mir durch den Kopf gehen, was Insa vermutete. Meine Gedanken fuhren Achterbahn. Ich wusste nicht, was ich denken sollte. Nervös drehte ich eine Haarsträhne zwischen den Fingern. Dann spürte ich Peers Hand auf meinem Bein, und weil ich so gedankenverloren war, zuckte ich zusammen.

»Was ist los? Du wirkst so angespannt?«, fragte Peer besorgt.

»Ach, ich denke über Cleo nach und darüber, dass Insa sagt, dass sie so merkwürdig, ja fast abweisend auf sie wirkt. Ich hab die Erfahrung mit ihr noch nicht gemacht. Wenn wir zusammen sind, ist sie immer offen und nett.«

»Machst du dir dann nicht vielleicht umsonst einen Kopf? Oder Insa?«

Ich hob die Schultern und schaute auf die Straße vor uns.

»Du weißt, Insa hat ein unheimlich gutes Gespür für zwischenmenschliche Töne. Wenn was nicht stimmt, merkt sie das meistens. Ihre Gedanken dazu verunsichern auch mich ein wenig. Ich meine, es ist nicht irgendeine kleine Feier, die wir vertrauensvoll in die Hände dieser Frau legen. Es ist unsere Hochzeit. Hoffentlich einer der schönsten und wichtigsten Tage in unserem Leben.«

»Das wird er sein, Liebes«, versuchte Peer mich zu beruhigen. »Das spüre ich.« Zärtlich streichelte er mir über die Wange, griff nach meiner Hand und drückte sie sanft. Ich seufzte.

»Ich wünsche es mir von Herzen. Vielleicht deutet Insa ihre Gefühle ja auch falsch. Nach dem Motto: Es ist gerade alles so perfekt und traumhaft, da muss es ja irgendwo einen Haken geben.«

»Ich bin mir sehr sicher, dass Cleo ein feiner Mensch ist und auch ehrlich mit euch. Sie macht sich viele, viele Gedanken um ihren Sohn, was ich absolut nachvollziehen kann. Die Situation mit dem Neustart in eine Selbstständigkeit als Alleinerziehende ist herausfordernd. Wenn dann immerzu die Schule anruft und man parallel beruflich eingespannt ist, während man in der Familienzeit Wutausbrüche und schlechte Laune begleiten muss, ist es echt schwer. Auch emotional. Aus Papa-Sicht fühle ich da mit ihr. Dass sie gerade ein wenig angespannt ist, würde ich nicht allzu sehr auf euch beziehen«, riet Peer.

12

Insa

»Hast du noch ein paar Minuten, oder musst du schon in die Surf-schule zurück?«, fragte ich Thore, als Marla und Peer gegangen waren.

»Ein wenig Zeit bleibt mir noch. Wollen wir ein paar Schritte am Wasser entlanglaufen?«

»Gerne. Ich hab auch noch ein wenig Luft bis zum nächsten Termin.«

Wir gingen in Richtung des Hafens, vorbei an dem luxuriösen Hotel in einmaliger Wattlage, wo Cleo arbeitete, bis wir zum Sandstrand kamen, an dem wir an der Wasserkante entlangspazieren konnten. Hier kam man, wenn man weiterlief über die Lügenbrücke, auf direktem Wege nach Keitum. Aber dafür fehlte uns heute die Zeit.

Weitläufig lag die Landschaft am Wattenmeer vor uns. Von Kaninchenbauten durchlöcherte, flache Heidelandschaft rahmte den Strand ein. Gerade herrschte Flut, die das Meer in sanften Wellen an Land plätschern ließ und für eine gleichmäßig friedliche Geräuschkulisse sorgte.

»Wir haben ein großes Glück, dass wir in unserer Mittagspause spontan am Meer sein können. Das ist wirklich nicht selbstverständlich, und man muss sich das hin und wieder mal vor Augen führen«, sagte Thore, schloss die Augen und blieb einen Moment stehen. Er hielt meine Hand und zog mich sanft an sich. »Und das Schönste ist, dass wir zusammen hier sind. Ich kann es manchmal noch immer kaum glauben.« Er schaute mich an mit seinen meerblauen Augen unter dem vom Wind und Salzwasser ganz zerzausten Haar, und ich versank sofort darin.

»Das stimmt.« Unsere Lippen trafen sich, und wir küssten uns. So viele Glücksgefühle, Geborgenheit und Vertrautheit, wie ich sie fühlte, wenn Thore und ich uns nahe waren, hatte ich nie zuvor in meinem Leben bei einem Menschen gespürt, und ich konnte es kaum erwarten, dass wir tatsächlich heiraten würden.

Als kleine Kinder hatten wir uns das schon überlegt und uns in schillernden Farben ausgemalt, wie unsere Hochzeit aussehen würde. Viele Jahre hatte ich mit einem wehmütigen Lächeln daran gedacht, wie wir auf einer Bank am Meer saßen und darüber sprachen, ob man auch am Strand heiraten könnte. Ich hatte auf die Kraft der Vorstellung vertraut, mir oft vorgestellt, wie es genau aussehen würde. Dass das nun wirklich wahr werden würde, war wie im Film und die schönste Bestätigung für meinen Weg der Affirmationen. Getrübt wurde meine Freude, als meine Gedanken zu Cleo zurückkehrten.

Wir liefen weiter, als ich mir ein Herz fasste und Thore ansprach.

»Thore, mir ist aufgefallen, dass Cleo oft so merkwürdig wird, wenn es in irgendeiner Form um dich geht.«

Thore blieb ruckartig stehen und starrte mich an. Er deutete mit fassungslos amüsiertem Blick auf sich.

»Wenn es um mich geht?« Seine Stimme klang hoch, und als ich nickte, schüttelte er den Kopf. »Dein Gespür in allen Ehren, liebe Insa. Aber da kann ich ganz klar sagen, dass ich das kaum glauben kann. Ich kenne sie ausschließlich aus deinen Erzählungen und wüsste nicht, warum ich eine solche Wirkung auf sie haben sollte.«

»Es kommt mir ja auch verrückt vor. Aber seit wir ihr die Sache mit dem Besuch bei dir und Emma vorgeschlagen haben, wirkt sie immer wieder, als wolle sie dieser Situation am Ende dann doch ausweichen. Sie findet die Idee klasse, aber nennt letztlich immer Gründe, warum es doch nicht geht. Und das, obwohl wir ihr ja auch bezüglich der Betreuung von Linus Hilfe angeboten haben. Damit kam sie ja sogar auf mich zu, und plötzlich ruderte sie erst mal wieder zurück.«

»Ja und? Vielleicht hat sie gedacht, dass es ihr eigentlich zu viel Verantwortung ist, mit den Kindern am und im Meer zu sein und dabei gleichzeitig auch noch auf ihr eigenes Kind achten zu müssen. Oder sie hat Bedenken, zu weit zu gehen, wenn sie ihrem Chef die Arbeit am Nachmittag zusagt. Das soll ja vermutlich nicht die Regel werden, und wie soll sie ihm erklären, dass es beim nächsten Mal vielleicht nicht möglich ist, wenn sie jetzt einmal zusagt. Und möglicherweise zieht sie sich deshalb zurück, weil ihr eure – sicherlich nett gemeinten, aber vielleicht dennoch übertriebenen und leicht übergriffigen – Bemühungen um das Wohl ihres Sohnes gegen den Strich gehen und sie sich in ihren Entscheidungen beeinflusst fühlt.«

»Meinst du nicht, das würde sie uns sagen?«

Thore hob die Schultern. »Versetz dich mal in sie hinein.«

»Wie meinst du das?«

»Nun, sie steht am Anfang eines beruflichen Neustarts, und ihr seid einer ihrer ersten Auftraggeber hier auf Sylt mit einer nicht unerheblichen Summe, die sie an euch verdient. Glaubst du, da fällt es ihr leicht, euch vor den Kopf zu stoßen und euch zu sagen, dass sie kein Interesse an euren Bemühungen hat? Ich bin mir sicher, sie weiß ganz genau, dass ihr es nur gut meint, und besonders dann kann es schwer sein abzulehnen. Ich kann schon verstehen, dass sie sich in einer Zwickmühle befindet.«

»Ach so. Ja, möglich ist das.«

»Ich finde wirklich, dass ihr es ein bisschen übertreibt. Nach allem, was du erzählt hast, hat sie bereits versucht, euch das durch die Blume zu sagen, indem sie zunächst nicht allzu euphorisch auf die Idee, mit Linus zu mir und Emma zu kommen, reagiert hat, sondern eher verhalten. Vor allem, als du sie spontan fragtest, ob sie nicht mit zu mir kommt, wenn sie doch hier gerade in der Nähe der Surfschule ist. Ich kann mir vorstellen, dass sie sich da überrumpelt fühlte. Vor allem mit dem sensiblen Jungen und heute, wenn wir hier in großer, vertrauter Runde sind.«

»Du könntest recht haben. So habe ich das noch gar nicht gesehen. Ich dachte, wir tun ihr einen Gefallen. Und Linus auch«, erklärte ich.

»Das weiß ich, und ich bin mir sicher, Cleo weiß es auch. Das ändert aber vielleicht nichts daran, dass sie ihre Entscheidungen aus persönlichen Gründen trifft, ganz egal, wie die aussehen mögen. Eins kann ich dir aber ganz sicher sagen: Sie haben nichts mit mir zu tun. Echt!« Mit nahezu empörtem Blick schüttelte er den Kopf und schaute mich an. Kurz fürchtete ich, er sei mir böse, aber da lächelte er schon wieder, legte den Arm um mich und gab mir einen Stirnkuss. »Meine Süße, du machst dir viel zu viele Gedanken, die dir offenbar nicht guttun«, stellte er fest. »Achte wieder mehr auf dein Bauchgefühl. Damit bist du doch sonst immer so gut gefahren.«

Da musste ich ihm recht geben. Sonst war es immer so, dass ich in mir ruhte und auf das Schicksal vertraute. Meistens war ich der eher deeskalierende Pol. Dass mich diese Gedanken rund um Cleo so sehr durcheinanderwirbelten, war mir auch neu. Das

Problem war, dass es ja gerade mein Bauchgefühl war, das mich diese Überlegungen anstellen ließ. Das sagte ich Thore aber lieber nicht, weil ich wusste, dass er da ein wenig anders tickte und sicher irgendwann ungeduldig werden würde, wenn ich immer weiter grübelte. Ich wollte mich nicht mit ihm streiten, sondern war vielmehr dankbar für seine besonnene Sichtweise auf die Dinge. Im Gehen lehnte ich den Kopf an seine Schulter.

»Was habe ich für einen tollen, klugen Mann.«

»Hast du daran etwa gezweifelt?«

»Nein. Im Gegenteil. Ist es nicht völlig normal, wenn man bei einem so gut aussehenden, intelligenten und weisen Freund hin und wieder Sorge hat, dass er die Konkurrenz womöglich auch ganz verrückt macht? Wer sagt mir denn, dass sie nicht vielleicht schon jahrelang in dich verliebt ist, und du hast es nur nie gecheckt, oder sie ist dir nie aufgefallen?«

»So etwas wäre mir sicher nicht entgangen, Insa, und ich denke, ich habe ein ganz gutes Gedächtnis, wem ich so begegne. Ich kenne keine Cleo.« Thore zog mich an sich, und wir blieben stehen. Er küsste mich, und dieser Kuss war Antwort genug. »Keine Sorge. Ich habe nur Augen für dich, Liebes«, beruhigte er mich.

»Eigentlich weiß ich das ja auch. Jedenfalls, dass das heute so ist.« Ich merkte selbst, wie wirr das klang. Fragend schaute Thore mich an. »Aber es hätte ja auch sein können, dass ihr euch von früher kennt und sie dich wiedererkannt hat. Sag mir nicht, du erinnerst dich an jedes Mädchen, das du mit deinem smarten Surfer-Boy-Auftreten um den Finger gewickelt hast.«

Thores Blick wurde noch verblüffter. »Oh nein! Jetzt tust du mir unrecht. Ich würde mich an ihren Namen erinnern. Er ist so markant. Den hätte ich mir gemerkt.«

»Stimmt. Ja, du hast schon recht. Es wird so sein, wie du

sagst. Ich hab mich da wohl ein wenig verrannt. Sowohl in die Geschichte, dass Cleos Reserviertheit was mit uns zu tun haben könnte, als auch darin, dass wir Linus und ihr einen Gefallen tun müssen. Wenn wir damit das Gegenteil erreichen, sollten wir wohl wirklich Abstand davon nehmen.«

Sanft küsste Thore mich, und ich war dankbar für diese Nähe.

Wir schlenderten an der Wasserkante, wo das Meer in seichten Wellen an Land plätscherte, wieder zurück zum Hafen. Thore ging zur Surfschule, während ich in meine Wohnung fuhr, um dort ein paar Büroarbeiten zu erledigen. Mit wieder viel leichterem Herzen fuhr ich nach Hause und war froh, meine Sorge ausgesprochen zu haben. So konnte ich beruhigter abwarten, wie es weitergehen würde, ohne dass ich mich in einsamem Schweigen hineinsteigerte in Eifersucht und Misstrauen. Wieder einmal schätzte ich meine Beziehung zu Thore und unsere Offenheit.

Marla schickte ich eine Sprachnachricht, um sie auf den neusten Stand zu bringen, und auch sie stimmte dem zu, was Thore geraten hatte. Wir waren beide gespannt, wie der morgige Tag verlaufen würde, an dem Cleo und Linus nachmittags zur Surfschule kommen wollten.

Als ich nach Hause kam, schob ich vor den Bürokram schnell noch eine Affirmations-Session ein, in der ich mich gedanklich voll auf das Bild unserer Hochzeit einließ. Ich schloss die Augen, konzentrierte mich auf meine Atmung und meinen Herzschlag und ließ wirken, wie es sich in meinem Körper und im Geiste anfühlte, diese Bilder und Wünsche zu sehen und zu formulieren. Mein Herz schlug rhythmisch und leicht, und alles fühlte sich gut an.

13

Marla

»Marla, guck mal. Ist das so richtig?« Linus schaute mich mit hochroten Wangen an und zeigte auf den Lolli, den er gerade gezaubert hatte. Türkis-weiß schlängelten sich die zuckrigen Stränge gleichmäßig umeinander. Die Masse hatten wir so lange über den Haken gezogen, dass sie ordentlich Luft erhalten und einen seidigen Schimmer bekommen hatte.

»Das sieht wunderbar aus! Ganz toll. Du bist ein echtes Naturtalent«, lobte ich den Jungen, dessen Augen stolz leuchteten.

»Den möchte ich Mama schenken«, erklärte er und schaute sein Werk andächtig an.

»Sie wird sich sehr freuen, Linus. Da bin ich mir ganz sicher.« Ich legte ihm die Hand auf den Rücken und wendete mich Levke zu.

»Wie weit bist du, Schatz?«, fragte ich Levke, die, mit der Zungenspitze zwischen den Lippen, den letzten Feinschliff an ihrer Lolli-Kreation tätigte.

»Gleich fertig!« Sie hatte einen herzförmigen Lolli angefertigt. Der Buchstabe »T« war darauf zu erkennen. »Den bringe ich Thore gleich mit«, erklärte sie.

»Eine liebe Idee.« Ich lächelte. Alva hatte den Kindern nach der Schule ein Essen zubereitet und danach mit ihnen die Lollis gemacht, um die Zeit bis zum Beginn des Surfkurses zu überbrücken.

Peer hatte sich bereit erklärt, die Kinder zu Thore zu fahren. So konnte ich weiter im Laden stehen. Wir hatten heute mit dem *Zuckerhüs* einige Lieferungen für die Hotels fertigzustellen, weshalb jede helfende Hand benötigt wurde.

In einem Hotel fand heute eine Veranstaltung zur Neueröffnung eines hausinternen Shops statt, in dem zukünftig auch unsere Produkte verkauft würden, zusammen mit denen der Kerzenmanufaktur *Dünenglanz* und einem kleinen Souvenirladen in Keitum mit dem klangvollen Namen *Zurück zum Glück*. Mir gefiel das Konzept. Das war ein guter Weg für uns, um unsere Leckereien zu zeigen und Kunden zu gewinnen, wenn ihnen unsere Süßigkeiten schmeckten und sie sich im Laden weitere Artikel aus unserem Sortiment anschauen wollten. Auch wenn ich nun schon einige Zeit hier auf Sylt war, so nutzte ich derlei Events gerne dafür, neue Kontakte zu knüpfen und andere Unternehmer, Insulaner und Urlauber kennenzulernen. Ich freute mich auf den Besuch dort.

Flora wollte im *Zuckerhüs* die Stellung halten, und ich würde mit Alva mit einem Blumenstrauß und warmen Wünschen für das Konzept im Hotel vorbeischauen.

Meine Gedanken gingen trotzdem immer wieder zu Cleo und der Frage, wie es mit dem Kurs laufen würde, als ich mit Alva im Auto saß.

Cleo war bereits im Hotel und startete von dort aus zu Fuß mit der Gruppe aus dem Hotel in Richtung Surfschule.

Insa wollte zwischendurch auch mal vorbeischauen. Sie hatte sich extra zwei ihrer Termine in die Nähe gelegt.

»Meinst du, Linus wird Freude haben mit Emma, Levke und

Co.?«, fragte ich Alva, die den Jungen ja auch schon gut kennengelernt hatte. Mittlerweile waren die Kinder so gut befreundet, dass es eine wahre Freude war, die beiden zusammen zu sehen. Sie lachten viel, versanken komplett in ihrer Spielwelt mit Holzpferd Ferdinand und geheimen Verstecken in Alvas zauberhaftem Garten. Ihr Spiel wurde nur unterbrochen, um zwischendurch eine Kleinigkeit zu essen, die Alva ihnen zubereitete, oder um sich eine kleine Nascherei aus der Manufaktur zu holen.

»Nicht zuletzt weil Levke dabei ist, bin ich mir sehr sicher, dass er Freude haben wird. Und die liebe Emma wird das Übrige tun. Er hängt gedanklich so sehr an dem Hund aus seiner Heimat. Das hört man immer wieder heraus. Es tut mir jedes Mal leid, wenn er so liebevoll über Felix redet und nicht mehr bei ihm sein kann.«

»Mir auch. Aber da wird Emma helfen. Da bin ich mir ganz sicher. Ich hoffe sehr, dass er auf sie nicht allergisch reagiert. Das wäre für ihn schön und auch für Cleo eine riesengroße Entlastung.«

Alva nickte weise. »Das mit den zwei Jobs, denen sie nachgeht, ist auch nicht zu unterschätzen. Dass aktuell immerzu die Schule anruft, weil es dem Jungen nicht gut geht, hängt oft auch mit Heimweh zusammen, erzählt Levke, und das zerreißt einem ja das Herz. Ein so sensibler kleiner Junge, dem es unter neuen Menschen nicht leichtfällt, Fuß zu fassen. Ich kann verstehen, dass das auch für Cleo eine echte Belastung sein muss. Wie soll sie da entspannt den eigenen Jobs nachgehen?«

»Du hast recht, Alva.« Ich dachte an Insas Bedenken und hoffte, dass alles gut gehen würde. Ein wenig unruhig war ich auch, weil Cleo für uns in den letzten Tagen wie eine gute Freundin und gleichzeitig aufgrund der Planung der Hochzeit eine wichtige Stütze geworden war. Ich wollte nicht, dass sich da irgendwelche Schwierigkeiten zwischen uns auftaten, die etwas verändern würden. Aktuell war es nur ein Empfinden, vor allem von Insa, dass Cleo sich hin und wieder zurückzog. All das, was sie für uns für die Hochzeit organisierte, machte sie jedoch absolut professionell und mit ganzem Herzblut.

Mit dem imposanten Blumenstrauß für den Chef des Hauses in der Hand, den Flora heute noch besorgt hatte, und einem Korb mit unterschiedlichen Bonbongläschen für die Mitarbeiter traten wir in die Hotellobby und wurden empfangen von vielfältigsten Düften der Kerzen, die direkt neben dem Eingang, gemeinsam mit passenden Raumdüften, dekoriert waren. Ein großes Blumengesteck in der Mitte des Raumes war imposant. Rundherum hatte man Stehtische aufgebaut, auf denen Teller mit Fingerfood standen. Der Juniorchef des Hotels kam auf uns zu.

»Moritz«, freute sich Alva und nahm den Mann kurzerhand in den Arm. »Jetzt komme ich endlich mal dazu, dir meine fantastische Partnerin im *Zuckerhüs* vorzustellen.« Sie wandte sich mir zu.

»Marla, das ist Moritz. Moritz, Marla kam vor einiger Zeit glücklicherweise auf dem Autozug hinter meinem Enkel zum Stehen, woraufhin sie Sylt nie wieder verlassen hat und meinen Enkel direkt mit sesshaft werden ließ.«

»So fangen wohl die besten Geschichten an, oder? Hallo, Marla. Ich bin Moritz.«

»Moritz führt, gemeinsam mit seinen Eltern, das Hotel. So lange ist er auch noch nicht wieder hier. Aber auch er hat hier die Liebe gefunden.« Alva schmunzelte verschmitzt.

»Wie schön.« Ich lächelte. »Freut mich, dich kennenzulernen.«

»Meine Freundin Luise führt die Teestube hier in Keitum. Vielleicht warst du schon mal da?«

»Das *Kliffstübchen*?«, fragte ich, und Moritz nickte.

»Selbstverständlich war ich schon da. Es wäre eine Sünde, wenn nicht!« Ich lachte, und Moritz erwiderte mein Lachen.

»Als Gratulation zu eurem neuen Shop.« Ich streckte ihm den in Weiß und Rosa – den Farben des *Zuckerhüs* – gehaltenen Blumenstrauß entgegen, den er mit einem Leuchten in den Augen annahm.

»Wow! Der ist fantastisch und passt farblich großartig zu eurer Manufaktur.« Es kam direkt eine Dame, die ihm die Blumen abnahm und in eine Vase stellte. Dann drapierte sie sie auf einem der Tische. Bewundernd schaute Moritz den wirklich traumhaften Strauß an. »Herzlichen Dank dafür. Darf ich mit euch beiden ein Foto damit machen? Das würde ich gerne posten.«

»Sehr gerne«, erklärte ich, und Alva trat neben den Strauß, wo ich auch stand, Moritz positionierte sich hinter uns, und eine seiner Mitarbeiterinnen schoss das Foto und versprach, es später zu posten.

»Und dies ist für das Team. Eine kleine süße Aufmerksamkeit, damit sie wissen, was sie ihren Gästen anbieten oder verkaufen.« Ich reichte Moritz die Bonbonauswahl im Körbchen.

»Eine tolle Idee. Da bedanke ich mich im Namen des Teams und leite das gerne weiter. Lieben Dank!« Er griff nach dem Korb, und auch den nahm eine freundlich lächelnde Dame ihm ab, damit er gleich wieder die Hände frei hatte.

Dann deutete er zu einem Tisch. »Wenn ihr mögt, gönnt euch doch einen kleinen Snack. Ich habe die Tische extra mit den jeweiligen Betrieben gekennzeichnet, die sie ausgestattet haben, falls es Fragen gibt oder man sich jemandem vorstellen mag. Wir wollen ein, zwei Worte sprechen, und dann kann ein erster Blick in den Shop geworfen werden. Oder müsst ihr direkt wieder los?«

»Ein paar Minuten Zeit haben wir mitgebracht«, erklärte ich, und wir traten an den frühlingshaft geschmückten Tisch, dessen

Dekoration dezent, aber wunderschön edel war. In einem Windlicht, welches am Boden mit Sand gefüllt war, flackerte eine Kerze, drum herum lagen kleine Minimuscheln, deren Perlmuttglanz das Licht des Feuers reflektierte.

»Ich wünsche euch eine gute Zeit. Schön, dass ihr da seid«, verabschiedete sich Moritz, bevor er sich an die nächsten Gäste wandte, und wir stellten uns an den Tisch. Alva griff nach einem kleinen Snack und rollte direkt genießerisch mit den Augen. »Das musst du kosten. Es schmeckt wunderbar«, schwärmte sie, und ich folgte ihrem Tipp.

»Das kann ich nur bestätigen«, erklärte ich nach einem Bissen. Das kleine Brot mit feinem Avocadobelag schmeckte großartig, und ich konnte nicht widerstehen, auch noch eins mit frischem Lachs zu testen. Auch hier wurde ich nicht enttäuscht.

Wir begrüßten Martje vom *Dünenglanz*, die mir Alea vorstellte, die auch vor einiger Zeit erst nach Sylt gekommen war. Wir unterhielten uns direkt so gut, dass wir Nummern austauschten, um uns bald einmal wiederzusehen. So ging es mir auch mit der Freundin von Moritz, Luise. Sie hatte für jeden Gast zu diesem Event kleine Pralinen gefertigt, die sie uns reichte. Auch hier schmeckte man die feine Handarbeit. Ich nahm ebenso ein kleines Rezeptbuch mit, welches die beiden auf Basis der Aufzeichnungen ihrer Großeltern angefertigt und in kleiner Auflage vervielfältigt hatten.

Einige Gäste kamen und sprachen uns auf unsere Bonbons an. Sie waren voller Lob, und auch zwei Frauen vom Personal verrieten, dass unsere zuckrigen Kunstwerke bei Klein und Groß sowohl im Hotel als auch im Bekanntenkreis für Begeisterung sorgten.

Es machte Freude, hier auch neue Unternehmen zu entdecken, wie zum Beispiel die Seifenmanufaktur oder den Schmuckhersteller, der Geschmeide aus Muscheln und Perlen fertigte, die so gut hierher passten.

Mir gefiel, mit welchem Engagement jeder einzelne Betrieb, der im Laden vertreten sein würde, Präsenz zeigte und den Gästen und dem Personal als direkter Ansprechpartner zur Verfügung stand.

Erst als ich eine Nachricht von Insa erhielt, dachte ich wieder an den Nachmittag in der Surfschule. Sie schrieb mir, dass Linus einen sehr glücklichen Eindruck machte und bisher auch nicht allergisch auf Emma reagierte, sie aber, was Cleo anging, nicht wirklich beruhigter war.

Das konnte viel heißen, deutete aber darauf hin, dass Cleo noch etwas anderes beschäftigte. Ich wurde unruhig und hoffte, dass Insa mir bei einem Gespräch mehr erzählen konnte, was sie so wahrgenommen hatte.

Alva und ich verabschiedeten uns nach einiger Zeit von Moritz.

»Die Liefertermine klärt ihr mit meinem Mitarbeiter ab. Sollte es da noch Veränderungen in der Menge und so weiter geben, bespricht er das mit euch ebenso. Schön, dass ihr da gewesen seid, und bis bald.«

»Bis bald.«

14

Insa

Auf den ersten Blick wirkte es so, als sei unsere Idee mit Emma und Linus wirklich gut gewesen. Ich sah schon von Weitem Levke und Linus, wie sie mit Emma an der Leine am Wasser entlangspazierten. Sie lachten und klopften dem Hund immer wieder den Rücken, streichelten ihn oder ließen Emma ein paar Schritte ins Wasser laufen, indem sie ihr den Ball warfen. Vollkommen im Moment versunken, schien es ihnen sehr gut zu gehen.

Die Gruppe, die zum Surfen da war, erhielt von Thore gerade noch Instruktionen für die allerersten Schritte als angehende Surfer. Diejenigen, die gleich schon zu Trockenübungen auf den Boards starten würden, hatten gerade ein paar Dehnübungen zum Warmmachen absolviert, während Thore die Surfbasics erläuterte.

Cleo saß hinter der Gruppe. Sie würde gleich den Teil der Kinder übernehmen, der erst im zweiten Lauf an den Start gehen würde. Als Cleo mich noch nicht gesehen hatte, fiel mir ihr Blick auf, der an Thore zu haften schien. Sie schien vollkommen versunken. Nachdenklich bewundernd, aber auch ein wenig träumerisch. Das musste nichts bedeuten, redete ich mir ein.

Für die jeweils wartenden Kinder hatte Thore sich überlegt,

schon in den Wochen vorher verschiedene flache Steine und Muscheln zu sammeln, die die Kinder in der Wartezeit mit extra dafür bestellten Stiften anmalen konnten. Diese kreativen Aufgaben kamen in der Regel gut an und sorgten dafür, dass niemandem langweilig wurde, weil erst mal gewartet werden musste. Außerdem schafften sie bleibende Erinnerungen.

Wenn die Kinder das wollten, konnten sie ihre Kunstwerke auf der Insel auslegen. Wer sie fand und mitnahm, konnte sie, mit einem Hashtag versehen, in einer Gruppe auf Social Media posten. Manchmal entstanden darüber tolle Geschichten und viele kleine Glücksmomente, wenn Thore die Bilder auf seiner Seite teilte.

Während der eine Teil der Kinder zum Wasser ging, in dessen Nähe die Boards für Trockenübungen im Sand lagen, setzte ich mich zu Cleo und dem Rest der Gruppe.

»Das sieht hier aber alles sehr glücklich und zufrieden aus, Cleo«, erkannte ich. »Hallo.«

»Oh, hi, Insa.«

»Ich habe Linus und Levke eben mit Emma beobachtet. Es machte den Anschein, als sei das die Liebe auf den ersten Blick zwischen ihm und dem Hund.«

Cleo lachte, doch ihr Lachen erreichte nicht ihre Augen. Sie nickte. »Ich freue mich riesig, dass er nicht auf Emma zu reagieren scheint. Meist kamen die Reaktionen bereits nach kurzer Zeit. Wir müssten also jetzt schon etwas gemerkt haben, wenn da was wäre. Das war jetzt bisher nicht so.« Sie legte die Hand auf die Brust als Geste der Erleichterung. Ein weiteres Lächeln folgte, welches nun schon aufrichtiger wirkte.

»Und bei dir ist alles in Ordnung? Ist es okay für dich hier?«, fragte ich und merkte, wie unbeholfen meine Frage klang.

»Ja, wieso?« Cleo wich meinem Blick aus und wirkte irritiert über die Frage.

»Ich meine nur, ob alles gut klappt mit den Kindern.«

Sie zuckte die Schultern und lächelte schief. »Ich denke ja. Geht ja gerade erst los. Wie kommt's, dass du hier bist?«, fragte sie, und obwohl diese Frage nur höflich gemeint sein konnte, zog sich mein Magen dabei krampfhaft zusammen.

»Bei mir hat sich ein Termin verschoben, weshalb ich ein wenig Leerlauf habe, bis mein nächster Termin hier in Munkmarsch beginnt. Solche Glücksfälle verbinde ich oft mit einem kurzen Besuch bei Thore. Auch wenn es nur ein paar Minuten sind.«

»Schön. Diese kleinen Momente sind es ja manchmal schon, die den Tag besser machen«, erkannte sie. »Thore ist aber sehr eingespannt, wie mir scheint.«

»Das weiß ich, ja. Manchmal hat er gar keine Zeit, wenn ich hier Pause mache. Aber das ist auch okay. So haben wir zwei uns wenigstens kurz gesprochen. Aber ich will dich auch nicht bei der Arbeit stören.« Cleo lächelte erneut.

»Die Arbeit mit den Kindern direkt am Wasser ist schon immer ein wenig aufregend für mich. Da muss ich mich hier auf Sylt echt noch dran gewöhnen.«

Ich nickte und zog mich ein wenig zurück, indem ich ein paar Schritte Richtung Wasser ging. Vielleicht störte meine Anwesenheit Cleo, weil sie sich dann nicht ausreichend auf die Kinder konzentrieren konnte. Hin und wieder warf sie mir einen Blick zu, der zwar freundlich, aber gleichzeitig auch verunsichert wirkte.

Dabei mochten die Kinder sie und wirkten ganz fröhlich und engagiert. Geduldig leitete sie die Rasselbande an, wie die Steine am schönsten bemalt werden könnten, oder hörte ihnen zu, wenn diese aufgeregt waren, weil es gleich ins Wasser ging.

Linus und Levke setzten sich irgendwann dazu und malten auch jeweils einen Stein an, und auch ich gesellte mich wieder zu ihnen.

Bevor die Gruppen wechselten und der andere Teil, der bis jetzt noch die Steine bemalt hatte, in Richtung Wasser ging, kam Thore zu uns.

»Die Kinder haben kurz Pause. Wie sieht es denn aus bei euch? Ist alles in Ordnung?«

»Alles bestens«, antwortete Cleo und lächelte.

Thores Blick ging zu Levke und Linus, die neben Emma saßen, die sich im Schatten in den Sand gelegt hatte. Thore hatte ein Boot so aufgestellt, dass es für den Hund und auch für die zwei Kinder einen schattigen Ort bot.

»Die drei wirken besonders happy, oder?« Er lächelte dankbar, und Cleo nickte. »Das sieht wirklich danach aus, und ich freue mich sehr darüber. Eine große Erleichterung für mich.«

»Ich wollte Linus anbieten, nach dem Kurs auch einmal aufs Board und vielleicht sogar selbst ins Wasser zu gehen, wenn er mag. Natürlich mit mir zusammen und nur, wenn er das wirklich will. Ich hatte den Eindruck, dass das mit Linus und mir ganz gut passt und er ganz offen mir gegenüber ist«, erkannte Thore. »Das hab ich erst mal als gutes Zeichen gewertet. Insa erzählte, das sei nicht selbstverständlich.«

»Oh, wie lieb, ja, den Eindruck hatte ich wirklich auch. Ich war überrascht, wie vertraut es gleich wirkte zwischen dir und Linus. Das kenne ich so tatsächlich nicht von ihm. Aber zu dem Surfen – ich muss dann ja gleich die Kinder zum Hotel zurückbringen und wäre nicht da. Ich weiß nicht. Ich glaube nicht, dass er sich das traut.«

»Wir fragen ihn einfach und gehen nur so weit rein, wie er sich wohlfühlt. Zu Beginn müssen wir ohnehin ein paar Trockenübungen machen. Und Levke ist ja auch noch mit dabei. Er ist gerade so entspannt und zufrieden, ich würde es zumindest mal ausprobieren. Für mich ist die Zeit auf dem Wasser sehr wichtig. Ich brauche dieses Gefühl der Freiheit. Und wenn es ihm nicht gefällt, habe ich es ihm zumindest angeboten.«

Cleo nickte, wirkte aber nicht so, als sei sie begeistert.

»Möglicherweise traut er sich, wenn du ihn fragst.« Sie blickte ihn hoffnungsvoll an. »So, wie er dir begegnet ist, sehe ich da tatsächlich eine Chance. Ob er sich mit dem Board ins Wasser traut, kann ich nicht versprechen. Bisher ist er den Wellen gegenüber noch sehr skeptisch. Und ich muss gestehen, dass ich darüber bisher gar nicht allzu böse war.« Ein nervöses Lächeln folgte.

Thore hob die Hände. »Oh, na klar. Entschuldige bitte. Ich will mich überhaupt nicht aufdrängen. In erster Linie war das hier für Linus ja auch gedacht, damit er Emma kennenlernt und wir schauen, ob das gesundheitlich in Ordnung ist.« Thore guckte zu Linus und blickte dann wieder zu Cleo. »Konntest du denn was erkennen, was auf eine allergische Reaktion hindeutet?«

Cleo schüttelte den Kopf. »Er war immer mal kurz hier, und ich habe nichts Auffälliges entdecken können. Es wäre echt toll, wenn das klappt«, sagte Cleo. »Er ist so glücklich, wenn er mit ihr spielen oder kuscheln darf. Das war ja offensichtlich.« Ihr Lächeln war mütterlich fürsorglich und wirkte aufrichtig dankbar. Sie schaute Thore mit einem nicht zu deutenden Blick an. Ich meinte, irgendwas zwischen Anerkennung, Dankbarkeit und Bewunderung darin zu sehen.

»Ich muss auch sagen, dass dein Sohn superhappy wirkt! Echt schön, dass ihr das gemacht habt und hier seid«, sagte ich und erntete ein freundliches Lächeln von Cleo.

»Dank euch! Ich hab mich ja ein wenig schwergetan. Aber es hat sich voll gelohnt.«

»Das freut mich echt für ihn«, sagte Thore. »Ich kann mich so gut in ihn hineinversetzen. Als Kind wäre ein Hund mein großer Wunsch gewesen. Ich habe das mit der Allergie damals von meinem Vater geerbt, der die Gesellschaft von Hunden leider ebenso nicht ertrug. Das Thema, dass bestimmte Hunderassen möglicherweise weniger allergen sind, war damals noch nicht so präsent. Oder meine Familie hat sich damit nicht auseinandergesetzt.« Thore zuckte die Achseln. »Ich habe über den Züchter auch Kontakt zu anderen Besitzern ähnlicher Mischlinge hergestellt, damit Emma auch jederzeit mit Hunden spielen kann, ohne dass ich direkt Schnappatmung bekomme, wenn ich danebenstehe. Wobei es draußen an der frischen Luft auch nicht so ein großes Thema ist. Dort kann ich Hunden aller Rassen unproblematisch begegnen.«

»Wie schön. Ja, den Eindruck habe ich bei Linus auch. Wenn er einen Hund mal kurz trifft, ist das in Ordnung. Solange er ihn nicht herzt und drückt – so wie gerade Emma.« Cleo lächelte bedauernd.

»Es gibt auch keine Garantie, dass jeder Allergiker mit jeder angeblichen sogenannnten Allergikerrasse klarkommt. Hunde sind nun mal keine Matratzen, bei denen man die Zusammensetzung maschinell bestimmen kann. Der Labradoodle ist ein Mix aus Pudel und Labrador, und je nachdem, wer von beiden mehr von seinen Genen abgegeben hat, fällt auch die Gewichtung einzelner Merkmale ganz unterschiedlich aus. Auch ist es so, dass manch Allergiker eher auf die Haare reagiert, ein anderer auf Speichel, Haut und so weiter. Mit Emma und mir war das einfach ein großes Glück, und alles passte. Offenbar ist es bei Linus auch der Fall, so wie er sie knuddelt. Das freut mich sehr, und er ist hier immer herzlich willkommen!« Thore grinste.

»Mich freut das wirklich auch, und mir ging es da ganz ähnlich wie dir. Nur dass es meine Mutter war, die immer gern einen Hund gehabt hätte und meinetwegen nicht konnte.«

»Verstehe. Das ist als Kind ja auch schwer, wenn man weiß,

dass man einem Wunsch der Eltern quasi im Weg steht – oder dem kleinen Bruder, wie in meinem Fall.« Thore zuckte die Schultern. »Da musste ich mir manchmal auch anhören, dass ich, gemeinsam mit meinem Vater, schuld war, dass sein größter Wunsch nicht erfüllt wurde. Brüder sind da mit der Wahrheit auch nicht zimperlich, sondern knallen einem so was ungeschönt um die Ohren. Ziemlich bitter fühlte sich das an.« Thore lächelte betroffen. »Aber heute ist das vergessen, und wir haben ein Topverhältnis. Lustigerweise hab ich nun den Hund, und er hat keinen. Der Wunsch danach war bei ihm irgendwann nicht mehr da.« Thore hob die Handflächen und grinste.

Ich saß unbeteiligt neben den beiden und ließ Sand durch meine Finger rinnen, als helfe mir das, meine Gedanken und Gefühle zu sortieren. Es kam mir unerklärlich vertraut zwischen den beiden vor, wie sie sich so unterhielten.

»Alles kommt wohl irgendwie so, wie es kommen soll. Manchmal so anders, als man es sich lange vorgestellt hat«, sagte Cleo, nickte und schaute nachdenklich auf ihre Fußspitzen, die sie im Sand vergrub. »Ist dein Bruder auch hier in der Surfschule tätig?«, erkundigte sie sich interessiert.

»Nein«, erklärte Thore. »Er hat ein Restaurant. Ihr werdet euch bald kennenlernen, wenn es ums Catering für die Hochzeit geht. Das will er nämlich ausrichten.«

»Ach ja, cool. Also wohnt ihr beide auf der Insel«, erkannte Cleo. »Sein Name ist Hannes, richtig? Wir hatten ihn mal vorm Bäcker gesehen, meine ich, oder Insa?« Jetzt schaute Cleo mich an.

»Stimmt. Du hast recht«, bestätigte ich.

»Genau. Hannes ist mein Bruder«, sagte Thore. »Wir sind zusammen wieder hierhergekommen, nachdem unsere Eltern uns vor Jahrzehnten mit dem Umzug aufs Festland entwurzelt haben.

Ganz konnten sie unsere Verbindung zu dieser Insel nie kappen. Hannes und ich gehören hier einfach her.« Thore lächelte, und sein Blick ging über das Meer. »Hannes sagt immer, dass wir wie Schildkröten sind. Die finden, egal wo sie sind, immer den Weg zurück zum Meer.«

Cleo lächelte. »Schön, dass ihr zurückgekommen seid. Auch, dass ihr als Brüder zusammengeblieben seid. Das muss sehr wertvoll sein. Ich habe mir immer Geschwister gewünscht.« Wieder schaute Cleo Thore mit einem Blick an, den ich kaum deuten konnte, der mir aber auf eine mir unerklärliche Weise Unbehagen bereitete.

Thore nickte, und für einen Moment schwiegen wir alle.

»Ist es also für dich in Ordnung, wenn ich Linus mal frage, ob er auch einmal mit ins Wasser kommt? Levke ist auf jeden Fall dabei, wie ich sie kenne.«

Zögerlich schaute Cleo zu ihrem Sohn, der gerade mit Levke Spielzeug warf, welches Emma apportierte.

»Frag ihn ruhig, ja.« Etwas am Klang ihrer Stimme verriet, dass sie noch immer nicht uneingeschränkt einverstanden war. Sie stand auf und trat einen Schritt auf die spielende Kindergruppe zu. »Dann trommele ich mal die Meute zusammen und bringe sie alle heil wieder zum Hotel.« Sie schaute zu Linus. »Möglicherweise ist es ohne die nervöse Mama an der Wasserkante für meinen Sohn auch viel entspannter und damit sicherer.«

»Ich passe gut auf ihn auf. Wie auf mein eigenes Kind. Versprochen.« Thore schaute Cleo mit einem liebevollen Lächeln an, und Röte stieg in ihre Wangen.

Der Anblick verstärkte das merkwürdige Gefühl in mir, und doch konnte ich es nicht erklären.

»Habt ihr alle eure Steine und Muscheln?«, rief ich in Richtung der Kinder, um die Stille, die nach Thores Aussage entstanden war, zu durchbrechen und mich selbst von meinem Bauchzwicken abzulenken. Ich kam mir fehl am Platz vor. So als hätte ich eine Unterhaltung belauscht, die nicht für mich bestimmt gewesen war.

Die Kinder, die bisher am Wasserrand gespielt hatten, Muscheln sammelten oder einfach im Sand saßen, stürmten wieder zu der Bank, wo die Steine aufgereiht lagen, griffen danach und antworteten fröhlich durcheinander. Thore lachte.

»Das Steinebemalen war offenbar die richtige Idee. Dann vergesst nicht, sie überall auszulegen. Wenn ich Bilder von gefundenen Steinen bekomme, stelle ich sie auf meiner Seite ein. Da könnt ihr dann mit euren Eltern schauen, ob euer Kunstwerk dabei ist. Ihr wart jedenfalls absolut super, habt toll mitgemacht, und ich freue mich schon jetzt aufs nächste Mal.«

Die Kinder verabschiedeten sich laut und aufgedreht von Thore, und ich blickte zu Emma, die in dem Moment sicher nicht böse war, dass sie ein wenig fernab mit Levke und Linus liegen und etwas Ruhe genießen durfte. So eine wuselige Gruppe von Kindern war zwar spannend für einen jungen Hund, über die Länge der Zeit aber auch eine echte Herausforderung.

»Wenn alle Kinder abgeholt sind, komme ich zurück, um die beiden einzusammeln. Ich frage noch bei Marla nach, ob ich Levke nach Hause bringen soll«, bot Cleo an.

»Alles klar, dann bis später.« Thore und ich gingen zu Levke und Linus, während Cleo die Kinder zum Hotel zurückscheuchte. »Ihr habt das so toll gemacht mit Emma. Die Ruhepausen mit euch fern von der Gruppe haben ihr gutgetan. Vielen Dank an euch.«

Die beiden strahlten. »Was haltet ihr davon, wenn ich euch als kleines Dankeschön auch einmal mit aufs Board und später mit ins Wasser nehme?« Fragend hob Thore die Augenbrauen, und während Levke mit einem lauten »Au jaaa!« in Richtung der Rettungswesten stürmte, die sie dafür anziehen mussten, zögerte Linus erst.

Thore kniete sich zu dem Jungen, der neben dem Hund hockte und dessen Hand noch immer in Emmas wuscheligem Fell steckte, als suche er Halt bei ihr.

»Hast du Lust? Oder willst du deiner Freundin erst mal zuschauen?«

Linus sagte nichts, sondern hob nur die Schultern.

»Wir machen zuerst ein paar Übungen mit dem Board an Land. Wir surfen also nur auf dem warmen Sand. Und nur wenn du magst, gehen wir danach auch noch ins Wasser. Deine Mama sagt, es ist okay, dass du es ausprobierst. Aber natürlich nur, wenn du das auch willst.« Thore lächelte, und er hatte dabei diesen ganz bestimmten, sanften Blick, von dem ich mir sicher war, dass jedes Kind damit sofort Vertrauen zu ihm fasste. Linus war allerdings ein so vorsichtiger, schüchterner Junge, dass ich nicht sagen konnte, ob er mitgehen würde. Aufmunternd winkte Levke ihm zu.

»Stress dich nicht. Wenn Emma von dir noch eine Extra-Kuscheleinheit bekommt, während ihr Levke kurz zuschaut, freut sie sich auch«, erklärte Thore.

»Ist sie denn traurig, wenn ich mit Levke mitgehe?«, fragte Linus mit besorgtem Blick, und Thore lächelte liebevoll und legte den Arm um Linus' Schultern.

»Nein, überhaupt nicht! Sie liebt es, mit euch zu spielen, aber sie braucht auch echte Ruhepausen. Wenn du jetzt gehst, wird sie sich einrollen und ein Nickerchen machen und davon träumen, dass ihr bald weiterspielen könnt.«

»Okay.« Ein kurzes Lächeln ging zu Thore, dann klopfte Linus noch einmal Emmas Fell. »Ruh dich ein bisschen aus, Süße.« Im nächsten Moment lief er Levke hinterher, die schon eine Weste für ihn bereithielt.

Ich trat zu Thore und gab ihm einen Kuss auf die Wange. »Du bist großartig. Der Junge mag dich so. Faszinierend, das zu sehen. Er blüht total auf.« Ich reckte zwei Daumen in die Höhe, und Thore küsste mich.

»Wenn Cleo sich nun noch ein wenig entspannt, ist das doch alles prima«, behauptete er. »Aber lass sie mal. Ich habe den Eindruck, dass es ihr fast ein wenig suspekt ist, wie selbstverständlich sich Linus hier die ganze Zeit bewegt hat und wie offen und glücklich er wirkt. Das hat sie ja vorab ganz anders eingeschätzt, und es scheint mir, als fiele es auch ihr selbst schwer, sich zu trennen.«

»Aber warum suspekt? Sie wird sich doch darüber freuen, wenn ihr Junge happy ist.«

Thore wiegte den Kopf. »Ich kann es dir nicht genau beschreiben. Aber ich würde sie jetzt nicht weiter bedrängen. Sie hat die ersten beiden Schritte gemacht – für Linus. Jetzt musst du ihr Zeit geben, damit klarzukommen. Sie entscheidet, was gut für die beiden ist. Und wenn es ihr besser geht, wenn sie kleine Schritte geht und sich zwischendurch noch einmal zurückzieht, dann sollte man das akzeptieren und sie nicht drängen. Wir wissen nicht, was sie mit dem Surfen oder dem Meer verbindet. Du weißt aus eigener Erfahrung, wie manche Geschehnisse uns verschrecken oder traumatisieren können. Dann immer wieder zu erwähnen, wie glücklich Linus hier ist, während sie selbst noch nicht bereit ist, wirkt auf sie vielleicht eher wie ein Unter-Druck-setzen. Das wäre nicht fair.«

»Hm.« Ich stimmte Thore da nicht ganz zu. Mein Bauchgefühl sagte mir, dass es Cleo nicht um das Meer ging. Sie hatte keine Angst, dass Linus etwas zustoßen könnte. Warum auch immer schien sie Thore vollkommen zu vertrauen. Und genau das machte mich stutzig. Ihre Reserviertheit hatte meines Erachtens einen Grund, den ich selbst noch nicht ganz greifen konnte.

»Ich weiß nicht. Irgendwie glaube ich, dass ihre Zweifel doch mit dir zusammenhängen«, mutmaßte ich, und Thore schaute mich mit einem Anflug von Ärger an. »Mit Linus passt alles so super. Da sehe ich keinen Grund für längere Skepsis ihrerseits. Da muss was anderes sein«, fügte ich an.

»Thore?«, klang es da von Levke. »Wir haben die Westen an. Kommst du mal schauen, ob das so richtig ist?«

»Komme! Insa, bitte.« Ein langer Blick folgte. Er war vorwurfsvoll. »Ich muss zu den Kindern. Lass Cleo ein bisschen Zeit. Ich bin sicher, alles wird sich in Kürze klären. Fährst du nach Hause? Dann könntest du Emma vielleicht schon mal mitnehmen?«

»Ja, ich nehme sie mit«, sagte ich. »Zu meinem nächsten Termin kann ich mit ihr fahren. Da bin ich nur im Garten unterwegs. Da kann sie noch ein wenig herumschnüffeln, wenn sie mag, oder sich einfach in den Schatten legen.«

»Linus, willst du Emma noch Tschüss sagen?«, rief Thore, und der Junge nickte.

»Bis bald, du süße Maus«, sagte Linus, der in Windeseile bei dem Hund war. Ich lächelte, bemüht, mir nicht anmerken zu lassen, dass mein Gespräch mit Thore mich aufwühlte.

»Ciao, Insa«, sagte der Junge leise und lächelte mich schüchtern an.

»Ciao, Linus. Freut mich, dass du dich mit Emma so gut verstehst. Du hast das toll gemacht. Bis bald!« Ich griff nach Emmas Leine und versuchte, den Kloß in meinem Hals herunterzuschlucken, der sich unweigerlich gebildet hatte.

Immer predige ich, dass man achtsam mit dem sein sollte, was der eigene Körper und der Geist einem sagen wollten. Gerade fiel mir das ungewöhnlich schwer. Vielleicht, weil ich Angst vor dem hatte, was mich erwartete, wenn ich nachhakte.

Das war neu für mich und ungewohnt. Ich merkte, dass ich gereizt wurde von diesem Zustand, der normalerweise nicht meiner Persönlichkeit entsprach und mir auch nicht gefiel. Ich wollte positiv denken, weil gute Gedanken auch Gutes anzogen. Gedanken steuerten in meinen Augen die Gefühle.

Aber diesmal konnte ich mich einfach nicht von diesem unguten Gefühl befreien.

Ich lief mit Emma in Richtung meines Autos, und die Bewegung tat mir gut. Levke war so beschäftigt, dass sie gar nicht mitbekommen hatte, dass ich ging. Sie stand mit höchst zufriedenem Blick auf dem Board am Wasserrand und ließ sich von Thore etwas erklären. Bevor ich weiter in meiner Grübelspirale versank, musste ich mit Marla sprechen. Das würde mir bestimmt helfen. So war es immer.

Eigentlich war das auch mit Thore so, aber wahrscheinlich funktionierte es diesmal nicht, weil er Teil des Problems zu sein schien, ohne das selbst beeinflussen zu können. Seine Entspanntheit dem gegenüber wirkte befremdlich auf mich und reizte mich auf eine mir unbekannte Weise ihm gegenüber. Und das, obwohl ich wusste, dass er recht hatte. Ich schämte mich fast dafür, konnte es aber nicht abstellen. Ich spürte, dass mir dieses Gefühl, was ich als Eifersucht wertete, ganz neu war. Ich mochte es nicht.

Kurz vorm Auto traf ich Hannes.

»Hey, Insa. Alles gut bei dir?« Hannes lächelte und knuddelte Emma, die sofort schwanzwedelnd auf ihn zustürmte.

»Hannes, hi. Ja, danke. Bei dir auch?«

»Soweit alles okay. Das Lokal brummt, die Insel ist voll. Ich hab echt gut was zu tun. Nur für'n bisschen mehr Liebesglück könntest du mir mal die Daumen drücken. Aktuell bin ich da leider nicht auf der Sonnenseite. Aber sonst geht's mir gut.«

»Auch für dich gibt es diesen einen Menschen, Hannes«, versprach ich. »Da bin ich mir ganz sicher.«

Wir redeten kurz, und er erzählte mir, dass er Thore für seine wartenden Surfkinder noch ein bisschen Beschäftigung mitgebracht hatte. Malbücher, die er auch für das Restaurant bestellen wollte.

»Nun muss ich aber auch schon wieder weiter, damit ich im Restaurant nicht zu lange fehle.«

»Mach's gut, Hannes. Unsere Hochzeitsplanerin meldet sich bei dir wegen des Essens«, sagte ich noch.

»Das sagte Thore. Dann weiß ich Bescheid. Bis bald, Insa.«

Bei einem Blick auf die Uhr wunderte ich mich, dass Cleo noch nicht wieder aus dem Hotel gekommen war, und sah mich um. Da entdeckte ich einen dunklen Haarschopf hinter einem vor dem Hotel parkenden Auto. Kurz darauf lief sie los, kam leicht geduckt hinter dem Fahrzeug hervor, den Blick auf die Surfschule gerichtet. Als sie kurz doch zur Seite sah und meinem Blick begegnete, wirkte sie sichtlich ertappt. Abrupt hielt sie inne, bückte sich unbeholfen nach ihrem Schuh, als wollte sie ihn binden.

Weil ich das Handy bereits am Ohr hatte, um Marla anzurufen, entschied ich mich dagegen, sie anzusprechen, und hob nur mit einem angespannten Grinsen die Hand zur Verabschiedung. »Hab was drinnen vergessen«, rief sie in meine Richtung. Dann winkte sie fahrig und lief eilig in Richtung des Hotels.

»Hey, Marla«, begrüßte ich meine Freundin am Telefon. »Eure Levke hat das ganz zauberhaft und charmant gemacht. Linus war das glücklichste Kind und Emma der wohl zufriedenste Hund.«

»Ach, das freut mich sehr zu hören, Liebes. Bist du noch in der Surfschule?«

»Nee, ich habe mir Emma geschnappt und fahre schon mit ihr los. Ich muss noch zu einem Kunden in den Garten und dann geht's nach Hause. Cleo sagte, sie wolle Levke zu euch bringen, wenn die Surfstunde beendet ist.«

»Ja, sie rief gerade an. Das passt mir ganz gut, weil wir hier echt viel zu tun haben. Ich mache nur eine kurze Teepause. Cleo klang ganz glücklich.«

»Ja, das war sie auch, jedenfalls was Linus anging.« Ich merkte, dass meine Stimme verriet, dass das nicht das Einzige war, was ich zu berichten hatte.

»Was war denn los, Insa? Ich höre dir an, dass du nicht zufrieden bist mit dem Nachmittag.«

»Ach, wenn ich das wüsste«, sagte ich und schaute mich um. Ich wollte vermeiden, dass Cleo womöglich gerade wieder zurückkam und mitbekam, wie ich über sie sprach. »Es hat alles gut geklappt mit dem Hund, und Linus und die Kinder wollen jetzt auch noch das Surfen ausprobieren. Aber du weißt, wenn mein Bauchgefühl laut wird, kann ich kaum daran vorbeihorchen. Und es ist unerträglich laut gerade.«

»Hm. Was sagt es dir denn?«

»Das ist es ja, was mich beinahe wahnsinnig macht und was ich so nicht von mir kenne: Ich weiß es nicht! Es ist einfach nur da, fühlt sich schlecht und merkwürdig an, und ich kann es nicht einordnen. Und das macht mich irre. Ich streite mich schon fast mit Thore.«

»Mit Thore?«

»Ja, unberechtigt wahrscheinlich. Ich weiß. Er kann ja für meine Gefühle nichts. Nur irgendwas erscheint mir merkwürdig zwischen den beiden. So ganz respektvoll distanziert, aber dabei so vertraut freundlich. Du hättest sie sehen sollen heute Nachmittag. So spricht er nicht mit jeder Kundin, das weiß ich. Sie waren beide so unheimlich verständnisvoll. Ich kann das kaum beschreiben.«

»Denkst du, sie kennen sich doch?«

»Das weiß ich nicht, Marla. Er sagt Nein.«

»Und du meinst, Thore ist nicht ehrlich mit dir? Das glaube ich nicht, Insa. Wirklich nicht.«

»Ich ja auch nicht. Aber was ist es dann, was mir dieses Gefühl gibt, dass da irgendwas ist, was ich nicht weiß?«

»Wenn ich das wüsste.« Marla seufzte. »Aber ich bin mir sehr sicher, dass du es herausbekommst. Wir gemeinsam finden es heraus.«

»Ja, Marla. Auch gerade eben hat sie sich irgendwie zwischen zwei Autos geduckt, als sie mich sah. Ganz komisch.«

»Hm. Meinst du nicht, dass du das falsch deutest? Vielleicht war ihr was runtergefallen oder so? «

»Möglich. Aber was, wenn sie sich wirklich in ihn verliebt hat? Vielleicht bin ich einfach zum ersten Mal in meinem Leben verdammt eifersüchtig. Dann mag ich diesen Zustand aber absolut überhaupt gar nicht. So gefalle ich mir kein bisschen.«

»Jetzt fahr erst mal zu deinem Termin und dann nach Hause und mach es dir gemütlich. Cleo wird die Kinder ja bald abholen, und dann kommt Thore auch. Esst was Schönes, lasst es euch gut gehen, und grübel nicht mehr allzu lange herum. Versuch, darauf zu vertrauen, dass das Schicksal dir schon zeigen wird, warum du dieses Gefühl hast. Es muss doch nicht unbedingt was Negatives sein, was Thore und dich betrifft, oder? Glaub daran, dass alles seinen Weg geht. Ich klinge schon wie du, finde ich.«

Ich lachte matt. »Stimmt. Und du hast ja recht. Ich versuche es. Danke, Marla.«

15

Marla

»Marla! Ich bin gesurft, und es war so super! Darf ich wieder mit zu Thore und Emma?«, klang es um kurz nach achtzehn Uhr, als ich gerade die Ladentür geschlossen hatte.

Levke war durch die Seitentür hereingerannt, dicht gefolgt von Linus. Sie nickte mit einem Strahlen im Blick, als gebe sie selbst die Antwort. Auch Linus hatte ein erwartungsvolles Leuchten in den Augen.

»Ihr seht ja glücklich aus«, freute ich mich und schaute zur Tür, wo Alva mit Cleo sprach. »Das müssen wir mit Thore und Cleo besprechen. Willst du nicht noch hereinkommen?«, fragte ich Cleo.

»Danke, nein. Das ist ganz lieb. Es war ein aufregender Tag. Hat alles super geklappt, aber ehrlich gesagt bin ich echt erschöpft«, antwortete Cleo.

»Das verstehe ich. Die Betreuung einer hibbeligen Kindergruppe in der Nähe des Wassers ist nicht zu unterschätzen. Wie ich hörte, hatte Linus aber Spaß, und alles hat geklappt?«

Cleo lachte, es klang müde. »Das sah so aus. Er hat nicht auf Emma reagiert und scheint ihre Nähe gut zu vertragen. Ich freue mich sehr darüber.« Sie faltete die Hände dankbar. »Und so, wie es aussieht, habe ich jetzt eine Wasserratte zum Sohn. Das Surfen war das i-Tüpfelchen, wobei ich als Mama davor ganz schön Bammel hatte. Vollkommen unberechtigt allerdings.«

»Dann könnt ihr das doch jetzt öfter so machen. Levke ist jederzeit wieder gerne dabei, wie du gerade gehört hast.«

Cleo hob beschwichtigend die Hände. »Ja, das können wir sicher gerne mal wieder machen. Aber Thore soll sich da bitte für Linus keine Mühe machen. Es ist toll, dass er da sein darf, wenn ich eine Gruppe betreue, und bei Emma bleiben kann. Aber es muss nicht die Extra-Surfstunde sein, und auch Levke soll nicht automatisch immer dafür eingespannt werden«, erklärte sie. Obwohl Cleo freundlich war, war irgendwas am Klang ihrer Stimme anders. Undefinierbar bestimmt. Oder war ich durch Insas Vorsicht schon hellhörig geworden und bildete mir das ein? Es schien, als wolle Cleo einfach ungern jemanden beanspruchen. Sie war so ein Typ Mensch. Es passte zu ihr.

»Ich bin so müde und froh, dass wir nach dem Abendessen einfach ins Bett fallen können.« Sie lächelte müde. »Linus, kommst du?«

»Ach, schade. Kann ich nicht noch bleiben? Levke und ich wollten noch die Malbücher machen.«

»Linus, es reicht für heute. Ihr seid jetzt den ganzen Tag zusammen gewesen, und ich bin seit heute früh auf den Beinen und rotiere. Ich möchte aufs Sofa, und du musst morgen in die Schule und deshalb bald ins Bett. Die Bücher laufen ja nicht weg.«

»Welche Bücher eigentlich?«, fragte ich.

»Die hat uns Hannes vorhin vorbeigebracht«, erklärte Levke und zeigte uns die Malbücher. »Nimm deins doch erst mal mit.« Sie streckte eins Linus entgegen, der sich freute.

»Das ist ja echt lieb von Thores Bruder«, erkannte Cleo und wirkte froh darüber, dass ihr Sohn wieder lächelte.

»Hast du Hannes auch kennengelernt?«, fragte ich, doch Cleo schüttelte den Kopf. »Er war wohl kurz in der Surfschule, als ich gerade die Kinder ins Hotel gebracht habe. Da haben wir uns verpasst. Das sollen Malbücher sein, die er als Beschäftigung für Kinder im Restaurant bestellen will, sagte Thore. Levke, Linus und die Surfkinder sind sozusagen die Tester.«

»Cool, ja, da habt ihr ja eine wichtige Aufgabe. Aber das läuft wirklich nicht weg. Komm doch schnellstmöglich wieder zu uns, Linus, und dann malt ihr zusammen«, bot ich an.

»Na gut. Danke. Tschüss, Levi«, rief er und winkte Levke, die schon auf dem Weg in die Küche war.

»Bis morgen, Linus.«

Ich räumte noch kurz den Laden auf und folgte Levke dann in die Küche, wo Alva bereits Brote und Aufstrich vorbereitet und auf den Tisch gestellt hatte.

»Da hatte unser Mädchen aber einen tollen Tag«, stellte Alva fest und legte dankbar die Handflächen aneinander.

In dem Moment kam Peer auch ins Haus. »Papa!« Levke stürmte auf ihren Vater zu, der sie hochhob, herumwirbelte und dann auf seine Hüfte setzte, einen Arm um sie gelegt.

»Mein großes Mädchen! Lange geht das aber nicht mehr.« Er ächzte und tat gespielt angestrengt, als Levke ihre kleinen Arme um seinen Hals legte und sich an ihn schmiegte. Sie war so ein zartes, kleines Persönchen, dass Peer sie locker noch auf den Arm nehmen konnte. »Thore hat erzählt, ich habe es hier mit der weltbesten Nachwuchssurferin zu tun.« Levke lachte.

Ich schaute die beiden an und spürte das Glück in meinem Bauch. Sie boten ein schönes Bild. Dieser entspannte, zufriedene Mann und dieses kleine Mädchen mit dem riesengroßen Herzen, das ich so bewunderte, wie es sich liebevoll um ihren Freund kümmerte – diese beiden waren meine Familie.

»Ich gehe mich kurz umziehen. Bin gleich wieder da«, erklärte Peer, setzte Levke auf der Bank ab und ging ins Schlafzimmer.

»Levke, du bist eine Freundin, die sich jedes Kind nur wünschen kann«, sagte ich und strich dem Mädchen anerkennend über den Rücken. »Linus hat ein großes Glück.«

»Er hatte ja schon genug Pech. Jetzt braucht er auch mal Glück«, erklärte Levke und nickte mit wichtigem Blick.

»Hat er das?« Überrascht über diese Aussage, schaute ich Levke an.

»Er hat gefragt, warum ich dich Marla nenne und nicht Mama. Da habe ich ihm erklärt, dass Mama und Papa getrennt sind und Mama nicht hier wohnt, sondern in Dänemark. Manchmal finde ich das auch doof, aber dann auch wieder super, weil Dänemark nicht so weit weg ist und wir uns dann ganz oft sehen und wir Mama immer besuchen können. Und außerdem hab ich jetzt zusätzlich auch noch dich!« Levke strahlte und senkte dann aber den Blick. »Er hat dann so traurig geguckt, und ich habe mich erst gar nicht getraut, ihn zu fragen, was mit seinem Papa ist.«

»Hast du ihn denn dann noch gefragt?«

»Ja. Er hat gesagt, dass er nur mit seiner Mama hier wohnt. Aber dass das auch in Hamburg schon so war.« Sie zuckte die Schultern.

»Ach so, dann sind seine Eltern also länger schon getrennt.«

»Die waren nie zusammen, sagt Linus. Er kennt seinen Papa gar nicht. Ist das nicht traurig?« Der Blick des kleinen Mädchens war nahezu verzweifelt. »Ich hab sogar drei Eltern, und er hat nur seine Mama.«

»Das ist traurig, ja.« Ich fühlte mit dem Jungen, denn auch ich kannte das ja nur zu gut. Ich dachte an Cleo und überlegte, ob es ihr schwerfiel, Traumhochzeiten für glückliche Liebespaare zu organisieren, wenn sie selbst diese Liebe noch nicht für sich gefunden hatte. Mehr noch, wenn sie möglicherweise von ihrer großen Liebe mit dem Kind allein gelassen worden war. Aber darüber konnte ich mir kein Urteil erlauben. Es könnte genauso gut sein, dass es ihr Wunsch war, sich von dem Vater zu trennen. Und ihren Job machte sie von Herzen und hatte sich ja bewusst dafür entschieden. Es schien mir nicht so, als quäle sie sich mit dem, was sie tat. Im Gegenteil. Ihre gerade oft nachdenkliche Art hatte einen anderen Hintergrund, dachte ich mir.

»Aber Linus hat eine so wundervolle Mama. Ich bin mir sehr sicher, dass es ihm an nichts fehlt.« Ich legte den Arm um Levkes Schultern, und sie schmiegte ihren Kopf an mich. »Und wenn er mal Fußball spielen will oder so, dann kann er ja Papa fragen. Oder Thore. Linus findet Thore nämlich megacool.« Levke grinste breit. »Noch ein bisschen cooler als Papa, glaube ich.«

»Moment, habe ich da gerade gehört, dass mich da jemand weniger cool findet als meinen Kumpel Thore?« Gespielt ärgerlich stemmte Peer, der gerade wieder in den Raum kam, die Hände in die Hüfte und schob die Augenbrauen zusammen. Levke lachte lauthals. »Tja, Papa. Du bist der liebste und tollste Papa. Aber so cool wie Thore bist du leider nicht. Schade Marmelade.« Sie hob mit ernster Miene bedauernd die Handflächen und lachte dann. »Da muss ich wohl bei Thore noch mal in die Coolness-Schule gehen«, überlegte Peer und legte die Hand ans Kinn. »Meinst du, er bietet auch Kurse an, für Typen, die cooler werden wollen?«

»Es muss ja nicht nur coole Typen geben, mein Schatz«, tröstete ich ihn und gab ihm einen Kuss, wofür ich von Levke einen genanten Blick erntete. Sie mochte es nicht, wenn wir uns küssten, und sagte manchmal, dass ihr das peinlich war.

»Entschuldige, kleine Maus«, flüsterte ich, und wir lachten alle.

Peer erzählte von seinem Tag, an dem er für einen Termin in

Dänemark gewesen war. Im Gepäck hatte er eine Tüte mit handgemachten Spielzeugen. Kleine Püppchen aus Stoff, in Maus-Optik, mit filigraner Kleidung, Krönchen und Zubehör wie Kleiderschränken, Betten oder einem Liegestuhl. Levkes Augen wurden immer größer.

»Ich habe mich kurz mit Mama getroffen, weil sie Geschenke für dich hatte. Sie hat diesen Hersteller gerade in das Sortiment für ihre Läden aufgenommen und eine Auswahl einiger Produkte bereits im Vorfeld bekommen.«

»Und die darf ich jetzt haben? Die sind so toll! Danke!«

»Sie dachte sich, dass du dich darüber freust. Ruf sie doch gleich mal an und erzähl es ihr.«

Levke griff nach Peers Handy und einem der Püppchen. Dann lief sie ins Nebenzimmer, und wir hörten sie, wie sie ihre Mutter begrüßte und sich überschwänglich bei ihr bedankte und anschließend von ihrer Surfstunde und Linus erzählte.

»Diese Belohnung kommt heute genau richtig«, fand ich und schaute ihr hinterher. »Sie macht das mit Linus so großartig. Ich bin mir sicher, ohne Levke hätte das heute in Thores Surfschule nur halb so gut geklappt. Auch wenn er natürlich ein supercooler Typ ist.« Ich grinste, und Peer knuffte mich in die Seite und lächelte.

»Schön, das freut mich zu hören. War Insa denn auch mal in der Surfschule? Sie schaut doch immer mal vorbei.«

»Ja. Sie war eine Zeit lang auch da. Sie hat auch erzählt, dass Linus happy war, und hat Levke in den höchsten Tönen gelobt.«

»Das macht mich sehr stolz«, gab Peer zu und lächelte.

»Ansonsten ist Insa weiterhin ein wenig angespannt zurzeit«, sagte ich und nutzte die Zeit, in der Levke noch nicht wieder da war, um mit Peer über das Thema Cleo zu sprechen. »Mit Alva habe ich ja darüber schon gesprochen.« Diese nickte.

»Warum? Was ist los? Hat das noch immer mit Cleo zu tun?«
Peer schaute mich interessiert an, während er nach einem Brot
griff.

»Ach, nachdem wir uns anfangs alle drei so gut verstanden haben, verhält Cleo sich jetzt wohl ein wenig verändert. Zumindest
Insa gegenüber. Sie hat die Unterhaltung zwischen den beiden als
sehr vertraut empfunden, obwohl Thore ihr versichert, dass er
Cleo nicht kennt. Insa sucht nach den Gründen für ihr schlechtes Gefühl, bekommt es aber nicht zu fassen. Schon als wir den
ersten Kontakt herstellen wollten, hat sie so komisch verhalten
reagiert. Da hatte sie ihn aber noch nicht einmal gesehen.« Ich
zuckte die Schultern. »Daher kann ich mir da keinen Reim drauf
machen. Ich hoffe, es waren nur ihre Sorgen wegen des Surfens
und Linus' Schwierigkeiten in Gruppen. Da das und auch das Problem mit der Allergie jetzt geklärt ist, sollte sich alles wieder beruhigen. Das ist meine Hoffnung.«

»Okay. Da drücke ich auch die Daumen. Sonst steht das ja
doch irgendwie zwischen Insa und Cleo und ist sicherlich für die
Hochzeitsplanung nicht unbedingt förderlich.« Peer hob die Augenbrauen. »Da kann man nur hoffen, dass Cleo Thore nicht vielleicht auch so cool findet wie manch kleine Verehrerin ...«

Ich fuhr mir durch die Haare. »Hör bloß auf! Den Gedanken
hatten wir natürlich auch schon.« Bedeutungsvoll zog ich die Augenbrauen hoch. »Auch wenn das mit Thore und Insa ja direkt
nichts zu tun hätte, wäre es für die Hochzeit sicherlich nicht von
Vorteil, wenn sich die Hochzeitsplanerin in den Bräutigam verliebt.«

»Aber sagtest du nicht, dass das schon vorm ersten Aufeinandertreffen losging, dass Cleo komisch wurde? Dann müsste sie
sich ja in ein Foto verliebt haben.« Peer zog die Augenbrauen zusammen und schüttelte den Kopf.

»Unwahrscheinlich, das denke ich auch.« Ich hob die Schultern. »Oder sie kennt ihn von früher und war da schon heimlich verliebt in ihn.«

»Mag sein. Aber das könntet ihr sie ja irgendwie fragen, oder?«

»Haben wir. Sie sagt, sie kennt uns ja alle erst kurz und so weiter. Da deutet nichts auf eine alte Bekanntschaft hin. Und Thore behauptet vehement, sie nicht zu kennen.« Peer legte die Stirn in Falten und zog die Mundwinkel nach unten. Ihm fiel offenbar auch keine Erklärung ein.

Auch die nächsten Tage beim Surfkurs liefen gut. Levke machte große Fortschritte und erzählte jeden Abend begeistert, wie gut Emma und Linus sich verstanden. Dass Emma sich richtig freute, wenn sie Linus sah, und sie schon gemeinsam kleine Übungen absolvierten. Sogar am Strand entlang, ein wenig entfernt von der Surfschule, konnte er sie schon an der Leine führen.

Da die Kinder so viel am Strand waren, sah ich den Jungen in dieser Woche kaum – immer nur kurz, wenn Cleo Levke bei uns absetzte und nach den langen Tagen dann nicht mehr länger bleiben wollte.

Am vorletzten Tag des Kurses beschlossen Peer und ich zum Abend hin ebenfalls zu Thores Surfschule zu fahren, um Levke selbst abzuholen, ihre Surfkünste zu bewundern und zusammen mit den anderen den Abend zu genießen.

Schon als wir ankamen, sahen wir Linus und Levke mit vor Aufregung hochroten Gesichtern und sichtbar stolz im Wasser stehen. Neoprenanzüge wärmten sie, denn auch wenn es sonnig war, war das Meer noch recht frisch.

Auf einem umgedrehten Boot am Rande des Wassers saß Insa, etwas weiter entfernt lief Cleo mit der Gruppe von Kindern gerade in Richtung des Hotels. Sie waren fertig mit dem Kurs, weshalb Thore sich nun Levke und Linus widmen konnte.

Als Insa uns entdeckte, winkte sie, und wir gesellten uns zu ihr.

»Hey, wie läuft es hier? Es sieht ja gut aus«, freute ich mich.

»Ich war ja nun die ganze Zeit nicht hier. Es ist ein riesiger Unterschied zum Beginn. Die Kids machen das grandios. Thore ist sehr zufrieden mit ihnen.«

»Und sonst?« Ich setzte mich neben Insa, die mit einem leichten Seufzen Luft durch die Lippen ausstieß. »Soweit eigentlich alles okay. Ich habe gerade, als die Kinder zum Abschluss noch eine Runde frei hier herumtoben konnten, mit Cleo noch ein wenig über die Rede gesprochen. Das, was für Thores und meine Rede wichtig ist, sind wir noch mal durchgegangen. Auf dich will sie deswegen auch noch mal zukommen.«

»Ach super. Das klingt doch aber ganz gut.«

»Ja.«

»Aber?«

Insa schaute mich an, schwieg aber zunächst. Peer, der offenbar erkannte, dass Insa Redebedarf hatte, verabschiedete sich in Thores Richtung.

»Ich schau mal, was die drei da so veranstalten.« Er stapfte durch den Sand in Richtung der Wasserkante.

»Levke hat vorhin mit Linus gequatscht. Da ging es um irgendwelche Geschenke, die ihr Peer von ihrer Mama aus Dänemark gegeben hat.«

»Ja. Peer war dort und hatte eine Reihe an kleinen Stofftieren bei sich. Sie hat sich sehr darüber gefreut.«

»Das habe ich gemerkt.« Insa lächelte. »Als Linus dann wieder zu Emma gegangen ist, hat mir Levke erzählt, dass sie lieber gar nicht so viel über ihre Mama redet, weil es Linus nicht so gut geht wie ihr. Sie sagt, er kennt seinen Papa gar nicht, und das macht ihn wohl traurig.«

»Ja, das hat Levke uns erzählt.«

»Ach so, ihr wusstet das schon?«

»Ja. Wir haben vor ein paar Tagen darüber gesprochen.«

»Okay.« Insa wirkte ungewohnt angespannt.

»Was ist denn los? Du wirkst wirklich unheimlich nachdenklich. Ich mache mir langsam ein wenig Sorgen.«

»Musst du nicht. Ich komme schon klar. Muss nur mal wieder von Kopfkino auf mehr gutes Bauchgefühl umsteigen. Keine Ahnung, warum mir das gerade so schwerfällt. Aber irgendwie ist die Situation merkwürdig.«

»Findest du denn nicht, dass Cleo wieder besser drauf ist, seit Linus hier so happy ist? Du hast sie ja jetzt nach ein paar Tagen wiedergesehen und gesprochen. Ich hab sie nur von Weitem erlebt.«

»Was unsere Hochzeit angeht, ist alles bestens. Aber hier in der Surfschule ist sie wirklich komisch. So ganz anders als sonst. Unsicher. Fast schon unsouverän. Als bringe etwas sie durcheinander. Und wenn sie sich unbeobachtet fühlt, vorhin zum Beispiel, als ich gerade erst ankam und sie mich noch gar nicht gesehen hatte, dann schaut sie Thore manchmal ganz merkwürdig an.«

Skeptisch blickte ich Insa von der Seite an. »Mag es sein, dass meine beste Freundin doch einfach ein wenig eifersüchtig ist? Oder auch ganz schön doll?« Ich konnte mir ein Schmunzeln nicht verkneifen. Zu meinem Erstaunen geschah etwas, was ich bei Insa noch nie gesehen hatte: Sie wurde ganz zartrot im Gesicht.

»Blödsinn«, murmelte sie und schob die Augenbrauen wütend zusammen. Ich legte den Arm um sie.

»Du bist süß. Das ist doch etwas Schönes. Du liebst diesen Kerl halt abgöttisch.«

»Ich wünschte, es wäre einfach nur Eifersucht. Ganz ehrlich. Aber das ist es irgendwie nicht mehr, was mich beunruhigt. Ich mache mir gar keine Sorgen, dass da was läuft. Ich vertraue Thore, dass er nichts mit irgendwem anfängt, und weiß, dass er mich liebt.«

»Vertraust du Cleo auch?«

Insa schaute mich entrüstet an. »Sonst hätte ich kaum zugestimmt, dass sie sich weiterhin ausgerechnet um meine Hochzeit kümmert.«

»Schon. Aber die Dinge ändern sich natürlich manchmal irgendwann. Es ist ja nur menschlich, dass man so was mal fühlt.«

»Thore wirkt ganz entspannt. Auch nicht an ihr interessiert oder so. Ich muss mir da eigentlich gar keine Gedanken machen. Ich hab ja schon in alle Richtungen überlegt. Aber seit Levke mir davon erzählt hat, dass Linus seinen Papa nicht kennt, steht mein Gedankenkarussell gar nicht mehr still.«

»Warum? Ich komme nicht mehr hinterher«, gab ich zu.

Insa rang mit den Händen, den Blick aufs Meer gerichtet, welches sanft und weich an Land plätscherte und in dem sich die Sonnenstrahlen tanzend spiegelten, als sei der Tag nur auf Sorglosigkeit und Leichtigkeit ausgelegt. Sie suchte nach Worten und kam mir mit einem Mal ganz aufgewühlt und klein vor.

16

Insa

In meiner Brust tobte ein Orkan. Ich schwankte zwischen absolut fester Überzeugung und kompletter Verunsicherung. In einem Moment schien es mir so klar, dass das, was ich vermutete, wahr sein könnte. Im anderen hielt ich mich selbst für vollkommen verrückt. Am liebsten hätte ich meine Gedanken für mich behalten und niemandem davon erzählt. Aber mit Marla war das etwas anderes. Ich wusste, dass ich über alles mit ihr reden konnte. Ich konzentrierte mich auf meine Atmung, nahm jeden Atemzug ganz bewusst, um meine Nerven zu beruhigen.

»Marla, vielleicht hältst du mich für verrückt, wenn ich dir das sage. Ich weiß ja selbst nicht, ob ich womöglich verrückt geworden bin. Aber ich kann den Gedanken einfach nicht mehr abschütteln, und du bist die Einzige, mit der ich darüber reden will.«

»Mach mir keine Angst.« Marla lächelte zögerlich und griff nach meiner Hand.

»Cleo hat ja erzählt, dass sie nach Sylt gekommen ist, um einen Neustart zu planen. In einer unserer Unterhaltungen hat sie auch so was gesagt wie: Ich musste hierherkommen, weil es hier auf Sylt Antworten für mich gibt und ich erkennen will, wo mein Zuhause und das meines Sohnes ist. Das sind alles so Aussagen, die darauf hindeuten, dass sie hier nach irgendwas auf der Suche ist, meinst du nicht?«

Marla zog die Schultern hoch und ließ sie ganz langsam sinken. »Möglich. Aber wer ist das nicht? Gerade, wenn man beruflich neu durchstartet. Da kann ich ihre Aussagen schon verstehen.«

»Schon. Aber bis Thore ins Spiel kam, schien mir das anders. Dann haben wir den Kontakt hergestellt, und sie hat sich erst mal zurückgezogen. Als sie dann so weit war, dass sie sich auf die Treffen eingelassen hat, sah das zwar erst mal ganz gut aus, aber ich merke, dass sie sehr angespannt ist, wenn sie hier bei Thore ist. Zumindest, wenn ich dabei bin.«

»Und das beziehst du tatsächlich auf Thore und dich?« Marla legte die Stirn in Falten. »Das glaube ich nicht. Was sagt Thore denn dazu? Merkt er das auch?«

»Er meint, ich sehe Gespenster. Aber so genervt, wie er jedes Mal reagiert, wenn ich ihn anspreche, kommt mir das auch merkwürdig vor.«

»Also wenn er sie kennen würde, hätte er dir das sicher erzählt. Meinst du nicht?«

»Das habe ich immer gedacht, ja. Aber gerade bin ich mir da nicht mehr so sicher. Da ist etwas ganz Vertrautes, etwas Selbstverständliches zwischen den beiden. Und wenn ich dazukomme, ist es, als wenn ich störe. Das bilde ich mir doch nicht ein.«

»Du weißt, ich schätze dein Feingefühl wahnsinnig und gebe dir da auch sehr oft recht. Aber vielleicht täuschst du dich dieses Mal tatsächlich und steigerst dich in etwas hinein. Du sagst doch auch immer, dass Gedanken die Gefühle beeinflussen. Meinst du nicht, dass das möglich ist bei dir? Nur diesmal einfach in die andere Richtung.«

In meinem Bauch zwickte es. »Ja. Bestimmt.«

»Vielleicht kommt da alles zusammen. Einfach, weil du emotional so sehr an Thore hängst, nach all den Jahren, in denen du auf ihn verzichtet hast, und ihn jetzt endlich wieder bei dir hast und ihn nie mehr wieder loslassen willst.« Marlas Lächeln war verständnisvoll und rührte mich.

»Aber bitte, misstrau Thore nicht. Er ist eine so gute Seele. Das hat er nicht verdient. Er ist so froh, dass ihr euch nach dieser Zeit ohneeinander wiedergefunden habt.«

»Danke, Marla.« Ich starrte auf den Sand vor meinen Füßen. »Weißt du, was ich mir alles vorstelle aus jener Zeit, in der wir getrennt waren? Thore war viel unterwegs, ließ keine Party aus. Ich weiß, dass er viele Frauen hatte. Kann es nicht sein, dass Cleo eine von ihnen war? Kann es sein, dass er sich wirklich nicht erinnert, sie aber schon? Eine Nacht mit viel Alkohol und wenig Erinnerung danach – eine andere Frisur.«

»Ich weiß nicht. Thore ist so anders in meiner Vorstellung. Das passt für mich nicht zu ihm.«

»Jetzt ist er anders, ja. Er hat mir aber selbst erzählt, dass es eine ganze Zeit in seinem Leben deutlich wilder zuging. Und diese Zeit muss ziemlich genau vor sechs bis zehn Jahren gewesen sein.«

Marla schaute mich nun mit einem Blick an, der von Verwirrung zeugte. »Okay. Aber selbst wenn es so wäre, wäre das für dich so schlimm? Es war vor eurer Zeit.«

»Ihr Verhalten ist so widersprüchlich. Wie sie seine Nähe einerseits meidet und sie doch irgendwie sucht. Was, wenn Linus sein Sohn ist?«

In Marlas Gesicht sah ich, wie sie langsam verstand, was ich damit sagen wollte. »Nein!« Marla presste die Hand vor den Mund. »Glaubst du das wirklich?«

Ich zuckte die Schultern. »Hältst du das für vollkommen abwegig?«

»Im ersten Moment schon, ja. Das muss ich sacken lassen. Ich weiß es gerade nicht, Insa, wenn ich ehrlich bin«, gestand Marla und starrte in Richtung des Hotels, wo Cleo jeden Moment wiederauftauchen könnte.

»Das, was sie mir erzählt hat, zur Suche nach ihrem Zuhause, passt dazu. Dass Linus seinen Vater nicht kennt, dass sie etwas ändern will, neu anfangen.«

»Du musst Thore von deinen Gedanken erzählen.«

»Der wird durchdrehen. Er ist schon ziemlich genervt von meinen skeptischen Überlegungen. Sicher wird er wütend aufgrund meines Verdachts.« Insas Blick war wie versteinert. »Er hat mir immer wieder nahegelegt, Cleo zu nichts zu drängen und ihre Entscheidung, nicht zur Surfschule kommen zu wollen, zu respektieren«, stellte sie tonlos fest. »Was, wenn er doch etwas ahnt und es ihm ganz recht ist, wenn sie Abstand hält.«

»Insa, das glaube ich nicht. Wie gesagt. Thore gegenüber halte ich Misstrauen für unbegründet. Der würde dazu stehen, wenn es da was gäbe, was er dir erzählen sollte. Er weiß ja auch, dass Cleo noch mindestens bis zu unserem großen Tag eine wichtige Rolle für uns spielt und er ihr kaum aus dem Weg gehen kann.«

»Ich weiß gar nichts mehr, Marla. Vielleicht geht's den beiden auch so. Ich könnte mir denken, dass Thore der Gedanke an ein Kind auch vollkommen vor den Kopf stößt. Schließlich war das nie eine Option für ihn.« Mein Blick ging zu Linus. »Eine Ähnlichkeit sehe ich nicht. Bis auf das Talent zum Surfen. Und die Hundeallergie.« Ich lachte matt. »Aber die hat seine Mutter ja auch.«

»Deine Vermutungen bringen nun auch mich ganz durcheinander«, sagte Marla, was mich nicht unbedingt beruhigte.

»Ich muss mit Thore reden. Du hast wohl recht.«

»Unbedingt. Rechne aber auch damit, dass er sicher nicht tiefenentspannt reagieren wird.«

»Davon muss ich leider ausgehen, ja.«

Einige Minuten schauten wir schweigend auf das Wasser, wo die Kinder ihre inzwischen schon recht sicheren Surfversuche stolz präsentierten. Peer reckte die Daumen in die Höhe, und Cleo, die soeben wieder am Strand angekommen war, winkte uns zur Begrüßung und kam auf uns zu.

»Es ist erstaunlich, was Thore den Kindern in so kurzer Zeit beigebracht hat, oder?«, staunte sie.

»Absolut«, bestätigte ich. »Er ist wirklich ein toller Lehrer und kann unwahrscheinlich gut mit Kindern umgehen.« Mein Blick blieb bei Thore.

»Das habe ich sofort gemerkt. Er hatte von der ersten Minute an eine so besondere Verbindung zu Linus. Da habe ich wirklich drüber gestaunt. Und die Freude daran, hier zu sein bei Emma und nebenbei mit Thore das Surfen zu lernen, das hat ihm so richtig gutgetan. Er wirkte auch sonst viel zufriedener und als ob er sich langsam wohler fühlt hier auf der Insel.«

»Schön.« Meine Antwort war zwar mit einem Lächeln versehen, doch ich war mir sicher, dass Marla sofort heraushörte, was eigentlich dahintersteckte.

»Toll, dass der Plan mit Emma so gut aufging. Als kleiner Felix-Ersatz«, sagte Marla, um die Stimmung zu retten.

»Ja. Danke noch mal an euch. Gemeinsam mit Levke und Thore habt ihr Linus sehr glücklich gemacht. Und mich dadurch auch.«

»Thore macht es tatsächlich auch großen Spaß«, sagte ich dann. »Er geht in der Arbeit mit den Kleinen total auf.«

»Ich bin mir sicher, Thore wäre ein großartiger Papa«, sagte

Cleo da, und es kam mir vor, als schnüre sich im Innern meines Halses etwas ab.

»Ich kann leider keine Kinder bekommen«, sagte ich tonlos, und Cleo war es sichtlich unangenehm. Meine Emotionen kochten ungehindert so hoch, dass ich viel zu impulsiv antwortete. Eigentlich war das nicht die Antwort, die ich so einfach auf eine Aussage wie Cleos gab. Vor dem Hintergrund, dass ich emotional so neben der Spur lief, war sie mir herausgeplatzt.

»Entschuldige, Insa. Ich habe nicht nachgedacht. Das war sehr unbedacht.«

»Schon gut. Kannst du ja nicht wissen.« Ich lächelte, und ihr Blick war so aufrichtig entschuldigend, dass ich ihr wirklich kaum böse sein konnte. Auch konnte ich keine Berechnung in ihrer Aussage erkennen. »Das kam jetzt auch irgendwie falsch rüber. Für uns sollte das einfach nicht sein, und das ist auch okay so. Ich habe es für mich akzeptiert«, fügte ich hinzu und hoffte, das Thema damit abgehandelt zu haben. »Thores Ziele im Leben lagen auch nicht unbedingt in der Gründung einer Familie. Das hat es irgendwie alles wie eine Fügung des Schicksals aussehen lassen. Die haben wir so angenommen, wie sie sich uns angeboten hat. Wenn wir auch ein wenig Geduld brauchten, um das zu erkennen. Ich zumindest.«

»Ja, das Schicksal hat bei euch ja offenbar ganze Arbeit geleistet. Euer Wiedersehen nach so vielen Jahren genau zum richtigen Zeitpunkt. Das ist echt eine tolle Geschichte, so als hättet ihr in all den Jahren aufeinander gewartet, und jede Begegnung, die es zwischendurch vielleicht mal gegeben hat, war wie ein weiterer Pflasterstein auf dem Weg zueinander. Das ist so wunderschön. Beste Freunde als Kinder, die große Liebe fürs Leben einige Jahre später. Da bekomme ich echt Gänsehaut. Wie schön muss es sein, dieselben Ziele im Leben mit seinem Partner zu verfolgen. Das wünscht man wohl seinen liebsten Herzensmenschen.« Cleos Blick war schwärmerisch, und ihre herzlichen Worte klangen absolut authentisch und aufrichtig. Anerkennend, ohne Neid und Missgunst. Ich wusste nicht, was ich davon halten sollte. Dafür, dass ich vermutete, dass sie irgendwas mit meinem Verlobten verband, sprach sie sehr wertschätzend von Thore und mir. Ich war verwirrt.

»Thore und du, ihr versteht euch auch gut, oder?«, fragte Marla Cleo dann, und ich warf ihr einen irritierten Blick zu.

Kurz stockte Cleo. »Ja. Sehr gut. Man kann sich aber mit ihm fast nur gut verstehen, oder? So freundlich und strahlend. Er ist wirklich nicht nur ein Künstler im Umgang mit den Boards, sondern auch mit Menschen, insbesondere den Kindern.« Sie schürzte anerkennend die Lippen. »Damit hat er natürlich mein Mama-Herz sofort gewonnen. Ich wünschte, mehr Männer hätten so ein Geschick im Umgang mit Kindern. Und was mich ganz besonders begeistert, ist sein Draht zu Linus. Ich muss gestehen, dass mir das am Anfang fast ein wenig unheimlich war.«

»Unheimlich?« Meine Frage klang einen Hauch zu schroff, wie ich leider erst zu spät feststellte.

Cleo lachte unsicher. »Ja, klingt doof – entschuldige. Ich meine nur, Linus ist so verschlossen Fremden gegenüber. Bei Frauen fällt es ihm irgendwie ein wenig leichter, den Kontakt zu finden. Er ist einfach bisher hauptsächlich mit Frauen in seinem Leben aufgewachsen. War immer nur mit mir zusammen, und ich habe nun einmal eher weibliche Freundinnen. Der Umgang mit Männern ist ihm weniger vertraut. Aber so, wie es mit Thore ist, habe ich ihn überhaupt noch nie erlebt.«

»Spannend«, sagte Marla. »Sicher trägt auch seine liebe Emma dazu bei«, vermutete sie.

»Und Levke«, ergänzte Cleo und nickte energisch. »Sie ist

seine beste Freundin geworden innerhalb dieser wenigen Tage, die sie sich jetzt kennen. Es kommt mir vor, als ob Linus wie ein Familienmitglied von euch allen aufgenommen wurde. Das tut ihm so gut. Ich bin da manchmal kaum ausreichend, habe ich das Gefühl.«

»Ich bin mir sicher, das sieht Linus anders. Aber schön, wenn er sich wohlfühlt bei uns allen und wir ein wenig wie Familie sind. Hat denn Linus hin und wieder auch Kontakt zu seinem Vater?« Marlas nächste Frage ließ mein Herz einen Takt aussetzen, und es stolperte erst weiter, als Cleo ganz zaghaft den Kopf schüttelte.

»Marla, ich denke, Cleo möchte darüber nicht sprechen«, lenkte ich ein. »Und das ist auch okay.«

»Oh, entschuldige, Cleo«, ruderte Marla zurück.

»Schon gut. Und danke, Insa. Ihr erzählt so viel von euch. Natürlich sollt ihr auch mich kennenlernen. Und nur, weil es mir schwerfällt, darüber zu reden, ist es kein Geheimnis. Nein, leider hat er keinen Kontakt. Ich wünschte, es wäre anders. Aber bisher hat es nicht sein sollen. Ich kämpfe immer wieder mal damit, dass er ohne Papa aufgewachsen ist. Vielleicht ist es aber auch längst zu spät und ich sollte meinen Frieden damit finden.« Sie senkte betrübt den Blick. »Wie sagten meine Eltern immer? Man sollte schlafende Hunde möglicherweise gar nicht erst wecken. Linus und mir geht es gut, so wie es ist. Wir sind ein Team. Ein Mann, der immer wieder betont hat, dass er Freiheit braucht, sich nicht festlegen will, keine Kinder bekommen wollte und so weiter, der wird nie der Vater sein, den ich mir für mein Kind wünsche.« Cleos Blick ging aufs Meer, und hinter ihrer Sonnenbrille erkannte ich nicht, ob es Thore war, den ihre Augen suchten. »Manchmal investiert der eine Part einer Begegnung so viel mehr Gefühle und Gedanken an eine Zukunft, die nie sein sollte. Das gehört wohl dazu im Leben.«

Mein Hals fühlte sich ganz trocken an. Das, was Cleo so kryptisch formulierte, klang ganz nach Thore. Dem Thore von vor ein paar Jahren, der sein freies Leben zelebriert hatte. Ein One-Night-Stand, bei dem ein Partner deutlich größere Hoffnungen in ein Danach legte als der andere. Der, der womöglich nur schemenhafte Erinnerungen hatte an so manche Begegnung. Ich schaute zu Thore und den Kindern, und das Wogen der sanften Wellen verstärkte den Schwindel in meinem Kopf so, dass mir schlecht wurde.

Aber würde sie uns das so erzählen, wenn der Mann wirklich Thore war? Das kam mir unwahrscheinlich vor. Es passte nicht zu Cleo. Oder täuschte ich mich in ihr? Um das tatsächlich zu beurteilen, kannten wir uns erst viel zu kurz.

»Ich verstehe deinen Gedanken«, erklärte Marla. »Ich hätte nur immer Angst, dass mein Kind es mir irgendwann zum Vorwurf macht, dass ich entschieden habe, dass der Papa mit seiner freiheitsliebenden Einstellung zum Leben kein Recht darauf hatte, von seinem Kind zu erfahren. Und umgekehrt.« Marlas Lippen bebten. Ich spürte, wie das Thema sie aufwühlte, hatte sie doch ihr Leben lang damit gehadert, dass ihr Vater sie nicht kennenlernen wollte. Dass diese Annahme auf einem großen, tragischen Missverständnis beruhte, hatte sie erst als erwachsene Frau nach ihrer Ankunft hier auf Sylt erfahren. Er hatte gar nicht mehr die Möglichkeit gehabt, sich für oder gegen sie zu entscheiden, weil er, noch bevor er die Nachricht von der Schwangerschaft ihrer Mutter bekommen hatte, tödlich verunglückt war.

Cleo schaute Marla mit liebevoll nachdenklichem Blick an. »Ja, Marla. Du hast so recht, und dieser Gedanke zerreißt mir manchmal echt das Herz. Gehe ich diesen Schritt und konfrontiere den Papa mit seinem Sohn, um diesem Vorwurf entgegenzuwirken, und nehme dabei das Risiko in Kauf, dass dieser Schritt zur größten Enttäuschung in Linus' Leben werden könnte? Oder riskiere ich, dass er mir irgendwann den Vorwurf macht, seinem Papa und ihm diese Chance nicht gegeben zu haben? Marla, ich weiß es bis heute nicht. Noch nicht? Oder vielleicht ist es dafür auch längst zu spät.«

Mein Magen drehte sich, und gerne hätte ich irgendwas dazu gesagt. Beinahe wäre ich aufgesprungen und hätte sie angeschrien, ob sie uns hier nur etwas vormachte und dieser Mann, von dem sie da so rätselhaft sprach, sich längst ganz in der Nähe ihres Sohnes befand. Wäre in dem Moment nicht Peer zu uns gekommen und hätte gefragt, ob wir alle gemeinsam etwas essen gehen wollten, ich wusste nicht, was ich als Nächstes gesagt hätte.

»Oh, danke, ich weiß nicht so recht. Mein Magen fühlt sich gerade ganz flau an.« Was ich sagte, war nicht gelogen. Marla legte den Arm um mich.

»Dann vielleicht erst mal einen Tee? Beruhigt Körper und Seele.« Ihr Blick war vielsagend.

»Ich muss leider nach Hause«, erklärte Cleo. Ich habe noch ein wenig Bürokram zu erledigen. Da kam ich jetzt die Tage kaum zu.«

Linus, der mit Levke und Peer eben auch zu uns gekommen war und der den Vorschlag offenbar bereits mitbekommen hatte, machte ein langes Gesicht.

»Was hältst du davon, wenn wir Linus mitnehmen, und ich bringe ihn dir nachher nach Hause? Dann kann er was essen, Levke ist nicht ganz allein zwischen uns langweiligen Erwachsenen, und du kannst in Ruhe arbeiten.« Es war Peer, der diesen Vorschlag machte, der für ein dankbares Lächeln bei Cleo und für ein Strahlen bei ihrem Sohn sorgte. Linus blickte sie flehend an.

»Bitte, Mami«, wisperte er.

»Das ist ja lieb von euch«, sagte Cleo. »Super gerne. Vielen, vielen Dank. Dann muss sich Linus nicht langweilen, während ich über ödem Schreibkram brüte.« Linus lief zu seiner Mutter und umarmte sie.

»Danke, Mami.« Peer schenkte er ein Lächeln, das ebenso voller Freude war, wenn auch weiterhin etwas schüchtern.

Ich atmete innerlich auf, dass Cleo nicht dabei sein würde, auch wenn sich das unhöflich anfühlte. Ich musste mich für den Moment sortieren, und das würde mir nicht gelingen, wenn Cleo in den nächsten Stunden in meiner Nähe wäre. Es würde mich schon ausreichend durcheinanderbringen, dass Linus und Thore weiterhin so eng zusammen sein würden, denn der Junge war bereits zu meinem Verlobten gelaufen und hatte sich Emmas Leine geschnappt.

»Dann herzlichen Dank an euch und bis später«, Cleo blickte dankbar von Marla zu Peer, dann zu ihrem Sohn. »Das hilft mir heute in der Tat sehr.«

»Schön. Dir gutes Gelingen, und nächstes Mal bist du dabei«, sagte Peer, und Cleo nickte.

Wir einigten uns auf ein Restaurant in Wenningstedt und gingen zu unseren Autos. Linus fuhr mit Emma und Levke bei uns mit.

Ein Blick in den Rückspiegel zeigte zwei Kindergesichter, die immer wieder lachten und fröhlich plauderten. In Linus' Gesichtszügen suchte ich Ähnlichkeiten zu Thore, lenkte mich dann aber, als ich wirklich Parallelen fand, davon ab. So sehr ich mich für den Jungen freute, dass er sein Strahlen wiedergefunden hatte und aufgetaut war, so mulmig war mir bei dem Gedanken, dass dieser Junge, den ich wirklich in mein Herz geschlossen hatte, möglicherweise Thores Sohn sein könnte.

Ich wusste nicht genau, was es war, was sich meinen Magen bei der Vorstellung zusammenziehen ließ. Da war der Gedanke, dass es eine Frau gab, die mit dem Mann, den ich liebte und heiraten wollte, genau das haben könnte, was ich mir für mein Leben so sehr gewünscht hatte, aber nie bekommen würde. Dabei hatte ich die Liebe zu Thore, derer ich mir so sicher war. Dieser Gedanke brachte mich zum zweiten Punkt, weshalb eine mögliche Vaterschaft mich schmerzte. Ich war mir sicher, dass auch ein One-Night-Stand, so schwammig und nebelig die Erinnerungen an die Person waren, immer irgendein Wiedererkennen auslösen würde. Ich mochte nicht glauben, dass einem sich nach Jahren ein Mensch vorstellte, der einem vorkam wie eine vollkommen fremde Person, obwohl man mit ihr einmal das Bett geteilt hatte und sie das gemeinsame Kind bei sich hatte. Irgendwann im Rahmen dieses Wiedersehens musste doch der Punkt kommen, an dem eine Erinnerung aufblitzte. Das Grübchen, was der andere beim Lachen hatte, eine bestimmte Mimik, Gestik. Ein Geruch, die Stimme, ein tiefes Gefühl, dass man sich einmal nah gewesen war. Wenn auch nur körperlich. Wie kurze Flashbacks in die Vergangenheit. Daran glaubte ich, und alles andere war unvorstellbar für mich.

Wenn ich damit recht hatte, hieße das, dass Thore nicht ehrlich war mit mir, denn dann müsste ihm selbst längst dämmern, um wen es sich bei Cleo handelte. Aber ich traute ihm nicht zu, dass er ein solches Wiedererkennen so lang und auf so überzeugende Weise vor mir verstecken könnte.

Gleichzeitig erschreckte mich der Gedanke des Gegenteils. Was, wenn Thore in dieser Zeit der Freiheit tatsächlich so gedankenlos und unbedacht gehandelt hatte, dass er sich wirklich nicht an Cleo erinnerte. Ein falscher Name, Alkohol, Dunkelheit, heimliches Davonschleichen, nachdem der andere eingeschlafen war – war es möglich, dass Thore eine Frau so unwichtig gewesen war, dass er sie wirklich vergessen konnte?

Der Albtraum jeder Frau, die mit einem Mann intim geworden

war, woraus ein Kind entstand. Etwas, das ihr Leben in allen Punkten verändert hatte, während das des Vaters in keiner Form beeinträchtigt worden war, wenn er nicht den blassesten Schimmer einer Ahnung von der Existenz seines Kindes hatte.

Bei dem Gedanken spürte ich Mitleid für Cleo. Konnte das wirklich möglich sein?

Am ziehenden Druck in meinem Kiefer merkte ich, wie ich die Zähne angestrengt aufeinanderpresste. Ich spürte schon die Verspannung, die sich an meinen Schultern bildete. Die Stirn in Falten gelegt, kam es mir vor, als breite sich auch in meinem Kopf eine ungeheuerliche Anspannung aus.

Dies entging Thore nicht, und er legte seine Hand auf mein Bein. Ich zuckte zusammen. »Hey, alles in Ordnung? Geht es dir nicht gut?«

»Nicht so richtig, nein. Wie gesagt, mein Magen fühlt sich ganz flau an.«

»Willst du denn dann überhaupt was essen? Wir können auch absagen, und ich fahre dich nach Hause.«

Ich schüttelte den Kopf. »Nee, nee. Alles gut. Hab nur keinen großen Appetit. Aber das muss ja auch gar nicht sein.«

»Okay. Aber wenn es nicht geht, sagst du Bescheid, in Ordnung? Die Kinder können auch Peer und Marla nach Hause bringen.« Er streichelte mir zärtlich über das Bein, und ich legte meine Hand auf seine.

»Danke, mein Schatz«, sagte ich, und zwischen uns fühlte es sich so gut an, dass ich jeden Zweifel an seiner Ehrlichkeit in diesem Moment weit von mir wies. Ich wünschte, ich könnte dieses Gefühl von bedingungslosem Urvertrauen festhalten und würde keiner negativen Schwingung wieder Raum geben.

Das Restaurant lag am Weststrand von Sylt, unmittelbar hinter den Dünen in Wenningstedt. Zum Abend hin war der Himmel absolut klar und frei von Wolken. Mit Cleo sprachen wir daher telefonisch noch ab, dass die Kinder ausnahmsweise mal bis zum Sonnenuntergang aufbleiben durften und wir Linus danach bringen würden, weil er unbedingt mal einen Sonnenuntergang erleben wollte.

Nach kurzem Zögern war es für Cleo in Ordnung.

An diesem Abend im Kreise meiner Freunde gelang es mir, abzuschalten von meinen zermarternden Gedanken. Wir aßen köstliche Speisen und lachten viel in dem Bistro in unmittelbarer Strandnähe. Wir waren oft und gerne hier. Die Natur tat ihr Übriges, als wir nach dem Essen die Holztreppe hinaufliefen, die über den Dünenkamm führte, und von dort den Ausblick über das Meer genossen. Farbenprächtig lag der Abendhimmel vor uns und legte sich wie eine eindrucksvolle Leinwand über das Wasser. Der orangefarbene Feuerball malte Kunstwerke aus kreisenden Möwen und fliegenden Wolken, die von der untergehenden Sonne angestrahlt wurden. Es war ein großartiges Schauspiel.

Levke und Linus waren hinunter an den Strand gelaufen und hatten es sich »wie die Großen« in einem freien Strandkorb bequem gemacht. Marla und Peer saßen Arm in Arm in ihrer Nähe. Thore und ich standen oben am Holzgeländer mit Blick über den Strandabschnitt. Obwohl einige Menschen hier waren, um das Spektakel am Abend zu bestaunen, war die Stimmung ruhig und entspannt. Hin und wieder erklangen ein Lachen, leise Gespräche und Kinderjuchzen. Möwenschreie untermalten die besondere Atmosphäre.

Wind zog vom Meer her auf und brachte die erste Kühle der Nacht mit sich. Thore wickelte mein Cape fürsorglich um meine Schultern und legte die Arme um mich. Thores liebevolles Verhalten mir gegenüber bestätigte mich immer wieder darin, dass alles

gut war, und das, was ich mir vorstellte, nur in meinem Kopf stattfand. Ich hoffte, dass sich alles aufklären würde und dass ich bald
schon wieder beruhigt sein könnte.

Am nächsten Tag stand unser Junggesellinnenabschied an, auf
den ich mich sehr gefreut hatte, bis mich die Situation mit Cleo so
durcheinandergewirbelt hatte.

17

Marla

»Glaubst du's?«, platzte Insa aufgebracht hervor, als wir telefonierten. »Cleo hat Thore für den Kurs heute Nachmittag kurzfristig abgesagt.« Sie wirkte ganz empört.

»Das würde ich nicht überbewerten«, versuchte ich, sie zu besänftigen.

»Ja klar. Cleo hat gestern sehr liebevoll über uns gesprochen. Aber dass sie jetzt heute gar nicht mehr bei Thore auftaucht, ist doch nun wieder merkwürdig.« Insas Stimme klang aufgeregt, und ich erkannte meine sonst so in sich ruhende Freundin kaum wieder. Wie leider öfter mal in den letzten Tagen.

»Insa, beruhige dich. Sie hat viel um die Ohren und rotiert gerade ziemlich. Uns hat sie auch gefragt, ob wir Linus nach der Schule mit zu uns nehmen können. Alva hatte ihr das ja angeboten, und Levke freut sich.«

»Ja, mag sein. Aber du kennst mich. Dieses Gefühl, dass da irgendwas im Busche ist, das geht einfach nicht mehr weg. Ich würde es doch auch gerne ändern.«

»Vielleicht bist du ja schlauer, wenn wir mit Cleo sprechen. Sie wird es sicher erklären. Falls sie Linus bringt, horche ich mal nach«, sagte ich, und es war still am anderen Ende der Leitung. »Klappt das denn bei Thore auch ohne Cleo?«

»Jaja, heute ist das okay. Die Kinder sind schon so fit im Wasser, dass er direkt alle miteinander aufs Board lässt. Das passt wohl.«

»Und meinst du denn, unseren Junggesellinnenabschied heute Abend will sie trotzdem begleiten?«

Insa stieß Luft durch die Lippen aus. »Das denke ich doch. Ich habe nichts Gegenteiliges gehört. Ich bin gespannt. Nicht, dass das ein totaler Flop wird.«

»Das wird es nicht.«

Wir hatten uns für den Abend in einem Keramik-Café auf Sylt angemeldet, um dort mit dem engsten Kreis unserer Freundinnen und außerdem Alva, Flora und Cleo zu feiern.

Ich freute mich auf den Abend, an dem wir individuelle Keramikprodukte gestalten wollten. Später sollte es noch zu einem leckeren und entspannten Ausklang des Abends etwas zu essen geben. Was und wo wir essen würden, war jedoch noch eine Überraschung. Nur wir Frauen unter uns, gutes Essen und ausgelassene Stimmung.

Gerade machte ich mir allerdings ein wenig Sorgen, ob die Veranstaltung wirklich so entspannt werden würde, wie ich sie mir vorgestellt hatte. Würden Insa und Cleo die Situation weiterhin so hakelig gestalten, sah ich schwarz für unseren Abend, der uns doch eigentlich locker und leicht aus dem Leben der Junggesellinnen verabschieden sollte.

Während ich süßlich frisch duftende Bonbons abfüllte, kleine Kostproben anbot und Kunden beriet, die mir ihre Wünsche für die Traumsüßigkeit ihrer Wahl nannten, verging die Zeit wie im Flug.

Mittags sah ich, wie Peer Levke und Linus direkt zu Alva

brachte, die den Kindern im Garten Pfannkuchen mit Puderzucker servierte. Levke strahlte, während Linus auf mich einen traurigen Eindruck machte. Nun würden sie erst mal die köstlichsten Vanillepfannkuchen genießen. Ich war mir sicher, das würde Linus' Laune heben.

Weil ich so viele Kunden hatte, bot sich mir keine weitere Gelegenheit, einen Blick in den Garten zu werfen. Ich sah jedoch, wie irgendwann Cleo kam, um Linus abzuholen. Ich hörte, dass sie stritten, weil Linus ärgerlich war und nicht mitfahren wollte.

Als ich einen Schritt näher ans angekippte Fenster trat, hörte ich Wortfetzen.

Linus warf Cleo vor, dass er an diesem Tag nicht mit Levke bei Emma gewesen war. Er sei stinksauer auf sie, weil es der letzte Tag des Kurses gewesen war. Ihre Erklärungen dafür hörte ich nicht, sah nur, wie sie sich angespannt durch die Haare fuhr und den Jungen, als sich seine Wut nach einiger Zeit wieder gelegt hatte, liebevoll in den Arm nahm. Sie winkten Levke und verließen den Garten durch das Gartentor. Kurz darauf kam Levke zu mir in den Laden.

»Hey, kleine Maus. Linus wurde schon abgeholt? Ich habe Cleo nur von Weitem gesehen.«

Levke nickte. »Ja. Voll doof. Wir wollten gerade spielen.« Ihr Mund verzog sich zu einer beleidigten Miene. »Er war megamotzig.«

»Ihr habt doch den ganzen Nachmittag gespielt und seht euch morgen wieder.«

»Schon. Aber nur in der Schule. Danach will er nicht.«

»Okay. Wie schade. Aber warum denn?«

»Keine Ahnung. Er ist jetzt auf alle sauer.«

»In der Wut sagt man manchmal Sachen, die man nicht so meint, Liebes. Mit dir hat das nichts zu tun. Ich bin mir sicher, ihr seht euch ganz bald wieder.« Ich ging zu ihr und legte den Arm um sie.

»Linus wollte so gerne hierbleiben. Er war schon so traurig, dass er heute nicht zu Emma konnte.« Levke zuckte bedauernd die Schultern. »Cleo hat aber gesagt, das geht nun mal nicht immer.« Sie äffte Cleos Tonfall nach, und es fühlte sich so fremd an, weil ich Cleo so unfreundlich nicht vor Augen hatte.

»Das geht ja auch nicht jeden Tag, Liebes. Manchmal durchkreuzt der Alltag einem Pläne«, versuchte ich, Cleo in Schutz zu nehmen.

»Linus hat aber gesagt, er will dann auch nicht mehr zu uns und auch nicht hier auf Sylt bleiben.« Levkes Blick war ganz verzweifelt. Tränen der Wut und Enttäuschung zitterten in ihren Augenwinkeln. »Cleo macht alles kaputt.«

Der Satz schmerzte, und ich seufzte. »Ach, Liebes. Nun warte mal ab, morgen sieht die Welt schon wieder ganz anders aus.« Ich strich ihr über den Kopf, und sie lehnte ihn an mich.

»Ich werde mal mit Cleo sprechen, und vielleicht kann ich Linus ja einfach mal abholen und mit euch beiden zu Thore fahren.«

»Mhm.«

»Heute Abend hast du einen Papa-Tochter-Abend«, erklärte ich. »Er hat mir verraten, dass du entscheiden kannst, was ihr essen werdet, und auch den Film darfst du bestimmen. Vielleicht kommen auch Thore und Emma vorbei.« Ich erzählte nichts von der Überraschung, dass Linus vielleicht auch mit dabei sein würde. Weil Cleo für tagsüber abgesagt hatte, war ich mir nicht sicher, ob es dabei bleiben würde, dass sie an unserem Junggesellinnenabschied teilnehmen würde und Linus dann zu uns käme.

Levke schaute mich mit offenem Mund an, und ihre Augen waren groß. Dann wurde ihr Blick kurz irritiert. »Und wo bist du?« Erstaunt schaute sie mich an.

»Wir feiern heute unseren Junggesellinnenabschied.«

»Was?«

»Das ist so ein Abend, an dem alle Frauen, die zur Braut gehören und mit ihr zur Hochzeit gehen, noch einmal zusammen feiern, bevor geheiratet wird.«

Levkes Blick war entsetzt. »Und danach darfst du nie wieder feiern?« Ihr Flüstern klang ehrfürchtig, und ich musste lachen.

»Nein, keine Sorge. Ich kann noch immer feiern, wann immer ich das möchte. Aber das ist so ein Brauch vor Hochzeiten.«

»Aha. Kommt Insa auch mit?«

»Ja, wir feiern das zusammen, weil wir ja auch die Hochzeit gemeinsam stattfinden lassen.«

»Und Cleo? Sie ist doch jetzt auch eure Freundin, oder?«

Ich nickte. »Ja. Tatsächlich haben wir Cleo auch eingeladen. Wir sind uns gerade aber nicht so sicher, ob es dabei bleibt, dass sie kommt. Sie hat wirklich gerade viel zu tun und ist sehr beschäftigt. Vielleicht hat sie auch keine Zeit.«

»Sie hat, glaube ich, nur richtig miese Laune«, stellte Levke fest, und ich musste ihr recht geben, dass das manchmal wirklich so wirkte.

»Auch das wäre in Ordnung. Das kennt doch jeder irgendwie, oder?«

Levke zog die Augenbrauen hoch und nickte bedauernd. »Jedenfalls hat sie heute keine gute Partystimmung. Ich gehe mal wieder zu Alva«, erklärte sie, und ich machte mich wieder an die Arbeit.

Flora, die im Laden die Kunden bedient hatte, während ich mit Levke gesprochen hatte, kam zu mir.

»Alles in Ordnung, Marla? Hast du Stress? Du schaust so nachdenklich.«

»Ach, danke dir, Flora. Das ist sehr aufmerksam. Nein, alles soweit in Ordnung. Levke war ein bisschen geknickt, da musste ich trösten.«

»Verstehe. Du kannst aber auch heute wirklich früher Feierabend machen, wenn dir das hilft. Sicher willst du dich doch vor dem Abend ein wenig ausruhen, oder?«

Ich winkte ab. »Das sehe ich echt nicht als Anstrengung an, sondern freue mich riesig auf unsere kreative Auszeit. Hat denn eigentlich irgendwer abgesagt?« Ich zog mein Handy aus der Tasche und öffnete die dafür angelegte Gruppe. Da sah ich die Absage.

»Ja, leider kann Cleo wohl nicht dabei sein«, bestätigte Flora meine Entdeckung.

»Das finde ich echt schade, weil es sicher schön wäre, wenn sie alle Frauen schon vor der Hochzeit einmal kennenlernt«, fand Flora. »Wir Mädels wollten eigentlich auch noch ein paar Dinge mit ihr besprechen und die Chance, sie zu treffen, nutzen.« Verschwörerisch machte sie eine Handbewegung, als verschließe sie ihre Lippen. »Aber dafür findet sich bestimmt auch ein andermal eine Möglichkeit.«

»Ganz sicher. Aber ich finde es auch schade.« Wir hatten erst vor ein paar Tagen beschlossen, dass Linus an dem Abend bei Peer und Levke bleiben konnte, wodurch auch Cleo am Junggesellinnenabschied hätte teilnehmen können. Levke hatten wir zum Glück noch nicht davon erzählt, sonst wäre die Enttäuschung jetzt noch größer. Nachdenklich überlegte ich, ob ich Cleo anrufen sollte.

»Hey, Cleo«, begrüßte ich sie wenig später am Telefon. »Wie geht es dir?«

»Hallo, Marla, es geht so. Entschuldige bitte, dass ich vorhin mit Linus so schnell weg war. Ich hatte Levke nur gesagt, sie möge dich lieb grüßen. Bei einem Kunden musste ich noch dringend was abholen, bevor der auf den Autozug fahren wollte, und hatte ein wenig Zeitdruck. Ich weiß gerade kaum, wo mir der Kopf steht. Daher auch die Absage für nachher.«

»Alles gut. Ich kann das verstehen, auch wenn ich es superschade finde. Vielleicht hätte dir die kleine Auszeit gutgetan. Würde es dir helfen, wenn wir dir Linus morgen noch mal abnehmen? Peer könnte mit den Kindern wieder zu Thore fahren.«

»Danke, Marla. Aber gerade ist Linus so wütend, dass ich heute nicht mit ihm bei Emma war. Er spricht kaum, und wenn, dann nur, um mir zu erklären, dass er mit niemandem mehr reden und schon gar keinen mehr sehen will.« Sie seufzte hörbar. »Ich muss mal schauen, wie ich ihn wieder einfange und wir wieder normal miteinander umgehen können. Das ist ein weiterer Grund, warum ich heute Abend abgesagt habe. Ich habe einfach keinen Kopf für irgendwas, wenn das hier mit mir und Linus so eskaliert.«

»Ach, Mensch. Das tut mir leid. Wie gesagt, helfen wir dir gerne. Aber ich verstehe, wenn dir nicht nach launigem Beisammensein zumute ist. Falls sich das noch ändert, kannst du auch kurzfristig umentscheiden. Linus ist hier jederzeit willkommen. Levke und Peer machen Kinoabend, und auch Thore und Emma wollen mitmachen.«

»Superlieb. Danke.«

Wir legten auf, und ich war mir ziemlich sicher, dass Cleos Absage für unseren Junggesellinnenabschied ausschließlich mit Linus zu tun hatte. Es schmerzte, wie er wütete und dass sie sich stritten. Möglicherweise war sie aber auch ein wenig dünnhäutiger als sonst, was diese Art Streit provozierte. Vielleicht irritierte es sie, dass er so an Thore hing. War also doch etwas dran an Insas Vermutungen?

18

Insa

Mit klopfendem Herzen wartete ich vor meiner Haustür, als ich von Weitem bereits Floras Auto sah. Sie war so lieb, Marla und mich an diesem Abend abzuholen und auch wieder nach Hause zu bringen, damit wir beide etwas trinken konnten. Ich freute mich auf den Abend und musste gestehen, dass ich eigentlich gar nicht böse war, dass Cleo nicht dabei sein würde. Wir würden mit einigen Freundinnen von uns, Flora, Alva sowie Marlas Oma Anita und ihrer Mutter Tina den Abend im Keramik-Café verbringen. In kleiner, geselliger Runde, familiär und entspannt.

Ich hatte heute mit Sylta telefoniert, weil sie für mich in dieser Runde fehlte. Ich schüttete ihr mein Herz aus, was meine aktuellen Sorgen anging. Außerdem wollte ich mich nach ihrem Befinden erkundigen. Zwar wich sie einer konkreten Antwort auf meine Frage nach ihrem Gesundheitszustand aus, gab mir aber den guten und wichtigen Hinweis, dass ich auf die Liebe zu Thore vertrauen und nichts infrage stellen sollte. Es würde sich alles aufklären, wenn der Zeitpunkt gekommen war.

»Such wieder deine Mitte, liebe Insa. Eine Meditation, Zeit, in dich zu horchen. Dann wird dir dein Körper irgendwann auch wieder klarere, beruhigende Zeichen geben. Vertrau mir, mein

Insalein. Und verlier bitte nicht den Glauben daran, dass dein Bauchgefühl dir womöglich etwas Gutes sagen will. Vielleicht erkennst du nur noch nicht genau, was es ist.« Das kurze Gespräch mit ihr hatte mir wie immer gutgetan, und die kleine Auszeit zur Meditation, in der ich meine Wünsche an den Abend manifestierte, und die unserem Telefonat folgte, war ebenso hilfreich für mich. Ich hoffte, dass das Gesetz zur Anziehung mir einen schönen Abend bescheren würde, war mir aber auch bewusst, dass ich es selbst in der Hand hatte. Denn auch, wenn man seine Gedanken laufend auf das Negative richtete, bewusst oder unterbewusst, führte es einen möglicherweise im Leben in genau die Richtung, an die man mit Sorgen dachte. Sylta hatte mir das, auf ihre charmant raue, aber dennoch mütterliche weise Art noch einmal ans Herz gelegt.

Marlas Mutter Tina würde in den nächsten Minuten erst auf der Insel ankommen und direkt die Location ansteuern. Auch Anita, Marlas Oma, kam nach Ladenschluss zum Keramik-Café. Sie führte einen kleinen Laden für Dekorationsartikel und besondere Souvenirs in Keitum. Marla wusste bisher noch nichts davon, dass ihre Mutter auch hier sein würde, und ich war gespannt, wie sie auf den Überraschungsgast reagieren würde, der dafür extra eine Reise durch Dänemark unterbrochen hatte. Sie würde ein paar Tage bleiben, und ich hatte mich für sie um die Unterkunft gekümmert. In dem Haus von Alva war dann doch zu wenig Platz für ein weiteres Pärchen, zumal Flora ja auch noch immer mit im Haus wohnte und Marla sonst wohl auch etwas geahnt hätte.

»Hallo, ihr Lieben«, begrüßte ich Flora und Marla, als ich die Tür öffnete. Wir hatten Glück mit dem Wetter, und es war ein milder Abend, der uns noch immer mit ein paar letzten Sonnenstrahlen verwöhnte.

»Ich freue mich so auf den Abend mit euch«, erklärte ich und setzte mich neben Marla. Alva saß auf dem Beifahrersitz.

»Wir uns auch«, erklärte Marla und legte die Hand auf mein Bein.

»Du siehst fantastisch aus«, stellte sie anerkennend fest und schaute an mir herunter.

»Danke, du aber auch.« Ohne uns abzusprechen, hatten wir uns beide für ein Maxikleid in Rosa und Weiß entschieden, ich trug dazu eine auffällige bunte Kette mit einer ebenso farbenfrohen Stola in verschiedenen Rosatönen, die ich mir umgelegt hatte, während Marla ihr Kleid mit einem schlichten weißen Cardigan kombiniert hatte.

»Ihr beiden Hübschen seid ein großes Glück für eure Männer«, stellte Alva anerkennend fest, als Flora anfuhr. »So fleißig, engagiert und dabei so warmherzig und immer da, wenn man euch braucht. Ich kann es nicht oft genug sagen, wie wertvoll das ist für mich.«

»Ach, Alva, du bist lieb«, antwortete Marla. »Danke dir. Das kann ich aber nur zurückgeben. Gerade für Levke und mich bist du der größte Goldschatz im *Zuckerhüs* und drum herum. Allein die letzte Zeit, in der du so geduldig Nachmittag für Nachmittag für die Kleine da bist. Das ist unbezahlbar für Peer und mich.« Alva winkte ab und lächelte.

»Du weißt, mir tut es gut, damit ich nicht einroste. Wenn ich schon in der Manufaktur weniger arbeite, muss ich mich ja anderweitig nützlich machen.«

»Auch für Cleo bist du gerade, glaube ich, ein echter Halt«, stellte Flora fest, und ich sah, wie Marla mir einen prüfenden Blick zuwarf. Flora ahnte nichts von meiner Unsicherheit bezüglich Cleo. Wie sollte sie auch. Cleo war unsere Hochzeitsplanerin, warum sollte es für mich also ein Problem sein, über sie zu sprechen? Ich zwang mich, dieses Mal nicht zuzulassen, dass ich in eine schlechte Stimmung rutschte. Marla schaute auf ihr Handy.

»Sie hat vorhin übrigens doch noch Linus zu uns gebracht«, raunte Marla mir zu, und ich schaute sie verwundert an. Sie tippte auf ihr Handy. »Das hat Peer gerade geschrieben.«

»Aha. Und will sie dann doch kommen?«

Marla zuckte die Schultern. »Ich kann es dir nicht sagen.«

Jetzt war ich unsicher, wusste aber auch gar nicht so recht, was ich eigentlich hoffte. Weiterhin war Cleo für unsere Hochzeit eine so wichtige Person, und im Prinzip wollte ich auch unbedingt klären, was dieses unschöne Gefühl in mir auslöste. Ihr aus dem Weg zu gehen war sicherlich nicht die richtige Lösung. Aber ob ein Zusammentreffen heute Abend den Ausgang haben würde, den ich mir erhoffte, war fraglich.

Tief in meine Grübeleien versunken, merkte ich gar nicht, dass wir schon vor dem Keramik-Café angekommen waren und einen Parkplatz gefunden hatten. Bis ich aus dem Auto geklettert war, warteten die anderen drei schon am Eingang auf mich.

Drinnen würden Anita und Tina uns erwarten, das hatte ich mit Tina so vereinbart. Ich freute mich schon auf Marlas Gesicht, wenn sie gleich ihre Mutter und ihre Großmutter entdecken würde. Alva war eingeweiht und hatte sich ebenso nichts anmerken lassen. Verschwörerisch warfen wir uns einen Blick zu und ließen Marla den Vortritt.

Noch ehe wir am Tisch angekommen waren, schlug sich Marla überrascht die Hände vors Gesicht und drehte sich nach mir um.

»Nein! Ihr Großartigen! Wie ich mich freue! Mama, Anita! Lasst euch drücken!« Sie tanzte auf die beiden zu, die aufgestanden waren und ihr direkt in die Arme fielen. »Überraschung gelungen, würde ich sagen.« Tina strahlte übers ganze Gesicht und begrüßte auch uns anderen. Auch Netti, die Betreiberin des Keramik-Cafés, und Anni, die das Büchercafé in Kampen führte, waren bereits angekommen und traten durch die Tür. Nettis Mitarbeiterin servierte ein Tablett mit Champagner, für die Autofahrerinnen unter uns gab es einen alkoholfreien Drink.

»Auf die zukünftigen Bräute«, sagte Netti und hob das Glas. Zart ließen wir unsere Gläser aneinanderklingen und prosteten uns zu.

Dann nahmen wir alle am Tisch Platz und suchten uns die Produkte aus, die wir gestalten wollten. Alva, Flora, Marla und ich wählten Schälchen aus.

Die anderen entschieden sich für kleine herzförmige Döschen, in denen Schmuck oder Edelsteine, wie ich sie sammelte, Seeglas, Bonbons oder andere kleine Kostbarkeiten präsentiert werden konnten.

Wir waren uns einig, dass wir alle Pastelltöne vom zarten Rosé über Flieder, Hellgrün und Hellblau verwenden wollten. Netti hatte uns zauberhafte Schablonen vorbereitet, mit denen wir kleine Herzen, die Sylt-Silhouette, Blümchen und andere Symbole auf die Keramik bringen konnten. Für Marla und mich hatte sie extra ein Yin-und-Yang-Muster angefertigt.

Engagiert machten wir uns ans Werk und pinselten und tupften eifrig drauflos. Wir versanken in unserer Arbeit, die Pinsel tanzten nur so über die Keramik, und wir unterhielten uns nebenher über alte Geschichten, die uns verbanden, Menschen, die wir gemeinsam kannten, und darüber, wie unsere Hochzeit hoffentlich werden würde.

Ein leichtes, unbeschwertes Gefühl der Vorfreude machte sich in mir breit, für das nicht nur der Champagner zuständig war, sondern die Gegenwart so geschätzter Herzensmenschen, die ich um mich hatte. Wir waren keine große Runde, aber dafür ein umso wertvollerer Kreis einzelner Personen, von denen ich keine missen wollte.

Wir lachten viel miteinander, genossen die Zeit, und ich spürte, wie beinahe eine erwartungsfrohe Ungeduld entstand, wenn ich an unsere Hochzeit dachte.

Mein Gefühl wurde allerdings jäh getrübt, als plötzlich, gerade hatten wir unsere Werke bei Netti auf einem großen Tablett, bereit zum Brennen im Ofen, abgegeben, Cleo in der Tür stand.

»Hey«, sagte Marla, als sie Cleo auch entdeckte, und nahm sie in Empfang.

Ein prüfender Seitenblick in meine Richtung verriet, dass sie ahnte, wie meine Gedanken über Cleos Auftauchen waren.

»Ich will nicht stören. Entschuldigt das Hin und Her. Ich musste noch einiges erledigen und war einfach nicht sicher, ob ich es schaffen würde«, erklärte sie mit einem schüchternen Lächeln und trat unsicher näher. In den Händen hielt sie eine Schachtel. Anni rieb sich vielsagend die Hände und nahm sie ihr ab.

»Schön, dass du da bist, Cleo«, sagte sie und öffnete die Schachtel. Zum Vorschein kamen handgefertigte, mit den Namen der zukünftigen Bräute verzierte Kekse, dazu Macarons und auch eine Auswahl an Minigugelhupfen verschiedenster Geschmacksrichtungen.

»Weil während der Arbeit mit der Keramik ja nicht gegessen werden darf, habe ich euch, gemeinsam mit Anni, diesen kleinen Minisnack für den Abschluss vorbereitet. Als Appetizer und Kostprobe für die Auswahl an eurem Ehrentag. Lasst es euch gut schmecken. Der erste Teil unserer kleinen Überraschung, der hoffentlich dieses schöne Event zuckersüß abrundet.« Cleo deutete auf die Leckereien, die Anni nun auf den aufgeräumten Tisch stellte. »Das ist ja nur was für den kleinen Hunger. Ein Abendessen der besonderen Art erwartet euch ganz in der Nähe in Annis Räumlichkeiten. Das ist dann der zweite Teil der Überraschung.«

»Und zu unserem großen Glück spielt heute sogar das Wetter mit und verspricht uns einen fantastischen Sonnenuntergang, den wir vielleicht später noch gemeinsam vom *Kliffglück* aus bestaunen können. Ein paar prickelnde Getränke stehen gekühlt bereit«, schlug Anni vor und blickte abwartend in die Runde. Sie erntete begeisterte Gesichter, und wir entschieden, direkt nach unserem kleinen Snack aufzubrechen in Richtung Annis Café, welches unmittelbar am Kampener Strand lag, von wo aus man innerhalb nur weniger Schritte einen traumhaften Blick auf den Sonnenuntergang hatte. Das war eine schöne Idee.

Ich freute mich darauf und griff nach einem der Küchlein. Der köstliche Vanilleteig zerging auf der Zunge und war ein Gedicht.

Auch wenn die Kombination aus Champagner und Kuchen ungewöhnlich war, genoss ich sie gerade sehr, weil sie für einen außergewöhnlichen Tag stand.

Cleo betrachtete die bemalten Keramikteile, und ihr Blick war anerkennend staunend. »Wow, sie sind wunderschön geworden«, sagte sie, und Marla lächelte.

»Danke. Es hat auch echt viel Spaß gemacht. Nächstes Mal machst du mit. Aber schön, dass du doch noch gekommen bist.«

Cleo lächelte und schaute dann mich an. Ich wich ihrem Blick aus. Ein bisschen schämte ich mich dafür, aber dann dachte ich wieder an ihre Worte zu den schlafenden Hunden, und mein Magen drehte sich.

»Cleo, wie geht es dir hier auf Sylt nach der ersten Zeit?«, erkundigte sich Anni, die sich neben Cleo gestellt hatte.

»Danke. Mir geht es ganz gut. Mein Sohn kämpft hin und wieder noch ein wenig. Aber Marla und ihre Familie und Insa und ihr Verlobter Thore geben alles, damit auch er hier so richtig ankommt. Das rechne ich ihnen hoch an.«

Verkrampft lächelte ich.

»Thore kann als Surflehrer bei deinem Sohn doch sicher punkten, oder? Jungs finden so was doch megacool«, überlegte Anni. »Und ihn als Typ ja sowieso.« Sie lachte, und mir fiel es schwer, ihr Lachen zu erwidern.

Cleo nickte. »Schon. Aber vielmehr noch punktet er durch sein tolles Wesen. Er ist echt großartig. Und seine Emma auch.«

»Mag Linus also Hunde? Perfekt! Da hat er dann ja doppelt Glück. Emma ist ein Schatz.«

»Absolut. Wie ihr Herrchen auch«, sagte Cleo, und ich schluckte. »Und alle, die zu dieser tollen Familie gehören«, fügte sie hinzu.

Dennoch: Einen »Schatz« hatte sie ihn genannt. Das war nichts, was ich von einer anderen Frau über meinen Verlobten hören wollte. Und vor allem nicht von dieser Frau.

»Er war echt traurig, dass ihr heute nicht da gewesen seid«, sagte ich. Ich wusste nicht, was genau ich damit erzielen wollte, aber dennoch sprach ich es aus.

»Linus war auch traurig. Er war regelrecht sauer. Aber er muss das verstehen. Das geht nicht immer.«

»Hmm.« Mein Blick lag auf Cleo, die jedoch in dem Moment in die andere Richtung schaute.

»Aber jetzt ist er doch noch bei Levke, Peer, Emma und Thore, und ich behaupte, sie haben da gemeinsam die beste Zeit«, stellte ich fest.

»Davon gehe ich aus.« Cleo lächelte sanft.

»Mir kommt es irgendwie vor, als kennen die sich alle schon ewig. Verrückt, oder?« Abwartend schaute ich Cleo an. Sie nicke.

»Als wären wir alle alte Freunde. Und auch die Kinder sind so vertraut miteinander. Das ist echt mit das Beste an diesem Neuanfang hier – zu sehen, wie Linus aufblüht. Und eure Gesellschaft, die maßgeblich dazu beiträgt. Dabei sind wir uns bis vor Kurzem alle noch nie begegnet. Ich finde, das passt so gut zu deiner Lebensphilosophie, Insa, dass alles im Leben aus einem bestimmten Grund geschieht. Ich bin fest davon überzeugt, mein Leben wollte mich genau jetzt genau hier haben, wo ich jetzt bin.« Cleo schüttelte den Kopf und schaute mich an. Ich merkte, dass mein Lächeln wie versteinert wirken musste, und plötzlich machte Cleo auf mich den Eindruck, als weiche sie auch meinem Blick aus.

»Ja, da hast du recht Cleo. Und dabei hatte ich anfangs den Eindruck, das mit Thore und dir passt irgendwie nicht so gut.«

Sie wurde rot, wie ich verwirrt zur Kenntnis nahm. »So? Aber warum?«

»Du wirktest so abweisend. Irgendwie prüfend und als ob du dich nicht wohlfühlen würdest, ihn kennenzulernen. Wir dachten schon, wir sind zu weit gegangen mit unserem Einsatz für Thores Emma, Linus und dich.«

Cleo schüttelte energisch den Kopf. »Oh nein, Insa. Das tut mir leid, dass es so wirkte. Absolut nicht! Im Gegenteil. Dass ihr mich dazu überredet habt und auf die Idee mit Emma gekommen seid, war das Beste überhaupt.«

Ich lächelte. Ich wurde nicht schlau aus ihr und auch nicht aus mir selbst. In mir tobte Verwirrung und rang mit Zuversicht und dem Vertrauen in das Schicksal.

Ich versuchte, mir Syltas Worte zu Herzen zu nehmen, was mir aber nicht so recht gelingen wollte.

»Apropos das Beste überhaupt.« Marla, die offenbar erkannt hatte, dass die Stimmung zu kippen drohte, tippte auf ihre Armbanduhr. »Wenn wir pünktlich zum Sonnenuntergang am Strand sein wollen, dann sollten wir hier bald die Zelte abbrechen und uns auf den Weg zu Annis *Kliffglück* machen.«

Alle stimmten zu, und wir räumten mit Netti noch die letzten Reste auf, bevor wir uns auf mehrere Autos verteilten und nach Kampen aufbrachen. Noch hatten wir eine ganze Stunde Zeit bis zum Sonnenuntergang, aber es würde nicht schaden, ein wenig früher da zu sein, zumal Cleo offenbar ein Essen vorbereitet hatte.

Am *Kliffglück* angekommen, staunte ich nicht schlecht. Kleine Kerzen in Windlichtern zierten den Weg bis zum Eingang, wo vor der Tür, nahe der Feuerstelle hinter Glas, zwei Stehtische mit weißen Hussen aufgebaut waren, darauf zwei Sektkühler mit Gläsern dazu.

Marla schlug erneut die Hände vor den Mund, und ich legte den Arm um sie.

»Was sind die alle verrückt geworden«, staunte ich und schaute anerkennend zu Cleo. »Haben wir dir das zu verdanken? Wann hast du das denn gezaubert?« Diese hob unsicher die Schultern. »Es war zumindest ein Grund, warum ich erst später ins Keramik-Café kommen konnte. Annis Kollegin hat bis eben hier die Stellung gehalten, damit auch nichts vom Wind umgeweht wird.«

»Es ist so toll geworden.« Marla nahm Cleo in den Arm. »Danke.«

»Das ist noch nicht alles«, erklärte sie und deutete auf einen weiteren Tisch, der direkt hinter der Eingangstür stand. Hier war ein Büfett aus Fingerfood aufgebaut. »Das ist das perfekte Dinner zum Sonnenuntergang. Von vegetarischen Köstlichkeiten bis hin zu Fisch – hier ist für jeden was dabei, denke ich. Und bis die Sonne untergeht, können wir es uns hier weiter gut gehen lassen. Thores Bruder Hannes hat ganze Arbeit geleistet und alles hierher geliefert.«

»Ihr scheint mir ja ein Spitzenteam zu sein, Hannes und du.

Großartig! Da müssen wir uns ja für die Hochzeit gar keine Sorgen machen.« Cleo lief bei meiner Aussage ein klein wenig rot an und winkte ab.

»Hannes ist auf seinem Gebiet ein Vollprofi. Die Brüder scheinen das, was sie machen, mit ganzem Herzen zu tun«, erklärte Cleo und machte eine ausschweifende Handbewegung. »Und das, wo wir so wenig Zeit zur Abstimmung hatten.« Für den Hauch einer Sekunde dachte ich mir, wie schön es wäre, wenn die beiden sich mehr als sympathisch wären. Ich überlegte, ob Cleo Hannes im Zuge der Vorbereitungen zum ersten Mal gesehen und kennengelernt hatte. Dann dachte ich daran, wie sie sich knapp verpasst hatten an dem Tag, an dem wir bei der Surfschule waren. Da hatte sie so merkwürdig reagiert und war noch einmal ins Hotel zurückgelaufen. Mit einem Mal kam mir ein ganz neuer Gedanke. Was, wenn es gar nicht Thore war, der sie so nervös machte, sondern dass sie in Zusammenhang mit der Hochzeitsplanung diverse Überraschungen in die Wege geleitet hatte, die sie vor uns geheim halten wollte. Vielleicht hatten sie und Hannes sich vorher getroffen und einige Dinge geklärt, von denen ich nichts wissen sollte, damit das hier eine Überraschung werden konnte.

Wahrscheinlich sah ich wirklich Gespenster, was Thore und sie anging, und tat Cleo vollkommen unrecht. Ich beschloss, meine Grübeleien für heute zu beenden und mich ganz darauf zu konzentrieren, den schönen Abend zu genießen.

Jede von uns nahm sich einen Teller vom Stapel neben dem Büfett, belegte ihn mit verschiedensten Köstlichkeiten von überbackenem Gemüse über kleine Fleischspieße hin zu Scampi im Tempuramantel, dann machten wir es uns an der flackernden Feuerstelle gemütlich. Anni hatte leise Musik angestellt, und wir ließen uns treiben vom Wind in den Haaren, der salzigen Luft und dem Rauschen des Meeres, welches aus einiger Entfernung zu uns drang. Das Licht hatte den Himmel bereits goldrot gefärbt, und die Sonne malte beeindruckende Farben an die Wolkenberge am Horizont.

Da der Weg zum Strand ohnehin nicht weit war, nahmen wir unsere Gläser und ein wenig zusätzlichen Proviant mit, um uns den Sonnenuntergang direkt am Wasser anzuschauen.

Jeglicher Wind hatte sich inzwischen gelegt, und die Wasseroberfläche war beinahe ganz ruhig. Das Meer wirkte spiegelglatt, und das Farbenspiel aus Gold, Rosa und Blau, das sich in den Wolken bildete, war beinahe noch eindrucksvoller als ein klarer Himmel.

»Da!« Anni zeigte mit einem Mal auf das Meer, und all unsere Blicke folgten ihrem. Ich sah zwei Rückenflossen, die die Oberfläche durchstießen, kurz darauf wieder abtauchten und an anderer Stelle erneut zum Vorschein kamen.

»Schweinswale! Mensch, Cleo! Was du für uns alles organisierst«, staunte Marla lachend und legte den Arm um Cleo, die schief lächelte. »Ja, ich bin selbst überwältigt, wie gut das klappt.«

Wir standen nebeneinander und blickten andächtig auf das Meer, wo die Schweinswale sich an verschiedenen Stellen zeigten. Als tummelten sie sich, genau wie wir, dort am Wasserrand, um dem Spektakel dieses besonderen Lichtes der untergehenden Sonne beizuwohnen.

Die Schatten der Strandkörbe wurden länger. Das Rote Kliff in unserem Rücken leuchtete strahlend orange in der Abendsonne. Das Licht der Sonne spiegelte sich in Prielen am Wasserrand, die dadurch aussahen wie flüssige Lavaströme. Funkelnd zeichnete sich nach einigen Minuten ein Lichtkegel auf dem Meer ab, der stetig an Größe gewann, bis er sich wieder zurückzog und mit dem leuchtenden Ball der Sonne hinter dem Horizont verschwand. Die Stimmung war magisch, und auch, wenn man derlei Sonnenuntergänge hier mittlerweile schon hundertfach erlebt hatte, verloren sie doch nie ihren Zauber. Jeder Einzelne zeigte sich in einer Schönheit, die so noch nie da gewesen und einmalig war.

Doch nicht nur das. Es waren die Menschen, mit denen man den Moment teilte, die ihn besonders und individuell machten und die wahren Erinnerungen in die Seele zauberten, wo sie Bilder malten, die einen ein Leben lang begleiten würden.

Einige Minuten standen wir schweigend da und ließen die Atmosphäre auf uns wirken. Sie ließ mich zur Ruhe kommen. Die Nacht würde sich über alle Unruhe legen, die der Tag mit sich gebracht hatte, und ihre Decke aus Stille und abkühlender Luft ausbreiten, bis der nächste Morgen zuverlässig mit neuer Energie erwachte. Ich war dankbar für den schönen Abend und die Gesellschaft der Frauen, die bei mir waren.

In die andächtige Stille hinein klingelte Cleos Handy. Sie stand neben mir, und ich schaute unweigerlich auf das Display, und sofort zog sich mein Magen zusammen.

Es war Thores Name, den ich dort sah.

»Oh, hi«, begrüßte sie ihn und trat einige Schritte weg von uns. Ich spürte, wie ich innerlich verkrampfte. »Das ist superlieb von dir, danke. Ich schaue mal, in Ordnung?«

Dann schien er irgendwas zu sagen, und ich sah, wie sich auf Cleos Gesicht ein verträumtes Lächeln ausbreitete. Sie verabschiedete sich und kam wieder zu uns.

»Weißt du, wer das gerade war?«, sagte sie und kam zu mir. Abwartend schaute ich sie an, ohne etwas zu antworten.

»Das war Thore. Linus hatte ihn gebeten, mich anzurufen, weil er mit mir sprechen wollte. Offenbar hat Linus direkt seine Chance genutzt, den nächsten Emma-Termin zu vereinbaren.«

»Schön«, sagte ich und rang mir ein Lächeln ab. »Und, passt dir das denn?«

»Wie? Ach so, du meinst, ob das auch von mir aus klappt?«

Ich nickte.

»Linus klang schon wieder so verzaubert. Ich fürchte, mir bleibt keine andere Wahl.«

Marla trat in dem Moment zu uns und zeigte ein Foto auf ihrem Handy. Darauf zu sehen waren Levke und Linus, zwischen ihnen saß Thore mit Emma.

»Das reinste Foto fürs Familienalbum«, sagte ich und merkte, dass mein Ton dabei unfreundlicher klang, als ich es gewollt hatte.

»Ach, wie schön. Ich freue mich so, dass er wieder lacht«, sagte Cleo und legte dankbar die Hand auf die Brust.

»Es ist wirklich schön«, stellte Marla mit einem vielsagenden Blick zu mir fest, und Cleo nickte. Ich wurde das Gefühl, dass ihre Reaktion auf seinen Anruf eigenartig war, nicht los, ließ mir aber nichts anmerken.

Dennoch störte es mich, dass sich dieses Bauchzwicken auch über den Rest des Abends legte und mich meinen eigenen Junggesellinnenabschied nicht uneingeschränkt genießen ließ. Ich ärgerte mich. Über Thore, über Cleo und über mich selbst, weil ich nicht einmal wusste, ob ich eigentlich einen Grund für diese Wut hatte.

»Es ist so schön mit euch. Man spürt, wie viel herzliche Freundschaft und Liebe hier zwischen euch allen ist. Egal, wen man aus eurem Umfeld kennenlernt – mit großer Sicherheit ist es ein Herzensmensch«, sagte Cleo in einem ruhigen Moment zu mir und machte eine ausschweifende Handbewegung.

»Danke«, sagte ich und lächelte. Ich dachte an Hannes, den sie sicher auch damit meinte. »Die Überraschung mit dem Essen war übrigens der Hammer. Wie habt ihr das so heimlich organisiert?«

Cleo lächelte und lief rot an. »Das war zwar nicht so einfach, weil immer spontan jemand von euch vorbeikam, wenn wir uns in der Nähe des Hotels oder der Surfschule getroffen haben, aber ich glaube, es ist uns gut geglückt. Oder habt ihr was geahnt?«

Ich schüttelte den Kopf. »Nee. Gar nicht. Wobei du mir schon manchmal so geheimniskrämerisch vorkamst. Ich konnte es nur nicht deuten.«

»Oh nein, ich hoffe, du hast keine falschen Schlüsse gezogen. Und falls doch, sei versichert, dass ich nichts Böses im Schilde führe.« Sie lächelte versöhnlich. »Hannes ist übrigens auch so ein Typ Mensch, von dem ich eben sprach. Er ist großartig.«

»Das stimmt.« Ich schaute Cleo prüfend an, die mit einer zarten Röte auf den Blick reagierte. Ich konnte mir ein Schmunzeln in Verbindung mit fragend hochgezogenen Augenbrauen nicht verkneifen.

Cleo winkte ab. »Ach, ich glaube, ich habe gerade genügend Baustellen«, gestand Cleo. Ihre Stimme klang dünn und betont beiläufig. »Ich muss mich auf meine Selbstständigkeit konzentrieren. Das und Linus haben oberste Priorität«, erklärte sie. Dann verabschiedete sie sich kurz, um zu sehen, ob es im Café noch etwas zu organisieren gab.

Wenig später, als auch ich kurz in Annis Café zur Toilette ging, bemerkte ich, dass Cleo am Telefon mit jemandem sprach.

»Glaub mir, so sehr ich mir das auch anders vorgestellt und gewünscht hätte, es soll einfach nicht sein. Ich kann es dir nicht erklären, weil das zu viel kaputt machen würde. Nimm es bitte so hin und akzeptiere, dass ich keine andere Wahl habe. Das ändert nichts daran, dass ich mich sehr freue, wenn wir uns sehen und ich euch mit Linus immer mal über den Weg laufe. Gib mir Zeit.

Ich verspreche dir, du wirst es irgendwann verstehen.« Was ihr Gesprächspartner sagte, konnte ich nicht verstehen. Ich konnte nur hören, dass ein Mann am Telefon war.

Mein Herz sackte mir in die Hose. Mein Gefühl sagte mir mit absoluter Sicherheit, dass Cleo mit Thore sprach und mit »euch« Thore und ich gemeint waren. Es war kurz still, und ich verließ die Toilette. Zeitgleich trat auch Cleo in den kleinen Flur und erschrak. Sie hatte offenbar während des Telefonats gar nicht mitbekommen, dass ich ins Café gekommen war.

»Insa«, sagte sie, und in ihren Augen standen Tränen.

»Ist alles okay?«, fragte ich, in der Sorge, dass sie mir irgendwas sagen würde, was mir Angst machte.

Doch sie nickte. »Alles gut! Es ist im Moment einfach alles ein bisschen viel auf einmal. Aber so langsam blicke ich wieder durch, wo's langgeht.« Sie hob das Handy, welches sie noch in der Hand hatte, und spielte damit auf den Anruf an, von dem sie ja ahnte, dass ich was mitbekommen hatte.

»Okay«, sagte ich, weil mir nichts anderes einfiel, und wir gingen wieder zu den anderen zurück.

19

Marla

»Hey, Liebes«, sprach ich Insa an, als ich einen ruhigen Moment in Annis Café erwischte. Die anderen waren bereits auf der Terrasse und bereiteten einen Absacker an der Feuerstelle vor. Insa, die zwischenzeitlich einen so glücklichen Eindruck gemacht hatte, wirkte nun wieder niedergeschlagen. »Alles in Ordnung?«

Insa lächelte zerknirscht und wiegte den Kopf. »Der Abend war so toll. Die Mädels haben das alles ganz zauberhaft für uns arrangiert. Aber ich bin in Gedanken doch immer wieder woanders und kann einfach nicht abschalten.« Sie erzählte mir von einem Telefonat, welches sie ungewollt mitbekommen hatte, und der darauf folgenden Reaktion von Cleo.

»Was können wir denn tun, dass du wieder deine Ruhe findest, die du doch sonst immer für dich gepachtet hattest?«

»Glaub mir, dafür würde ich alles geben.«

»Und wenn du noch mal mit Thore redest? Oder mit Cleo direkt?«

»Mit Cleo tue ich mich echt schwer. Sie hat schon so merkwürdig ausweichend geantwortet, als wir sie mal nach dem Papa von Linus gefragt haben. Vorhin hat sie auch wieder betont, dass sie niemanden von uns vorher kannte und deshalb so fasziniert ist von der Aufnahme in unserer herzlichen Runde. Irgendwie glaube ich ihr das. Eher zweifele ich langsam an mir selbst. Schlauer werde ich derzeit auf jeden Fall nicht wirklich. Zuallerletzt aus mir selbst.«

»Cleo wirkt authentisch in dem, was sie sagt, da hast du recht. Ich fand auch, dass sie sich heute ziemlich unverdächtig verhalten hat, oder?«

Insa zog schweigend die Augenbrauen hoch und schaute sich um. Noch waren wir allein. Sie machte das Handzeichen für ein Telefonat und danach eine abwiegende Handbewegung.

»Dass Thore sie angerufen hat, war wohl von den Kindern initiiert, wenn ich das richtig verstanden habe«, fügte Marla an.

»Ja, das mag sein. Ist ja auch okay. Aber der Blick von ihr, als sie telefonierten. Ich kann es nicht erklären, aber da ist mehr als nur ein Funken Dankbarkeit für die freundliche Aufnahme in unseren Freundeskreis. Und ich glaube, dass sie eben noch mal miteinander gesprochen haben. Und das, was sie sagte, klang echt nach Geheimnissen.«

»Ach, Insa. Wie gerne würde ich dich mit der Wahrheit beruhigen. Wenn ich sie nur kennen würde. Es gibt keinen anderen Weg: Sprich deine Sorgen direkt an. Bei beiden. Du wirst sonst weiterhin drum herum kreisen wie ein Adler um die Beute. Das bringt gar nichts und verdirbt dir nur alles Schöne, was du jetzt vor unserer Hochzeit einfach nur genießen solltest.«

»Leicht gesagt. Ich habe es ja versucht. Er geht ja gleich an die Decke, wenn ich ihn nach Cleo frage. Ich weiß nicht, was ich von einem Gespräch erwarten soll«, stellte Insa nur fest, und ich hatte den Eindruck, es für heute dabei zu belassen. Sie würde sich nur weiter in ihre Wut und Unsicherheit hineinsteigern.

»Kommst du gleich mit zu uns? Dann kannst du mit Thore nach Hause fahren, oder?«

»Ja, danke.«

Insa war kurz angebunden, und auch wenn ich ihre Sorgen kannte und in Teilen ja auch nachvollziehen konnte, bedauerte ich, dass sie die ratlose Wut nicht so weit ablegen konnte, dass wir den Abend uneingeschränkt genießen konnten. Ich war mir sehr sicher, dass sich alles aufklären würde und Insa sich ganz bestimmt im Nachgang ärgern würde, dass sie sich einen Tag wie diesen durch ihr Gedankenkarussell und undefinierbares Magengrummeln hatte verderben lassen.

»Mädels, es war ein wundervoller Abend. Wir bedanken uns von Herzen bei euch. Ihr habt alles so zauberhaft schön geplant und gestaltet – wir werden noch ganz lange ganz zufrieden an unseren letzten Partyabend als unverheiratete Frauen denken«, sagte Insa zum Abschied, als wir alle am Parkplatz angekommen waren, von wo aus wir in verschiedenen Autos nach Hause starten würden. Alle umarmten sich zum Abschied und machten sich auf den Weg.

Auf der Fahrt nach Keitum sprachen Flora, Alva und ich viel über den so schönen Abend. Insa war still, was wir alle allerdings unkommentiert ließen.

Flora setzte uns vor dem *Zuckerhüs* ab, bedankte sich bei uns, parkte den Wagen und ging in ihr Zimmer. Alva verabschiedete sich ebenso direkt ins Bett.

»Ich bin unsagbar müde. Ihr jungen Leute habt Power. Aber für mich war dieser Abend wirklich eine Herausforderung. Wenn auch eine ganz wundervolle. Vielen herzlichen Dank dafür, meine Mädchen.« Sie legte die Arme um uns beide und drückte uns. Diese Geste war rührend, und ich schmiegte meinen Kopf an sie.

»Schlaf gut, Alva. Schön, dass du dabei gewesen bist.« Vor nicht allzu langer Zeit hätte Alva einen solchen Ausflug noch nicht mit uns bewältigen können. Dass es nun wieder möglich war, freute mich besonders.

»Ja, da schließe ich mich an. Bis ganz bald, und ruh dich ein wenig aus.« Insa lächelte.

»Kopf hoch, Insa. Alles wird gut. Das Schicksal wird genau das bringen, was es soll, Liebes. Eigentlich weißt du das viel besser als wir alle zusammen. Ich wollte dich nur zwischendurch mal daran erinnern«, sagte Alva, der Insas Stimmung nicht entgangen war, und hob mahnend mit liebevollem Blick den Zeigefinger.

»Du hast so recht, Alva. Darauf sollte ich wieder vertrauen. Theoretisch weiß ich das auch«, gab Insa zu und nickte, wirkte dabei aber betrübt. »Sylta hätte mir Ähnliches geraten, wäre sie hier.«

Dann ging Alva ins Haus, und wir folgten ihr, bogen jedoch zu unserem Wohnbereich ab. Peer, der das Auto hatte vorfahren sehen, öffnete uns die Tür.

»Schön, dass ihr da seid. Die Kinder schlafen tief und fest. Cleo ist eben wieder gefahren. Sie hat nur kurz nach Linus gesehen, ihn dann aber hiergelassen. Wir haben entschieden, ihn nicht zu wecken. Er hat gesagt, wenn er es schafft, ohne seine Mama einzuschlummern, dann will er bis morgen hierbleiben und mit uns frühstücken.« Peer hob die Handflächen. »Das hat geklappt. Cleo ist heute Nacht also mal unerwartet kinderlos.«

»Perfekt«, sagte ich und gab Peer einen Kuss. »Insa, wollt ihr noch ein Glas mit uns trinken?«

»Ich glaube, ich muss ins Bett«, sagte Insa, und Thore trat auch zu uns.

»Hey, wirklich?« Er legte den Arm um Insa, deren Schultern sichtlich versteiften. »Ich habe mich so darauf gefreut, mit euch noch den Abend ausklingen zu lassen. Noch ein paar Minuten, dann starten wir?« Er schaute Insa mit schief gelegtem Kopf an.

Emma tapste auch auf uns zu und begrüßte Insa schwanzwedelnd.

»Ich bin echt platt«, blieb Insa dabei, während sie Emma streichelte.

»Schade.« Thore wollte offenbar noch nicht gehen. »Erzählt doch mal ein wenig von eurem Abend. War es schön? Hattet ihr eine gute Zeit?«

»Ja. Die hatten wir. Aber sicher hat Cleo dir schon einiges erzählt.«

Verblüfft schaute Thore seine Freundin an und nahm den Arm von Insas Schultern. »Nee. Wir haben nur über Linus und Emma und darüber geredet, ob sie morgen wieder vorbeikommen. Ich freue mich, dass er wiederkommen kann.«

»Aha. Das selige Lächeln auf Cleos Lippen, als ihr telefoniert habt, sah auch nach großer Freude ihrerseits aus.«

»Insa, bitte. Was soll das denn jetzt heißen?«

»Das musst du mir sagen. Oder würde das womöglich auch zu viel kaputt machen?« Insa funkelte ihren Verlobten wütend an.

»Kaputt machen? Wovon redest du? Es nervt echt langsam. Was ist dein Problem, Insa?« Thore war schlagartig ziemlich ärgerlich. Wenn ich ehrlich war, konnte ich es verstehen.

»Mein Problem? Dass gewisse Leute mir gegenüber Süßholz raspeln, aber hinter meinem Rücken dann Dinge passieren, die mich auf die Palme bringen.«

»So? Was genau soll denn passiert sein?«

»Sag ich doch gerade. Du hast vorhin doch mit Cleo telefoniert. Dann wird sie dir ja erzählt haben, wie unser Abend ist.«

»Wir haben telefoniert, weil ihr Sohn sie das mit dem Übernachten fragen und sichergehen wollte, dass er Emma bald wiedersieht, und dafür einen Termin festlegen. Alles, was ich getan habe, war, die Nummer zu wählen, Hallo zu sagen und dann ihrem Sohn mein Handy in die Hand zu drücken.«

»Okay. Aber das Lächeln, was sie in dem Moment auf den Lippen hatte, das sah mir nicht nur nach einem Gespräch über geplante Kinder-Übernachtungspartys aus.«

»Sondern?«

»So, als habe sie sich mehr als aufrichtig gefreut, von dir zu hören. Aber du checkst es einfach nicht. Oder bist nicht ehrlich mit mir.«

»Was soll ich denn da checken?« Thore sah ganz verzweifelt aus, und fast hätte ich ihn in den Arm genommen. »Willst du mir allen Ernstes erklären, dass unsere Hochzeitsplanerin mir schöne Augen macht, während sie mit dir unterwegs ist? Das glaubst du wirklich?«

»Was ich glaube, ist, dass du nicht so recht kapierst, dass ihr euch kennt. Vielleicht solltest du mal deine Partybekanntschaften im Geiste durchgehen und mal in deinem Kopf kramen, ob es da nicht möglicherweise doch mal eine Cleo gegeben hat. Worum ging es denn bei eurem zweiten Telefonat? Das durfte ja komischerweise nicht mehr in meiner Nähe stattfinden.«

»Wie bitte?« Thores Stimme klang schrill. Mein Herz raste. Das war nicht unbedingt das gewesen, was ich mir vorgestellt hatte, als ich meiner Freundin riet, ihre Sorgen anzusprechen. Diese Situation erschien mir absolut nicht richtig.

»Insa, es reicht mir echt langsam. Sorry, Leute. Ich glaub, ich möchte doch auch lieber nach Hause«, erklärte Thore, griff mit einer ruckartigen Bewegung nach seiner Jacke und dem Autoschlüssel und stob aus der Tür.

Peer und ich standen ziemlich ratlos da, und ich sah ihm an, dass es ihm genauso unangenehm war, zwischen den Stühlen zu sitzen. Insa und wir folgten Thore, der vor der Haustür stand.

»Willst du denn mit mir gemeinsam nach Hause fahren, oder ist dir danach nicht mehr zumute?« Thore drehte sich um und funkelte Insa an. Ich fand, dass er mit diesem Angebot echte Größe bewies. Es sprach für sein reines Gewissen, denn Insa glich einer Furie.

»Ich würde schon mit dir fahren. Ich bin der Meinung, es ist nichts dabei, etwas anzusprechen, was einen bewegt, oder etwa nicht? Muss man deshalb getrennt nach Hause fahren? Dann sollten wir die nächsten Schritte möglicherweise sowieso noch mal überdenken. So viel Ehrlichkeit sollte wohl möglich sein als Ehepaar.« Insas Worte waren scharf, und sie trat zur Beifahrertür.

»Du kannst gerne die Anrufliste meines Handys anschauen, wenn du mir nicht glaubst. Es gab keinen zweiten Anruf«, versuchte Thore weiterhin zu schlichten. Mir war nicht ganz wohl bei dem Gedanken, dass die beiden ihren Streit möglicherweise auf der Fahrt fortsetzten und im Eifer des Gefechts noch ein Unfall geschah. Aber ich konnte mich ja schlecht vors Auto werfen und sie aufhalten.

Dennoch ging ich ihnen zumindest hinterher. »Hört zu, Leute. Streit ist okay. Obwohl es da sicher einen besseren Zeitpunkt für gäbe als kurz vor der Hochzeit, nachts nach einem so emotionalen und schönen Abend, aber okay. Schade, dass er nun so enden muss. Aber wenn ihr mir jetzt nicht glaubhaft versichert, dass ihr auf der Fahrt nicht mehr aufeinander losgeht, bestehe ich darauf, dass ihr hierbleibt und das erst zu Ende führt.« Nun war ich es, die deutlichen Nachdruck in ihre Aussage legte und in zwei halbwegs erschrockene Gesichter schaute.

»Mach dir keine Sorgen, Marla«, versuchte Insa, mich zu beruhigen. »Ich würde einfach nur gerne wissen, ob Thore sich wirklich ganz sicher ist, Cleo noch nie gesehen zu haben, oder ob ihn womöglich die eigene Vergangenheit gerade einholt.«

»Insa, ich habe Cleo noch nie zuvor gesehen. Wie soll ich dir das beweisen? Was sagt sie denn dazu? Hast du sie auch mal darauf angesprochen?«, schimpfte Thore zurück. »Oder sagt sie etwa, dass sie mich kennt?« Er bemühte sich spürbar, seine Stimme ruhig zu halten, doch sie klang gepresst.

»Nein. Sie betont auch, dass wir uns alle jetzt erst kennengelernt haben. Bevor ich bei ihr weiter nachfrage, fand ich es richtig, dir die Chance zu geben, reinen Tisch zu machen. Sie macht so ein Geheimnis darum, wer der Vater von Linus ist – ich weiß nicht, was ich ihr glauben kann.«

»Wer der Vater von Linus ist?« Eine Pause entstand, in der ich den Atem anhielt. Fassungslosigkeit lag jetzt in Thores Worten. »Und du glaubst, der könnte ich sein, oder was?« Thore schnaubte. »Klar, es ist absolut naheliegend, dass ich der Vater irgendeines Kindes bin, dessen Mutter ihr hier zufällig auf Sylt begegnet seid und die ihr als eure Hochzeitsplanerin engagiert.« Er lachte künstlich.

Ich stand weiterhin an der geöffneten Autotür.

»Woher weißt du, dass wir Cleo und Linus zufällig begegnet sind? Wer sagt denn, dass du dich an alles, was vor ein paar Jahren im Partyleben so passierte, erinnern kannst? Vielleicht kann sie das besser? Wie kommt es sonst, dass sie so anders ist, seit sie dich kennt? Warum ist Linus, der mit allen fremden Leuten totale Probleme hat, mit dir von der ersten Sekunde an so innig und vergöttert dich? Und mein ständiges schlechtes Bauchgefühl in so vielen Situationen. Ich spüre so was! Das weißt du. Da gibt es eine Verbindung zwischen euch. Und die heißt nicht nur Emma.«

»Eine gewagte These, Insa.« Thore blickte Insa ernsthaft enttäuscht an. Ich traute mich kaum, es auszusprechen, aber ich war in diesem Fall Thores Meinung. »Insa, dein Verdacht ist absolut verrückt. Was sagt sie denn, wenn man sie fragt, wer der Papa ist?«

»Sie druckst herum, meint, es sei kompliziert, sie wolle keine schlafenden Hunde wecken und dass es vielleicht eh zu spät sei. Das klingt doch alles verdammt merkwürdig, zusammen mit ihrem fahrigen Verhalten, wenn es um dich geht.«

»Ich muss schlafen, Insa«, erklärte Thore und ließ sichtlich erschöpft die Schultern hängen. »Marla, mach dir keine Sorgen. Ich fahre uns jetzt nach Hause, und wir kommen alle erst mal zur Ruhe. Ich fürchte, wir drehen uns sonst immer weiter im Kreis.«

»Es tut mir leid, Marla«, sagte Insa, und ich glaubte es ihr.

»Vergiss bitte bei all deinem Zorn nicht, dass du dich nicht auf so düstere Gedanken versteifen darfst, Liebes. Denk an Sylta. Lass deine Ängste und deine Wut dich nicht beherrschen.«

Insa schaute mich mit leerem Blick an, doch ich sah, dass es in ihr arbeitete. Ich nahm erst Insa und dann auch Thore in den Arm und bewunderte ihn in dem Moment für seine Ruhe. Er ließ sich kaum durcheinanderbringen durch Insas Rede, wurde nicht laut, verlor nicht die Nerven. Er erntete meinen vollen Respekt. Sicher war ihm klar, dass Insas verzweifelte Überlegungen nicht aus einer bösartigen Laune heraus entstanden waren, sondern dass sie ihn über alles liebte und Angst hatte, ihn zu verlieren. Ihr sonst so geschätztes Gespür für besondere zwischenmenschliche Schwingungen warf sie aktuell komplett aus der Bahn. Ihre so feinfühlige und aufmerksame Art schätzten wir alle, und sicher konnte er sich, genau wie ich und auch Insa selbst, keinen Reim darauf machen, wo ihre frustrierte Wut herrührte und ob sie berechtigt war.

Unsere Freunde stiegen ins Auto, und ich stand noch einige Sekunden da und starrte den Rücklichtern hinterher, bis sie um die nächste Kurve verschwanden.

Wie ein weicher, warmer Mantel, der mich umhüllte und auffing, fühlte ich Peers Nähe hinter mir. Er hatte sich im Hintergrund gehalten, weil er bemerkt hatte, wie aussichtslos diese Diskussion gewesen war. Zärtlich hauchte er mir einen Kuss auf den Nacken und jagte damit einen wohligen Schauer über meine Haut.

»Zerbrich dir nicht den Kopf. Das kriegen die beiden schon wieder hin«, flüsterte er mir zu, und ich nickte verzagt.

»Ich wünsche es mir so. Und wenn möglich bitte noch vor unserer Hochzeit.« Ich drehte mich zu Peer um und lehnte meinen Kopf an seine Brust. »Da sehe ich gerade schwarz, wenn das hier so weitergeht.«

»Nein. Alles wird gut.« Er küsste meine Stirn, und diese Geste schenkte mir schon eine ganze Menge Zuversicht. Wir gingen wieder ins Haus und setzten uns aufs Sofa.

Ich zog die Knie an und schlang die Arme darum. Peer legte seinen Arm um mich, und ich kuschelte mich an ihn. »Ich halte es für sinnvoll, wenn du mit Cleo sprichst, Marla«, sagte Peer dann, und ich sah zu ihm auf.

»Echt? Meinst du, das ist der richtige Weg?« Ich zog einen Mundwinkel hoch. »Ich weiß nicht. Am Ende ist Insa stinksauer, dass ich mich einmische. Oder Cleo fühlt sich angegriffen, wenn ich sie mit der Vermutung konfrontiere. Nee, Peer. Das möchte ich nicht.«

»Meinst du nicht, du kannst irgendwie vermitteln, wenn du ganz offen ansprichst, was gerade in Insa brodelt? Wenn Insas Verdacht unbegründet ist, dann ahnt Cleo vermutlich gar nicht, was hier gerade im Argen ist und warum Insa immer wieder so merkwürdig auf sie reagiert. Es könnte auch sein, dass Cleo in Insas Gegenwart oft unsicher agiert, weil sie ihre Stimmung bemerkt, ohne sie greifen zu können. Das Thema muss offen besprochen werden, und Insa ist im Moment einfach zu emotional, um das sachlich genug tun zu können. Und wenn's nur für unsere Hochzeit ist. Und falls an den Überlegungen doch ein Funken

Wahrheit ist, dann wäre es vielleicht auch nicht verkehrt, wenn es endlich jemand ausspricht.«

»Wenn es nicht so ist, wie Insa vermutet, wirkt das total schräg.«

Peer wiegte den Kopf. »Ja, ich finde Insas Gedanken auch schräg. Aber er raubt Insa nun einmal gerade den Schlaf und belastet mittlerweile nicht nur sie selbst und ihre Beziehung. Es ist ja nichts, was du dir ausgedacht hast.«

»Und wenn Cleo unsere Hochzeit dann nicht mehr betreuen will?«

»Glaubst du das?«

»Ich weiß nicht mehr, was ich glauben soll, Peer.«

»Nur miteinander reden wird euch helfen«, erkannte Peer.

»Ich weiß es doch«, sagte ich matt. Ich hatte an diesem Abend kaum noch Energie für die Beschallung durch das abendliche Fernsehprogramm, wo Peer noch die Nachrichten sehen wollte. Dennoch kuschelte ich mich an ihn und schlief bereits in seinem Arm ein.

Nur sehr widerwillig stand ich wenig später auf, als er den Fernseher ausschaltete. Mit torkeligem Gang folgte ich Peer erst ins Bad und weiter ins Schlafzimmer, wo ich mich unter die flauschige Decke kuschelte, die mich mit wärmender Behaglichkeit einhüllte. Peers sanftes Streicheln auf meiner Haut, seine Nähe und der leichte Wind, der durch das gekippte Fenster über unser Bett wehte, taten mir gut, und die gemütlich sommerliche Atmosphäre wiegte mich erneut in den Schlaf.

In der Nacht wachte ich auf und war sofort hellwach. Ich wälzte mich hin und her, und als ich weiterhin nicht zur Ruhe kam, setzte ich mir Kopfhörer auf die Ohren und startete ein Hörbuch, um wieder einzuschlafen. Es funktionierte, doch schon wenig später weckte mich ein Albtraum, und so war ich kurze Zeit darauf schon wieder wach.

Ich hatte geträumt, dass unsere Hochzeit geplatzt war, weil Insa und Thore sich getrennt hatten, während Cleo und Hannes heirateten.

Weil der Traum sich so real angefühlt hatte und ich den Schmerz über die Trennung und die Verwirrung über die Hochzeit tief gespürt hatte, konnte ich mich kaum wieder beruhigen.

Ich kuschelte mich an Peers Rücken und hoffte, dass sein vertrautes Atmen auch mich bald wieder einschlafen ließ. Leider vergebens.

Auch wenn ich wusste, dass das nicht gerade förderlich für guten Schlaf war, griff ich nach meinem Handy und entdeckte eine Nachricht von Insa. Ich sah, dass sie bereits abgespielt worden war. Vermutlich war das dank der Kopfhörer, die ich vorhin noch getragen hatte, automatisch passiert. Weil ich mich jedoch nicht daran erinnern konnte, spielte ich sie erneut ab.

»Marla, ich muss mit Cleo reden. Oder vielleicht auch nicht. Thore und ich haben uns total gestritten. Er schläft jetzt bei seinem Bruder. Ich glaube ihm nicht, was er sagt. Und dabei würde ich es so gerne. Aber da ist dieses merkwürdige Gefühl. Du kennst mich, Marla. Ich täusche mich nicht. Ich kann dieses Telefonat nicht vergessen. So kann ich unmöglich heiraten. Und jetzt stell dir vor, hat er mir auch noch geschrieben, dass Hannes sich angeblich in Cleo verguckt haben soll, sie aber nicht darauf eingeht. Was soll das denn nun bedeuten?«

Ich schluckte. Wahrscheinlich hatte mein Unterbewusstsein diese Nachricht in meinen Albtraum verwandelt. Deswegen hatte es sich so real angefühlt. Aufgewühlt sank ich wieder in mein Kissen und starrte an die dunkle Decke.

»Ach Mensch, so ein blöder Mist. Könnt ihr euch nicht einfach vertragen?«, sagte ich leise.

»Du musst was tun, Marla«, flüsterte in diesem Moment Peer, und ich zuckte leicht zusammen. Er strich mir sanft über den Rücken. »Dann wird alles gut, mein Schatz.«

»Tut mir leid, dass ich dich geweckt habe. Ich werde mit Cleo reden«, murmelte ich. »Wahrscheinlich hast du recht und es führt kein Weg daran vorbei. Sonst können wir unsere Traumhochzeit wohl vergessen.«

20

Insa

Meine Knie waren weich. Ich wusste nicht, ob es die Müdigkeit war, die mir von der Nacht geblieben war, in der ich kein Auge zugemacht hatte, oder die Angst, dass das, was hier gerade so feierlich aufgebaut wurde, umsonst war. Ich war, bevor ich nach Keitum fuhr, in Syltas Garten gefahren. Es hatte sich gut angefühlt, dort zu sein, trotz aller Trauer darum, dass wir wohl nie wieder zusammen hier sein würden. Nun wollte ich zu Marla.

Im Garten des *Zuckerhüs* stand in vielen Einzelteilen der weiße Gartenpavillon, den Cleo, zusätzlich zu dem, der am Strand stehen sollte, für unsere Hochzeit organisiert hatte. In den nächsten Tagen wollte die Firma kommen, um ihn am Strand aufzustellen. Dann würde es bald so weit sein. Es ging in immer größeren Schritten auf unsere Hochzeit zu.

Ich hatte mit Marla reden wollen, mich entschuldigen für meinen Auftritt vom Vorabend, aber sie war nicht da.

»Sie sagte was von einem wichtigen Termin. Ich meine, sie wollte noch was wegen der Hochzeit besprechen«, erklärte Flora und zuckte mit den Schultern.

Ich ging in den Garten, sah mich dort um, ob ich einen Hinweis darauf fand, worum es in ihrem Termin ging. Doch hier war niemand zu sehen. Ich setzte mich auf die Bank unter den Apfelbäumen, die einen beruhigend idyllischen Blick in den Garten bot. Levkes Schaukel schwang sanft im leichten Wind, Sonnenstrahlen flackerten durch die Blätter der Apfelbäume. Ein Vogel zwitscherte über mir ein Lied von Sorglosigkeit und Sommer. Ich schloss die Augen und ließ diese besondere Stimmung auf mich wirken. Das tat gut, und ich fühlte mich direkt wieder unbeschwerter. Es musste mir gelingen, wieder das richtige Mindset zu bekommen, damit alles wieder gut wurde.

Ich visualisierte, was ich mir für unseren großen Tag wünschte, stellte mir vor, wie die Gäste fröhlich beieinandersaßen, lachten, sich umarmten, aßen und tranken. Wie Thore und ich verliebt miteinander tanzten, uns küssten und lachten.

Ich hörte quasi das Knarzen des alten Bodens im historischen *Altfriesischen Haus*, in dem die standesamtliche Trauung stattfinden sollte, und spürte das schummerige Licht, was gleichzeitig Geschichte und Behaglichkeit verströmte.

Ich malte mir die Zeremonie am Meer aus, zu der wir im engsten Kreis zusammenkommen wollten, um uns inmitten der Naturgewalten und unter freiem Himmel das Jawort zu geben. Ich sah royalblauen Himmel über uns und strahlenden Sonnenschein. Das Bild hielt ich fest, damit es sich in mir verankerte und wahr werden würde. Denn dass das Wetter bei einer Hochzeit am Meer mitspielte, dafür bot Sylt niemals eine Garantie. Die Leichtigkeit breitete sich, wie Sonnenstrahlen, in mir aus. Mir kam es vor, als schwebe ich innerlich, und irgendwas hob mich an, trug mich und verlieh mir Flügel, mit denen ich alles schaffen konnte. Den Ärger, die Zweifel und jede Wut ließ ich unter mir zurück. Sie sollten mich nicht länger beschweren und wie Bleigewichte an meinen Füßen hängen und mich von meinem Glück fernhalten.

Und obwohl ich in den letzten Tagen so viele düstere Bedenken gehabt hatte, spürte ich in diesem Moment wieder Freude. Eine tiefe Ruhe setzte beim Gedanken an unsere Hochzeit ein, die ich mir zwar gerade kaum erklären konnte, für die ich jedoch sehr dankbar war. Es war, als wirkten Syltas Worte gerade in mir.

In dem Moment vibrierte mein Handy. Es war die Nummer von Eri, Syltas Nachbarin, und noch bevor ich annahm, wusste ich, dass etwas geschehen war.

»Insa, es tut mir so leid. So oft habe ich jetzt in der letzten halben Stunde versucht, deine Nummer zu wählen, immer wieder muss ich weinen und konnte es nicht über mich bringen«, gestand sie, und mein Herz rutschte mir in die Hose. Mein Puls beschleunigte.

»Was ist mit Sylta?«, fragte ich mit zittriger Stimme, und Eri seufzte.

»Sie hatte einen Herzinfarkt. Ich habe es nebenan poltern hören, bin sofort bei ihr gewesen und habe einen Krankenwagen gerufen. Aber sie hatte keine Chance. Sie verstarb noch in ihrer Wohnung. Ich war bei ihr und habe ihre Hand gehalten.« Ihre Worte gingen im Schluchzen unter, und auch ich musste augenblicklich weinen.

»Es tut mir so leid. Das ist so unfassbar traurig. Für uns«, sagte ich, und schon diese Worte kamen kaum deutlich hörbar heraus. »Aber sie hat sich ein solches Ende so sehr gewünscht. Kurz und schmerzlos, solange sie noch sie selbst ist. Sie fliegt nun zu ihrem lieben Tamme, den sie so vermisst hat.«

Plötzlich war mir klar, dass Sylta bereits in den letzten Minuten Abschied genommen hatte. Dass es ihre Energie gewesen war, die mich den richtigen Weg hatte sehen lassen, die wie ein Windhauch durch die Kronen der Apfelbäume gestrichen war und mir endlich wieder einen Schub und die Kraft gegeben hatte, positiv zu denken.

»Ich weiß es ja«, kam es tränenerstickt von Eri. »Bitte verzeih mir, Insa, dass ich gerade nicht sprechen kann. Ich weiß nicht, wo mir der Kopf steht. Eine Beerdigung wird es nicht geben. Sie will anonym bestattet werden. Zwar auf Sylt, aber ohne jede Feier. Sie wollte es so, genau wie Tamme. Leider nimmt sie uns damit die Gelegenheit, uns noch mal in den Arm zu nehmen. Aber fühl dich ganz lieb gedrückt, Insa. Wenn ich es schaffe, besuche ich Sylta irgendwann auf dem Friedhof. Dann sage ich Bescheid, und wir beide essen zusammen einen Kuchen in Syltas Lieblingscafé. Euer letztes Gespräch auf Sylt und deine Anrufe haben Sylta so gutgetan. Sie weiß, dass ein Teil von ihr in dir weiterlebt. All das Wissen über die Spiritualität, die Bilder, eure Seelenverwandtschaft. Du warst wirklich wie eine Enkelin für sie.« Eri konnte nicht weitersprechen.

»Danke, Eri. Das hilft mir sehr. Ich wünsche dir alles Liebe und ganz viel Kraft. Wir müssen uns damit trösten, dass sie wieder bei ihrem Liebsten ist«, sagte ich.

»Das stimmt. Das ist auch mein Trost. Es ist alles gut, wie es ist, Insa. Für unsere Sylta jedenfalls.« Sie schluchzte, und ich hatte das Gefühl, wir waren beide froh, dass wir das Telefonat beenden konnten.

»Danke, Eri, dass du mich direkt angerufen hast«, presste ich hervor und starrte, auch nachdem sie aufgelegt hatte, noch eine Weile auf das Handy in meiner Hand. Ich hatte eigentlich noch einen Termin, aber nach dieser Nachricht konnte ich mich heute nicht mehr auf Kühlschrankfüllungen oder Handwerkeraufträge konzentrieren. Also schrieb ich dem Kunden, dass wir unser Treffen verschieben mussten.

Langsam erhob ich mich und verließ den Garten in Richtung Watt. Die wenigen Schritte fühlten sich an, als stolperte ich über eine Wolkendecke, die immer wieder unter mir nachgab. Meine

Knie waren weich, ich lief wie ferngesteuert. Eben noch hatte ein Glücksgefühl mich schweben lassen, nun war ich abgestürzt und unsanft aufgeschlagen.

Ich dachte an Syltas Bilder und ärgerte mich, dass ich mich darum noch nicht gekümmert hatte. Dass alles andere wichtiger gewesen war als das. Dabei hätte ich ihr so gern ein Foto von ihren Kunstwerken in meiner Wohnung geschickt, ihr gezeigt, dass sie ein neues Zuhause gefunden hatten.

Ich kannte nicht all ihre Bilder, aber jetzt in diesem Moment sah ich ein ganz bestimmtes vor mir, das ich mir auf jeden Fall für mich auswählen würde. Es zeigte diesen Blick, den ich jetzt sah. In diesem Moment des Abschiednehmens von ihr: das Watt in seiner Weite und Ruhe. Der Ort, an dem ich jetzt sein musste, um zu realisieren und zu akzeptieren, was ich gerade erfahren hatte: dass Sylta von nun an nur noch in unseren Gedanken weiterleben würde.

Bei aller Trauer über die Nachricht ihres Todes und den Schreck über deren Endgültigkeit fühlte ich eine große Wärme und Erleichterung darüber, dass sich auch ihr letzter Lebenswunsch erfüllt hatte. Ihr Lebenskreis hatte sich geschlossen, und nur wir, die übrig blieben und ohne sie weiterleben mussten, spürten den großen Verlust und waren traurig. Sie selbst hatte erreicht, was sie sich gewünscht hatte.

Ich fand eine Bank und setzte mich. Einige Minuten saß ich schweigend da, rührte mich nicht, sondern hing meinen Erinnerungen an eine großartige Frau nach.

Dann rief ich Thore an. Ich wollte ihm erzählen, was ich gerade erfahren hatte. Auch wenn wir uns gerade böse gestritten hatten, war er sofort der Mensch, an den ich nun dachte, mit dem ich reden wollte, von dem ich in den Arm genommen werden wollte. Ich wählte seine Nummer, doch er nahm das Telefonat nicht an.

Auch ein weiterer Versuch blieb erfolglos, sodass ich mich kurzerhand auf den Weg nach Munkmarsch machte. Wenn er gerade im Wasser war, konnte er nicht ans Telefon gehen, das war nichts Ungewöhnliches, aber vielleicht konnte ich kurz persönlich mit ihm sprechen. In diesen Momenten spürte ich stärker denn je, wie sehr ich ihn an meiner Seite brauchte und wie mir die Situation und unser Streit zusetzten.

Mit klopfendem Herzen fuhr ich die Straße an der Kirche St. Serverin entlang und bog rechts ab in Richtung Munkmarsch.

Mein Auto lenkte ich auf den Parkplatz neben dem Hotel und stieg aus und rannte beinahe zur Surfschule, wo ich jedoch bald erkennen musste, dass niemand dort war. Enttäuscht und außer Puste drehte ich um und ging zum Auto zurück. Thore hatte noch nicht zurückgerufen, also schrieb ich ihm eine Nachricht. Vielleicht war er in einem Termin und konnte nicht telefonieren. Oder war er noch immer so sauer, dass er nicht mit mir sprechen wollte?

Nein, das passte nicht zu ihm. In dem Moment kam eine Nachricht.

> Hey, Insa, ich melde mich später. Hab gleich etwas
> Wichtiges zu erledigen. Danach rufe ich an.

Beruhigt stieg ich ins Auto. Offenbar war Thore ein wenig im Stress. Ich startete gerade den Wagen, da sah ich, wie Cleo aus der Tür des Hotels kam. Sie fuhr sich immer wieder durch die Haare. Ihr Gesichtsausdruck war angespannt. Kurz darauf verließ auch Marla das Hotel, und Cleos Miene erhellte sich wieder. Sie umarmten sich, und Marla legte aufmunternd die Hand auf Cleos

Schulter, woraufhin ein gequältes Lächeln folgte. Dann lief Marla zu ihrem Auto, was ich bisher gar nicht gesehen hatte, und startete. Cleo ging in Richtung ihrer Wohnung. Ich verfolgte ihren Weg mit klopfendem Herzen.

Hatte Marla ihr gerade Mut zugesprochen? Und wo ging sie jetzt hin? Linus war doch noch in der Schule. Müsste sie nicht eigentlich arbeiten? Wieder setzte sich dieses schlechte Gefühl in meiner Magengrube fest. Mein Herz drohte aus meiner Brust zu springen, und ich wusste nicht, was ich tun sollte.

Dann hielt Cleo inne, weil ein Radfahrer neben ihr stoppte. Ich erkannte Hannes und beobachtete, wie sie kurz miteinander sprachen und dann beide ihren Weg fortsetzten. Hannes sah mich nicht, und ich legte es auch nicht darauf an.

Wenn ich wissen wollte, was hier vor sich ging, musste ich jetzt mit Marla sprechen. Also fuhr ich wieder nach Keitum und zum *Zuckerhüs* zurück.

Die Aufbauarbeiten des Gartenpavillons hatten gerade begonnen, wie ich an einzelnen Bauteilen, die noch vor dem Haus standen und die jemand gerade nach und nach abholte und damit hinterm Haus verschwand, erkennen konnte. Marlas Auto stand schon wieder vor der Tür, als ich ankam.

Ich trat in die Bonbonmanufaktur, wo mir der süße Duft nach frisch zubereiteten Süßigkeiten entgegenströmte. Sofort fühlte ich mich gut, und es ging mir gleich viel besser. Dennoch blieb die Nervosität.

»Moin, Insa«, begrüßte mich Marla, die hinterm Tresen stand, überrascht. Sie lächelte. Im Laden war gerade kein Kunde. »Du siehst angestrengt aus, Liebes. Geht's dir immer noch nicht besser?«

»Hey, Marla«, sagte ich und hörte selbst dabei, wie zittrig meine Stimme klang. »Sylta ist gestorben«, platzte es aus mir heraus, und in diesem Moment entlud sich all meine Traurigkeit und Anspannung, und ich begann zu weinen. Cleo, der Streit mit Thore, das alles rückte für einen Augenblick in den Hintergrund, und es zählte nur der Verlust meiner Freundin.

Marla nahm mich in den Arm und schob mich sanft in den kleinen Nebenraum.

»Oh nein, Liebes, das tut mir so leid.«

Einige Minuten vergrub ich mein Gesicht an ihrer Schulter, bis ich endlich das Gefühl hatte, wieder normal atmen zu können.

»Sie wollte es so«, schniefte ich. »Eigentlich war es genau das, was sie sich gewünscht hat. Sie wollte nicht in ein Heim, wollte das Haus nicht verkaufen und nicht die Welt und die Menschen vergessen, die ihr wichtig waren. Lieber wollte sie gehen und zu ihrem Tamme zurückkehren. Eri sagt, allein in den letzten Wochen ist die Demenz schnell vorangeschritten. Schon während ihres Aufenthalts hier war mir die Veränderung aufgefallen.« Ich seufzte und tupfte mir die Tränen aus dem Gesicht. »Es war genau richtig. Der richtige Moment, die richtige Art. Aber, Mensch, es wirft mich trotzdem aus der Bahn.«

»Verständlich.« Marla hielt mich im Arm und strich mir sanft über den Rücken, was guttat.

»Ich war vorhin schon mal hier und wollte mich bei dir entschuldigen.«

»Alles gut, Insa. Dafür sind Freunde da. Wichtig ist nur, dass du wieder glücklich wirst und diese Auseinandersetzungen nicht mehr nötig sind.«

In dem Moment hörten wir das fragende Rufen einer Kundin.

»Geh ruhig wieder raus«, sagte ich zu Marla. »Ich komme auch wieder mit. Ablenkung tut mir gut«, erklärte ich, und wir traten wieder in den Verkaufsraum. Marla bediente die Frau und kam dann wieder zu mir.

»Du bist eben in Munkmarsch schon an mir vorbeigefahren«, gab ich zu.

»Ach? Warst du bei Thore an der Surfschule?« Erstaunt hob Marla die Augenbrauen. »Habt ihr euch wieder vertragen.«

»Leider nicht. Ich wollte zu ihm, nachdem ich mit Eri telefoniert hatte, aber er war nicht da«, erklärte ich. »Kann es sein, dass du mit Cleo gesprochen hast?«, fragte ich dann. Mein Herz schlug mir bis zum Hals, und Marla nickte.

»Ja, Liebes. Das habe ich. Ich konnte es nicht länger mit ansehen, wie du leidest.«

»Ach, Marla. Das ist ein lieber Gedanke, aber ...« Ich suchte nach den richtigen Worten, denn auch, wenn ich nicht wusste, was ich davon halten sollte, dass die beiden hinter meinem Rücken sprachen, so war mir doch klar, dass Marla es wirklich gut meinte. Sie wollte sich meinen Zustand und den Streit mit Thore, der ja auch ihr Freund war, nicht länger mit anschauen. Und nicht zuletzt ging es ja auch um ihre Hochzeit.

»Keine Sorge. Wir haben uns ganz sachlich unterhalten. Ohne Vorwürfe oder böse Worte. Ich kann dich beruhigen, dass ich auch nach diesem Gespräch weiterhin einen superpositiven Eindruck von Cleo habe. Und weißt du was, ich habe jetzt auch ein Bauchgefühl. Ich habe sie auf Hannes angesprochen, und sie ist sofort feuerrot geworden. Mehr konnte ich nicht aus ihr herausbringen.« Marla zuckte die Schultern und zwinkerte.

Ich schluckte. Das war nicht unbedingt das, was ich hören wollte. »Das ist alles, was du rausgefunden hast? Und warum glaubst du dann, dass ich mir keine Sorgen machen muss?«, fragte ich ängstlich.

»Hundertprozentig schlauer bin ich leider auch nicht. Eine Antwort darauf, wer Linus' Papa ist, habe ich nicht. Aber ich glaube, darum geht es auch gar nicht. Irgendwas gibt es da, worüber sie gerade noch nicht reden will. Zumindest nicht mit mir. Sie sagte, es gibt etwas, das sie sehr beschäftigt und das in allererster Linie sie und Thore betrifft. Deshalb kann sie mit mir nicht darüber sprechen, bevor sie mit ihm geredet hat. Diese bedingungslose Offenheit zwischen uns allen fällt ihr schwer. Sie kennt solche Freundschaften und so viel Vertrauen nicht, und sie muss sich erst langsam daran gewöhnen. Sie hat mir aber versichert, dass Thore in keinem Punkt unehrlich mit dir war.«

»So?« Meine Stimme war dünn. Auch wenn ich Marla dankbar war für ihren Einsatz, das klang nicht unbedingt beruhigend für mich und feuerte mein Gedankenkarussell eher noch an.

»Und Insa, eins kann ich klarstellen: Sie ist nicht in Thore verliebt. Damit stieg sie nämlich gleich in das Gespräch ein, als ich ihr erzählte, dass wir ihr Verhalten Thore gegenüber nicht verstehen. Als ich ihr unsere Bedenken geschildert habe, war sie völlig überrumpelt. Ihr war nicht klar gewesen, dass sie einen solchen Eindruck vermittelt hat, und das war auch nicht ihre Absicht. Dazu also Entwarnung. Cleo hat mir versprochen, in dem Fall hätte sie sofort den Auftrag abgelehnt und das Weite gesucht.« Marla lachte leise.

»Okay. Das beruhigt mich jetzt doch sehr«, gestand ich, und es stimmte. Dennoch war ich weiterhin verwirrt. »Aber was ist mit einer alten Bekanntschaft der beiden? Mag ja sein, dass er gar nicht weiß, wer sie ist, oder von einem Kind. Dann lügt er zwar nicht, aber es ist auch nicht wirklich das, was ich mir gewünscht hätte.« Ich presste die Lippen aufeinander und hob die Augenbrauen.

»Ich muss gestehen, dass ich diese Theorie nicht angesprochen habe, weil ich nicht wusste, wie, ohne sie zu verletzen. Aber wir werden bald schlauer sein.« Marla nickte wie zur Bestätigung ihrer eigenen Aussage. »Als wir uns verabschiedet haben, habe ich ihr Kraft und den nötigen Mut für die Unterhaltung mit Thore gewünscht. Dass ihr das nicht leichtfallen würde, war deutlich spürbar. Ich denke, dass sie jetzt mit ihm zusammensitzt.«

»Thore schrieb mir, dass er was Wichtiges zu erledigen hat«, sagte ich und ärgerte mich einerseits, dass er mir nicht gesagt hatte, dass er sich mit Cleo traf. Andererseits war mir klar, dass ich vermutlich überreagiert hätte, hätte er mir die Wahrheit gesagt.

»Cleo war geschockt darüber, dass du und Thore euch ihretwegen so streitet und du sogar die Hochzeit infrage stellst.«

»Hast du ihr das etwa erzählt?« Ich wurde ärgerlich, bis ich Marlas liebevolles Lächeln sah.

»Das war richtig, Insa. Vertrau mir bitte.«

Wieder betrat eine Kundin den Laden und unterbrach unser Gespräch. So aufgewühlt ich auch war, ich hatte noch einiges zu tun, und wenigstens ein paar kleine Arbeiten, bei denen ich nicht viel nachdenken musste, könnte ich heute noch erledigen. Also verabschiedete ich mich von Marla und trat vor die Tür. Ich lief ein paar Schritte ums Haus herum. Ein Blick auf den halb aufgebauten Pavillon im Garten des *Zuckerhüs* fesselte mich für einen Moment. Meine Gedanken gingen zu dem Bild zurück, das ich hier vorhin vor Eris Anruf gezeichnet hatte. Es fühlte sich noch immer so richtig an. Allein diese Erkenntnis war gerade so wertvoll für mich. Wieder ging ein seichter Wind durch die Baumkronen im Garten, die Schaukel bewegte sich sanft. Mir war, als sitze Sylta dort und nicke mir beruhigend zu.

»Alles wird gut, Insalein. Du musst nur dran glauben und auf eine alte Frau hören«, hallte ihre Stimme in meinem Kopf.

21

Marla

Obwohl Insa angespannt auf das Treffen mit Cleo reagiert hatte, hatte ich ein gutes Gefühl. Ich war mir sicher, das Richtige getan zu haben. Peers Rat war wieder einmal gut gewesen.

Im *Zuckerhüs* herrschte am Nachmittag Hochbetrieb. Im Garten wurde fleißig am Pavillon und den Tischen und Bänken gebaut, und das Wetter trieb uns die Touristen in den Laden. Außerdem hatten wir einige Anmeldungen für Präsentationen, bei denen wir interessierten Kunden zeigten, wie man Bonbons herstellte.

Glückliche Kinder und interessierte Erwachsene schauten staunend dabei zu, wie ich die zuckrige, glänzende Masse zu kleinen Kostbarkeiten formte. Sie waren die schönste Motivation und der größte Dank für die Arbeit, die ich so sehr liebte und die mir mit jedem Tag, den ich hier war, besser gelang.

Alva hatte zwischendurch auch hin und wieder vorbeigeschaut, Flora beim Verkauf unterstützt und sich am Nachmittag vor allem um Levke gekümmert, die, seit sie aus der Schule gekommen war, jammerte, ob Linus nicht doch vorbeikommen könnte. Als ich dann tatsächlich einen Anruf von Cleo bekam und sie mich fragte, ob Linus bis zum Abend bei uns bleiben könnte, war die Freude bei Levke, Alva und mir deshalb groß.

»Das passt heute doppelt gut. Ich gebe den allerersten Schoko-Workshop für Kinder. Levke macht mit, und für Linus finden wir auch noch eine Schürze. Schön, dass du angerufen hast. So können sie zusammen was zaubern. Sie sind doch unser kleines Spitzen-Juniorteam.«

»Danke, Marla. Du weißt, dass mir das viel bedeutet. Damit hilfst du mir heute ganz besonders. Du hast wirklich was gut bei mir – so einiges.«

»Damit helfe ich uns allen«, sagte ich. »Wir freuen uns, wenn er hier ist.« Gemeinsam entschieden wir, dass er auch zum Abendessen bleiben würde, damit Cleo keinen Zeitdruck hatte.

Eine Stunde später spielten Linus und Levke bereits im Hochzeitspavillon. Levke hatte die Zeit des Wartens genutzt und ihn mit Decken und Kissen zu einer gemütlichen Höhle ausgestattet. Alva sorgte für die passende Picknickverpflegung und achtete darauf, dass die beiden nicht zu viel Chaos stifteten.

Bis zum Kurs übernahm Flora den Verkauf, während ich mich in die Bonbonküche zurückzog, um mich dort einigen besonderen Kreationen zu widmen.

Für den neuen Hotelshop, zu dessen Eröffnung Alva und ich noch vor Kurzem gegangen waren, hatte ich mir ein paar fruchtig leichte, sommerliche Mischungen ausgedacht, die gut zu warmen Temperaturen und Sonnenschein passten und dabei gleichzeitig auch das zart schmelzend Cremige besaßen, das unsere Produkte auszeichnete.

Ich wollte Rhabarber mit Vanille kombinieren. Die Süße des Gewürzes würde perfekt mit der sauren Fruchtigkeit des Rhabarbers harmonieren. Bonbons aus zwei Schichten in einer länglichen Form sollten es werden.

Ich stellte mir die Zutaten bereit und brachte ein wenig Wasser, Glukose und Zucker zum Kochen. Gerade so, dass es nicht sprudelte. Wie gewohnt teilte ich die leicht zähe Masse auf zwei Schalen auf, in die ich das jeweilige Aroma gab. Außerdem die natürlichen Farbstoffe, die dem Bonbon eine leicht rosarote Farbe, gemischt mit Hellgelb, geben sollten.

Als die Masse fester wurde, legte ich sie auf die Kühlfläche, auf der sie weiter ein wenig aushärten sollte. Unter ständigem Drehen, Wenden und Ziehen entstanden mehrere Stränge, die ich sorgfältig miteinander verwob und daraus kleine Stückchen schnitt. Weil ich nicht wollte, dass dieser süße Genuss scharfe Kanten haben würde, rundete ich diese ab und formte damit etwa einen Zentimeter lange, geschwungene Kissen, die im Sonnenlicht, das durch die Sprossenfenster schien, verführerisch glänzten. Ich wälzte die Bonbons in ein wenig Puderzucker, damit sie in den Gläschen, in die ich sie gleich abfüllen würde, nicht aneinanderklebten.

Während die Süßigkeiten aushärteten, beschriftete ich bereits einige Etiketten mit dem Namen der neuen Kreation, »Rhabarber-Vanillegruß«, und befestigte die handgeschriebenen Schilder auf den Gläsern. Die Zutatenliste würde ich separat mit dem Computer erstellen und später auf die Rückseite der Gläschen kleben.

Stolz betrachtete ich meine kleine Neukreation, stellte sie in einen Karton, den ich noch offen ließ, um später die Zutatenlisten zu ergänzen, und nahm eine kleine Auswahl in einem Probierschälchen für die Kunden mit in den Verkaufsraum, wo ich sie zum Testen direkt an der Kasse platzierte.

»Oh, ich hoffe, du hast für mich auch ein Probierbonbon beiseitegelegt?«, fragte Flora interessiert und lächelte. »Ich muss ja wissen, was ich unseren Kunden hier anbiete.«

»Aber selbstverständlich, liebe Flora«, erwiderte ich und lief noch einmal in die Küche, wo ich ein paar der süßen Bonbons, die mir optisch nicht perfekt erschienen waren, zur Seite gelegt hatte. Ich legte sie in ein Schälchen und brachte es Flora. Sie steckte sich direkt eins in den Mund, schloss die Augen und ließ das Bonbon mit genießerischem Gesichtsausdruck auf der Zunge zergehen.

»Wunderbar, Marla. Die können, so wie sie sind, mit ins Sortiment aufgenommen werden. Sie sind köstlich. Sommergefühl pur. Und dass ich Vanille liebe, das weißt du ja sowieso.«

»Danke, Flora. Es freut mich sehr, dass sie dir schmecken. Dann haben wir ja wieder eine Kreation mehr.«

»Das ist auch ein Geschmack, den ich mir gut für die Candy-Bars zu Hochzeiten vorstellen kann. Leicht, süß, zauberhaft. Und mit den pastelligen Farben passt das auch optisch so schön. Da stelle ich mir das Grün frischer Blumen vor, deren Blüten zartweiß oder cremefarben sind. Dazwischen die Schälchen oder Gläser mit den Bonbons – einfach wunderbar. Auch für Insas Kunden, die sie ja auch häufig mit sommerlichen Sträußen empfängt. Du solltest ihr die Sorte unbedingt zeigen.«

»Das ist ein guter Hinweis. Ich schreibe sie gleich mit auf ihre Probierliste. Vielleicht nehmen wir die Bonbons sogar in unsere eigene Candy-Bar mit auf.« Ich lächelte, doch im selben Moment krampfte mein Magen. Meine Gedanken gingen zu Insa. Ich schaute aus dem Fenster an der Rückseite des Hauses in den Garten, wo bereits in strahlendem Weiß der Pavillon stand.

»Du wirkst traurig, Marla. Ist alles in Ordnung?«

»Danke, Flora. Mir schwirrt einfach nur gerade viel durch den Kopf. Das geht auch wieder vorüber.« Zerknirscht lächelte ich.

»Alles wird gut, Marla. Und ein wenig Fracksausen gehört vor so einem wichtigen Termin wie der eigenen Hochzeit dazu«, sprach Flora mit beruhigend sanftem Ton.

»Du hast recht«, sagte ich, doch in Gedanken war ich woanders. Was es wohl war, das Cleo mit Thore zu besprechen hatte? Irgendwas sagte mir, dass es die Beziehung zwischen Thore und Insa nicht gefährdete und sich alle Schwierigkeiten in Luft auflösen würden, wenn erst einmal alles ausgesprochen war. Und auch wenn das nur ein vages Gefühl war, half es mir, den Tag halbwegs zuversichtlich zu überstehen.

Aufgeregt und voller Vorfreude sammelten sich die fünf Kinder um den Fertigungstisch. Ich war sehr gespannt, wie die Arbeit mit der Schokolade mit den Kindern funktionieren würde. Es war noch einmal eine ganz neue Herausforderung, so ganz anders als das Bonbonzaubern.

Für den Workshop hatte ich drei verschiedene Sorten an Schokolade vorbereitet. Sie waren zähflüssig, und ich hielt sie für die perfekte Verarbeitung auf dem Herd auf genau der Temperatur, die sie brauchten, um nicht auszuhärten, zu klumpen oder ganz zu zerfließen.

Jeder der kleinen Chocolatiers hatte gleich zur Begrüßung eine Schürze von mir bekommen, die sie sich, direkt nach dem Händewaschen, sorgsam umgelegt hatten.

»Erst einmal wählt ihr aus den Schütten, die ich hier aufgestellt habe, eure Dekoration aus«, erklärte ich und deutete auf die Gläser, in denen kleine Schäufelchen in Zuckerperlen und -konfetti in unterschiedlichsten Formen steckten, sodass man den Inhalt hygienisch entnehmen konnte.

»Dann überlegt ihr euch, welche Schokolade ihr gerne mögt. Oder welche der Lieblingsmensch, der die Schokolade von euch bekommt, am liebsten isst.«

Leises Gemurmel ging durch den Raum. »Wenn ihr euch nicht entscheiden könnt, könnt ihr auch zwei Farben verwenden und sie in Mustern ineinanderfließen lassen. Ich mache euch das gleich einmal vor, damit ihr wisst, wie es geht, und wenn ihr Hilfe braucht, sagt ihr Bescheid, okay?« Ich blickte in die Runde, und alle nickten ernst. »Na dann, ran an die Konfettischaufeln. Übertreibt es nicht, es muss alles in das kleine Schälchen passen, das vor euch steht.«

Das ließen sich die Kinder nicht zweimal sagen. Rasch und doch vorsichtig und aufmerksam bedienten sie sich.

»Super! Dann sucht sich jetzt jeder ein Förmchen aus, in das ihr die erste Tafel gießen möchtet. Langweilige Vierecke kann schließlich jeder! Bei uns gibt's Sterne und Bärchen und Blumen. Weil ich glaube, dass ihr das alleine hinbekommt, kümmere ich mich schon mal um die Schokolade, und wenn ihr so weit seid, sagt ihr Bescheid.« Ich hatte gelernt, wie viel Selbstvertrauen es den Kleinen gab, wenn ich ihnen Aufgaben übertrug, auch wenn sie noch so unscheinbar waren.

Kaum eine Minute später warteten alle gespannt, dass es weiterging.

»Wenn die Schokolade in die Form gegossen ist, muss es recht zügig mit der Verarbeitung weitergehen«, erklärte ich. »Dann härtet die Masse nämlich relativ schnell aus, und wenn das passiert ist, bleibt die Dekoration nicht mehr so gut haften. Ich sage euch Bescheid, wenn die letzte Möglichkeit dafür ist, zu dekorieren. So, und jetzt machen wir zusammen eine Probeschokolade. Welche Farben nehmen wir?«

»Weiß und ganz dunkel!«, rief zu meiner Verblüffung Linus als Erster.

»Alles klar, Küchenchef Linus. So wird's gemacht!«

Vorsichtig goss ich mit einer Kelle je ein wenig von beiden

Schokoladen auf die Arbeitsfläche und zeigte den Kindern dann, wie sie mit einem Zahnstocher Muster und Wirbel in die süße Masse zeichnen konnten.

Dann durfte jedes Kind reihum eine Verzierung nennen, die ich auf die noch warme Schokolade streute.

»So, das wird unsere Belohnungsschokolade. Die lassen wir jetzt schön auskühlen, und nachher bekommt jeder das Stück, auf dem sein Konfetti drauf ist«, verkündete ich, als wir fertig waren. »Habt ihr alle verstanden, wie es funktioniert? Dann würde ich sagen, wir fangen an!«, schlug ich vor, und alle nickten aufgeregt und hoch konzentriert.

Die Schokoladen der Kinder wurden wahre Kunstwerke. Jede für sich war wunderschön. Kleine, glitzernde Partikel aus Zucker rieselten auf die Schokoladentafeln, von denen einige wie marmoriert gestaltet waren, wobei die Kinder ein bemerkenswertes Fingerspitzengefühl bewiesen. Manche Kunstwerke sahen aus wie Blumen, andere wie verschnörkelte Herzen.

Meine besondere Aufmerksamkeit galt dem Werk von Linus. Seine Schokolade, die er in eine runde Form gegossen hatte, kam fast ganz ohne Dekoration aus. Er hatte aus weißer und dunkler Schokolade das Yin-und-Yang-Symbol gezaubert. Eine kleine weiße und eine schwarze Perle dienten jeweils als Auge.

»Das ist wunderschön. Wie toll, dass du das schon kennst.«

Linus lächelte verlegen. »Hat mir meine Mama mal gezeigt. Mit Farbe habe ich das schon mal gemacht. Das war so ähnlich. Mama sagt immer, dass wir wie Yin und Yang sind. Mama und ich.«

»Total schön! Und weißt du was? Das sagen Insa und ich uns auch immer. Wir haben das Yin und Yang auch als Zeichen für unsere Freundschaft ausgesucht. Weil wir beste Freunde sind und uns ergänzen. Wir sind sehr unterschiedlich, aber genau das macht unsere Freundschaft so besonders und wertvoll.« Er lächelte, und ich bemerkte, wie er einen verstohlenen Blick zu Levke riskierte, die aber so versunken in ihre Arbeit war, dass sie seinen Blick nicht bemerkte.

»Sie soll das nicht hören. Ich will meine Schokolade nämlich Levke schenken«, flüsterte der schüchterne Junge, und ich merkte, wie er über sich hinauswuchs, als er mir das sagte. Von Levke unbemerkt hob ich einen Daumen. »Sie wird sich riesig freuen, Linus. Das ist ein ganz besonderes Geschenk.«

Ich war gerührt und konnte wirklich nur hoffen, dass die Gespräche zwischen Thore und Cleo nicht dafür sorgen würden, dass das außergewöhnliche Freundschaftsverhältnis der beiden Kinder belastet wurde.

Als kleine Zugabe hatte ich noch Stiele für Lollis bereitgelegt, um die herum die Kinder einen eigenen Schoko-Lolli gestalten konnten. Auch diesmal war von bunt verziert oder schlicht schokoladig alles dabei, und ich machte von den Kunstwerken und Zutaten einige Fotos und kurze Videoclips, um diese auch auf unseren Social-Media-Accounts für Werbung zu nutzen. Die Kinder hatten bald all ihre Schokoladen-Kreationen fertiggestellt, und ich verpackte sie so, dass sie frisch und unversehrt bleiben würden, bis die Eltern zum Abholen kamen.

Die prickelnde Vorfreude der Kinder, die ihre Lollis und Täfelchen verschenken wollten, war spürbar. Stolze Eltern nahmen die außergewöhnlichen Präsente mit Begeisterung in Empfang, und die kleinen Künstler freuten sich.

Die meisten Familien stöberten noch ein wenig durch das Zuckerhüs. Einige gönnten sich die ein oder andere Bonbonvariation oder auch ein Glas Marmelade oder Honig aus dem Regal, auf das Alva besonderen Wert legte und welches sie, in Erinnerung an ihre Eltern, mit Produkten regionaler Anbieter bestückte.

Ich freute mich immer, wenn Kunden sich für diese Artikel entschieden, weil ich wusste, wie sehr Alvas Herz auch dafür schlug. Es war ihr besonders wichtig, mit diesem Angebot das Erbe ihrer Eltern fortzuführen.

Levke und Linus verschwanden wieder im Garten, sobald ich den Kurs für beendet erklärte, und Alva verabschiedete sich in die Küche, um das Abendessen vorzubereiten.

Flora und ich bereiteten alles für den Feierabend vor, beseitigten die Spuren des Workshops in der Küche und räumten auch den Verkaufsraum auf, bis ich nur noch die Einnahmen zu zählen hatte.

»Das war ein erfolgreicher Tag«, erklärte sie. »So viele glückliche Kinderaugen. Die Schoko-Kurse sollten wir unbedingt mit ins Programm aufnehmen. Und gerade zur Winterzeit sind sie eine wundervolle Ergänzung zu unserem Bonbon-Angebot.«

»Das stimmt. Und ich habe es ebenso empfunden. Alle waren zufrieden und voller Begeisterung dabei. Ich auch. Sehr.«

»Dann mach nun auch Feierabend und geh zu deinen Lieben. Alva wird schon mit dem Essen lauern, und ich habe gesehen, dass Peer gerade auf den Parkplatz gefahren ist.« Flora deutete mit dem Kopf in Richtung des Fensters.

»Oh, Mensch, das hätte ich fast übersehen. Dir auch einen schönen Feierabend.«

Mit schweren Beinen vom vielen Stehen, Armen, in denen ich die Anstrengung des Bonbonziehens spürte, und einem Herz voller zufriedener Momente ging ich in unsere Wohnung.

Schnell zog ich mir etwas Bequemes an und wusch mir Gesicht und Hände, bevor ich die Küche ansteuerte. Ein köstlicher Duft fruchtiger Bolognesesoße zog mir entgegen und ließ mir das Wasser im Mund zusammenlaufen.

Zu meinem Erstaunen traf ich Alva und die Kinder in der Küche jedoch gar nicht an. Einzig das rote Licht auf dem Herd verriet, dass hier gerade gekocht worden war. Auch der Esstisch war nicht gedeckt.

Peers Schlüssel entdeckte ich auf dem Küchentresen, was verriet, dass er schon hier gewesen sein musste.

»Peer? Levke?« Ich horchte, doch konnte keine Antwort hören. Dann fiel mir allerdings der Pavillon im Garten ein. Ob Alva sich zu einem Pavillonpicknick hatte überreden lassen? Oder waren am Ende sogar schon die Bänke fertig aufgebaut?

Erwartungsvoll lugte ich in den Garten. Durch die in die Folie eingelassenen Fenster im Pavillon sah ich, dass Kerzenlicht flackerte und Bewegung im Zelt war. Dort angekommen, schob ich vorsichtig die Plane beiseite und trat ein.

»Hey, ihr habt es aber gemütlich hier«, stellte ich fest und blickte in zwei glückliche Kindergesichter. Alva winkte lächelnd ab, und Peer klopfte Linus und Levke auf die Schultern. »Das hoheitliche Königspaar hat heute zur großen Bolognesesause in sein Schloss geladen«, erklärte er. »Sie haben sogar tatkräftig mit angepackt und Bänke geschleppt. Endlich mal ein richtiger Kerl hier mit im Hause«, frotzelte er, und Linus grinste breit.

»Ja, Ama Alva hat sich nämlich geweigert, in unserem Kissenlager zu essen, also mussten wir die Bänke aufstellen«, verkündete der Junge, und Stolz schwang in seiner Stimme mit. Mir fiel auf, wie er Alva genannt hatte. Offenbar war es ihm nicht geheuer, sie wie Levke einfach Ama zu nennen, also hängte er Alva vorsichtshalber noch mit an.

»Und du musst nur noch Platz nehmen, Liebes«, erklärte Alva und deutete auf die Bank.

»Oh, wie wunderbar. Herzlichen Dank! Das lasse ich mir nicht zweimal sagen.«

Ich setzte mich neben Peer, Levke und Linus saßen uns gegenüber und Alva am Kopfende in einem etwas bequemeren Stuhl, den Peer für sie aus dem Haus geholt hatte.

»Hallo, mein Schatz«, begrüßte ich meinen Verlobten und gab ihm einen Kuss.

»Schön, dass du da bist«, sagte er und legte den Arm um mich.

»Guck mal, Marla, was ich bekommen habe. Wie das Zeichen bei Insa in der Wohnung!« Levke streckte mir stolz die Schokolade entgegen, die Linus für sie kreiert hatte.

»Wow! Du hast recht. Das ist das Yin-und-Yang-Zeichen. Das ist ein ganz besonderes Geschenk.« Ich lächelte Linus an, der verlegen ein wenig rot wurde. »Die beiden Hälften gehören zusammen. Nur gemeinsam bilden sie ein Ganzes, und das eine kann niemals ohne das andere sein. Oder bei Menschen: Der eine Mensch kann nicht ohne den anderen sein.«

Levke lächelte gerührt. »Die werde ich niemals essen«, erklärte sie.

»Wenn aber doch, könnt ihr die auch jederzeit noch einmal machen«, bot ich an. »So ähnlich zumindest.«

Die Kinder nickten zufrieden und aßen begeistert ihre Nudelportion.

»Was geht es uns gut«, stellte ich fest. »Danke, Alva, für dieses köstliche Essen.«

»Wirklich, es ist so lecker wie eh und je«, freute sich auch Peer. »Und diese Location – ich behaupte, die Generalprobe ist hiermit bestanden.« Wir lachten und genossen das Essen. Der Pavillon fühlte sich für mich in dem Moment wirklich wie der schönste Palast an, und gerne hätte ich die Harmonie dieses Augenblicks, zwischen Kinderlachen und Träumereien, festgehalten. Ich hatte sogar eine Zeit lang gar nicht mehr an Insa und Thore gedacht.

Als die Kinder bereits wieder aufgestanden waren und spielten, gingen meine Blicke zu Linus. Ich sah ihn vor mir, wie er mit

Emma und Thore am Wasser war. So glücklich wirkte er dabei. Ohne es zu wollen, seufzte ich.

Peer legte seine Hand auf meine und strich sanft darüber.

»Alles in Ordnung?« Besorgt schaute er mich an, und ich hob die Schultern, um sie langsam wieder sinken zu lassen.

»Cleo will heute mit Thore reden. Ich muss gestehen, ich bin angespannt.«

»Okay, das verstehe ich.« Peer legte nachdenklich die Stirn in Falten, und sein Blick ging durch das Pavillonfenster hinaus in den Garten. »Jetzt bin ich auch ein wenig angespannt, wenn ich ehrlich bin. Aber zuversichtlich.« Er legte den Arm wieder um mich und drückte mich sanft an sich.

»Marla?« Aus dem hinteren Bereich des Gartens klang fragend Cleos Stimme.

»Cleo! Wir sind hier im Pavillon.« Ich stand auf und ging ihr entgegen. »Jetzt hast du mich aber erschreckt«, gestand ich.

»Oh, das wollte ich nicht, sorry«, erklärte sie entschuldigend. »Aber an der Haustür öffnete niemand, und auf deinem Handy hatte ich auch keinen Erfolg.« Hektisch griff ich nach meinem Handy und sah, dass sie auch bereits angerufen hatte. Wir hatten ihr Klingeln nicht gehört.

22

Insa

Am Abend saß ich nervös im Wohnzimmer und wartete darauf, dass Thore nach Hause kommen würde. Obwohl wir beide noch eine eigene Wohnung hatten, verbrachten wir jeden Abend zusammen – immer abwechselnd bei mir oder bei ihm. Um dauerhaft zusammenzuziehen, waren unsere Wohnungen beide viel zu klein und Wohnraum auf Sylt unbezahlbar, weshalb wir noch keine größere gefunden hatten.

Bei seinem Anruf hatte Thore einen angespannten Eindruck gemacht und mir nur kurz bestätigt, dass er zu mir kommen würde, aber keine Einzelheiten von seinem Gespräch mit Cleo erzählt.

Ich trat auf die Terrasse. Es war noch so mild und sonnig, dass man den Sonnenuntergang heute Abend auch gut am Meer würde beobachten können. Möglicherweise würde es uns guttun, für unser Gespräch zu einem Spaziergang aufzubrechen, überlegte ich.

In dem Moment ging die Tür auf, und Thore war zurück. Sofort schoss mein Puls in die Höhe, und ich war froh, mich einen Augenblick Emma zuwenden zu können, die mir freudig entgegensprang. »Hallo, süße Maus«, begrüßte ich sie und schenkte ihr ein paar Streicheleinheiten. Dann blickte ich zu Thore. »Hallo, mein Schatz.«

»Hey«, sagte Thore, und sein Gesichtsausdruck war müde. »Ist noch echt schön draußen«, bemerkte er. »Hast du Lust, noch zum Sonnenuntergang ans Meer zu fahren?«

»Daran habe ich auch gerade gedacht«, sagte ich, zwang mich zu einem Lächeln, trat auf ihn zu und gab ihm einen Kuss. »Alles in Ordnung, Thore?«

»Keine Ahnung, Insa. Ja, nein – irgendwie weiß ich gerade gar nichts mehr.«

»Da hilft manchmal nur das Meer«, sagte ich, und mein Herz klopfte. »Lass uns direkt starten, mir geht's nämlich ähnlich. Ich hatte nur Brötchen zum Abendessen geplant. Die nehme ich mit, packe ein wenig Käse dazu ein und etwas Schinken.« Ich legte alles in einen Korb, Emma lief schon voraus zur Tür, und wir stiegen in Thores Auto und fuhren zum Strand vor Rantum.

»Thore, du machst einen total geknickten Eindruck. Ist was passiert?«, fragte ich, als wir nach einer schweigsamen Fahrt im Auto kurz vor Rantum waren. Meine Brust zersprang beinahe, so viel Angst hatte ich davor, dass er mir gleich eine meiner Vermutungen bestätigen würde. Ich kam noch nicht einmal dazu, ihm von Sylta zu erzählen, so aufgewühlt war ich.

»Der Termin, bei dem ich eben war, der lief nicht so gut«, begann er, und mein Herz stockte für einen Moment. Ich wagte es kaum weiterzuatmen.

»Mein Vermieter wollte mich sprechen. Sein Sohn will nach Sylt ziehen, und er benötigt die Wohnung. Meine Wohnung. Er kündigt mir also zeitnah wegen Eigenbedarfs.«

»Was?«, fragte ich verdutzt. »Das war dein Termin?« Ich konnte die Erleichterung in meinen Worten nicht verbergen. Das ging in eine ganz andere Richtung, als ich erwartet hatte. »Oh nein«, ergänzte ich.

»Die Wohnung ist zwar klein, aber bezahlbarer Wohnraum, wo noch dazu Hunde erlaubt sind – wie soll ich hier so schnell etwas Vergleichbares finden?«

»Das ist ja wirklich großer Mist«, bestätigte ich. »Aber wir finden eine Lösung, Thore. Mach dir keine Sorgen. Wir wollten doch eh schauen, dass wir etwas finden, wo wir gemeinsam wohnen können. Im Zweifel kannst du erst mal doch immer bei mir unterkommen. Eine Zeit lang kriegen wir das schon hin. Mit Marla hat es schließlich auch gut funktioniert. Thore, alles wird wieder gut«, setzte ich an. »Das spüre ich.«

»Danke, Insa. Nach dem Streit der letzten Tage hatte ich große Bedenken, wie das alles weitergeht. Vor allem auch, was dein Gespür angeht. Das hat mir oft Angst gemacht.«

Wir waren am Parkplatz ausgestiegen und gingen über einen stufigen Holzsteg durch die Dünen zum Strand. Es war schon dämmerig, und die Sonne würde bald ganz untergegangen sein. Die Stimmung war jedoch an diesem milden Abend so besonders, dass sich jede Minute hier lohnen würde. Dort angekommen, setzten wir uns in einen Strandkorb mit Blick aufs Meer. Ich hatte eine Decke auf die schon leicht kühle Sitzfläche gelegt und stellte den Inhalt meines Korbes auf die kleinen ausklappbaren Tische des Strandkorbes.

»Es tut mir leid, dass ich zurzeit so oft in die Luft gehe, Thore. Ich weiß auch nicht, was los ist mit mir.«

Thore legte den Arm um mich, und ich lehnte meinen Kopf gegen seinen. »Ich muss zugeben, dass das manchmal echt nicht leicht für mich ist, wenn du so wütend bist. Dann das mit der Wohnung. Ich dachte, mir platzt der Kopf vor lauter Sorgen.« Ich nickte, so gut konnte ich das nachvollziehen. Ich wollte Thore endlich von Sylta erzählen, als er schon fortfuhr.

»Aber weißt du, was die Situation mit der Wohnung für mich eigentlich gerade komplett in den Hintergrund rücken lässt?« Ich rappelte mich auf und schaute Thore an. Ich musste erfahren, ob Cleo mit ihm gesprochen hatte.

»Die letzten Tage waren nicht leicht für uns beide. Und glaub mir, ich habe mir auch viele Gedanken gemacht«, setzte Thore an, und ich hing an seinen Lippen, seine Hand in meiner, unsicher mit den Fingern ringend. »Manchmal habe ich schon fast an mir selbst gezweifelt und wusste nicht mehr, was ich glauben soll. Und heute war Cleo dann bei mir.« Er hob den Blick und schaute über das Meer, welches in sanften Wellen wogend unter einem orangefarbenen Himmel lag und eine große Ruhe auf mich ausstrahlte.

»Ich muss mich bei dir entschuldigen«, fuhr er fort, und meine Kehle fühlte sich so trocken an, als könne ich nie wieder sprechen. »Sie ist schon vor einiger Zeit wieder nach Keitum gefahren, um Linus abzuholen, aber ich habe Zeit gebraucht. Ich war noch ein wenig am Wasser, meine Gedanken sortieren und einige Momente mit mir allein sein.« Erst ging sein Blick über das Meer, dann schaute er endlich wieder mich an. »Dein Gefühl, dass es da irgendetwas gibt, was du nicht erklären kannst, war nicht falsch. Aber es ist ganz anders, als du denkst oder als ich je hätte ahnen können.«

Die Sonne sank immer tiefer und war schon fast nur noch als schmaler Bogen am Horizont zu sehen. Genauso fühlte sich mein Herz gerade an.

Der Himmel begleitete den Untergang der Sonne auch heute in fantastischen Pastellfarben, bevor sie vollständig im Meer versank und die Farben erloschen.

Kalte Furcht und Angst breiteten sich parallel zur einsetzenden Dunkelheit in mir aus. Thore legte schützend seine Jacke um meine Schultern, und diese Geste wirkte gleichzeitig beruhigend und beunruhigend auf mich. Mich fröstelte, doch es war eher innerlich. Thore würde mein Zittern nur mit einer guten Nachricht beruhigen können.

Mein Herz pochte so sehr. Ich hatte den Eindruck, mein Körper würde gleich diesem hämmernden Druck nicht mehr standhalten und ich würde ohnmächtig werden.

»Ich wollte nicht ungerecht sein und abtun, was du fühlst. Aber ich muss gestehen, dass es mich ziemlich verletzt hat, dass du mir zugetraut hast, dass ich eine Bekanntschaft mit Cleo vergessen haben könnte. So gerne und viel ich auch gefeiert habe. Die Frauen, mit denen ich zusammen war, habe ich immer mit Respekt behandelt. Und dazu gehört für mich auch, dass ich nur mit ihnen geschlafen habe, wenn ich nüchtern genug war, um mich am nächsten Morgen noch daran zu erinnern. Und auch, wenn das nie mein Lebensplan war, so hätte ich zu jeder Zeit zu einem Kind gestanden, das ich gezeugt hätte. Trotzdem bin ich die Jahre wieder und wieder in meinem Kopf durchgegangen und habe nach der fehlenden Erinnerung gesucht. Ich bin beinahe durchgedreht. Plötzlich hielt ich so was auch für möglich, nachdem du mir das an den Kopf geknallt hast. Du glaubst gar nicht, wie erleichtert ich war, als Cleo genauso schockiert auf diese Vermutung reagiert hat.« Thore presste vielsagend die Lippen aufeinander, und ich kam mir schäbig vor beim Anblick meines Freundes, der so ernsthaft enttäuscht schaute. Innerlich purzelten Felsbrocken von meinem Herzen, weil ich mir nichts mehr gewünscht hatte, als dieses eine Mal unrecht zu haben.

»Es tut mir leid«, flüsterte ich matt. »Aber ich konnte es mir nicht anders erklären.«

»Insa, das konnte ich auch nicht. Und es war auch von mir nicht fair, dein Gefühl nicht ernst zu nehmen und abzutun. Ich war nur verletzt und verunsichert, weil ich ja selbst keine Antwort hatte.«

Thore griff nach meiner eiskalten Hand. Die Wärme seiner Finger fing mich ein Stück weit auf, während ich taumelnd neben mir stand. Aber auch er wirkte völlig neben der Spur.

»Bitte, Thore, sag mir endlich, was los ist.« Ich hielt diese Anspannung wirklich kaum noch aus.

»Entschuldige, Insa, ich bin noch immer vollkommen überfahren von dem, was Cleo mir anvertraut hat. Wie du weißt, ist sie nur ein wenig älter als wir. Um genau zu sein, liegen zwischen Cleos und meinem Geburtstag nur zehn Monate. Zu dem Zeitpunkt, als sie zur Welt kam, kannten meine Eltern sich erst sehr kurz. Cleo hat nach dem Tod ihrer Mutter wohl ihre Tagebücher gelesen, weil sie sich auf die Suche nach Antworten gemacht hat, wo sie herkommt. Denn wie ihr Sohn Linus auch, ist Cleo selbst ohne Vater aufgewachsen. Die Antwort darauf, wer ihr Vater ist, fand sie in den Tagebüchern. Darin ist die Rede von einem Tjark. Außerdem lag darin ein einziges Foto. Das Foto ihres Vaters.«

Mein Herz setzte einen Schlag aus, und ich starrte Thore an. Die Dämmerung hatte seine Gesichtszüge schon so weich und unscharf gezeichnet, dass ich seine Mimik nur schwer erkennen konnte. Dennoch sah ich ihm die große Anspannung an, die seine Worte begleitete. Je weiter die Dämmerung voranschritt, desto heller wurde es in meinem Gedankenchaos.

»Cleos Mutter liebte Sylt, war immerzu hier. Und bei einem ihrer Urlaube traf sie Tjark. Er war es, der getan hat, was du mir unterstellt hast. Eine schnelle Bekanntschaft, ein Partyabend, ein Flirt, der weiter ging als nur eine Party lang, aber ohne Zukunft. So war es für beide in Ordnung. Darüber hinaus gab es keinen

Plan. Für meinen Vater jedenfalls. Denn für Cleos Mutter hielt diese Nacht einen Zukunftsplan bereit, den sie selbst nicht hatte absehen können. Sie wurde schwanger. Mit Cleo.«

»Unfassbar, Thore. Dann ... dann ... ist Cleo deine Schwester?«, flüsterte ich schwach.

»Halbschwester, ja. Ich kann es selbst kaum glauben. Ich habe nicht nur einen Bruder. Hannes und ich haben auch eine Schwester.«

»Und dein Papa hat davon nie erfahren?«

Thore nickte. »So schreibt Cleos Mutter es in ihrem Tagebuch, ja.«

»Cleo hat es wohl zum ersten Mal geahnt, als sie mein Foto sah. Da hatte Marla ihr irgendwie den Kontakt gesendet wegen des Surfunterrichts für Linus. Sie hat mir heute das Bild meines Vaters gezeigt. Die Ähnlichkeit zu mir ist unfassbar. Wir könnten Zwillinge sein.«

»Das kann ich ja nur bestätigen. Wenn ich an deinen Papa denke, sehe ich dich vor mir – in Neunzigerjahre-Klamotten und mit superschickem Schnauzer.« Ich lachte auf. Die Erleichterung über das, was Thore mir eben erzählt hatte, schwappte wie eine Welle über mich und wusch all die Anspannung davon.

Thore zog sein Handy hervor. Er hatte das Foto aufgenommen, und auch ich war sprachlos. Er war noch jünger, als ich Tjark in Erinnerung hatte. Seine Frisur war der von Thore sehr ähnlich, sie standen beide mit verschränkten Armen am Meer, eine Sonnenbrille auf der Stirn, kurz unterhalb des Haaransatzes, wie Thore sie oft trug. Dasselbe verschmitzte Lächeln auf den Lippen – noch keinen Schnurrbart –, was eine gewisse Coolness ausstrahlte und davon erzählte, dass sie das Leben leichtnahmen. Sie ritten auf jeder Welle genau so, wie sie sich ihnen bot.

»Cleo sagt, jedes Treffen mit mir gab ihr mehr Bestätigung,

dass es wirklich stimmte. Aber sie war ganz allein mit dieser Vermutung. Sie kann ihre Mutter nicht mehr fragen, und auch ich hatte ja keinen Schimmer. Sie hat euch so sehr in ihr Herz geschlossen und war dankbar für euren Auftrag und für Linus' wunderbare Freundschaft mit Levke. Und je besser sie uns alle kennenlernte, desto mehr Angst hatte sie, mit einer Enthüllungsgeschichte bisher ungeahnter Vater-Tochter-Konstellationen alles wieder zu zerstören. Sie wollte uns nicht vor den Kopf stoßen und mit ihrer Wahrheit eine Familie zerstören, bei deren Vergrößerung sie in eurem Auftrag eigentlich gerade helfen sollte. Ich kann sie total verstehen. Sie hatte Angst, dass ich dann nicht mehr will, dass sie unsere Hochzeit betreut. Dass wir sie, das Kind, von dem mein Vater nie erfahren hat, womöglich an so einem wichtigen Tag in unserem Leben nicht teilhaben lassen wollen, dass wir sie überhaupt nicht an unserem Leben teilhaben lassen wollen. Sie hatte Angst, ihrem Sohn erneut das Herz zu brechen, wenn wir sie ablehnen würden. Und natürlich würde sie eure bisher so gute Zusammenarbeit aufs Spiel setzen, obwohl sie einen Teil ihrer Lebensgrundlage bedeutete. In der Selbstständigkeit ist ein solcher Auftrag eben viel mehr als nur ein Job. Sie wusste nicht mehr weiter.«

»Ach, Mensch, Thore. Ich bin fassungslos. Darauf wäre ich nie gekommen. Und ich habe die völlig falschen Schlüsse gezogen. Wie unfair von mir.«

»Du wusstest es ja nicht besser. So wie ich auch nicht. Der Vater von Linus wollte wohl keine Kinder. Als sie ihm sagte, dass sie schwanger ist, hat er sie vor das Ultimatum gestellt, entweder bekommt sie das Kind allein, oder sie bekommt es gar nicht und sie bleiben zusammen. Cleos Entscheidung fiel gegen den Mann aus. Sie traute sich zu, das gemeinsam mit ihrer Mutter zu schaffen. Sie ahnte ja nicht, dass sie so früh auch ihre Mutter gehen lassen musste.« Thore hob traurig die Schultern. »Wobei Cleo wohl, seit Linus so viel nach seinem Vater fragt, überlegt, ihn zu kontaktieren. Aber das ist ein anderes Thema. Die Gespräche mit euch haben das in ihr angestoßen, während sie das bisher immer abgelehnt hat. Da bewegt sie natürlich die Geschichte mit Marla, während sie selbst oft denkt, es ist sicherer, alles so weiterlaufen zu lassen und keine schlafenden Hunde zu wecken.« Thore atmete einmal tief durch, als würde ihm erst jetzt so richtig klar, was heute geschehen war.

»Cleo sagt, sie war hin- und hergerissen zwischen dem Glücksgefühl, dass es für sie und Linus nun doch vielleicht so etwas wie Familie gibt, und der Angst, dass sie im Leben ihrer neuen Freunde so viel durcheinanderbringen würde.« Thore lachte leise. »Dass die Beziehung meiner Eltern auch als ein One-Night-Stand begann – nur kurze Zeit nach dem Zusammentreffen ihrer Eltern –, konnte sie ja nicht ahnen.«

»Unglaublich. Ich verstehe, dass die Situation sie überforderte. Dass das Schicksal sie ausgerechnet hierhergeführt hat und ihre Begegnung mit Marla alles ins Rollen gebracht hat, ist ja nun wieder absolut verrückt.«

»So hat sie das auch gesagt. Sie mag euch sehr, will euch unbedingt die beste Hochzeit bereiten, die ihr euch vorstellen könnt.« Thore hob die Schultern und hielt sie dort verkrampft, bis er sie langsam fallen ließ.

Dann gingen meine Gedanken zu ihren Vorbereitungen für unsere Hochzeit, in denen auch Hannes eine Rolle spielte, und ich sah Thore entsetzt an.

»Was ist mit Hannes? Du sagtest, er habe sich in sie verliebt«, stellte ich fest. »Ich hätte ihm endlich Glück in Sachen Liebe gegönnt.«

Thore hob die Augenbrauen und schaute mich dann an. »Seit

der Planung für das Catering war mein Bruder total Feuer und Flamme, wenn er Cleo gesehen hat. Vom ersten Moment an war er von der Frau total verzaubert.«

»Oh nein!«

Thore nickte mit aufeinandergepressten Lippen. »Sie waren sich wohl eher unverbindlich schon immer mal über den Weg gelaufen, bis sie sich dann bei mir zur Planung des Essens trafen. Er hat mir vorher schon von jemandem erzählt, hat dabei aber nur vage Andeutungen gemacht, weil er nicht dran glaubte, dass das was wird. Ich hielt es für eine seiner Schwärmereien. Erst hatte er Hoffnungen, dass Cleo ihn auch interessant findet, so offen und freundlich war sie ihm gegenüber. Aber Cleo zeigte sich dann nach und nach wohl immer abweisender. Klar, wenn sie ahnte, dass wir ihre Brüder sind. Zum großen Knall zwischen den beiden kam es dann bei eurem Junggesellinnenabschied, nachdem sie bis dahin perfekt im Team gearbeitet und abgeliefert haben. Superprofessionell, wie ich finde. Cleo hat mir erzählt, sie habe ihm am Telefon gesagt, sie könne es ihm noch nicht erklären, aber es gebe keine Zukunft für sie. Nicht so. Irgendwann würde er es verstehen. Das muss dieses ominöse Telefonat von Cleo gewesen sein, das du mitgehört hast.«

Ich schlug die Hand vor den Mund. »Ach du Schreck. Nein, darauf wäre ich nie gekommen. Meine Güte, was für ein schrecklich schöner Zufall. Aber das darf doch nicht wahr sein. Ich würde es beiden so sehr gönnen, dass sie die Liebe finden. Oh, Mann. Jetzt bin ich richtig traurig.«

»Cleo hatte Angst, sich in Hannes zu verlieben. Es machte die gesamte Situation für sie nicht unbedingt einfacher.« Thore hob nur die Augenbrauen, was mich verwunderte. »Aber es gibt einen Weg. Es gab da etwas, worüber wir nie gesprochen haben. Weil es nie eine Rolle spielte. Wir alle hatten gemeinsam beschlossen, dass wir das Wissen darum in der Familie behalten wollen. Es war Hannes' Wunsch. Aber jetzt ist es wohl an der Zeit, auch damit ehrlich zu sein«, deutete Thore an, und ich war überfordert von all diesen Aussagen.

»Noch ein Geheimnis? Reicht das nicht für einen Abend für eine Familie?«, fragte ich nur halb im Ernst.

»Hannes wurde adoptiert. Er wusste es schon sehr früh, hat aber seit jeher darum gebeten, dass das in der Familie bleibt. Er hat sich als einer von uns gefühlt, und uns ging es ebenso. Es gab keinen Grund, darüber zu reden. Wir alle haben das respektiert. Aber nun, wo Cleo mir ihre Wahrheit anvertraut hat, muss er sein Schweigen brechen. Es könnte sein, dass sein Glück davon abhängt. Aber bitte behalte es vorerst für dich. Dieses Gespräch zu führen ist nicht meine Aufgabe. Alles, was ich tun kann, ist, ihm Cleo als unsere Halbschwester vorzustellen. Ich bin gespannt, wie er reagiert.«

»Ich fasse es nicht«, staunte ich. »Cleo hat zu mir mal gesagt, dass sie spürt, dass es einen Grund hat, warum sie hier auf Sylt ist. Sie hatte offenbar recht. Ist sie denn gezielt nach Sylt gekommen, um ihren Vater zu finden?«

Thore nickte. »Zumindest hatte sie es im Hinterkopf. Aber dass sie sich plötzlich mittendrin in der Familie ihres Vaters befinden würde und das Leben ihr die Antworten dermaßen plump präsentiert, das hat sie wohl nicht für möglich gehalten. Ist ja auch verrückt.«

»Aber jetzt passt plötzlich alles so gut zusammen. Dass Linus, der sich mit Fremden so schwertut, dir gegenüber sofort diesen Draht hatte, der so unwahrscheinlich offen und vertraut war.«

Thore nickte. »Dann die Allergie, die Cleo und ich und auch Linus offenbar von meinem Vater, seinem Opa, geerbt haben.«

Ich schmiegte mich an Thores Seite. »Entschuldige, dass ich

dir nicht geglaubt habe, aber ich habe so dringend Antworten gebraucht und meine Überlegungen erschienen mir so plausibel. Ich
habe mich verrannt in das, was ich glaubte. Es tut mir sehr leid.«

Thore antwortete nicht, sondern strich mir sanft über die
Wange, lehnte sich leicht vor, und sein Gesicht kam meinem ganz
nah.

»Das Wichtigste ist, dass alles gut bleibt zwischen uns. Genauso gut, wie es immer war, Insa. Ohne Lügen und Heimlichkei-
ten.« Wir küssten uns, und dieser Kuss, mit all seinen prickelnden
Glücksgefühlen, die er in mir auslöste, war die schönste Bestätigung dafür, dass uns das gelingen würde. Selten war ich mir so sicher wie in diesem Moment.

Mein Appetit war sogar zurückgekehrt, und so aßen Thore
und ich noch etwas von den Dingen, die ich mitgebracht hatte.

»Wie geht es dir damit, dass du jetzt noch eine Schwester und
sogar einen Neffen hast?«, fragte ich Thore.

»Gerade fühlt es sich merkwürdig unwirklich an. Ich bin auch
unsicher, wie mein Vater reagiert. Ich glaube, er hätte sich gewünscht, von einem Kind zu erfahren.«

»Ja, das kann ich mir auch gut vorstellen. Aber andererseits
wäre dann vielleicht alles vollkommen anders gekommen und er
hätte möglicherweise nicht so schnell deine Mutter getroffen und
zwei so wundervolle Söhne zu seiner Familie zählen dürfen.« Ich
küsste Thore. »Das Schicksal hat einen Plan. Da bin ich mir sehr
sicher. Denk an unsere Geschichte, an die von Marla. Das hier bestätigt mir nur noch einmal, dass das Schicksal ganz genau weiß,
was es tut.«

»So gesehen hast du auch wieder recht, ja.«

Wir saßen eine Weile so da, aßen unseren Proviant und hin-
gen unseren Gedanken nach. Die Sorgen, die in den letzten Tagen
gemeinsam mit Verwirrung und Enttäuschung in meinem Kopf

um Aufmerksamkeit gerungen hatten, schickte ich in den Wind. Sie verflogen über dem Meer, welches unaufgeregt und gleichmäßig in seichten Wellen an Land rollte. Wir konnten es kaum mehr sehen, sondern nur anhand des Rauschens erahnen.

»Thore, ich bin so erleichtert. Jetzt darf es endlich unbeschwert losgehen mit unserer Hochzeit. Ich kann es kaum erwarten.«

»In den nächsten Tagen will ich unbedingt mit Hannes und vorher mit meinem Vater sprechen. Ich möchte nicht, dass er von Cleo erst an unserem Hochzeitstag erfährt. Das habe ich Cleo versprochen. Auch wenn sie es nicht gefordert hat.«

»Das halte ich auch für eine gute Idee«, stimmte ich ihm zu. Diese Nachricht würde sicher auch Tjark und seine Frau ein wenig aus der Bahn werfen. Ich war aber zuversichtlich, dass sie sich freuen würden, wenn sie Cleo kennenlernten und vor allem auch Linus. Sie würden ein Enkelkind dazugewinnen, was ganz bestimmt für große Freude sorgen würde.

»Dann bleibt jetzt nur noch die Sorge um meine Wohnsituation. Ich hoffe sehr, dass ich schnell eine Lösung finde«, erklärte Thore.

»Wir müssen das ganz fest visualisieren«, riet ich und malte uns aus wunderschönsten Beschreibungen unseres Traumhauses in Worten ein Bild, an dem sich unser Schicksal orientieren durfte. Bei den Attributen, die unser Wunschhaus haben sollte, waren wir uns einig.

»Am liebsten ein uriges Friesenhaus mit einem Garten. Wenn die Lage auch noch in unmittelbarer Nähe zur wunderschönen Natur wäre, wäre das ein Traum«, setzte Thore an.

»Und wenn wir zusätzlich zu unseren Wohnräumen und Platz für Emma auch noch Möglichkeiten hätten, Gäste zu empfangen, wäre das fantastisch«, führte ich unser Gedankenbild fort. »Augen zu, Bilder im Kopf an, und alles wird gut, mein Schatz«, sagte ich. Wir umarmten uns, und diese Umarmung betankte mich mit Kraft. Ich war mir sicher, dass es Thore auch so ging. Gleichzeitig spürte ich wieder eine Welle von Trauer, als ich erneut an Sylta dachte.

»Was für ein Tag, Thore«, seufzte ich. »So viele Nachrichten. Gut, verwirrend, traurig.«

»Was ist denn traurig?« Thore schaute erschrocken, und ich erzählte ihm von Eris Anruf. Als mir dabei wieder die Tränen kamen, nahm er mich fest in den Arm und hielt mich. »Ich bin mir sicher, Sylta ist nun endlich wieder bei ihrem Tamme und leidet nicht mehr. Bei aller Spiritualität und allem Vertrauen in das Schicksal hat sie die ungewisse Situation um ihre Gesundheit ganz schön mitgenommen.« Dankbar nickte ich und schmiegte mich näher an ihn. Die Geborgenheit in seinen Armen tat mir so gut. Er versprach mir, mich beim Besuch in ihrem Haus zu begleiten und mit mir gemeinsam die für mich wertvollsten Erinnerungsstücke auszuwählen.

23

Marla

Ich war dankbar, dass Peer den Arm um mich gelegt hatte, als ich, unter eine Decke gekuschelt, Cleo gegenüber auf der unbequemen Bierzeltbank saß und ihren Worten lauschte. Alva war bereits schlafen gegangen, und Peer hatte auch Cleo eine Decke zum Umlegen geholt und weitere Kerzen angezündet.

Die Kinder hatten sich eine Kuschelecke im Pavillon aufgebaut, sie mit mehreren Kissen und Schlafsäcken ausgestattet und kurzerhand entschieden, dass sie heute Nacht dort schlafen wollten. Peer hatte sich bereit erklärt, dass auch er sein Nachtlager hier aufschlagen würde, wenn die Kinder daran eine solche Freude hätten. Bis dahin wollte ich ihm noch Gesellschaft leisten. Cleo ebenso. Sie war nach dem Gespräch mit Thore noch eine Runde am Meer spazieren gegangen und saß nun bei uns.

»Cleo, was du erzählst, ist unglaublich.« Cleos Geschichte bewegte mich, erinnerte sie mich doch an meine eigene. Nur hatte sie, während sie schmerzlich um ihre Mutter trauerte, jetzt die Chance, ihren Vater kennenzulernen. Und mehr noch. Sie hatte in Thore und Hannes zwei wundervolle Brüder, hier in ihrer neuen Heimat, gewonnen.

Als Cleo geendet hatte, stand ich auf, unbeschwert, als sei

mein Herz um vieles leichter, und nahm sie in den Arm. Cleo war mehr als nur unsere Hochzeitsplanerin geworden. Schon in der kurzen Zeit, in der wir uns kannten, war sie mir so sehr ans Herz gewachsen, dass auch meine Erleichterung über die Auflösung der Herkunft von Insas unklarem Bauchgefühl riesig war. Nun stand der finalen Vorbereitung unserer Hochzeit nichts mehr im Wege, und ich freute mich doppelt.

»Meinst du, ich sollte Insa mal anrufen?«, fragte ich Peer, der jedoch unsicher den Kopf hin und her wiegte. »Ich denke, eher nicht. Sie wird gerade mit Thore reden, und ich bin der Meinung, sie weiß, dass du gedanklich bei ihr bist. Schreib ihr doch kurz, dass Cleo noch hier ist. Dann wird sie sich den Rest denken können«, schlug er vor.

»Du hast recht. So mache ich das.« Ich tippte eine Nachricht, auf die sofort eine Antwort kam.

> Liebes, ich fasse es alles nicht. Du hattest so recht damit, dass ich viel mehr darauf hätte vertrauen sollen, dass dieses Bauchgefühl irgendwas Gutes bedeuten könnte. Du kluger, wundervoller Mensch. Du hast so viel Wut, Zweifel und Enttäuschung ausgehalten. Ich bin dir so dankbar.

Versonnen lächelte ich und markierte ihre lieben Worte mit einem Herz. Als ich wieder hochschaute, sah ich Cleos zufrieden liebevollen Blick in Richtung der Kinder. »Weißt du, was mich besonders freut? Dass mein Junge und seine Freundin nun wieder vollkommen unbelastet spielen können. Ich stand mir selbst im Weg. Aber ich hatte solche Angst, alles zu zerstören – zumindest mit Insa und Thore.«

»Glaub mir, ihr seid mir so sehr ans Herz gewachsen, ich hätte auf jeden Fall versucht zu vermitteln. Insa war diesmal wirklich hartnäckig und vielleicht auch ein wenig forsch. Aber ihr Bauchgefühl hat ihr immer schon den Weg gewiesen, und sie legt großen Wert darauf, es nicht zu überhören. Ich habe zu ihr gesagt, dass sie darauf hoffen sollte, dass es einen positiven Grund hat, warum ihre Intuition keine Ruhe geben mag. Du glaubst nicht, wie froh ich bin, dass ich recht hatte.«

»Oh ja. Ich habe hier mein Zuhause gefunden. Und das meines Sohnes, der sich endlich auch wohlfühlt. Dank euch allen.« Cleos Blick ging zur Kerze, die ruhig im Windlicht flackerte. »Und jetzt sogar meine Familie. Kennt ihr Tjark? Was ist er für ein Mensch?«

»Ich schätze Tjark sehr, wobei ich ihn leider auch nur kurz kennengelernt habe«, erklärte Peer. »Und das ist zig Jahre her. Es war der Tag, an dem ich ohne Marlas Vater womöglich mein Leben verloren hätte.« Er drückte meine Hand, und ich schluckte. »Tjark war damals mit Thore und Insa am Strand und sofort da und hat sich gekümmert. Er war damals ein sehr cooler Typ.«

»Insa beschreibt ihn immer als jemanden, der für seine Lieben alles tun würde«, ergänzte ich, und Cleo lächelte versonnen.

»Leider hemmte ihn und seine Frau nach dem Unfall die Angst vorm Meer so sehr, dass sie Sylt verließen. Für die Jungs war das ein schwerer Schritt. Zum Glück fanden sie den Weg hierher zurück«, fuhr Peer fort. Wir erzählten ihr noch ein wenig über ihren Vater. »Die Entscheidung, Sylt zu verlassen, hat das Leben der Kinder vollkommen auf den Kopf gestellt, und Thore sagt, dass es ihn ein Stück weit entwurzelt hat. Aber es hat ihn wieder hierher zurückgezogen, und das ist das, was heute zählt.«

»Ich kann es nicht erwarten, ihn kennenzulernen«, erklärte Cleo. »Thore will noch vor der Hochzeit mit seiner Familie sprechen.« Sie zuckte die Schultern. »Aber ich könnte verstehen, wenn er damit lieber doch bis danach warten wollte. Es wäre in Ordnung für mich. Ich möchte seine Familie an diesem besonderen Tag nicht durcheinanderwirbeln.«

»Ich verstehe, was du meinst, und das muss Thore selbst entscheiden. Er hat ein gutes Gespür für seine Eltern, und ich glaube nicht, dass er mit der Wahrheit warten wird. Thores Mutter ist superfreundlich und eine herzensgute Frau. Ich bin mir sicher, dass sie Tjark nichts zum Vorwurf macht, was vor ihrer gemeinsamen Zeit lag. Selbst wenn es so kurz davor war. Sie hat zwei wundervolle Söhne mit ihrem Mann und eine lange glückliche Ehe, auf die sie zurücksehen kann. Wenn ich ehrlich bin, glaube ich, dass sie dich mit offenen Armen empfangen wird – genau wie ihren Enkelsohn. Da bin ich ganz zuversichtlich. Ich gehe davon aus, dass sie es eher bedauert, erst jetzt von deiner Existenz zu erfahren. Aber damit zu hadern ist sinnlos. Das hat mich mein Leben gelehrt.«

»Danke, Marla.«

»Weiß Hannes denn auch schon Bescheid?«, fragte ich, an Cleo gewandt, und beobachtete, wie ihre Gesichtszüge mit einem Mal ganz weich und dann von Traurigkeit überschattet wurden. Mist! Es hatten sich zwischen den beiden also wirklich Gefühle entwickelt.

»Nein, ich habe ihm noch nichts davon erzählt. Ich mochte ihn sofort. Sehr sogar.« Cleo machte eine Pause, und ich ahnte, was sie uns damit sagen wollte.

»Du meinst also, du empfindest mehr für Hannes?«

Cleo nickte. »Ich habe Hannes das erste Mal in der Nähe der Surfschule getroffen. Und es war eine dieser Begegnungen, in denen man einfach denkt: Ja! Das ist der Mensch. Du kannst dir vorstellen, was das für mich für ein Schock war. Mit einem Mal war da ein Typ, der mein Herz höherschlagen ließ. Und auch ihm ging es wohl so. Und dann erfuhr ich, dass er Thores Bruder ist – mein Bruder. Trotzdem konnte ich nichts gegen diese Verliebtheit auf den ersten Blick tun. Die war plötzlich da wie ein Blitzeinschlag, und jeder Verstand war futsch, und ich wusste nicht, wie ich damit umgehen soll. Ich habe mich vor Hannes versteckt, versucht, ihm nicht mehr zu begegnen. In einer solchen Situation hat Insa mich erwischt und mein Verhalten auf sich bezogen. Das hat alles noch komplizierter gemacht.« Cleo schüttelte ratlos den Kopf und presste zerknirscht die Lippen aufeinander.

»Ich musste meine Gefühle erst mal verarbeiten und versuchen, ihm völlig normal zu begegnen. Kurz darauf haben wir dann sogar das Überraschungsessen für euren Junggesellinnenabschied geplant. Da hat sich bestätigt, dass es zwischen uns knistert, und ich musste ihn da schon bitter enttäuschen, ohne dass ich wirklich offen mit ihm sein konnte.«

»Ach, du liebe Zeit. Dass du dich nun ausgerechnet in Hannes verguckst, der dein Bruder ist, kann ja nun wirklich niemand ahnen«, stellte ich fest und war tatsächlich überrumpelt und ratlos ob dieser Neuigkeiten. »Das tut mir leid, Cleo.«

»Ich komme klar und hoffe, dass das in keiner Form euren Ehrentag belastet. Es soll der schönste Tag überhaupt für euch werden. Da hat Liebeskummer nichts zu suchen. Ich darf wohl eher dankbar sein für einen neuen, tollen Menschen in meinem Leben, auch wenn er nie der Mann an meiner Seite sein wird.«

Cleo war eine so starke Persönlichkeit. Ich bewunderte sie dafür, dass sie sogar in dieser Situation noch immer das Wohl der anderen im Sinn hatte und die positiven Seiten in einer scheinbaren Misere sah. In dieser Art erinnerte sie mich sehr an Insa.

24

Insa

Als ich am nächsten Morgen dem Briefträger die Tür öffnete, staunte ich nicht schlecht, als er einen Brief vom Nachlassgericht für mich in der Hand hielt.

Mit flatterndem Herzen und zittrigen Knien kehrte ich zu Thore an den Frühstückstisch zurück. Zusammen mit Thore öffnete ich den Umschlag und zog die Seiten heraus.

Es war das Protokoll der Testamentseröffnung von Sylta. Zum Glück war Thore bei mir und hielt meine Hand, während ich auf die vor meinen Augen verschwimmenden Zeilen starrte.

In meinem Hinterkopf klangen die Worte, die Sylta bei unserem letzten Treffen zu mir gesagt hatte: »Wenn am Ende noch etwas übrig bleibt, gehört es dir, mein Schatz.« Mein Puls raste, meine Hände waren eiskalt vor Nervosität. Bisher hatte ich noch von niemandem eine Information bekommen, was nun mit Syltas Haus passieren sollte und ob es bereits einen Käufer gab.

Weil Tränen der Emotionen, die mich in dem Moment überrollten, mir die Sicht nahmen, half Thore mir dabei, die Sätze zu lesen.

» ... vermache ich mein Haus auf Sylt Insa Jonas, sofern es sich bis zu meinem Tod noch in meinem Besitz befindet. Ansonsten erhält sie vollumfänglich mein gesamtes verbleibendes Vermögen.«

Für einen Augenblick waren wir beide sprachlos. Dann entdeckte ich einen zusätzlichen Umschlag, auf dem in Syltas Handschrift mein Name stand: Insalein.

Diesmal las ich selbst.

Mein liebes Insalein,

wenn du diesen Brief liest, dann bin ich schon bei meinem Liebsten. Ich weiß, du wirst traurig sein. Das ist in Ordnung, aber bitte, verschwende nicht allzu viel Zeit daran. Jetzt ist endlich alles so eingetreten, wie ich es mir gewünscht habe.

Und du, meine Liebe, du sollst glücklich werden, zusammen mit deinem Thore, der dich so gut ergänzt, unterstützt und dir das bisschen Mut gibt, das dir vielleicht für manchen Schritt fehlt.

Doch nun zum Wesentlichen. Ich habe dir versprochen, dass alles, was mir gehört, wenn ich diese Welt verlasse, an dich gehen soll. Ich weiß, dass du das, was in dein Leben passt, in Ehren halten wirst und für den Rest die richtigen Menschen findest.

Fast hoffe ich, dass der Makler zum Zeitpunkt meines Todes noch keinen Käufer gefunden hat. Dass ich noch nicht ins Heim gezogen bin und das, was ich für das Haus bekommen habe, so unnütz verschwendet habe. Denn es würde bedeuten, dass unser wundervolles zweites Zuhause an dich geht, mein Kind. Es wäre auch in Tammes Sinne. Du warst immer wie eine Enkeltochter für uns, und ich möchte, dass du das größte Glück findest.

Du hast immer davon geträumt, den Menschen zu mehr Achtsamkeit zu verhelfen, und ich würde mir wünschen, dass mein Zuhause dir dabei hilft. Ich erwarte nicht von dir, dass du alles lässt, wie es ist. Um Himmels willen. Bitte zieh nicht einfach in dieses Haus

einer alten Frau! Nein, mach Syltas Hus zu deinem eigenen. Verwirk-
liche deine Träume, und lass mich wie einen kleinen Nis Puk, den
Hausgeist so mancher Sylter Legende, bei euch sein. Denn jeder, der
einen Hausgeist hat, der darf sich glücklich schätzen.

Sei glücklich, Insa. Denk ab und zu an mich, aber vermiss mich
nicht allzu sehr. Ich bin bei euch!

In Liebe
deine Sylta

Und denk daran, Insa: Ist die Familie herzensgut und liebenswert,
dann bleibt so ein Hausgeist sein Leben lang in diesem Haus.

Jetzt liefen mir Tränen die Wangen hinunter. Die Geschichte um
Nis Puk hatte Sylta mir zu Anfang unserer Freundschaft erzählt,
und ich mochte sie. Der Keitumer Kinderbuchautor Boy Lornsen
hatte die Geschichten um den kleinen Hausgeist erfunden. Sie
handelten von Gut und Böse, ein bisschen Magie, der Wirklichkeit
und sehr viel Lokalkolorit. Sylta kannte sie alle auswendig.

Nach dem Tod ihres Mannes hatte sie mir gestanden, dass sie
manchmal das Gefühl hatte, er befinde sich weiterhin in jedem
Raum ihres Hauses und gebe auf sie acht.

Ich presste mir ergriffen die Hand vor den Mund und konnte
ein Schluchzen nicht verhindern, welches in ein haltloses Weinen
überging, das mich ganz einnahm und erst langsam wieder zur
Ruhe kommen ließ. Thore hielt mich, streichelte meinen Rücken,
tupfte mir die Freudentränen aus dem Gesicht und kämpfte selbst
ein klein wenig mit feuchten Augen.

»Insa, das ist unglaublich!«

»Vollkommen unglaublich«, stimmte ich ihm fassungslos zu.
Wieder einmal war einer von Syltas und auch meinen Wünschen

in Erfüllung gegangen. Das Haus war noch nicht verkauft. Es würde unseres werden.

Fassungslos schüttelte ich den Kopf und fasste mir an meine Kette, an der das bedeutende Symbol einer Sternschnuppe baumelte.

»Erst bist du zu mir nach Sylt zurückgekommen, dann Marla, und jetzt schenkt Sylta uns mit ihrem Haus die Zukunft, von der ich so sehr träume. Ausgerechnet jetzt, Thore, wo wir mit unserer Hochzeit den nächsten Schritt in unsere Zukunft gehen. Das ist unwirklich. Ich werde Sylta deswegen nicht weniger vermissen, aber ich werde mich ihr näher fühlen können, wenn wir in ihrem Haus wohnen dürfen. Sosehr ich auch an das Wünschen und die Kraft der Affirmation glaube. Manchmal bin ich doch überwältigt, wenn es so gut funktioniert.«

Der Tag unserer Hochzeit stand unmittelbar bevor, und ich konnte mich nicht erinnern, jemals in meinem Leben so aufgeregt gewesen zu sein wie in diesen Tagen.

Seit sämtliche Skepsis und Missverständnisse aus dem Weg geräumt waren, fühlte sich das Leben endlich wieder so leicht an, wie ich es mir für die Wochen vor unserer Hochzeit gewünscht hatte.

Cleo ging mit uns noch einmal alle Pläne durch. Wir überlegten, an welcher Stelle wir den Ablauf noch optimieren konnten oder welcher Punkt sich womöglich erübrigt hatte. Da uns Cleo den Großteil der Arbeit abgenommen hatte und den kompletten Ablauf überwachte und organisierte, konnten wir stressfrei unserem großen Tag entgegenschauen. Marla und ich hatten, genau wie Thore und Peer, bis zum letzten Tag vor der Hochzeit gearbeitet.

Doch mit Cleo an unserer Seite fühlten wir uns perfekt vorbereitet und zu einem großartigen Dreierteam ergänzt.

Cleos Sorgen, bei unserer Hochzeit fehl am Platz zu sein, weil sich ihre Rolle nun nicht mehr auf die der Hochzeitsplanerin beschränkte, sondern sie gleichzeitig auch völlig unerwartet meine Schwägerin werden würde, war völlig unbegründet. Im Gegenteil. Wir freuten uns alle sehr, dass wir nun zusammengehörten und diesen Tag gemeinsam feiern konnten. Es fühlte sich nach viel mehr an als nur einer Hochzeit. Es ging nicht mehr allein darum, dass Thore und ich eine Familie wurden, sondern auch, dass wir Cleo und Linus in unseren Kreis aufnahmen. Ihnen ein Zuhause und Geborgenheit gaben.

Weil die Eltern von Thore erst am Tag der Hochzeit anreisen würden, würden sie sich auch erst morgen kennenlernen und von Cleo erfahren. Thore hatte darüber nachgedacht, sie schon am Telefon einzuweihen, sich dann aber dagegen entschieden. Sie sollten Cleo gegenüberstehen und Linus' strahlende Augen sehen, wenn sie von ihrer neuen Tochter erfuhren. Denn dass die beiden Cleo so sehen würden, daran gab es für Thore keine Zweifel.

Cleo hingegen war fahrig und nachdenklich. Sie freute sich auf das Kennenlernen und hatte gleichzeitig Angst vor dem Moment, in dem sie zum ersten Mal ihrem Vater gegenüberstehen würde.

Auch Hannes wirkte nachdenklicher als sonst. Thore hatte ihn eingeweiht und ihm dann selbst überlassen, wie er mit der Information umgehen wollte, dass Cleo Thores Schwester war. Er hatte sich Bedenkzeit eingeräumt, um zu entscheiden, ob er das Geheimnis seiner eigenen Herkunft lüften wollte.

Ich war mir jedoch, wie Thore auch, sehr sicher, dass sein Herzflattern Cleo gegenüber für ihn längst Argument genug war, ihr von seiner Adoption zu erzählen und ihnen beiden damit den Weg zu ihrer Liebe zu öffnen.

In mir stieg prickelnde Vorfreude darüber auf, was wäre, wenn Cleo erfahren würde, dass einem Kennenlernen zwischen Hannes und ihr auf romantischer Ebene doch nichts im Wege stand.

Doch bis es so weit war, würde ich auf das Schicksal vertrauen und abwarten.

Marla und ich standen im Garten des *Zuckerhüs* und kamen aus dem Staunen nicht mehr heraus. Was Cleo mit dem örtlichen Blumenladen und dem Lieferanten für Partyzubehör, Geschirr und Möbel gezaubert hatte, war einmalig und übertraf bei Weitem alles, was wir uns für unsere Hochzeit je vorgestellt hatten.

Der weiße Pavillon war mit einem Mix aus pastellfarbenen und knallbunten Blumen und Lichterketten mit Lampions dekoriert. Wieder einmal ergänzten sich Marlas Vorliebe für die zarten Töne und meine Leidenschaft für kräftige Farben perfekt. Der Blumenladen hatte die Verbindung so fantastisch hinbekommen, dass es fließend und stimmig wirkte, auch wenn es eigentlich so gegensätzliche Schwerpunkte waren, die wir gesetzt hatten.

Weiße Hussen über den Stühlen und Stehtischen, ebenso weiße Decken auf den Tischen, an denen wir sitzen würden, schufen die Leinwand, auf der kunterbunte Farbakzente wie verschiedenfarbige Gläser und Stoffservietten in allen Farbnuancen geschaffen worden waren.

Die Candy-Bar, die im schattigen und kühlsten Bereich des Gartens aufgebaut war, war bisher nur mit bunten Bändern und Blümchen geschmückt und sonst noch leer. Sie würden wir erst kurzfristig bestücken, damit die Süßigkeiten aufgrund von Sonneneinstrahlung und Wärme keinen Schaden nahmen. Doch bezüglich allzu hoher sommerlicher Temperaturen mussten wir uns keine Sorgen machen. Das Wetter versprach milde Wärme, Sonne und einen leichten Wind. Genau so liebte ich das Sylt-Wetter im Sommer und hatte es mir in meinen Wunschvorstellungen für den heutigen Tag ausgemalt.

Die türkisfarbenen Hortensien auf dem Friesenwall schienen den sonnenklaren Himmel feierlich widerzuspiegeln. Die Apfelbäume im Garten des *Zuckerhüs* warfen tanzende Schatten auf unsere Partylocation, sodass auch bei intensiveren Sonnenzeiten erträgliche Temperaturen herrschen würden. Wir hatten auch vor dem Pavillon eine lange Tafel aufgebaut, die nun aufgrund des guten Wetters hervorragend mit genutzt werden konnte.

Bunte Wimpelgirlanden, wie sie auch das *Zuckerhüs* zierten, fanden sich im ganzen Garten wieder und winkten uns in der Brise fröhlich zu. Sie tanzten im Wind und erweckten lebendiges Treiben im Garten, wo sonst eher noch die Ruhe vor dem Sturm herrschte. Ich freute mich, dass Cleo sogar daran gedacht hatte, überall in den halbhohen Bäumen Sonnenfänger aufzuhängen, deren Kristalle und Glasmosaike in verschiedensten Farben schillerten und bunte Lichtspiele auf den Boden und die Umgebung warfen, sobald die Sonnenstrahlen sie trafen. Auch Levkes Schaukel im knorrigen Apfelbaum war über und über mit bunten Blumen geschmückt und sollte später als Fotokulisse für wunderschöne, farbenfrohe Erinnerungsbilder dienen. Sylta hätte ihre wahre Freude daran.

Überall entdeckte ich meine verspielt spirituellen Dekodetails, auf erstaunlich stimmige Weise verbunden mit der klassisch schlichten Dekoration, wie champagnerfarbene Rosen, nur zart umwickelt mit Drähten, auf die kleine pastellfarbene Perlen gezogen waren, oder dezente weiße Gestecke aus hellen Blumen und Grün, die Marla so liebte.

Als Tischkarten waren die Namen der Gäste in schillernde

Muscheln geschrieben. Hier hatte eine Künstlerin zarte Pastellfarben und Goldstaub-Puder verwendet. Kleine bunte Perlen, die in jeder Muschel lagen, vervollständigten das Bild. Funkelnde Kristalle in verschiedenen Farben waren als Tischdekoration in Gläser gefüllt, die überall auf den Tischen verteilt standen.

Auf einer langen Tafel an der Hauswand standen Windlichter aus dem Dünenglanz, der Kerzenmanufaktur aus Braderup, die uns für die Abendstunden ein wohlig warmes Licht zaubern würden. Auch die Tanzfläche, die wir im hinteren Bereich des Gartens aufgebaut hatten, mit festem Holzboden, DJ-Pult und Lichterketten drum herum, würde bei lauem Sommerwetter gut genutzt werden können. Eine Bekannte von Cleo, mit der sie bereits in Hamburg zusammengearbeitet hatte, hatte sich als DJ für den Abend angeboten, und ich freute mich darauf.

Marla legte den Arm um mich und lehnte den Kopf an meine Seite.

»Insa, wie ist das wunderschön.«

»Zauberschön«, bestätigte ich und seufzte. »Cleo hat das alles so fantastisch hinbekommen. Ich komme aus dem Staunen kaum heraus«, stellte ich fest.

Cleo war gerade zu ihrem Auto gegangen, um uns ein Detail zu präsentieren, welches gerade noch im letzten Moment angekommen war. Als sie zurückkam, hielt sie ein kleines Kästchen in den Händen. Mit theatralischer Geste öffnete sie es, und zum Vorschein kam ein traumhaftes Armband, welchem man ansah, dass es mit viel Liebe hergestellt worden war. Mein Herz schlug höher. Ich liebte es sofort.

»Wow, Cleo! Genau so habe ich mir das vorgestellt.« Ich nahm das Band aus der liebevollen Stroh-Geschenkbox und ließ die Perlen durch meine Hände gleiten.

»Ich bin verliebt!« Schwärmerisch legte ich das Band an und

bestaunte es offenbar so verzückt, dass Marla und Cleo sich ein Schmunzeln nicht verkneifen konnten.

»Perfekt. Es freut mich sehr, dass es dir so gut gefällt, liebe Insa.«

»Ich bin mir sehr sicher, dass bei dieser kleinen Überraschung bei den Gästen kein Auge trocken bleibt.«

Ich tupfte mir gespielt eine Träne von der Wange. Cleo war einem meiner Wünsche gefolgt und hatte Armbänder anfertigen lassen. Im Stil eines Chakra-Armbandes waren Perlen und Steine in verschiedensten Bonbonfarben in wunderbarer Harmonie verarbeitet worden. Sie sollten beim Beschenkten die sieben Energiezentren ansprechen, die man auf metaphysischer Ebene im Körper vermutete. Jedes Chakra stand für einen bestimmten physischen oder emotionalen Aspekt, der durch die Armbänder reflektiert werden sollte und der so zu mehr Wohlbefinden, innerer Ruhe und Ausgeglichenheit führte. Außerdem enthielt jedes Band einen Anhänger in Form des Trinity-Knots, der für die unendliche Liebe stand. Jeder Gast sollte als Geschenk ein solches Armband erhalten.

Jedes von ihnen sollte unsere Geschichte widerspiegeln.

Genau wie die Perlen des Armbands waren die Leben von uns vier schon seit so langer Zeit miteinander verwoben, ohne dass wir davon gewusst hatten. Erst als Peer und ich uns kennenlernten, war uns die Verbindung klar geworden. Während Peer, Thore und ich uns als Kinder gekannt und jenen schicksalhaften Tag miteinander geteilt hatten, war es Marlas Vater gewesen, der für uns, für Peer sein Leben gegeben hatte.

Meine Leidenschaft zur Spiritualität war nun auf wunderbare Weise eingewebt in unser aller Vergangenheit und die Kennenlerngeschichte von Marla und Peer.

Das Essen würde das Restaurant von Hannes punktgenau anliefern, Kuchen und Gebäck Annilens Café. Wir hatten für beides Tische im Zelt aufgebaut, sodass ein wunderbares Büfett entstehen könnte. Die Kekse aus dem Büchercafé, die wie Lollis gestaltet waren, standen bereits in der Kühlung und würden nur noch auf die Teller gelegt werden, wenn es losging. Die Himbeer-Sahne-Torte hatte Thores Mutter uns zugesagt. Sie versprach, dass auch ihr Gebäck pünktlich auf dem Tisch stehen würde.

25

Cleo

Mit nervösen Fingern zupften Marla und Insa ihre Kleider zurecht. Während Marla in einem schlichten cremefarbenen Kleid in klassischem A-Linien-Schnitt mit weit schwingendem Rock heiraten würde, trug Insa ein pinkes, kurzes Kleid mit auffälligem Perlenschmuck um den Hals und an den Ohren sowie in ihrem Haar verteilt. Marlas Haarschmuck bestand aus passend weißen Perlen, die ihre kunstvolle Hochsteckfrisur dezent untermalten. Insa hatte neben den Perlen auch rosafarbene Bänder mit einflechten lassen, die sie dann ebenso, abgesehen von einigen gekonnt wilden Strähnchen, hatte hochstecken lassen.

Auch die Brautsträuße, die ich gerade aus dem Blumenladen abgeholt hatte, zeugten vom unterschiedlichen Geschmack und Stil der beiden Bräute. Ich fand, dass sie hervorragend gelungen waren.

Während Marlas Rosen cremefarben waren mit Farbtupfern in Form kleinerer rosa Rosen und umgeben von zartem Grün, glich Insas Strauß einer duftenden, kunterbunten Blumenwiese, die ein Paradies wäre für alle Insekten. Gelbe, rote, blaue und rosafarbene Blüten leuchteten zwischen sattem Grün mit den Augen von

Insa um die Wette. Ein Blick in den Spiegel bestätigte den Frauen, dass alles so war, wie sie es sich gewünscht hatten.

Der Friseur und die Visagistinnen hatten ganze Arbeit geleistet. Die Fotografin, die bereits den Prozess des Ankleidens und der weiteren Vorbereitungen eifrig fotografiert hatte, setzte ihre Arbeit fort und knipste ein wundervolles Bild der beiden Freundinnen.

Diesen Moment nutzte ich, um ein Geschenk aus dem Auto zu holen, mit dem Insa Marla überraschen wollte. Kurz machte ich bei Alva halt, die mit Linus und Levke die kleinen Körbchen begutachtete, aus denen die Kinder zur Zeremonie am Strand Blütenblätter streuen würden. Aufgrund der historischen Anlagen war dies bei der vorherigen standesamtlichen Trauung im *Altfriesischen Haus* in Keitum nicht möglich, also würden wir das für die Strandzeremonie aufheben. Mit hochroten Wangen und einem Lächeln auf den Lippen schauten die Kinder sich alles an und waren voll in ihrem Element.

Ich lief gerade vom Auto zurück ins Haus, als Hannes aus der Tür trat. Ich hörte, wie er sich bei Flora nach mir erkundigte. Wir waren, was die Vorbereitungen zur Feier anging, so ein gutes Team geworden, und ich bedauerte sehr, dass unsere Verwandtschaft zwischen uns stand. Ich war froh, dass Hannes ein Teil meines Lebens war, dass er ein wundervoller Bruder für mich und großartiger Onkel für Linus sein würde, und doch wünschte ich mir, es wäre anders.

Insa und Marla hatten mir versichert, dass die große Liebe nicht allzu weit entfernt auf mich warten würde und ich den Kopf nicht hängen lassen sollte, aber es fiel mir schwer, das zu glauben. Und obwohl ich mich dazu hatte zwingen müssen, hatte ich das vielsagende Lächeln erwidert, das Insa mir dabei geschenkt hatte.

Jetzt deutete Flora auf mich. »Na, das passt ja«, sagte sie und grinste.

Hannes drehte sich zu mir, und sein Blick traf mich.

»Ach, wie schön«, kam es von Hannes, und ich lachte unsicher. »Ich habe einen kurzen Schlenker zum *Zuckerhüs* eingebaut, um mein Team zu instruieren, wie und wann alle Speisen und Getränke serviert werden sollen. Jetzt hatte ich noch ein wenig Zeit, und da dachte ich, ich frage mal nach dir.«

Ich trat zu ihm. In der Hand hielt ich das Bild, welches Insa aus dem Nachlass ihrer Freundin Sylta für Marla ausgesucht hatte. Das Haus darauf ähnelte dem *Zuckerhüs* so sehr, dass es perfekt in den Laden passen würde.

»Hallo, Hannes. Würdest du mir helfen?«, fragte ich und deutete auf die sperrige Leinwand. »Es soll in den Verkaufsraum des *Zuckerhüs*.« Hannes nahm mir das Bild ab und trug es zu dem Nagel, den Alva mir bereits an der richtigen Stelle in die Wand geschlagen hatte.

Während wir das Bild so platzierten, dass es perfekt hing, spürte ich schmerzhaft, wie sehr ich seine Nähe genoss. Wir hatten uns in den letzten Tagen häufiger gesehen. Je näher es auf die Hochzeit zuging, desto mehr half er mir bei den Arbeiten, die noch offen waren. Er konnte wunderbar mit anpacken, und uns verband ein Humor, der seinesgleichen suchte. Ich hatte Marla in einem ruhigen Moment verschämt gestanden, wie schwer es mir fiel, meine Gefühle für meinen Halbbruder zu unterdrücken, was auch in den folgenden Treffen nicht weniger geworden war. Ich verscheuchte diese Gedanken und wandte mich wieder dem Hier und Jetzt zu.

»Eine Sache hätte ich noch im Garten, wo ich ein Paar kräftige Arme gut gebrauchen könnte«, sagte ich, und Hannes folgte mir sofort. Auf dem Weg dorthin begegneten wir den strahlenden Bräuten samt Fotografin.

»Ihr Lieben, im Garten sind wir mit den Fotos durch. Wir gehen noch mal vors Haus und machen da ein paar«, erklärte Insa lächelnd, warf Hannes einen vielsagenden Blick zu, und ich nickte verwirrt. »Soll ich euch noch irgendwo helfen?«

»Nee, nee«, flötete Insa. »Macht ihr mal, was ihr so macht.«

»Alles klar«, antwortete Hannes an meiner Stelle, und ich konzentrierte mich auf meinen Job.

»Dieser Tisch, der ist für die Hochzeitstorte. Würdest du den mit mir noch einmal näher an die Tafel rücken?«, bat ich Hannes, und wir wuchteten das kleine, aber schwere Möbelstück an die richtige Stelle. Dann ließ Hannes sich auf einen Stuhl fallen. Mein Herz schlug schnell. Halb vor Anstrengung, halb vor Aufregung.

»Na, Schwesterherz«, sagte er, und ich lächelte.

»Thore hat also schon mit dir geredet?«, vermutete ich.

Er nickte. »Jetzt verstehe ich, warum du dich so rargemacht hast«, erklärte Hannes. Ich setzte mich neben ihn. »Ja. Ich musste, auch wenn ich es sehr bedauert habe. Sosehr ich mich auch über meine neuen Brüder freue. Ihr seid großartig und ganz besondere Menschen. Das Letzte, was ich will, ist, euch zu verletzen.« Sanft lächelte ich. »Aber ich bin ehrlich. Ich habe dich von Anfang an mit anderen Augen als denen einer Schwester gesehen, und die letzten Tage haben mir leider bestätigt, dass du echt genau mein Typ bist. Ich habe den Abstand gebraucht, um mich mit der Situation auseinanderzusetzen. Und ich gebe zu, dieser Tag heute stand mir echt irgendwie bevor. Eine emotionale Herausforderung auf vielen Ebenen.« Zerknirscht rang ich mir ein Lächeln ab. Er schaute mich bewundernd an.

»Ziemlich viel Liebe und Glücksgefühle so um uns herum«,

stellte er fest. »Fällt dir auf, dass nur wir zwei hier irgendwie als Singles auf der Strecke bleiben?«

Ich spürte, wie sich auf meinen Wangen Röte bildete, und hob unsicher die Schultern.

»Auch für uns hat das Schicksal seinen Plan«, behauptete ich und nickte. »Da bin ich mir sehr sicher. Außerdem behauptet Insa das. Und wenn Insa dieser Meinung ist, ist das auch so, hab ich mir sagen lassen.«

Er nickte vielsagend. »Weißt du eigentlich, dass ich von Anfang an echt Schiss hatte, dass du was von Thore willst und mir deswegen aus dem Weg gehst?«

Erstaunt hob ich die Augenbrauen.

»Du auch?« Der Röte auf meinen Wangen war diese Feststellung nicht unbedingt zuträglich, da war ich mir sehr sicher.

Hannes lachte. »Ja. Ich dachte, ich hätte keine Chance, und hab versucht, mich nicht in dich zu verlieben, aus Angst vor einer Enttäuschung.«

Ich starrte ihn mit offenem Mund an. »Moment, aber sich in deine Halbschwester zu verlieben ist weniger schlimm? Da siehst du eine Chance?«

Nun lachte er leise, und sein Blick wanderte zu seinen Fußspitzen.

»Ja, ich sehe eine Chance für uns beide.« Verwirrt starrte ich ihn an. Mein Herz hämmerte in meiner Brust, als er wieder den Blick hob und meinen erwiderte. »Du und ich, wir sind so wenig verwandt, wie es nur geht.« Er schaute sich um. »Für mich hat es nie eine Rolle gespielt, deswegen haben wir nie darüber gesprochen. Nur meine Eltern und Thore wissen es.« Unbedarft zuckte er die Schultern. Ich kam wirklich nicht mehr mit. Wovon sprach er da?

»Aber? Ich dachte ...«, stammelte ich, und er nickte.

»Ja, ich bin Thores Bruder – mit ganzem Herzen und ganzer Seele, aber nicht genetisch. Meine Eltern haben mich adoptiert.«

Ich ließ mich auf den Stuhl neben ihm sinken und rieb mir die Stirn. Dann legte ich die Hand auf die Brust, als könnte ich dadurch meinen Herzschlag beruhigen.

»Das wird langsam zu viel für mein Herz«, gestand ich.

Hannes rückte mit seinem Stuhl näher an mich heran, und ich schaute mich unsicher nach allen Seiten um.

»Als Thore mir erzählt hat, dass du seine Halbschwester bist, war ich fassungslos. Natürlich dachte ich sofort an uns und daran, ob du dich deswegen so zurückgehalten hast. Ich wusste nicht, ob du ähnlich fühlst, deshalb hab ich zunächst überlegt und abgewartet, ob ich überhaupt etwas sagen soll. Thore hat mir geraten, direkt mit dir zu sprechen, und ich habe mich nicht getraut. Aber je häufiger wir in den letzten Tagen miteinander zu tun hatten, desto sicherer wurde ich, dass ich mit dir reden muss.«

»Dieser Moment, als ich erfuhr, dass du Thores Bruder bist, also auch meiner, war wie ein kleiner Erdrutsch. Es war echt schwer, dir danach weiter zu begegnen und das zu beenden, was ich zwischen uns gespürt habe, noch ehe es beginnt.«

»Ich wusste früh, dass ich adoptiert bin, aber es spielte für uns alle keine Rolle. Darum haben wir da nie ein Thema draus gemacht. Und ich habe meine Familie vor Jahren dann gebeten, niemandem davon zu erzählen. Irgendwie wollte ich es nicht. Keine Ahnung, warum. Ich glaube, ich wollte einfach dazugehören. Das haben sie akzeptiert.« Er blickte durch den Garten. »Aber seit ich dich kennengelernt habe und sich diese unfassbare Konstellation aufgetan hat, ist das anders. Es ist mir nicht peinlich, es war mir nur nie wichtig, dass ich kein leibliches Kind bin, und ich kann nicht akzeptieren, dass es jetzt meinem Glück im Weg steht.« Er blickte mich an, während ich wie erstarrt neben ihm saß. »Cleo, ich finde, wir sind ein Spitzenteam. Das haben die letzten Tage gezeigt. Es würde mich sehr freuen, wenn wir uns in nächster Zeit weiterhin und gerne auch viel öfter sehen könnten. Ich möchte dich kennenlernen. So richtig, als Mann, nicht als Bruder, denn auch wenn Thore genau das für mich bedingungslos ist, ich möchte für dich etwas anderes sein als das.« Das Lächeln, mit dem er mich ansah, ließ mich endgültig nervös werden, und die beinahe zufällige Berührung unserer Hände ließ fast kleine Funken zwischen uns fliegen.

Dann stand er auf, schenkte mir noch einen langen Blick und ging durch das Gartentor hinaus.

Mit weichen Knien und zittrigen Fingern nestelte ich an einer Girlande, die ein wenig verrutscht war, und schob Stühle gerade. Mein Kopf war wie in Watte gepackt, so verwirrend war das, was ich gerade erfahren hatte.

Was für ein Tag! Gleich würde ich zum ersten Mal meinen Vater treffen, zwei neue und doch schon so wichtige Freundinnen würden heute heiraten, ich würde eine Schwägerin bekommen, während ich noch vor Kurzem nicht einmal einen Bruder gehabt hatte. Und jetzt war ich mir auch noch sicher, dass ich meine Gefühle für Hannes nicht unterdrücken musste.

Ich durfte mein Herz schneller schlagen lassen, wenn ich an ihn dachte. Am liebsten hätte ich gejuchzt vor Freude, beließ es aber bei einem seligen Dauergrinsen, als die Bräute in den Garten traten.

Die Frisuren saßen trotz des Windes perfekt, die Kleider ebenso, sodass ich das Startzeichen geben konnte für Boy, der nun mit seiner Kutsche vor dem *Zuckerhüs* vorfuhr, um die Brautpaare zur standesamtlichen Trauung zu kutschieren. Um den Zauber der Fahrt auszukosten, wollte er eine kleine Zusatzrunde durch den malerischen Ort Keitum drehen. Auf der Insel herrschte derzeit Hochsaison, daher würde diese Fahrt sicher etliche begeisterte Blicke und gute Wünsche nach sich ziehen.

Gemeinsam mit mir hatten die Brautpaare sich überlegt, dass Insa und Marla mit der Kutsche zum Standesamt fahren würden, wo ihre zukünftigen Ehemänner auf sie warteten und sie das erste Mal in ihren Brautkleidern sehen würden. Nach der Trauung sollte es für die Paare in der Kutsche an den Strand gehen, wo die freie Trauzeremonie mit allen Gästen stattfinden sollte. Im *Altfriesischen Haus* war aufgrund des historischen Baus nicht ausreichend Platz, deshalb würden dort nur die Paare und ihre engsten Familien anwesend sein. Die Gesellschaft würde dann vorm Haus bei einem kleinen Umtrunk warten und die Paare zum Strand in ihren Autos begleiten.

Levke und Linus durften mit auf dem Kutschbock sitzen. Das hatte Marla Levke schon bei der Hochzeit ihrer Mutter mit Ole versprochen, und sie freute sich, es nun einlösen zu können.

Voller Vorfreude kam Levke jetzt ebenfalls in den Garten gesprungen, hielt aber abrupt inne, als sie Marla und Insa erblickte.

»Wow! Ihr seid wie echte Prinzessinnen!« Alle lachten, halb vor Erleichterung, halb vor Rührung, denn auch Alva, die hinter ihrer Urenkelin aus der Tür getreten war, standen Tränen in den Augen. Auf Floras Arm gestützt, suchte sie Halt in dieser so emotionalen Minute.

Mir fiel es, trotz aller Anspannung, auch nicht leicht, mir die Tränen zu verkneifen. Aber weil das vor Glück geschah, war das auch vollkommen in Ordnung.

Tina und Anita warteten vor dem Haus auf das Erscheinen von Marla und Insa und kämpften ebenso schlagartig mit den Tränen, als wir alle gemeinsam hinaustraten. Tina ging auf ihre Tochter zu und nahm Marla in den Arm.

»Ich bin so glücklich, dich so zu sehen, Liebes. Ich wünsche dir einen fantastischen Tag und die beste Zeit deines Lebens mit Peer an deiner Seite«, flüsterte sie Marla zu, die, mit zusammengepressten Lippen, nickte und mit weit aufgerissenen Augen versuchte, zu verhindern, dass Tränen gleich ihr Make-up zerstörten.

Insa hingegen schien sich deshalb keine Sorgen zu machen. Als sie ihre Mutter und ihren Vater entdeckte, die gerade rechtzeitig eintrafen, nachdem sie es dank des Zugfahrplans beinahe nicht geschafft hätten, flossen die Tränen ungebremst. Sie hatten nie das beste Verhältnis gehabt, aber in diesem Moment, als sie einander in die Augen blickten, war so viel Nähe zwischen ihnen zu spüren. Vor allem zwischen der Tochter und ihrer Mutter, und aus dem mütterlichen Blick sprach eine nie da gewesene Bewunderung, sodass es für Insa kein Halten mehr gab.

Marla fächelte sich Luft zu, damit ihr Make-up die Chance behielt, nicht unter einem Guss von Tränen davonzufließen.

»Meine Güte, bin ich aufgeregt«, gestand Marla und atmete schwer ein und aus.

»Ich auch, Liebes. Aber ist es nicht schön, dass wir sogar das gemeinsam meistern?« Insa drückte Marlas Hand, und diese lächelte mit einem Nicken.

Die Mütter und Anita halfen den Frauen samt ihren Kleidern, auf die Kutsche zu klettern, wo die Kinder bereits neben Boy Platz genommen hatten.

Der Blumenladen hatte auch die Hochzeitskutsche so wundervoll mit unzähligen Blüten versehen. Es war ein Kunstwerk und wurde vom hellen Sonnenschein dieses Tages auf kostbarste Weise angestrahlt.

Ich schaute ihnen noch hinterher, bis ich in mein Auto sprang und den direkten Weg zur Location fuhr, sodass ich vor ihnen ankommen würde.

Vor Ort war bereits alles vorbereitet. Dann konnte ich das Hochzeitsgefährt schon hören. Das Klappern der Hufe hallte durch die schmalen Gassen von Keitum, und im nächsten Moment tauchten sie auf. Das bernsteinfarbene Fell der Pferde glänzte im Sonnenlicht, und es wirkte fast majestätisch, wie die Frauen links und rechts aus der offenen Kutsche herauswinkten. Gerührte Passanten, andere Laden- und Restaurantbesitzer, die aus den Türen traten, winkten zurück und warfen Marla und Insa begeisterte Blicke zu – das Bild war bewegend schön.

Das Spalier aus lieben Verwandten und engsten Freunden, das die Kutsche vor dem Standesamt empfing und mit bunten Tüchern winkte, ließ Marla und Insa überglücklich und dankbar strahlen.

Ein Blick zu Thore und Peer, die in feinen Anzügen am Ende des Spaliers auf ihre Bräute warteten, verriet, dass auch sie unsagbar aufgeregt waren. Fast schon zögerlich traten sie auf die Kutsche zu, die nun haltgemacht hatte. Auf wackeligen Knien stiegen Insa und Marla, die helfenden Hände ihrer zukünftigen Männer fest umklammert, aus der Kutsche. Und ich konnte beobachten, wie Peer sich ebenfalls eine Träne aus dem Augenwinkel wischte.

Die Paare drehten sich noch einmal gemeinsam zu ihren Freunden und Verwandten um und schenkten ihnen Kusshände. Dann verschwanden sie für die intime Zeremonie erst durch das Spalier und dann durch die niedrige Tür ins Kapitänshaus.

Als die Paare im Haus verschwunden waren, fasste ich mir ein Herz und ging zu Tjark. Thore hatte ihn bei seiner Ankunft auf der Insel bereits zur Seite genommen und auf die Überraschung meiner Existenz vorbereitet. Deshalb ahnte er nun sofort, wer ich war, als ich näher kam.

Noch ehe ich etwas sagen konnte, trat er auf mich zu und schloss mich in seine Arme. Es war, als fluteten seine Emotionen mein Herz. Es war pure Freude und kein Funken der Ablehnung, die ich befürchtet hatte.

»Mein Kind«, stammelte er, und ich nickte ergriffen und erwiderte die Umarmung.

»Wer kann schon behaupten, dass er am gleichen Tag eine Schwiegertochter und eine Tochter geschenkt bekommt?«, sagte er und lachte kopfschüttelnd.

»Und einen Enkelsohn«, fügte ich hinzu und deutete zu Linus und Levke, die hinter dem Haus in Richtung des Grünen Kliffs Arm in Arm auf einer Bank saßen und über das Watt blickten. »Ich schlage vor, mit ihm reden wir ganz in Ruhe nach diesem trubeligen Tag.«

»Danke, Cleo. Einfach danke, dass du uns gefunden hast«, sagte Tjark inbrünstig und löste sich wieder von mir.

»Ich glaube, Insa hat recht. Das Schicksal hat mich hierhergeschickt, weil genau das passieren sollte. Du ahnst nicht, wie dankbar ich bin. Und ich hatte so eine Angst, weil ich nicht wusste, wie ihr es aufnehmen würdet, wenn ich in eure Familie hineinplatze und alles durcheinanderbringe.«

Liebevoll schüttelte Tjark den Kopf, und ich erkannte ganz viel Ähnlichkeit mit Thore in seinem Lächeln.

»Nein, Cleo. Du bringst hier gar nichts durcheinander. Ich erinnere mich genau an deine Mutter, und ich habe sie sehr gemocht. Sie war eine unfassbar starke Frau, die genau wusste, was sie wollte. Und eine feste Beziehung gehörte nicht dazu.« Ein leises Lachen folgte. »Und ich muss gestehen, auch ich konnte mir mit ihr nicht vorstellen, eine Familie zu gründen, so großen Respekt hatte ich vor ihrem Temperament. Ein Mann muss dieser Art gewachsen sein, die sie hatte. Sie war tough, ging ihren Weg und brauchte eigentlich niemanden an ihrer Seite, um klarzukommen. Eher hatte ich das Gefühl, sich an einen Mann zu binden schränkte sie ein. Ich weiß, wir kannten uns nicht lang, aber ich glaube trotzdem, sie verstanden zu haben. Wir passten für den Moment, aber eine Ehe zwischen uns hätte unter keinen Umständen funktioniert. Deshalb hatten wir uns versprochen, dass es bei unserer einen Begegnung bleiben würde. Ich habe nicht geahnt, wie strikt sie sich daran gehalten hat.« Er schüttelte zaghaft den Kopf und schaute mich mit einem Blick an, der gleichzeitig wehmütig und fröhlich wirkte.

»So leid es mir tut, dass ich nicht erleben durfte, wie du aufwächst, deine Mutter hat das Leben als alleinerziehende Mutter offenbar großartig gemeistert und dich zu einer strahlenden, selbstbewussten und starken Frau erzogen. Unglaublich. Ich bin noch immer überwältigt.« Tjark schaute mir in die Augen. Mein Vater – seiner Tochter.

Tjark legte den Arm um mich, und ich lehnte mich an ihn, selbst davon überwältigt, wie leicht mir das fiel und wie selbstverständlich es sich anfühlte. Zum ersten Mal in meinem Leben war ich eine Tochter, die bei ihrem Vater Halt suchte.

»Um noch mal auf die tollen Söhne zu sprechen zu kommen«, sagte Tjark dann, und ich schaute ihn an. »Wie mir scheint, träumt der eine Sohn bereits davon, mir meine eigene Tochter zur Schwiegertochter in spe zu machen«, lachte Tjark leise, schüttelte den Kopf, und ich hielt mir verschämt die Hände vors augenblicklich knallrote Gesicht, konnte mir jedoch ein Schmunzeln nicht verkneifen.

»Also davon sind wir noch sehr, sehr weit entfernt«, relativierte ich seine Aussage.

»Das weiß ich doch. Es war ein wenig übertrieben formuliert. Ich bitte um Verzeihung, ich bin so nervös, dass ich dich kennenlernen darf, und ich hätte nie gedacht, dass er mir mal eröffnen würde, wie froh er ist, nicht mein leiblicher Sohn zu sein. Und dass ich mich auch noch darüber freue.« Tjark umarmte mich erneut, und ich schmiegte mich mit geschlossenen Augen an seine Brust.

»Wünsch uns mal Glück dafür, Papa.« Er drückte mich väterlich sanft, und ich genoss das Gefühl, mit ihm gemeinsam auf die Brautpaare zu warten.

Unter begeistertem Applaus und Glückwünschen erschienen sie schließlich freudestrahlend in der Tür. Sofort standen alle wieder Spalier, schwenkten bunte Tücher und ließen es sich nicht nehmen, dem Brautpaar zu gratulieren und ihnen die besten Wünsche mit auf ihren gemeinsamen Lebensweg zu geben.

Kaum saßen die vier Brautleute in der Kutsche sowie Levke und Linus bei Boy auf dem Bock, setzten sich die Pferde in Bewegung. Im Autokorso folgten die Gäste den Paaren.

Weil die Pferde während der Zeremonie nicht in der prallen Sonne am Strand warten sollten, hatten wir geplant, für den Rückweg den Oldtimer von Ole zu nehmen, den Anita und Till im Auftrag von Alva für ihn zur Hochzeit restauriert hatten. Es war ein Fahrzeug, mit dem alle viel verbanden, weil auch Marlas Vater Titus, Anitas und Tills Sohn, ein solches besessen hatte, als er ihre Mutter getroffen hatte.

Wieder nahm ich mit dem Auto den direkten und schnellsten Weg, sodass ich überprüfen konnte, ob die kalten Getränke vorbereitet und der Blumenschmuck perfekt platziert war.

Vor dem Rednerpult waren im Wechsel Reihen bunter und weißer Stühle aufgestellt und mit traumfängerähnlichen Kunstwerken sowie Blumen geschmückt worden. Außerdem standen vor dem Rednerpult vier Stühle für die Brautpaare. Auch diese jeweils mit zum Brautstrauß passendem Blumenschmuck verziert. Ich würde vom Stehpult aus die Trauzeremonie abhalten. Das Dach eines weißen Pavillons spannte sich über uns.

Die Fotografin wartete bereits am Parkplatz, wo bald die Kutsche ankommen würde. Sie wollte dort alle in Empfang nehmen, nachdem sie hier schon Fotos von der einmalig schönen Location gemacht hatte.

Ich schritt noch einmal alles ab und war sehr zufrieden. Außerdem wagte ich zum ersten Mal wieder daran zu glauben, dass auch ich irgendwann an so einem traumhaften Ort den Mann meines Lebens heiraten dürfte. Ich ertappte mich dabei, wie ich mich in Träumereien verlor, als eine heftige Windböe die bunten Bänder, die den Pavillon schmückten, flattern ließ und mich aus meinen Gedanken riss.

Da hörte ich auch schon, wie die Kutsche vorfuhr, und bereitete mich innerlich auf die Zeremonie vor, während ich wartete, bis die Brautpaare Hand in Hand den Weg durch die Dünen zum Strand entlangkamen und auf dem Kamm erschienen. Mit Blick auf den Pavillon blieben die vier für einen Moment stehen und genossen die Aussicht.

Der Himmel leuchtete in seinem strahlendsten Blau, und ein nur seichter Wind ließ die Bänder der Blumensträuße, den zarten Stoff des Pavillons und die leichte Dekoration sanft flattern. Über der Szene lag eine sommerliche Leichtigkeit, die vom Rauschen des Meeres und den Lauten einiger neugierig kreisender Möwen untermalt wurde. Die anrollenden Wellen klangen in ihrer kräftigen Regelmäßigkeit wie die Melodie aller Herzen, die hier im Gleichtakt zu schlagen schienen.

Alle Anwesenden hatten ihre Schuhe ausgezogen und gingen barfuß zur Zeremonie, was das Sommergefühl perfekt machte.

Levke und Linus liefen mit ihren bunten Bastkörbchen voller Blütenblätter voran, die sie auf den Weg vor den Brautpaaren streuten. Neben ihnen lief Emma. Thores Hund hatte an seinem Halsband ein Kissen bei sich, auf dem die Ringe eingebunden waren. Die Kinder hatten heimlich mit der Labradoodlehündin geübt, ganz ohne Leine neben ihnen her zum Stehpult zu laufen und sich dort brav abzusetzen, bis ich ihr das Kissen abnahm, sodass ich die Ringe gleich in meiner Funktion als Traurednerin zum Jawort überreichen konnte.

Alle fanden ihre Plätze und setzten sich hinter die Brautpaare, mit Blick aufs grünblaue, rauschende Meer. Die Gesellschaft war umgeben von der wunderbar weißen Landschaft des Sommerstrandes und der Dünen, deren Gras sanft im Wind wogte. Die Atmosphäre hätte kaum romantischer sein können.

Ich begann, die Geschichten der beiden Paare zu erzählen. Ich beschrieb, was die einzelnen Charaktere ausmachte, erzählte ihre jeweiligen Geschichten und die, die das Schicksal gesponnen hatte, als es alle Fäden zusammengeführt hatte. Ich schloss meine Rede mit dem, was wir den Eheleuten für die Zukunft wünschten. Die Mimik aller Anwesenden wechselte von Lachen zu Weinen, von Freude zu tiefer Ergriffenheit und dankbarem Glück. Über der Hochzeitsgesellschaft aus Familie und guten Freunden lag eine Harmonie, die vor der so perfekten Kulisse der rauen Nordsee greifbar schien.

Tief bewegt schloss ich die Rede mit dem Spruch: »Den Weg, den die Liebe gehen soll, kann man manchmal nicht sofort kennen, man muss nur dem folgen, was das Herz einem rät, um ihn zu finden.«

Ich gab Levke und Linus ein Zeichen, damit sie die ebenfalls in ihren Körbchen versteckten Gefäße hervorholten und fleißig die Seifenblasen pusteten, während ich den Liebenden ihre Ringe überreichte und sie sich gegenseitig diese Symbole ihrer Verbundenheit an die Finger steckten.

Dann küssten sich die Paare in einem Regen aus Blüten und Seifenblasen, den die Kinder auf sie hinabgehen ließen, und die

Gäste tupften sich reihenweise die Tränen aus den Augenwinkeln, bevor sie nacheinander aus den Sitzreihen traten, um zu gratulieren und die Verheirateten zu umarmen.

Auf dem Weg zurück zum Parkplatz, das Rauschen der Wellen in den Ohren und den Wind im Haar, erwartete ein erster kühler Drink zum Anstoßen die Paare und Gäste. Insa hatte großen Wert darauf gelegt, dass es sich dabei um Rosé-Champagner handelte. Genau um den, den ihre Wegbereiterin Sylta so geliebt hatte.

Sie war zu jeder Sekunde in ihrem Herzen mit dabei, wenn sie es schon persönlich nicht mehr sein konnte, hatte Insa gesagt, und mir gefiel dieser Gedanke sehr.

Für den Weg vom Getränkestand zum Auto schulterten je vier Männer plötzlich ein Surfboard und gingen in die Knie. Sie deuteten den überrumpelten frischvermählten Frauen an, darauf Platz zu nehmen, was sie zögerlich taten, und trugen sie dann unter begeistertem Jubel bis zum Oldtimer. Mit einem großen Schwung warf Insa ihren Brautstrauß nach hinten, direkt in meine Arme. Ich spürte, wie ich errötete.

»Oh, da bin ich aber gespannt«, sagte ich und erntete den Applaus der anderen Gäste.

»Das bin ich auch«, ergänzte Tjark und grinste vielsagend. Hannes, der half, eines der Surfbretter zu tragen, schmunzelte nur vergnügt.

»So hat das mit mir auch begonnen«, rief Marla und lachte voller Glück. »Und schau an, was kurz darauf Wirklichkeit geworden ist.« Alle stimmten in ihr Lachen ein, während Marla und Insa wieder von ihren Boards kletterten und von ihren Männern in den Oldtimer geleitet wurden.

Während das Brautauto und die meisten Gäste sich bereits auf den Weg ins *Zuckerhüs* machten, durften Levke und Linus noch eine Ehrenrunde auf dem Board drehen. Von dort aus ließen sie bunte Seifenblasen gen Himmel steigen, die die guten Wünsche schillernd über die Dünen trugen, wo sie platzten und so das Glück verbreiteten.

Dann machten auch wir uns auf den Weg nach Keitum.

26

Alva

»Ach, Boy. Unglaublich, wie viel Glück ich in meinem hohen Alter noch erleben darf.« Boy nickte und legte seine Hand auf Alvas. Leise lachte sie und nippte an ihrem Rosé-Champagner. Sie hatte das Ritual von Sylta und Insa stellvertretend übernommen. »Meine Familie samt ihren lieben Freunden ist ein wahrer Glücksquell für mich. Seit Marla nach Sylt gekommen ist, hat sich so viel hier verändert. Unsere Familie ist gewachsen, und ich habe noch mehr Menschen kennenlernen dürfen, die ich heute als meine Herzensmenschen bezeichne. Schau, da fährt der Oldtimer meines Sohnes vor meinem *Zuckerhüs* vor und hat so viel Liebe an Bord.« Sie schlug die Hände ergriffen vors Gesicht. Ole selbst saß am Steuer, neben ihm seine Frau Tina. Im Fond hatten es sich die Brautpaare bequem gemacht. »Nie zuvor habe ich meinen Enkel so von innen heraus strahlen sehen wie heute.«

Peer hielt seine geliebte Marla im Arm, deren Blick ebenso glücklich war.

»Was ist das für ein schönes Bild. Das Glück färbt richtig auf mich ab«, stellte auch Boy fest und faltete die Hände.

»Das stimmt. Ich kann es in deinen Augen funkeln sehen«, erkannte Alva.

Thore und Insa hielten Händchen, und auch sie wirkten, als habe jemand Glücksstaub über ihnen verstreut. Insas Mutter war mit ihrem Mann zu Alva und Boy an den Tisch getreten.

»Sie dürfen sehr stolz auf Ihre Tochter sein«, lobte Alva Insa, und die Mutter lächelte stolz. »Danke. Ich bin überzeugt, dass es unserer Insa hier so gut geht, weil sie so viele herzliche Menschen um sich hat.«

»Möglich«, stimmte Alva ihr mit einem Lächeln zu.

»Tjark und seine Familie waren schon immer ihr Glück, dann kehrte ihre Marla hierher zurück und Insa wurde auch ein Teil der *Zuckerhüs*-Familie. Was könnte es Schöneres für eine Mutter geben als das? Leider haben wir nicht alles richtig gemacht. Umso glücklicher und stolzer bin ich, dass Insa dennoch ihren Weg fand. Den besten. Dass jetzt sogar ihr Traum einer eigenen kleinen Pension in Erfüllung geht, ist unwirklich. Wir werden uns gleich morgen gemeinsam das Haus anschauen, welches von nun an der Lebensmittelpunkt unserer Insa und ihres Mannes sein wird. Es ist so spannend. Schon immer hat Insa daran geglaubt, sich ihren Traum irgendwann erfüllen zu können. Wie schön, dass sie dafür belohnt wird«, freute sich Insas Mutter. »Unsere Insa mit ihrem ältesten Freund Thore. Wir können es noch immer kaum glauben und freuen uns so. Dass die Hochzeitsnacht gleichzeitig auch ihre erste Nacht in ihrem neuen Domizil sein soll, ist doch romantisch, oder?«, fragte sie mit einem seligen Lächeln in die Runde. Die anderen stimmten ihr zu.

Staunend blickte Alva über die Tafel, auf der Blumen und Dekoration so geschmackvoll und passend arrangiert waren, dass man kaum daran Platz nehmen mochte.

Die Candy-Bar war, wie es sich für eine Bonbonmanufaktur gehörte, ein kunterbunter Traum. Zuckrig bunte Köstlichkeiten in Gefäßen, die die Süßigkeiten vor Sonne und Wärme schützten, ließen Kinder- und Erwachsenenherzen höherschlagen. Einige Bonbongläser waren auf einer kleinen Leiter aufgestellt, die ebenso mit farbenfrohen Blumen und Bändern geschmückt war. Es war ein wunderschöner Anblick.

Hier würde kein Wunsch offenbleiben. Von bunten Bonbons über Marshmallows und Fruchtgummis bis hin zu Lollis mit den Initialen der Paare war alles dabei.

Zunächst stand eine Teatime mit Sandwiches und original nach bewährtem Ritual zubereitetem Friesentee an.

»Sie kennen sich doch mit einer echten Teezeremonie bestimmt gut aus, oder?«, erkundigte sich Insas Mutter bei Alva. »Würden Sie mir das erklären?«

»Selbstverständlich«, freute sich Alva und stellte die Zeremonie vor. Alva erläuterte dieses Ritual noch einige Male voller Freude. Auch an der Candy-Bar war sie ganz in ihrem Element.

Flora und Cleo überraschten die Brautpaare mit einer Präsentation mittels eines Beamers, der Fotos vieler Momente des letzten Jahres an die weiße Außenwand des Pavillons warf. Diese persönliche Show, in die auch historische Aufnahmen der Bonbonmanufaktur mit eingewoben waren, sowie Bilder aus Kindertagen, die die Eltern der Paare heimlich beigesteuert hatten, lief in Dauerschleife, und jeder freute sich über diese Impressionen.

Die Musik spielte im Hintergrund, und nach einiger Zeit wagten sich manche auf die Tanzfläche. Es herrschte eine locker-leichte Stimmung.

Alvas Blick ging zu Marla und Peer, die Arm in Arm ihren Eltern gegenüberstanden, die ebenso einander den Arm um die Hüften gelegt hatten. Weiter schaute sie zu Insa und Thore, die eng umschlungen tanzten. Ein wenig abseits entdeckte sie Cleo, die mit roten Wangen in ein Gespräch mit Thores Bruder Hannes vertieft war. Alvas Blick blieb an den beiden hängen, die wirkten wie ein verliebtes Paar. Schmunzelnd nahm sie das zur Kenntnis.

»Die beiden würden wirklich gut zusammenpassen«, sagte sie leise zu sich selbst und zuckte zusammen, als sie merkte, dass Boy mit zwei Gläsern in der Hand neben ihr stand.

»Oh! Und ich hatte kurz Angst, dass jemand mich zum Tanz auffordert«, sagte sie lachend, und Boy hob die Schultern. »Die Getränke kann ich gerne hier auf den Tisch stellen, und wir schwingen erst mal eine Runde das Tanzbein. Daran soll es nicht scheitern.« Ein tiefes, raues Lachen erklang.

»Das wollen wir mal lieber weiterhin den jungen Leuten überlassen. Es macht mindestens genauso viel Freude, hier zu sitzen und ihnen dabei zuzuschauen. Wenn du mir wieder Gesellschaft leistest, umso mehr.« Alva klopfte auf das freie Sitzkissen neben sich. Insas Eltern hatten sich gerade zu Tina und Ole verabschiedet, um sich gegenseitig zu gratulieren.

»Ach, Alva. Uns geht es doch ganz gut, findest du nicht?«, raunte Boy seiner Freundin zu und legte seinen Arm um ihre Schultern. Alva lachte. Diese so herzliche Geste überrumpelte sie fast ein wenig.

»Na, sehr gut geht es uns«, stimmte sie ihm zu, tätschelte sein Knie und tat beiläufig. »Die jungen Leute möchten uns bei einer so wichtigen Feier dabeihaben, vertrauen uns ihre Kinder an, und wir bleiben fit, weil wir es den Tieren und Menschen um uns herum schuldig sind. Was könnte schöner sein?«

»Das meine ich, ja.« Boy nickte und strich Alva sanft mit der freien Hand über den Arm.

»Im Alter ist man dankbar für Menschen, die es gut mit einem meinen und einem zur Seite stehen. Liebe bekommt einen ganz anderen Wert und hat eine andere Bedeutung als früher. Man ist füreinander da und schaut im besten Fall auf etliche gemeinsame

Jahrzehnte zurück. Das fühlt sich nicht weniger schön an als die Liebe dieser jungen Leute, wenn das Herz so klopft«, erklärte er. »Damals kam ich ja zu spät, als dein lieber Mann mich darum bat, die Hochzeitskutsche für euch zu fahren. Aber vielleicht sollte das so sein, damit nun alles genau so sein darf.« Alva lächelte schüchtern, als wäre sie wieder ein junges Mädchen, und nahm Boy liebevoll in den Arm. So blieben sie eine Weile sitzen, ließen die erfreut überraschten Blicke um sich herum zu und waren sich gegenseitig liebevoller Halt.

»Ich bin sehr glücklich. Mein lieber Mann wäre froh, wenn er mich gut aufgehoben wüsste. Und gemeinsam so richtig alt zu werden, fühlt sich nur halb so schlimm an. Solange wir hier sein dürfen, oder?«, sagte Alva, Boy nickte und streichelte ihre Hand.

Alva wusste, dass sie hier auf ihrer Insel im Herbst ihres Lebens noch einmal die besondere Liebe zu ihrem langjährigen Freund und Wegbegleiter leben durfte. Alle, allen voran Alva, waren hier auf Sylt am richtigen Ort. Schon immer und für immer.

»Und ich bin sehr froh, dass es auch in meinem Alter noch Gründe gibt, dass das alte Herz schneller schlägt, liebe Alva. Echte Frühlingsgefühle im Sommer sind das, wenn ich dich hier in deinem zauberhaften Garten unter den knorrigen Apfelbäumen sitzen sehe wie das blühende Leben.« Er drückte Alva zärtlich an sich.

»Ach, danke, Boy.« Alva lehnte ihren Kopf an Boys Schulter. Levke, die gerade an ihnen vorbeilief, schlug pikiert die Hände vors Gesicht und rannte lachend davon.

»Offenbar scheint es sie wahrlich zu erheitern, uns alte Leute hier so vertraut zu sehen«, stellte Alva lachend fest.

»Findest du uns etwa alt?«, fragte Boy empört. »Lass es uns beibehalten und weiterhin nicht mitmachen, wenn die anderen Leute alle alt werden, versprichst du mir das?«

»Versprochen, Boy. Auf die nicht enden wollenden Frühlingsgefühle in meiner kleinen Bonbonmanufaktur am Meer.«

Danksagung

Danke an den Ullstein Verlag, der meinen Geschichten ein Zuhause gibt. Danke an das Team und meine großartigen Lektorinnen für das Vertrauen, die Wertschätzung, den Blick für Ideen und das Denken in Möglichkeiten. Es ist so wertvoll für mich, Teil der Ullstein-Familie sein zu dürfen.

Ein besonderer Dank geht auch diesmal an Christiane Branscheid. Mit viel Engagement, einem großen Herzen für die Inselliebe und feinem Gespür für das geschriebene Wort hast du, gemeinsam mit dem Ullstein-Team, aus meinem Manuskript ein Buch gezaubert. Danke für die tolle, wertschätzende und bereichernde Zusammenarbeit.

Danke an meine Familie. Ihr seid meine Herzensmenschen. Danke dafür, dass ihr immer an mich glaubt.

Danke an meinen lieben Mann für dein unendliches Verständnis für meine Schreibleidenschaft und deine Unterstützung bei all meinen Plänen. Deine Art, dich mit mir zu freuen, tut so gut. Danke, dass es für mich die große Liebe gibt.

Danke an meine wundervollen Kinder. Zu diesem Roman habt ihr mir so viele tolle Tipps und Ratschläge gegeben, und wir haben gemeinsam wundervolle Bonbonmanufakturen kennenlernen dürfen. Ohne eure leuchtenden Augen wäre dieser Roman womöglich nie entstanden. Ihr zeigt mir jeden Tag, dass ein

Traum gelebt werden kann, wenn man dem Kurs seines Herzens folgt. So geht Glück. Ihr seid mein Ein und Alles und meine Welt.

Danke an meine Eltern – für das gute Gefühl, dass ihr mein Heimathafen seid und immer an mich glaubt. Ihr habt mir gezeigt, die Segel zu setzen, egal welcher Wind mir begegnet. Ihr gebt mir Wurzeln und Flügel. Ihr seid die Besten! Danke für jede Umarmung und dafür, dass ihr immer da seid.

Danke an meine Schwester. Du gehst mit mir auf jede Reise, bist mit grenzenlosem Optimismus an meiner Seite, setzt mit mir die Segel und steuerst immer gen Sonnenschein. Danke für jedes Gespräch, jeden Spaziergang, die Zeit mit unseren Kindern, deine Umarmungen, unser Lachen und unsere unersetzliche Seelenverwandtschaft. Danke, dass du mehr als meine beste Freundin und zu jeder Zeit für mich da bist. Für diese Geschichte bin ich gedanklich immer wieder zu eurer Traumhochzeit auf unserer Herzensinsel gereist und habe all die wunderschönen Bilder und Momente hier mit einfließen lassen. Ein unvergessliches Erlebnis, ein außergewöhnlich schöner Tag, von dem auch meine Figuren hier nun ganz viel erleben durften.

Danke an meinen Schwager, der uns mit einer unvergesslichen Reise nach Dänemark einen ganz besonderen Ort gezeigt hat, der mich auch zu diesem Roman unheimlich inspiriert und begeistert hat. Die Bonbonmanufakturen in Dänemark kennenzulernen war fantastisch. Die gemeinsamen Reisen nach Sylt und Dänemark als große Familie sind eine einmalige Zeit und eine so wertvolle Inspiration für meine Romane. Ich freue mich auf den nächsten Urlaub mit euch.

Danke an die weltbeste Schwiegermama. Du fehlst so sehr. Ich hätte so gerne noch unendlich viele Bücher von mir mit dir besprochen und werde es im Herzen weiter tun. Dein Stolz und deine Freude über meine Bücher waren mit die wertvollsten Komplimente für mich und werden mich für immer begleiten und motivieren. Ich trage dich in meinem Herzen und bin unendlich dankbar dafür, dass es dich für mich gab und immer auch weiter geben wird.

Danke an meine liebe Omi, die die Liebe zum Schreiben fest in meinem Herzen verankert hat und die bestimmt stolz wäre, dass ich ihren Traum lebe. Ihre Kreativität, ihre Fantasie und ihre Liebe zum geschriebenen Wort sind Basis meines Schreibens, und ich bin unendlich dankbar dafür.

Danke an meine lieben Freunde. Euer Interesse an meinen Geschichten, eure Freude und unsere Zeit sind tägliche Inspiration für mich. Ich weiß das sehr zu schätzen.

Danke an all die großartigen Menschen hinter den Instagram-Accounts, die mich mit ihren wundervollen Bildern, Storys und Beiträgen täglich mit nach Sylt nehmen – jede kleine Gedankenreise auf meine Herzensinsel tut so gut und ist Inspiration für mich.

Und dann geht mein Dank an euch, meine lieben Leser. Danke für das Wertvollste – eure Zeit – die ihr euch für meine Bücher, jedes Wort und jeden Gedanken dazu nehmt. Ihr seid Motivation, Antrieb, meine Traumverwirklicher und meine größten Kritiker. Dass ihr mir schreibt, wenn euch meine Bücher gefallen und meine Geschichten euch berühren, ist ein großes Geschenk für mich. Ich danke euch für jede Empfehlung, jede Nachricht und euer Interesse. Das bedeutet mir unendlich viel, und ich weiß es sehr zu schätzen.

Eure Julia Rogasch

Für E-Books: Wenn Ihr keine Neuigkeiten verpassen wollt, findet ihr hier alles zu meinen Büchern.

Ich freue mich auf euch!

https://www.ullstein-buchverlage.de/nc/autoren/autor-detailansicht/name/julia-rogasch.html

Hier findest du mich bei Facebook:
https://www.facebook.com/juliarogaschautorin/

und hier bei Instagram:
https://www.instagram.com/juliarogasch/

zu meiner Homepage geht es hier entlang:
http://julia-rogasch.com/